繭

張悅然 著

孩子，我所能給你的祝願不過是些許不幸而已。

——薩克萊《玫瑰與指環》

目次

第一章

李佳棲

回到南院已經兩個星期，除了附近的超市，我哪裡都沒有去。哦，還去過一次藥店，因為總是失眠。我一直待在這幢大房子裡，守著這個將死的人。直到今天早晨，他陷入了昏迷，怎麼也叫不醒。天陰著，房間裡的氣壓很低。我站在床邊，感覺死亡的陰影像一群黑色翅膀的蝙蝠在屋子上空盤旋。這一天終於要來了。我離開了房間。

我從旅行箱裡拿出厚毛衣外套。這裡的暖氣總是不夠熱，也可能是房子太大的緣故。我一直試著和那種從牆皮裡滲出來的寒冷相處，終於到了無法忍受的地步。我走到洗手間，沒有開燈。細細的燈棍散發出青寒色的光，會讓人覺得更冷。我站在水池邊洗臉，想著明天以後的事。明天，等他死了，我要把這房子裡所有燈都換掉。洗手池的下水管漏了，熱水汩汩地逸出來，在黑暗中靜靜地流過我的腳面，像血一樣溫暖。我站在那裡，捨不得把水龍頭關掉。

我走下樓，到廚房裡煎了兩只蛋，把切片麵包放進烤麵包機。我坐在桌前，慢慢地吃完早餐，然後從儲物間搬出梯子，把所有房間的窗簾都摘下。再回到一樓客廳的時候，發現它完全變了一個樣子。我站在門邊，瞇起眼睛看著光禿禿的大窗戶。陽光照亮了角落裡的每一顆灰塵，吹拂著房間裡的祕密。

中午過後，我回到這個房間來看他。他的身體壓在厚厚的鵝毛被底下，好像縮小了一點。天仍舊陰著，死亡繼續盤旋，遲遲不肯降下來。我感覺胸口窒悶，太陽穴突突在跳，穿起大衣，從這幢房子裡逃了出去。

我在醫科大學的校園裡漫無目的地走。閒置的小學、圖書館背後的回廊、操場上荒涼的看台，這些都沒有讓我想起你。直到來到南院的西區。從前那片舊樓都拆了，現在是幾幢新蓋的高層公寓，樓洞前安裝著錚亮的防盜門。我走到最西邊，繞過它們，驚訝地發現你家那幢樓還在，被高樓圍堵起來，孤零零地縮在牆邊。

這麼多年過去了，我不相信你仍舊住在裡面。可我還是走進去，按響了一〇二室的門鈴。裡面的人應聲說，進來。我遲疑了一下，拉開門。房間裡很昏暗，爐子上似乎在煮什麼東西，洇散著很重的水氣。有個男人坐在沙發上，閉著眼睛，好像睡著了。隔著陰鬱的光線、濕漉漉的水氣以及十幾年的時光，我認得出那是你。程恭，我輕輕叫了一聲。你慢慢睜開眼睛，好像一直在等我，等得乏了，就睡了過去。有那麼一刻，我幾乎懷疑是不是早就約好和你見面，只不過是自己失去了記憶。可事實上你並沒有認出我，在我說了我是誰以後，也表現得很冷漠。我吃力地和你寒暄著，提到從前的朋友，問起廢棄的小學，很快把最表層的話都說完，就陷入了沉默。我想不出繼續留下的理由，只好起身告辭。

你把我送到門口。我說再見，你說保重，我轉過身去，門在我的背後關上了。走廊裡很靜，能聽到防盜門鐵欄上灰塵震落的聲音。我站在那裡，不敢邁出樓洞。生怕一旦匯入外面的天光，我們就會再度失散。冷風湧進來，防盜門吱呀呀地響了幾聲，像是有個人在暗處歎氣。一些含混的念頭在心裡，如同奄奄的火種，經風一吹，又活了過來。我好像有點知道自己為什麼會到這裡來，鼓起勇氣又按響了門鈴。我約你晚上到小白樓來一趟。沒等你反應過來，我就轉身走了。

我沿著湖邊的小路慢慢往回走。再回到這間屋子的時候，內心變得很平靜，從抽屜裡拿出那張一直沒看的光碟，放進影碟機。然後泡了茶，搬來兩把椅子，坐下來等你。窗外的天光漸漸乏暗，床上的人喃喃自語了一小陣，好像在作一個很深的夢。他呼吸得非常賣力，整個屋子裡都是從他的爛肺裡呼出的醬紫色空氣。光線暗下去，忽然又亮起來一點。迴光返照的天色，好像要有什麼異象出現。大風把窗戶吹開了，我走過去關上，才發現外面下雪了。我忽然覺得你不會來了。可是我仍在等。

我隱約知道，一切必將這樣發生。天完全黑了，雪下得越來越大。我走到窗邊，眺望著遠處的路。已經沒有路了，只有一片茫茫的白色。我一直盯著它，看得眼睛幾乎盲了。終於，一個黑點在眼底出現，像顆破土萌發的種子，衝開了那片白色，在視線裡擴大。是你朝這邊走來。

你什麼也沒有問，就跟著我走上樓梯，來到這間屋子。你好像早就有預感，看到他躺在床上，並沒有表現出驚訝。你向前走了幾步，以一種總結性的目光端詳著他的臉，好像在丈量他的一生。那是太複雜的運算，你有點迷失了，只是怔怔地盯著他，直到我搬來椅子，讓你坐下。

是的，你看到了，他就要死了，我的爺爺。我知道我應該給醫院打一個電話。他們會立即派車把他接走，連夜召集專家會診，竭盡全力搶救。生命或許可以多維持幾天，但也不會太久。然後他們開始準備葬禮——李冀生院士的隆重葬禮。追悼會那天，我將作為唯一到場的家屬和大家一起為他送行。人們眼含熱淚念誦他的生平，慢慢挪著腳步瞻仰他的遺容，一些不認識的人走上來和我講話，對我說我爺爺是怎樣一個人，偉大、睿智、令人尊敬……省長或市長也會趕來，親切地握住我的手，對我說節哀順變。攝像機鏡頭像一條忠誠的狗，跟著他搖過來，在我的臉上採集欣慰的表情。一切都會有人打點好，我什麼都不用做，除了準備好充足的眼淚。

我應該也能哭出來吧，不是因為他，而是為了那些和他一起離開的東西。可是我無法讓自己按下醫院的電話號碼。一旦撥通電話，他的死將會變成一樁公共事件，和我再也沒有關係了。他的身邊圍滿了護士、醫生、他的學生和同事、來探望的領導，還有媒體……人們烏烏泱泱擠進他生命最後一點時間裡，展現出這場即將到來的死亡應有的規模。死亡的規模就是他生命的重量。一艘巨輪的沉沒。我不應該阻止一個偉大的人隆重地死，我知道，可是眼下我卻攥著這一點時間，怎麼也不想交出來。過去那麼多年裡，我沒問他要過任何東西，他的關心、他的寵愛、他的榮譽……他的一切我都不想要。現在我只想要他的死，把他的死據為己有。我等待著那一刻降臨，等待著一個不存在的聲音向我宣布，一切都結束了。

下午見面的時候，我能感覺到有些東西橫亙在我們之間，那個祕密，也許你早就知道了吧。它可能已經在漫長的時光裡消融，滲入生命的肌理。但是不管以何種形態，我相信它仍舊存在著，並且你也像我一樣，無法對它視而不見。就讓我們談一談好嗎，第一次，也是最後一次，把關於這個祕密的一切，都留在今晚。

外面的雪下得真大。大片的雪花從天空中紛紛落下，彷彿是上帝在傾倒世人寫給祂的信。撕得粉碎。

程恭

我不能在這裡待太久。等會兒雪小一些，就要去火車站了。今晚我要出一趟遠門，其實下午就應該走了，你來找我的時候，我正在等一個送水的人，要是他早點來，我們恐怕就不會遇到。

下午我收拾好行李，去廚房倒杯水，發現飲水機空了，就給水站打了電話。過了半個小時，送水的男孩還是沒來。本來不打算等了，但是上次沒現金，借了他的錢，總覺得還是要還上。出門之前，能了結的事應該都了結一下。外面陰著天，我覺得越發口渴，從櫃子裡翻出一只很破的鐵壺，煮上了水。蒼藍的火焰在壺底吱吱燃燒，鐵壺發出細瑣的聲響，我坐在沙發上，竟然睡著了，還作了夢。夢裡我、大斌和子峰，我們還是一群少年的模樣，在夜晚的巷子裡奔跑，大家都喝了一些酒，似乎很快樂的樣子，臉上的青春痘紅得發光。就這樣一直跑啊跑，跑到了大街上。大街上霓虹燈閃爍，有很多和我們一樣的年輕人，他們拎著啤酒罐，朝不遠處的廣場走去。我們跳上了路邊的一輛吉普車，紅色的，引擎隆隆地發動起來，大家歡呼著，吹起了口哨，把身體從車窗裡探出去。在一派節日狂歡的氣氛裡，汽車疾速朝前方駛去。

迷濛中我聽到了敲門聲，猜想應該是送水的男孩，就向著門口喊了聲「進來」。門沒有鎖，那個男孩自己會推開門，扛著水桶進來。我仍舊閉著眼睛，回想著先前的夢。它像是一個電影的結尾，遠去的汽車，縮小的房屋和街道，漸漸聽不見了的歡呼和笑聲。大幕落下，一片漆黑。好像所有的東西都被帶走了，我靜靜地待在黑裡，像一只空碗。隔了一會兒，我才感覺到湧進來的冷風，知道門被打開了。卻沒有腳步聲，屋子裡一片寂靜。

我睜開眼睛。你站在門口。我不知道你已經站了多久，沒準連我在夢裡大笑都看到了。還有醒來的悲傷，最虛弱時刻的樣子。程恭，你低聲喊出我的名字，聲音非常沙啞，似乎已經很久沒有開口講過話。快要下雪了，天陰得厲害，屋子裡黑漆漆的。爐子上的水沸了，咕嚕嚕地翻滾著。我仔細地看了你一會兒，確信自己並不認識你。可是在昏暗的光線裡，我忽然覺得這個站在對面的陌生人，似乎與我的生命有很深的聯結。那種感覺讓人背後一陣發涼。我努力回想著，記憶的卡片在頭腦中嘩啦嘩啦地翻動。然後你說，你是李佳棲。

你嘴巴裡呼出的白色哈氣，被風撩起的鬈曲頭髮，大衣下襬底下微微顫動的膝蓋，這些讓我相信眼前的你是真實的存在，並非是先前那個夢的延續。十八年沒見了，認不出來也不奇怪。你沒有化妝，蒼白的臉有一點浮腫，不過總算沒有辜負大家的期望，長成了一個美人。只是那張桃心小臉烏戚戚的，一副在大都市待久了的神情。你問我，你的樣子是不是和我想像的不一樣。我不置可否地笑了笑。坦白說，我從未想像過你長大之後的樣子。對我而言，和你有關的一切都已經裝進檔案袋，封上了火漆。說出來或許會有些傷人吧，不過，我真的沒有期待與你再見面。

我走到廚房關掉爐子。水已經蒸發了半壺，整個房間彌漫在白霧裡。你侷促地坐下來，看著我倒茶。

「你還跟奶奶和姑姑一起住嗎？」你問。

我告訴你，奶奶已經去世了，現在我和姑姑一起生活。

「她一直沒成家？」你問。

「嗯。」

我們的談話進行得很艱難。每次陷入沉默，我都覺得心臟受到壓迫，只想快點結束這次見面。你似乎有所察覺，但還在努力尋找話題。茶冷下去，屋子裡的白霧已經散盡，你終於起身告辭。我剛關上門，感覺鬆了一口氣，門鈴又響了。你站在門口，請我晚些到小白樓來。我還沒有來得及推辭，你已經走出了樓洞。

我並不打算赴約。不管是因為什麼，我想我們都沒有再見面的必要了。我坐在沙發上一支一支地抽菸，天色越來越暗，門突然篤篤地敲響了。送水的男孩扛著水桶站在門口，說是給西郊的一戶人家送水去了。他戴著一頂髒兮兮的灰色毛線帽子，神情恍惚。

「我迷路了。」他說。

我把送水的男孩送走，繫上外套的扣子，拖著旅行箱出了家門。外面已經黑了，天空開始飄雪。走出南院，我站在街邊等了很久，也不見有計程車經過。好不容易來了一輛，司機擺手說要收工了。天冷得厲害，我不停地跺著腳，把熱氣呼到手心上。身後是一個小飯館，門呼啦一下打開了。老闆娘從裡面走出來，她到隔壁的小賣部替客人買菸，看到了我就熱情地打招呼。去年夏天有一陣子我常來她這裡喝酒。

「要出遠門啊？」她問。我點點頭。

「著急嗎？雪小一點再走吧，這會兒很難打車。」她說。我跟隨她走進小飯館。最裡面的位子上坐著一個中年男人，拿過老闆娘買回來的香菸，剝掉塑膠紙，點著了一根。我在靠窗的桌子前面坐下，要了一份滷味拼盤。老闆娘是潮州人，跟著老公來到這裡，後來老公跟著別人的女人跑了，她卻留了下來。

「有新進的老撾啤酒，要不要試一下？」她問我。我說好啊，雖然並不想喝。我知道酒會讓意志變得軟弱。

我一邊喝酒，一邊吃著滷豆干。啤酒很淡，有夏天的味道。老闆娘和中年男人一直熱絡地聊著天，從媽祖像到釀豆腐的作法。

「這裡的水不好，豆腐不好吃。」老闆娘感慨道。

過了一會兒，中年男人付了帳走了。店裡只剩下我一個客人，變得很寂靜。

「你朋友的哮喘好些了嗎？」老闆娘忽然問。「前陣子有個客人到店裡來，說起家裡有個祖傳的治哮喘的偏方，我就讓他寫下來了。」她翻騰著收銀台底下的抽屜，「咦，放在哪裡了？」

「沒事，別找了。」我說。

「在這兒呢！」她說，「我就記得收起來了。」

「謝謝。」我接過藥方，塞進口袋裡。

她回到座位上，點了一支菸。

「好大的雪啊。」她喃喃地說。

我轉過頭去看著窗外。黑沉的夜幕中雪花紛飛。地上已經是白茫茫的一片。馬路沿上留下的腳印被新雪覆蓋，只剩下淺淺的窩。

「要不是因為這裡會下雪，我早就回南方了。」老闆娘說，「你喜歡雪嗎？」

「喜歡。」我說。

我們都沒再說話，只是靜靜地看著外面的雪。我盯著路燈下的那道光渠，大片的雪花在當中劇烈地翻卷、墜落，如同在苦海裡掙扎。

我想起很多年前的那個下午，也下著這樣大的雪，我離開學校去你爺爺家見你。你要走了，你媽媽領著你到學校辦了轉學的手續。在辦公室門口，你遇到大斌，跟他說你要見我，讓我晚些去你爺爺家找你。

我知道以後也許很難再見面了，這恐怕是最後的機會將那些事情告訴你。可是我卻越走越慢，最終在我們從前常去的康康小賣部門口停住了。然後，我掉頭回家去了。據說那天你等了很久，快吃晚飯的時候才被你媽媽帶走。讓你空等一場，我一直感到很抱歉。我也說不清為什麼這樣做。可能因為沒有什麼是我能夠主宰的，所以我想自己來決定如何結束這場友誼。從那個時刻起，我把和你有關的一切封存進了檔案袋。

大斌有你的新地址，你生日前的一天，他伏在桌上給你寫生日卡，但我拒絕把自己的名字添在他的後面。後來他還為你沒有回信，也沒有在他生日的時候寄來卡片而難過。沒有人知道你的消息。你從我們的生活中消失得乾乾淨淨，一如我希望的那樣。我猜你在用這樣的方式告訴我，你贊同我的決定，既然再也不能回到過去，保持聯繫也就毫無意義。我們曾那麼親密，以為友誼堅不可摧，可事實上它非常脆弱。因為它從一開始就是錯的，如同長在道路中央的樹，遲早會被砍掉。

我喝光了三瓶啤酒，扣上外套的紐扣，站起身來。

「要走了嗎？」老闆娘問。我掏出錢來給她。

「你往前再走一段，前面的大路口沒準會有車。」她手腳麻利地把找回來的錢塞到我手裡，「路上多保重。」呼啦一聲，她拉開半扇門，冷風夾雜著碎雪湧進來。

我一隻腳跨出了門檻，又停住了。我一動不動地站在那裡，酒精灼燒著我的臉。

「能先把箱子放在你這裡一會兒嗎？」我聽到自己說，「我想起還有一件事沒有辦。」

「好啊，反正下那麼大的雪，我也回不了住處了，你多晚來取都行。」她笑著說，「難怪整晚心事重重，快去吧。」

我謝過她，邁出門跨入風雪中。

剛才走在來見你的路上，又經過康康小賣部。它已經改成東東速食店。旁邊存放自行車的大車棚拆掉了，從前那個陡峭的斜坡被墊平了，你爺爺的家也從西區搬到了小白樓。可是大雪覆蓋了這所有的變化，讓我恍惚覺得還是十一歲的那個夜晚，你要走了，我趕來見你。這一次經過康康小賣部的時候我沒有停下。我終於把那個晚上沒有走完的一段路走完了。

李佳棲

夜晚一到，這裡就變得如此安靜，一點人聲也聽不到。還是白天好，孩子們會到中心花園來玩，在結冰的湖面上追逐打鬧，發出一陣陣尖叫。有太陽的下午，甚至能看到穿著婚紗的女孩，脫去披在外面的大衣，瑟瑟發抖地站在樓前拍照。或許是冬天的緣故，海邊太冷，溫暖的地方太遠，他們才會到醫科大學的校園裡來選景。小白樓倒是正稱他們的心意，雪白的外牆，探在半空中的圓弧形露台，還有鏤花的拱窗，足夠搭起一個劣質的幸福布景。反正幸福這東西，本來就都是假的，劣質的幸福也不會比精緻的幸福假到哪裡去。

小白樓。我們親昵地管它叫小白樓。那時候這樣純白的小樓並不多見。在這座汙染嚴重的工業城市，一切都理應是灰色的。灰色的樓房，灰色的天空，灰色的空氣。灰色就是我們整個童年的底色。小白樓顯然不屬於這裡。它隱藏在中心花園的盡頭，遠遠看去像是一朵蓬鬆的雲彩，掖在茂密的樹木中間。但我總疑心它是一隻落難的小象，被壞人施了咒語，流放到此地。我最喜歡它夏天的樣子，被茂盛的橡皮樹圍在當中，白牆上盪著惶惶的樹影，像極了一座殖民地時期的官邸，周遭黏黏的熱風裡有一股頹靡的氣息。有幾回我們游泳回來，看見幾個低年級的女孩在樓梯上玩過家家，把罩在沙發扶手上的白網紗披在頭上，假扮出嫁的公主。我們則像突然來攪局的巫婆，一邊怪笑一邊做鬼臉地從她們旁邊走過。

不過你知道嗎，有一個和你一起潛進這幢樓來的夜晚，我也曾在心裡暗暗決定，將來要在這裡舉行婚禮。那時候我們多大？十歲，或是十一歲？這裡還是工會活動中心，有個星期六，我和你趁著看門的人走開了，溜進來看大人們跳交誼舞。我們還看到了美麗的音樂老師。她身上有很多平時沒有的東西：高跟鞋、大襬裙、扶在腰上的男人的手。舞池昏暗，香水和汗液的氣味在空氣裡打架，旋轉射燈轉個不停，牆上飛來飛去的光斑是我們亂撞的心。從舉辦舞會的偏廳走出來，我們在這幢樓裡四處遊蕩。穿過挑高的大廳，順著木頭樓梯爬上二樓，走廊的盡頭是一扇小小的圓形窗戶。我們趴在上面向外張望，濕漉漉的夜色裡，有一輪披著煙靄的月亮。煙靄忽然散開，月亮圓得完美無缺。我們小心翼翼地移動腳步，退後，向左，往右，直到終於找到那個位置。在那裡，月亮恰好位於窗戶的正中央。無懈可擊的同心圓。我們緊挨著彼此，眼睛一眨也不眨地望著窗戶，那一刻我們好像站在整個世界的中央。可是很快地，如同洩露了什麼驚天大祕密似的，煙靄追上來蒙住了月亮。眼前的世界再次變得撲朔迷離，難以把握。我們慢慢走下樓梯，我感到有些惆悵，心裡想著一些空渺的事，比如幸福、未來，以及永恆。離開這幢樓的時候，我覺得應該與它有個約定，於是在心裡許願將來在這裡舉行婚禮。我沒有把這個決定告訴你，雖然那一刻我相信新郎會是你。

你一直跟我說小白樓是德國人建的。當時我們剛上五年級，歷史老師在課上說起德國人占領膠州灣的事，引起了你的濃厚興趣。東門外的哥特式天主教堂、古老的火車站，還有這座旖旎的小白樓……你尋找著德國人留下的痕跡。你以為它們都是在希特勒的指揮下建造的，幻想著能在小白樓的牆壁上找到隱祕的字元號。私底下你告訴我，你其實有些崇拜希特勒，因為他至少沒有度過碌碌無為的一生。你害怕平庸，害怕人生像一顆投到河水裡無聲無響的小石子。

很久以後我才知道，小白樓其實是二十世紀五十年代才建的，當時一位挺出名的教育家調到這所醫科大學做校長，政府特意為他造了這座小樓作為住所。但他覺得太奢華，婉言拒絕。可是沒有用，到了「文革」的時候，這筆帳還是算到了他的頭上，脫離群眾，搞特殊化的罪名一一扣下，這裡變成了批鬥他的地方。他被關了很多天，有天晚上在二樓的某個房間裡——也許就是我們現在所在的這間，他掏出私藏的刀片劃破了動脈。那位飲恨自殺的校長一定不會想到，許多年後這幢小樓會成為女孩們拍攝婚紗照的幸福布景吧。而我當然也從來沒有想過，自己有一天會住進這幢樓裡。現在如果我願意，每天都可以在這裡舉行一遍婚禮。這恐怕是從小到大最接近夢想的一次，近得只差找到那個和我結婚的男人了。

去年我差一點結婚，那個人叫唐暉，是我大學的學長，我們認識得很早，但已經太晚了。我人生中的大事早已發生。他發現了這一點，卻還是想試一試。他真的很好，像派來拯救我的天使，抓著我的手向上拉，只可惜到最後沒有成功。離開他以後，我寄住在不同的朋友家，那段日子過得渾渾噩噩，直到今年夏天，沛萱回來了，我搬去和她住了兩個月。

你一定還記得我堂姊沛萱吧，那個美麗的升旗手。這些年她一直生活在美國，去年拿到了醫學博士的學位，現在在俄亥俄州立大學教書。夏天她回來的時候，主動約我見面。也是從她那裡，我得知爺爺搬進了小白樓。沛萱抱怨一點都不好，說它的位置太顯赫，和旁邊的中心花園、人工湖一樣，是校園裡的一處景觀，來遊玩的人很多，經過樓前總要朝裡面張望。竟然還有人敲門，詢問能不能和院士合影。

「爺爺就像是一頭被關在籠子裡的珍稀動物。」沛萱生氣地說。她每年夏天都要回來住一段，給這房子添置幾件新家具。廚房裡的烤箱和咖啡機都是她買的，沒有這些東西她活不下去。但是等到夏天一過，她離開以後，它們就都被收進了櫥櫃。我爺爺還是只靠一把鐵壺、一只鐵鍋生活。雖然生活方式大相逕庭，但是他們相處得不錯，沛萱把那些日子稱作「靜謐的夏日時光」，我想那只是無聊的另外一種表述方式。

我從這裡轉學離開後，就沒有再見過沛萱。不過我們一直更新著彼此的聯繫方式，這主要是靠她單方面的努力。去美國後不久，她給我寄了一封信，告訴我她在美國的地址，隨後斷斷續續寄來信，有時末尾附著新換的地址。後來，我去了北京讀大學，她問我媽媽要到我宿舍的電話，和我通過一個簡短的問候電話，然後交換了電子郵箱。她有時候會給我寫郵件，告訴我一些她的重要變化，比如換了一所大學讀碩士，留在原來的學校讀博士。在每封郵件的結尾，她都會寫上這麼一句話：希望你有空的時候，回家看一看爺爺和奶奶。那些信我都沒有回，只在大學畢業的時候寫去一封郵件，告訴她我會留在北京工作。

對於沛萱來說，和我保持聯繫好像是她的責任，我是爺爺家的一個成員，所以她有義務不讓我與這個家庭徹底脫離關係。我們之間唯一一次實質性的聯絡是五年前，有一天深夜她從美國打來電話，泣不成聲地告訴我，奶奶去世了，她會回來參加葬禮，懇求我也趕回來。但我還是沒回來。後來她照舊發來郵件，告訴我她博士畢業，謀得教職等事情，末尾仍舊是那句話，只是少了奶奶兩個字。一直到今年夏天，她發來一封郵件，告訴我她回來了，會在北京住一段時間。

我們在市中心的一間咖啡館碰面。她有一副常去健身房的好身材，皮膚還是像從前那樣白，白得有些不近人情。不過，我很驚訝她臉上那道傷疤竟然如此明顯。我沒有見過她有了這道傷疤之後的樣子。聽說是從高處摔下來受傷了，這倒真是不可思議，從前每次受傷的總是我，不是膝蓋磕破，就是手臂蹭傷，而她是從來不會做爬高上梯之類的事的，你記得嗎，當時她來喊我回家，只要我們爬到死人塔的高牆上，她就徹底沒辦法了。

那道凸起的疤，從右邊的嘴角斜著向下，一直延伸到下頜骨的邊沿，足足有五釐米。不講話的時候還好，那道疤像是睡著了，一聽到她講話，它立刻醒了，隨著她口型的變化而動了起來，彷彿有一條蜈蚣，在那層很薄的皮膚底下爬。我只是感到有點惋惜。從小到大，她都很清楚自己想要什麼，並且始終沿著規劃好的道路往前走，這道疤或許是她人生的唯一一個意外吧。

沛萱告訴我，有一家電視台準備製作一部關於爺爺的紀錄片。這次她回國的主要目的是協助製作組收集素材，聯絡和採訪一些瞭解爺爺的人。她希望我作為爺爺的另外一個孫女，也能參加錄製。

「你就講一講小時候住在爺爺家的事，很簡單的。」她說。

「我什麼都不記得了。」我說。

「怎麼會呢，你好好回憶一下……」

「想不起來。」

「我知道你是因為你爸爸的事。可他們斷絕來往，也不是爺爺一個人的責任……」

「不是因為這個。」

「他當然不是一個完美的人，可是他……」

「不要再說了，」我說，「我得走了，你還要再坐一會兒嗎？」她歎了一口氣，示意服務員買單。

但她並沒有放棄，隔了幾天又打來電話，約我再見面。那個時候，我剛和一個短暫交往的男人分手，必須儘快從他家搬走。我告訴她，自己正忙著找住處，沒空見面。她提議我先搬過去和她一起住。因為紀錄片的事，她要在北京待兩個月，所以租了一間酒店式公寓。我同意了。因為一時之間真的找不到合適的住處。但其實在我的內心深處，的確懷著和她好好談談的願望。我想把我所知道的一些事情告訴她。

第二天下午，我就搬到了沛萱那裡。

「這就是你全部的東西嗎？」她抱著肩膀，看著立在門口的兩只旅行箱。

「有一只箱子還沒有裝滿。」

「你過的是吉普賽人的生活嗎？」她問。

「差不多吧，除了不給人算命。」

我早就習慣了這種移動的生活。對於怎麼在最短的時間裡讓自己的痕跡從某個地方消失頗為在行。平日購買生活用品，除去價格，還有一個重要的衡量參數，就是體積。在具有同種功能的同類物品中，我一定會選擇最小的那個。吹風機、直髮夾板、電熨斗、揚聲器，所有這些都是最迷你的，我甚至可以容忍它們簡陋的功能和專為討好作芭比夢的少女而漆成的粉紅色。香水都是五毫升的小試管。此外，盡量選擇兼具多種功能的物品，摺疊的開瓶器能開紅酒、啤酒和罐頭，便攜充電器可以給手機、電腦以及相機充電，一罐乳液既能搽臉又能塗身體。我像節食的女人計算卡路里那樣對物件的體積斤斤計較，把自己所占據的空間縮小到不能再小，如同生活在一只勒緊的胃裡。

沛萱當然不會理解這些，據說她在美國一個人住一幢很大的房子，還有花園。她爸媽沒跟她在一起，他們在加州，她爸爸身體一直很糟，兩年前中風癱瘓了，這意味著他可能永遠都沒法回國來和我爺爺見面了。

搬過去的第二天，沛萱再次提起紀錄片的事。

「你對著鏡頭簡單地講幾句就好了，」她說，「很容易，不是嗎？」

我開始有些明白了。事實上我在紀錄片裡說什麼並不重要，重要的是我得出現。這應該是導演的意思吧，為了展現爺爺生活中的一面，希望多採訪幾個家人。可是奶奶、我爸爸都已經去世，我叔叔和嬸嬸又回不來，現在爺爺的家人只剩下我和沛萱了。沛萱肯定沒有告訴他，我和爺爺早就不來往了。她不會說的，那會讓爺爺看起來很淒涼，有損他的完美形象。

「有你一個孫女不就夠了嗎？」我說，「要那麼多家人幹什麼，很多大人物都是斷子絕孫的。」

沛萱驚愕地看著我。過了一會兒她說，「其實我們兩個裡面，爺爺更喜歡你。」

我笑起來，「怎麼可能，他和我爸爸水火不容。」

「對，他是跟你爸爸不和，但他喜歡你。知道為什麼嗎？因為你長得很像他母親。奶奶說的，額頭和眼睛極像。」

「能不能不要再提他了？」我說。

在隨後一些天裡，她真的沒有再提起爺爺。但我很快發現，即便不提起，他也仍舊在我們中間。沛萱的生活裡，充斥著爺爺留下的痕跡。我甚至有時候會有一種錯覺，好像回到了小時候，回到了和她一同住在爺爺家的那三年。我拿起茶杯喝水的時候，發現把手上綁上了膠布條，上面寫著我的名字，桌上的另外一只，寫著她的名字。從前在爺爺家就是用這種方式，來防止有人錯用了其他人的杯子。在爺爺家，用錯杯子是一件很大的事，他們以假定家裡每個人都是肝炎患者的態度，杜絕著任何發生傳染的可能。我記得那時候我曾偷偷用了沛萱的杯子，想把自己的感冒傳染給她。事實證明，杯子的威力根本沒有那麼大。

酒店式公寓有一個開放式的廚房，沛萱在水池旁邊的瓷磚牆上黏了幾個掛鉤來掛毛巾，每個掛鉤旁邊也都黏著膠布條，上面寫著「洗碗用」「擦桌用」「擦手用」等等字樣，我看著那一排職責分明的毛巾，恍惚覺得站在從前爺爺家的廚房裡。關鍵在於她用的不是便簽紙，不是黏性貼紙，而是那種窄窄的膠布條，帶著一股濃重的藥味。從前在醫院工作的人，家裡都有這種膠布條吧，你奶奶家應該也有。不過很少有人能像我爺爺家使用得那麼充分。裹著塑膠膜的電視機遙控器兩頭纏著這種膠布條，收音機的天線上纏著它，開裂的文具盒外面也纏上兩條，沛萱還教給我，把它剪成小方塊，貼在作業本上，蓋住寫錯了的字，即便後來有了修正液，她仍舊對它們不離不棄。那時候我很討厭這種膠布條，討厭聞到上面那股醫院的味道，更討厭它把文具盒、遙控器和收音機都變成了纏著繃帶的病人。

沛萱還繼承了爺爺那種對自己嚴苛得近乎法西斯的生活態度，但她把這說成是必要的節制：早晨醒來絕對不會再在床上逗留一分鐘。說好看三十分鐘電視，到了時間哪怕正好播放到一部電影的結尾也會毫不留情地關掉。有一天晚飯之後我們講了一會兒話，然後她說該吃水果了。可是看了看表，八點半，比平時晚了半小時，她就說現在不能再吃東西了。最要命的是她竟然還戴著牙箍，那種隱形牙箍，吃東西之前要先去摘下來。

「你小的時候不是就戴過牙箍了嗎？」我問。她小時候戴的是金屬絲的那種，說話的時候一嘴的寒光。

「現在牙齒又有縫了，要再戴一段時間，沒有什麼事是一勞永逸的。」她說。

我看不出哪裡有縫隙，她的牙齒整齊得像麻將牌。她告訴我，有時候她會無意識地用舌尖頂牙齒，戴上牙箍還可以糾正這個壞習慣。原來她也是有壞習慣的，也會有無意識的時候。在我的印象裡，她連睡著都是時刻警惕的。她湊近了我，讓我張開嘴巴給她看。

「你也應該戴一段時間。」她說。

「不要。連說夢話都戴著一層塑膠套子，多假啊。」

有一天她從超市買東西回來，帶了兩瓶葡萄酒。她說晚上可以喝一點紅酒。我很高興我們終於有了一個共同的愛好。她用乾布耐心地擦去酒杯上的水珠，把它們並排放在桌子上，分別向裡面注入三釐米高的葡萄酒，然後用瓶塞把酒瓶封好。我立刻意識到我們對於「喝一點酒」的理解不一樣。倒酒的時候她一直盯著玻璃杯，彷彿上面有一道刻度線，而裡面裝的是止咳糖漿。等沛萱睡覺以後，我把她收起來的大半瓶酒拿出來，拔掉塞子，一個人繼續喝。

第二天中午我才醒過來。頭有點疼，走到外面的房間，她正坐在電腦前回覆郵件。

「你是不是根本不記得昨天的事了？」她一邊打字一邊問。

「我喝醉了？」

「我半夜起來看到你躺在地板上，酒杯打破了，一地的玻璃碎片。」

「抱歉，我的酒量不大好。」我抬起手揉了揉太陽穴，發現胳膊上有一大塊瘀青。

「不，你的酒量好極了，不僅把剩下的大半瓶喝光了，還又打開另外一瓶，也一點沒剩。」

「是嗎？」我隱約想起昨夜自己握著紅酒瓶，四處尋找開瓶器。

她憂愁地看著我，「你是不是也有酗酒的傾向？」也有。她用一個「也」字逼迫我想起我爸爸。

「有可能。」我說。

「為什麼？」她看著我，「我的意思是，你為什麼不試著戒掉，可以通過藥物，美國還有戒酒所，國內應該也有吧？」

「我喜歡自己有一些惡習，這樣我不至於太討厭自己。」我沒有告訴她，這項惡習是我從爸爸那裡繼承來的為數不多的東西。每次喝醉以後，我都會覺得離他很近。

「我沒想到你會變成這樣。」她搖頭。痛苦的表情不適合她，會讓那道疤變得扭曲。我在想像要是她大哭或者大笑，那條「蟲子」會不會從皮肉裡面翻跳起來。我終於明白為什麼她總是面無表情。面無表情是最適合她的一種表情，她盡可能不驚動那道疤。

後來，她再也沒有買酒回來。有些晚上我會出門，找朋友一起喝酒。每次她看到我臨走前忙著吹頭髮和化妝，總是會很生氣。那是一種感情複雜的生氣，有時候像是一個管教不了女兒的母親，有時候又像一個看著媽媽精心打扮、出門赴約就會不高興的小女孩。她從來不化妝，也幾乎不參加派對。她總抱怨美國人在毫無意義的社交派對上浪費了太多的時間，這是讓他們變得越來越蠢的原因。她看到我大概才意識到中國也好不到哪裡去，全世界的人都在變蠢。

出門前我站在鏡子前面試衣服，脫下一件，換上另外一件，拿不定主意究竟該穿哪一件出門。她坐在電腦桌前，扭過頭來看著我。我並沒有詢問她的意見，但是她會告訴我，它們都不適合我。

「衣服最重要的是材質，穿起來要舒適。」她說。

後來我去面試一份時尚雜誌的工作，她逼迫我脫下連衣裙和高跟鞋，換上她那舒適的黑色套裝和平跟皮鞋，並告訴我職業女性在正式場合穿褲子更得體。那場面試以失敗告終，我猜主編肯定覺得我和時尚一點關係都沒有。

每次洗臉，我都能從鏡子裡看到掛在浴缸上方橫杆上的內衣。我們兩個人的胸罩，肩並著肩，貌合神離地挨在一起。我的都是櫻桃紅和嫩粉的顏色，細窄的半月形，劣質的蕾絲或仿緞，胸口繫著小蝴蝶結，上面黏著一顆洗幾次就會掉的小粒亮鑽。她的則一律是白色，舒適吸汗的純棉布料，幾乎都是相同的款式，用料慷慨的寬大形狀，一直連到腋窩底下，我簡直懷疑她從貨架上把所有同一尺碼的都買了回來。

「這麼花稍的胸罩，都是穿給男人看的嗎？」我換衣服的時候，背後忽然傳來她陰鬱的聲音。

「怎麼是穿給男人看的呢？」我說，「你自己難道不會照鏡子嗎？」

她真的不照鏡子。大概由於那道疤，她不願意看到鏡子裡的自己。因為缺少鏡子，她如同一個未發育的小女孩那樣，活在蒙昧之中。有時候，她會流露出小時候的神態，只是那種發光的神采不見了。我仍舊記得那時候，每個星期一的早晨她抱著國旗走向旗杆，皮膚在陽光下白得耀眼，頎長的身形洋溢著一種動人的少女氣息，我簡直覺得全校的男生都要愛上她了。

只有一個晚上，我們談起過比較私密的話題。事實上，對於其他堂姊妹來說，那根本算不得是什麼私密話題。可我卻總有一種冒犯了她的感覺。

我問她有沒有男友。她說沒有。

「性伴侶呢？」我問。

「我不需要那個，」她紅著臉說，「我過得很充實。」

她告訴我，那個屬於她的男人還沒有出現。她相信這個世界上有一個與她完全匹配的男人，來自很好的家庭，受過很好的教育，有一份體面的工作，而且永遠只愛她一個人。她在耐心地等他。

「你呢？」她有點不好意思地問。

「你要等的還沒出現，我要等的已經離開了。」我說，「現在我覺得男人都差不多，沒什麼好，也沒什麼不好，和誰一起都能過。」

「你的人生態度很有問題。」

「我的人生沒有態度。我就是那麼一天天活著，活下去。」我說。

後來的兩個星期，沛萱忙著和攝製組一起開會，準備拍攝所需的資料。中午我睡醒的時候，她已經出門。我自己弄一點吃的，然後坐在電腦前寫稿，在網上尋找工作機會，寫郵件發簡歷。她通常吃過晚飯才回來，那時候我已經準備出門。因為是夏天，幾乎每天都有朋友在酒吧喝酒，不管誰叫我，我都會去。等我深夜回來的時候，沛萱早就睡下了。我們住在同一個房子裡，但幾乎碰不到面，這樣很好。從前我住在別人家裡，一旦發覺對方不好相處，就會調整自己的生物鐘，儘量與他錯開時間，避免見面。

直到有一個下著大雨的晚上。過了十二點，我濕淋淋地跑回家，發現她還沒有睡。屋子當中放著旅行箱，她正把疊好的衣服放進去。我心裡一沉，紀錄片拍完了嗎？我竟然有一絲惆悵，隨即想到又要找住處，就感到很疲倦。但她告訴我，她只是要出差幾天，隨攝製組到雲南和緬甸去。

「雲南？你們拍的是風光片嗎？」我問。

「你知道嗎，」她說，「爺爺參加過遠征軍。抗日的時候齊魯大學遷去成都，他在那裡入伍，跟隨軍隊去了雲南和緬甸。有張資料照片，是一個連的士兵和孫立人將軍的合影，我在裡面找到他了！」

我當然不知道，我甚至不知道孫立人將軍是誰。

沛萱從寫字桌上拿起一本書。那本書在桌子上放了很多天了，是關於遠征軍的，我拿起來翻過幾下，又放了回去。她捧著書，飛快地找到當中的一頁，指著照片上一排士兵中最右邊的那個人給我看。那個在很低的像素和很遠的時空裡的年輕士兵，看起來可以是任何人。我注意到那一頁的右上方摺了一個角，小小的折角，很當心地不讓折痕碰到照片，也不要壓到最右邊的那個人的身上。

「他在醫護隊工作，負責搶救傷患。當時不是有英國派來的支援部隊嗎，他還給支援部隊的軍官做過翻譯……」沛萱一邊說，一邊又開始翻那本書。

「別說了，我是不會參加錄製的。」我說。

「你以為我是為了讓你參加錄製才說這些的嗎？」她冷冷地說，闔上書放在膝蓋上，「我只是認為你應該知道。不管你是否承認，爺爺都是我們家的榮耀。我希望和你分享這分榮耀。當你接納它的時候，它就會充滿你，帶給你力量。」

充滿我？像聖靈充滿基督徒那樣嗎？她想要和我分享的，恐怕不是榮耀，而是她的信仰。她對爺爺的感情是一種信仰。所以明知是徒勞，她仍孜孜不倦地把那些「榮耀」的故事講給我聽，就像是一個教徒盡著傳福音的義務。她用一種召喚的目光看著我，讓我覺得自己好像是一隻迷途羔羊。

「沛萱，迷失的人其實是你。」我搖著頭，輕聲對她說。

我們兩個人並排坐著，用惋惜的目光看著彼此，都覺得對方很可憐。這情景有多麼荒誕啊。

我忽然記起那時候有一個傍晚我和你爬到死人塔的圍牆上玩，她來找我，要我跟她回家。我坐在牆上不肯下來，還繪聲繪色地向她描述牆裡面那些死屍的樣子。她的臉色蒼白，整個身體都在發抖。然後她轉身走了，走出幾米她停下腳步，轉過頭一字一頓地對我說：

「李佳棲，你的人生肯定會是一個悲劇。」她的聲音很奇怪，好像不是她自己的，她不過是在傳達一個神諭。

「你的人生才是一個悲劇。」我惡狠狠地回敬。

多年以後，我們的詛咒似乎都應驗了。我的人生的確是一個悲劇。可是沛萱何嘗不是呢？

她一直為爺爺和家族而活。它們就像她從很小的時候就戴上的牙套，一直緊緊地箍著她，塑造著她的形狀。成年之後，為了不讓任何一條微小的罅隙產生，她依然不敢把它摘下來。她的全部自由，都被夾死在那些閉合的齒縫之間了。

「沛萱，」我打破了沉默，艱難地說，「你知道這分所謂的家族榮耀有多麼可笑嗎？」

「不要再說了，」她倏然站起來，「就算沒法理解，也請你不要中傷它，好嗎？」那道疤在顫抖。

我把目光移開，正想著該如何繼續說下去，她已經飛快地走回裡面的房間，「砰」地合上了門。

我一個人坐在沙發上，坐在危險的沉寂裡。我想像著下一秒，自己會衝過去，拉開那扇門對她說，

「沛萱，讓我告訴你一些事吧。」

她可能預感到了我要說的話將會是一場暴力。但我和我的影子堵在門口，她逃不出去。她蜷縮在那裡，驚恐地看著我。然後我會解開口袋，真相像一條惡狗從裡面跑出來，狂吠著撲向她，撕爛她身上榮耀的鎧甲，掏出她的心，用水淋淋的舌頭舔去上面那層潔白糖霜似的信仰。只需一點時間，她就會失去那些對她來說最寶貴的東西。她將完全被摧毀。我站在那裡，平靜地看著這一切，然後告訴自己，我並沒有做什麼。對她施暴的不是我，而是真相。真相只是借了我的手去解開束著它的口袋。

可是真的是這樣嗎？我陷入了迷茫。得知那個真相，目睹它給很多人帶來傷害，在這一切面前，我是完全被動的，除了承受之外，什麼也不能做。而那一刻我忽然意識到，自己的手中好像主宰著一些什麼。我主宰著如何處置真相的權利。我可以決定是否讓它去傷害沛萱。我當然可以無視那些傷害，假正義之名將它說出來。我還可以說服自己相信，把所知的真相說出來是一種責任。正義和責任，聽上去多麼崇高啊，可惜它們不是真正貼著身體的感情。

我的感情忽然變得很軟弱。我只是希望自己能夠仁慈一點。沛萱信賴的榮耀是虛妄的，可她卻依靠它真實地活著。她所崇拜的信仰並不是善美的，但因為她相信它是，它就在淨化著她的心，令她得到善美。

我在想，如果我只把沛萱當一個普通朋友，一個陌生人，對她仁慈會變得容易很多吧。這種仁慈本是我們天性裡的東西，只是隨著成長的險惡，漸漸失去了。我想起小時候，我和你那麼熱衷於探尋真相。可是當我們花了很大的力氣，終於確認子峰並非他爸媽親生的時候，我們選擇了保持沉默。我們互相提醒著，千萬不能在他面前說錯話，露出蛛絲馬跡。有一次我不留神和他討論起家裡人的血型，過後你生氣地訓斥了我，說我不夠善良。我還為此大哭了一場。那時候，我是多麼害怕自己不夠善良啊。

我坐在沙發上，盯著面前那扇十二樓的窗戶。窗外是暴雨，皎潔的閃電不斷劃過。有一束光握住了我。它溫存地撫摸著我的頭髮。你不能想像，而我也無法解釋，當我決定永遠把那些事束在口袋裡的那一刻，忽然非常地想念你。

沛萱去雲南和緬甸的時間比她預料的要長。後來她打來電話說，美國的大學有重要的事情等她回去處理，她買了從香港飛的機票，就不回北京了。她說她多付了一個月的租金，我還可以繼續住下去。「希望你能早點找到工作，還有，快些戒酒。」她站在中緬邊境，風很大，聲音像天空中疾飛而過的鴿子。

「你也保重。」我掛掉了電話。

沛萱離開之後，我似乎變得積極了一點。去酒吧的次數減少，也沒怎麼喝醉過，還在書店找了一份工作，跟朋友合租了一套很小的公寓。秋天的時候我媽媽來看我，在北京住了幾天。廚房的爐子壞了，我們坐在小得轉不過身的房間裡吃外賣，她低著頭扒白飯，一句話也不說。我知道她一定失望透了。她一直盼著我早點嫁人，買個房子，好讓她也搬進去。這些年她一直住在我姨媽家，受夠了那種寄人籬下的日子。回濟南之後不久，有一天凌晨兩點，她給我打來電話，說不知道你爺爺現在怎麼樣了。我很吃驚，這些年她從來沒有提過他。她沉默了一會兒說，你爺爺住的那幢小樓是醫科大學送給他的，就算他不在了也不會收走，對吧？畢竟是親孫女，她說，要是你能回來照顧他，他還是會高興的，說不定就把小樓留給你了。我說我不會回去的，讓她打消這個念頭。可她好像著了魔，隔幾天就打一個電話。漸漸地，我忘記了她的目的，只聽到電話那邊的聲音重複著，回來，回來。我開始想起很多童年的事，非常懷念在南院的日子。直到上個星期，我又作了那個夢：我坐在搖搖晃晃的火車車廂裡，一個紅色的俄羅斯套娃滾到腳邊。我把它拿了起來。有個女人尖利的聲音在耳邊說，打開它呀。我擰開它的肚子，看到一個小一號的套娃，長得一模一樣。我又把它擰開，裡面是一個更小的。我一個接一個地打開，越來越快，汗水不斷流到眼睛裡，好像永遠也停不下來。攔腰斬斷的娃娃們在地上骨碌碌地滾動，那個女人的聲音還在說，打開它呀，打開它呀。我醒過來，枕頭上都是汗。這個夢又回來找我了，它每次出現都是一種召喚。我意識到自己必須回來一趟。我爺爺可能就要死了。

我是上個月回來的，沒有通知任何人。到的時候是晚上，中心花園的路燈都壞了，到處是黑漆漆的樹影，光禿禿的枝椏在風裡搖顫。月光照著崎嶇的小徑，凸起的鵝卵石微微發亮。我不記得人工湖旁邊有那麼一簇假山，參差地聳立著，彷彿是夜晚忘記了藏好它的牙齒。小白樓在人工湖的另一端，遠遠看去，像一座央心孤島。

門鈴壞了，但門沒有鎖，扭一下把手就能打開。我循著吵鬧的聲音來到一樓的盡頭，看到一屋子男男女女圍在圓桌旁邊，兩個男人在猜拳，另外幾個人正搖晃著腦袋，用我聽不懂的方言唱歌，還有一對男女黏纏在一起。地上橫七豎八地躺著空酒瓶，桌子中央的電爐子上，有一鍋紅油在咕嚕嚕地翻滾。

在好不容易弄清楚我是誰之後，一個女孩衝出屋子，用力地敲著對面緊閉的門。隔了一會兒門才打開。

走出來的那個女孩就是照顧我爺爺的保母小梅。小梅已經把身上的衣服穿好了，但身後那個男人還沒有，皮帶出了一點麻煩，他正背過身去弄搭扣。客人們倉皇散去，剩下小梅一個人站在屋子當中，咬著嘴唇惡狠狠地抹桌子。她當然不服氣，因為從來都沒有見過我，甚至不知道我爺爺還有那麼一個孫女。這幢象徵著畢生榮譽的大宅，到頭來成了保母幽會的樂園，真是有些諷刺。可惜我爺爺到死也不會知道了。半年前的一場肺炎之後，他一直躺在床上，再也沒有離開過現在這間屋子。也沒有人來看望，我爺爺討厭被打擾，幾年前就和外界斷絕了往來。

兩天後，我解僱了小梅。因為她比我看起來更像這裡的主人。臨走前她來和我爺爺道別，還哭了，好像有幾分真感情。不管怎麼說，一定比我對爺爺的感情深。我爺爺也習慣了被她照顧，可是快要走到生命盡頭的時候，他變得很虛弱，在必須找一個人依靠的時候，他還是選擇了我。

雖然很多年沒有見面，他已經認不出我，可是當我說了我是佳棲以後，他立刻對我很信任。我要辭退小梅他也沒有異議。一切都是因為血緣。血緣真是一種暴力，把沒有感情的人牢牢捆綁在一起。

佳棲，佳棲。他會冷不丁地喊一聲，好像只是為了不讓自己忘掉這個名字。剛回來的那幾天，我在這間屋子裡待了很久。坐在這裡看著他，想像著那場發生在我們之間的對話。關於我們這個家庭裡的悲劇，關於他如何變成現在的他，而我又怎樣長成今天的我。我在心裡排演著要對他說的那番話，練習著冷酷的語氣，把每個詞削得像鉛筆一樣尖。要足夠鋒利，給他致命一擊。

可是事實上，我們什麼話都沒有說。給他致命一擊的是一場寒流。小梅走後沒幾天，我爺爺就受了風寒，發起高燒。吃了兩天藥，燒退下去了，神志卻沒有恢復。眼神渙散，完全聽不懂我在說什麼。疾病及時地趕來，像是為了保護他，使他免於羞辱和傷害。如同被罩在一個器皿裡，與外界隔絕，可他還能思考，意志也還在。大小便失禁的事從來沒有發生過，他會一直憋著，直到我把痰盂放到他的身子底下。為了挑戰他的意志，我曾試過十幾個小時不管他，他竟然仍舊能堅持。這可能也是站了幾十年手術台所練就出來的一種職業素養。

我漸漸很少到這間屋子裡來，除了餵飯和幫他解手。我不願意和他面對面看著彼此。雖然在他渾濁的瞳孔裡，我或許只是一個毛邊的輪廓。他也垂著眼瞼，盡量不看我。我們似乎都害怕一不小心會看到那個隔在我們兩個中間的人。給他擦身的時候，我總是越過他的肩膀，看著他背後的溫熱發縐的床單。他太瘦了，毛巾簡直要把那層皮撚起來，我好像在擦拭一根一根的骨頭。他把頭轉向一邊，眼睛看向地板。這似乎令他感到很屈辱。他曾是一個那麼有能耐的人，決定過無數性命，最終卻要讓別人拽起胳膊擦腋窩。不過說真的，作為一個老人，他算是很乾淨，身上沒有任何難聞的氣味。這一定也是通過強大的意志來實現的吧，他不允許自己發臭。到了這個時候，他還沒有放棄自己。

沒有人到這裡來，除了兩個孩子。前天他們翻過柵欄，偷偷跑進了院子。當時我正在沙發上看書。書房裡有一些精裝本的名著，專門用來裝飾書架的那種，似乎從來都沒有人看過。我拿出《咆嘯山莊》來看。故事如此迫近，擊打著我的心。不經意間一抬頭，發現兩個小孩正把臉貼在窗戶上向裡張望。都是十來歲年紀，一個男孩，一個女孩。男孩長得一點也不像你，女孩也不像我，但是不知道為什麼，兩人在一起，就很像多年前的我們。我跑過去拉開門，看到他們並排站在那裡，一時間有些恍惚。

男孩告訴我，語文老師布置了一篇作文，題目是「一個令人尊敬的人」。他們都是這座醫科大學的教工子女，從小就聽說我爺爺，這次決定寫他，特意來採訪。在我以爺爺健康狀況不佳為由拒絕之後，女孩看著我，眨了眨眼睛，說那我們採訪你吧。你是他的孫女，應該很瞭解他，給我們講講他的故事吧。我說我其實對他一無所知。他們不信，非要纏著我講故事。我說你們隨便編一些好了。他們瞪大眼睛看著我，這可是你說的喔，萬一老師來問，你要說都是真的。嗯，都是真的，我說。他們心滿意足地走了。一個受人尊敬的人，需要有很多動人的故事簇擁著他，無所謂真假。

我爺爺被授予院士稱號的時候，這座醫科大學，包括我們的附屬小學應該都很轟動吧。可惜我已經轉學，在新的學校裡，沒有人知道晚報用整整兩版報導的中國最著名的心臟方面的專家就是我爺爺。好像冥冥中有一股力量，把我從他的身邊拉開了，讓我免於分享他的榮耀。有時我會想，要是我沒有離開，要是我一直生活在他的光環之下，我會長成另外一個人嗎？

前天晚上，我坐在樓下的客廳看電視。電視裡正播放一個紀實節目，尋訪留在緬甸的遠征軍老兵。他們有的當了華文補習老師，有的開著一間小雜貨店。鏡頭在老人的臉上移動。在陌生的異鄉，連衰老都是小心翼翼的，沒有一條皺紋敢長得太鋪張。他們的身體依然硬朗，卻已耳聾或癡呆多年，似乎有意早早關閉了感官，只活在自己的世界裡，這樣他鄉就看起來有些像故鄉了。打完了日本人，因為不想回國再打內戰，不願意目睹自己人殺自己人，他們決定留在緬甸。這一生從此偏離了航道。不再與大時代共振，太平了，也廢棄了。一個卒子，要是選擇不過河，也就沒有用了。

記者採訪了一個老兵的孫女。她繼承了爺爺的生意，現在是雜貨店的老闆。我盯著她的黝黑的臉龐看，她也可能就是我，如果我爺爺當時留在了那裡。也許他會開一間診所，靠一些當地的華人幫襯，慘澹地經營下來，從我爺爺到我爸爸，然後再到我。我長大了，可能和一個緬甸的男孩談了戀愛，我們冒著雨跑到廣場上去看翁山蘇姬的演講，坐在電視機前聽到新聞解禁的消息，相擁歡呼。那原本不是屬於我的人生，如同蒲公英的種子，被風吹到那裡，開出草率的花。但因為少了根的羈絆，沒準也能活出一點自己的氣象來。至少，會更乾淨一些。每個古老的國家都積下太厚的塵垢，離散是一個自我潔淨的過程。那種夾雜著痛苦的自由，令我嚮往。

可惜我爺爺沒有離散的勇氣。那片貧瘠的土地也無法承載他的野心。然而沛萓並不覺得爺爺有什麼野心。關於爺爺的紀錄片裡有一段她的採訪。她說，我爺爺曾經告訴我，他其實是一個最隨波逐流的人，求學就好好讀書，學醫就悉心看病，該入伍的時候入伍，該入黨的時候入黨。他只是踩對了步伐，時代更迭太頻密，一不留神就會踏空，墜入深淵。隨波逐流其實是最難的，如同情報工作者耐心地調試無線電，要有多麼靈敏的耳朵和平靜的心，才能把自己和這個時代調到一個頻率上。

現在電視裡放的就是她寄來的紀錄片。下午等你的時候，它一直在迴圈播放，我斷斷續續地看著，不時走一會兒神。要是有機會，我會告訴沛萱，我很喜歡遠征軍的部分。我喜歡我爺爺的前半段人生，喜歡想像要是他在當中的某個地方停下來，現在我們一家人的命運會是怎樣。

《仁心仁術——走近李冀生院士》 15'37"

一個老年女人，穿著棗紅色襯衫，坐在窗前的桌子旁邊。字幕顯示：陳淑貞長女，姜愛嵐。她打開面前的橢圓形鐵盒，拿出摺疊成方塊的信紙。打開，攤放在桌上。信紙邊緣殘缺，有兩行鋼筆字湮開了。螢幕上逐字打出信的內容：

淑貞，見信好。

醫療隊現在駐紮在一個山坡上。這一帶地勢險峻，下過雨寸步難行。天氣悶熱，但仍得裹得嚴實，因此地螞蟥甚多。下午我做了一個截肢手術，終生難忘。病人是伍德先生，醫療隊裡最好的醫生，從前在英國是給皇室貴族看病的。這兩個月，我一直給他當翻譯和助手，但沒碰過手術刀，他只信自己，不讓別人插手。前兩天有場空襲，營地犧牲了十來人，他也被炸傷。昏迷了一整天，他醒來便問，右胳膊保不住了？我點頭。他的眼圈紅了。手術前他讓我握住他的右手，然後說，我把我的天賦都交給你了。手術很順利，現在他還沒醒。我一個人在營地外面坐著，遠處又拉響了警報。淑貞，這些日子以來，我對命運之無常有了更深的體會。生命如此卑微，毫無尊嚴可言，戰爭不過是那些發號施令者的遊戲。以犧牲那麼多人為代價，勝利又有何意義。但我常常想起你，使我不致太悲觀。不管多難，我定要回到你身邊。

冀生

畫面轉換。老年女人把信摺好，放回鐵盒。底下字幕顯示：這是一九四三年李冀生從緬甸寄給陳淑貞的信，也是唯一一封，隨後，他們失去了聯繫，直到戰爭結束。李冀生回來的時候，陳淑貞已結婚兩年。二八年，陳淑貞去世前想見李冀生一面，但李冀生在美國參加學術會議，未能趕回來。

程恭

我姑姑不知道我要走的事。現在她大概正躺在床上，警覺地聽著門外的動靜。這兩年因為神經衰弱，她入睡的時間總比睡著的時間更長。要是我很晚回家，她就一直醒著，在黑暗裡聽著，直到聽見門鎖響動，我從外面走進來，才放心地睡去。她一定以為今天和往常一樣，我只是出去喝酒了。她不在乎我喝酒，喝得爛醉也沒所謂。近一年來，我有輕微酗酒的傾向，她肯定也發現了，不過沒準這正是她希望的。一個天黑以後就喝醉的人應該很難被姑娘愛上。而且酒鬼對性的需求變得很低，慢慢也會失去愛的能力。我應該老得更快一些，最好追趕上她衰老的步伐，和她一起離開這個世界。這是為了我好，她一直擔心她不在了以後我會太孤獨。

可是今晚她等不到了。她整夜都會醒著，也許天要亮的時候，才勉強睡著一小會兒，很快又醒過來。她扭開檯燈看桌子上的鬧鐘，爬起身查看門鎖，試著給我打電話，聽著長長的等待音在房間裡走來走去。有那麼一瞬間，她可能會忽然意識到：我不會回來了。她站在第一縷陽光照進來的屋子當中，環顧四周，我能想像那一刻她有多麼恐懼。熟悉的事物變得陌生起來，那種感覺我知道。

這是我第一次真正離開濟南，要去別的地方生活。很多年前，我姑姑算過一次命，說這輩子必須守在家裡，出遠門會遇險。她一口咬定我的八字和她很像，也不能出遠門。這些年，我一直和姑姑合用一條命，真的和她越來越像。漸漸地，她對遠方的恐懼也變成了我的。有一種古怪的信念，讓我相信我必須留在這裡，好像在等待著什麼。那時候，我很想把這種感覺告訴小可，可是連我自己也說不清究竟在等什麼。

小可也不說話，不停地去抓胳膊上被蚊子咬的包。時值八月，生鏽的電扇嘩啦啦地掀起窗簾，她光著上身在屋子裡走來走去，用力撓著手臂。那個包破了，在流血她也不知道。結了痂又一次次被揩掉，變成一個越來越大的洞，直到她離開都沒有長好。

和小可認識已經是七年前的事了。那時候我還在一家廣告公司工作。上大學時本來可以去別的城市，最終還是留了下來，但一直有些不甘心。奶奶年紀越大，脾氣也變得越古怪，簡直讓人無法忍受。所以那時候，我真的很想離開這裡，小可也想。她也住在家裡，父親是退伍軍人，性格暴虐，對她非常苛刻。他不讓她交男友，怕她會失身。但小可和我見第二面就上床了。我們最初的約會，都是在她家附近的旅館，每次只有一個小時。我當然更自由一些，但也必須對奶奶和姑姑隱瞞小可的存在。

我奶奶一直害怕我因為戀愛而離家，從此再也不管她。剛上大學的時候我談過一場戀愛，她的反應很激烈，總是找茬和我吵架，還跑去威嚇那個女孩。我一氣之下搬了出去。幾個月後，女孩離開了我，和她的一個狂熱追求者好上了。我拎著行李回到了家。奶奶什麼也沒有說。姑姑則對我關懷備至，每天做我愛吃的菜，週末還陪我去爬山。在風很大的山頂，她對我說，你這樣一走了之，留下我一個人去應付你奶奶，我真的怕死了。從那以後，我再也沒有和女孩長久地相處過。好像沒有誰值得我這麼去做。

但小可是個例外。我們時常談論起「私奔」的事。兩個人悄悄離開這裡，到另外一個地方開始新生活。那場景總是會讓我想起小時候和你討論去遠方。還記得嗎，你要去北京，因為你爸爸在那裡。而我想去深圳找我媽媽，也可能是廣州，我不知道她到底在哪裡。我們計畫著離家出走，先陪你去見你爸爸，你再和我一起去找我媽媽。坐上漫長的火車，在哐當哐當的車廂裡睡著了又醒過來，趴在窗戶上看飛起來的樹，分吃一碗熱氣騰騰的速食麵。你答應幫我洗襪子，我承諾中途停車的時候，會給你到月台上買紅薯，還同意就算剩下再少的錢，也一定會讓你吃霜淇淋。這些想像總是令我們興奮不已，像一個怎麼都玩不厭的遊戲。很多年後我又重拾它，和小可。但是這一次要現實一些。我們計畫去上海，那裡機會比較多，也許能賺到一些錢，然後開始自己的事業。每次見面我們都會談起這件事，說得眉飛色舞，聲稱明天就出發，最終在一個小時後各自回家。

直到那年五月，我奶奶住進了醫院。她發燒很多天也不退，人忽然瘦了很多，結果一查是肝癌晚期。醫生讓她回家，說活不過三個月了。她的神志已經有些不清楚，總是覺得我和姑姑會害她，說什麼也不肯離開醫院。醫大附屬醫院的住院樓向來人滿為患，她仗著爺爺曾是醫院的領導，姑姑又在醫院裡工作，才終於住進了偏樓，就是我爺爺從前住的那幢老住院樓。那裡幾乎快要變成老人院，住了很多等死的老人，護士的凶惡是出了名的，她沒少吃苦頭。況且，為了提防我和姑姑，她把存摺和首飾都帶在身邊，總是擔心被偷，整晚都無法安睡。

「家裡的東西你們別亂動，我快好了，這兩天就能回去。」我奶奶說。我們眼見著她一天天地衰弱下去。

到了五月底，小可忽然出現在我家樓底下，帶著一只旅行箱。她說她和父親決裂了，也辭掉了家旁邊的健身中心的工作，已經打定決心再也不回去了。

我把她暫時安置在我家樓上。下午你去找我的時候，一定很奇怪為什麼整片西區的舊樓都拆掉了，只有我奶奶家住的八號樓還在。那幢樓原本也是要拆的，但我奶奶不肯搬，硬要校方出雙倍的賠償金。最後別人都搬走了，只剩下我們一戶，醫大拆遷辦整天派人來遊說也沒有用。他們知道我奶奶難纏，動輒要死要活，鬧起來很可怕，就決定暫時先不拆這幢樓。我猜他們是覺得反正我奶奶也活不了兩年了。沒想到她那麼能活，校長都換了兩任。等鄰居都搬走以後，我奶奶撬開門鎖，把那些房子占為己有。她讓我和姑姑買來一些便宜的鋼絲床和塑膠桌椅擺進去，然後把它們租給旁邊電子城來打工的外地人。從此她成了大房東，整日樓上樓下收房租，日子過得相當充實。這樣維持了七八年，後來電子城遷到別的地方，租戶越來越少，到最後都搬空了。整幢樓就剩下我們一戶住人，牆上的裂縫越來越大，線路有時出故障，家裡總是停電。樓上窗戶的玻璃都碎得七零八落，颳大風的時候窗框來回搖晃，像是在鬧鬼。

我讓小可住三樓朝東的那套房子。我們敞開所有的窗戶，掃掉牆上的蜘蛛網。小可打開我帶去的收音機，一邊掃地，一邊跟著哼唱。我用接長的水管沖洗地板，冷不丁在背後偷襲她。她搶過水管反擊，兩人在空曠的屋子裡追逐，渾身都濕透。我們在包著塑膠膜的雙人床墊上做愛。每次做愛之後，她的臉會湮起紅斑，生出很多細小的疹子，這令她感到苦惱，我卻覺得挺美。

沒過多久，我因為和上司發生爭執，索性也辭掉了工作。於是有大把的時間，可以在一天的任何時候去找她，清晨、中午或是傍晚。要是姑姑上夜班，我就住到樓上去。有時候趁著去病房給奶奶送飯，或是出門幫姑姑買一瓶醬油的時間，也到樓上看她一眼，給她帶去一盒外賣的炒飯。夏天來了。兩人支起蚊帳，把那只床墊當成木筏，在上面吃飯看影碟打遊戲，消磨一整天。還有做愛。無休止地做愛，直至虛脫。我們誰都沒說，可其實我們都在等待著。

這些年我和姑姑無法換房子，無法換任何一件家具，無法改變落後的生活方式，一切都必須遵循奶奶的意志，而她的意志就是留在原地。我們一直都在等著她離開，然後開始一種新生活。現在，小可也加入了等待的佇列。她在等我得到解脫，和她一起離開這裡。但是誰都不再談起這件事，只是默默地等待著。

我們在白天喝啤酒，光著身體躺在地板上，讓肚臍被陽光照得發燙。一直喝到爛醉，四肢綿軟無力，我爬起來，進入她，那深邃的核心。黏稠的液體越來越多，舔舐著滾燙的邊緣，痙攣的感覺傳遍全身。我俯下去，閉上眼睛，完全沉入她的身體。被窄小的骨盆撐開的身體，柔軟至極，在戰慄，收縮。我不能停下來，直至麻木，無法射精。勃起久久不能消退。那孤獨的堅硬，像青春最後的狂歡，讓人感到迷惘。

六月底，我奶奶進了重症監護室。我們去的時候她很清醒，要求拿掉氧氣罩。她問姑姑，「你說你爸早就在那邊等我了嗎？」

姑姑猶豫著，說她不知道。過了一會兒，我奶奶忽然搖了搖頭，「我不想再一個人了。」她在兩天以後嚥氣。當時我正摟著小可午睡。掛了姑姑的電話我又躺下，抱住小可。小可睜開眼睛，問我怎麼了。我讓她不要動，就這樣再躺一會兒。解脫的滋味和想像的不一樣，我感到有點暈眩。

追悼會很冷清。奶奶在南院聲名狼藉，別人躲著她都來不及，不要說有什麼交往了。回來的時候下起了大雨。跳下公車，我和姑姑護著骨灰盒，衝到郵局的屋簷底下。我們站在那裡，雨越下越大，完全沒有要停的意思。姑姑忽然大哭起來。她說，程恭，現在我在這世上是一個孤兒了，你不要欺負我。

我們把奶奶葬在了城郊的山上。就她一個人，旁邊沒有別的親屬，孤零零的。原本想把骨灰送回老家，但姑姑只知道她是山東曹縣人，哪個村的也不清楚。十七歲她離開家就沒有再回去過。回家的路上姑姑說，葬下你奶奶，就有祖墳了，現在我們才算是在這個城市安了家。

大獨裁者死後，人們陷入一種可怕的空虛狀態。反抗已經成了畢生事業，除此之外，他們什麼也不會做。現在自由從天而降，如同一件精密複雜的儀器，他們拿著它，卻不知道該怎麼用。在接下來的一個星期裡，我和姑姑小心翼翼地按照從前的方式生活著。她照樣上班下班，我白天去找小可，傍晚出門買菜，晚上我和姑姑坐在那張破舊的方桌兩端吃飯。頭頂的白熾燈仍舊壞著，光線像不祥的眼皮，跳個不停。姑姑也還是像從前奶奶在的時候一樣，把菜燒得那麼熟爛。油膩膩的塑膠桌布上，殘留著奶奶口水的氣味，讓我想起她坐在我們中間的那個位子上啃排骨的樣子。到了星期天，在我的提議下，我們去買了一台飲水機，還有姑姑一直想要的榨汁機。這就是全部了，我們所期待的新生活。

我和小可的生活也和從前一樣。但她開始抽我帶去的菸，並且一遍遍疊箱子裡少得可憐的幾件衣服。有天下午，她跑出去紋了個身。在手心，是隻小鳥。但她說那是和平鴿，祈禱世界和平的意思。然後她哧哧地笑了，說實在想不出該紋什麼好，但就是想紋身。和平鴿和她的性情很相稱。她從小見多了爸媽吵架，特別抗拒紛擾，從來不與人發生爭執。她對我連一句抱怨也沒有。我感受著她那沉甸甸的緘默，每天都比昨天更沉一些。

我也不知道自己為什麼還不走。也許是有些事沒做完，於是我決定幫姑姑把家搬了。院方在高層公寓樓留了一套房子，為的就是哪天我們肯搬了，可以直接住過去。我和姑姑去看了，在十二樓，採光很好，還有一個很大的陽台。我們開始為搬家作準備，週末進行了一場大掃除。奶奶有囤垃圾的愛好，平日什麼也不肯扔掉。光禿禿的雞毛撣子、斷齒的梳子、空的雪花膏鐵盒……我們把這些東西都裝進大紙箱，摞在牆邊。原本要借一輛三輪車，把它們丟到垃圾站去，可是那兩天下雨，就暫時擱置了。等到我好不容易借來三輪車，姑姑看著我把東西往外搬，忽然開口說，「等我死的時候你再一起扔吧，反正也沒有多少年了。」

我不理她，繼續搬東西。她跑過去攔在門口，「我不換房子了，就住在這裡。你想走就走吧。」

「我早就想走了。」我丟下箱子，奪門而去。

我沒去小可那裡，到小飯館吃了碗麵，之後就在大街上晃蕩到深夜。我打算第二天和姑姑談談，勸她搬進新樓，然後告訴她有個朋友介紹了一份上海的工作，我打算去試試。回到家，一推門發現屋子裡燈火通明。姑姑坐在客廳裡，桌子上是早就冷掉的飯菜。她自己什麼也沒吃。我要進房間，她喊住了我，說有話要跟我說。等我坐下，她又不開口。

「我也不知道我是怎麼了……」她哭了起來，「你奶奶死了以後，我晚上總是睡不著，好多老早以前的事，都在腦袋裡翻騰，就跟演電影似的，我一會兒在台下看，一會兒又在台上演……」

「你知道嗎，我有一種很奇怪的感覺——」她垂著臉，不停地搖頭，「你爺爺還沒有死……」

「沒有植物人能活四十二年。」我很驚訝自己能脫口說出四十二這個數字，好像一直在心裡默默地算著。可我們很多年都沒提起過爺爺了。他是二十年前失蹤的，有天晚上被人從病房裡偷偷運出去，從此再也沒有下落。

「可是說不定會有奇蹟。當時在重症監護室你奶奶不也這麼問過嗎，她一定是知道了什麼，臨死的時候人知道得要比平時多。」我姑姑說。

「你這些都是瞎猜的，一點依據也沒有。」

「我有。」她說，「去給你奶奶辦喪事的時候，我才知道如果不是家屬，拿不出證件，就沒法火化。那你爺爺死了屍體怎麼處理？埋了？扔了？那都犯法，只有一個辦法——」姑姑看看我，「就是把他再悄悄送回來。」

「把他偷走不也犯法嗎？誰會冒著被抓的危險再把他送回來？」我說。

「我們這座樓都搬空了，晚上把他搬到門口，沒人會看到。」

「所以你每天都在等著早晨一推門，看到我爺爺躺在外面是嗎？」

「不是我在等著，是你奶奶在等著，」姑姑說，「我現在明白當初她為什麼死活不搬，就是因為這個。」

「得了，」我說，「她一直盼著他早點兒死。」

「人有時候不知道自己心裡想什麼。我一直以為我很想搬走，換個大一些的房子，有個像樣的自己的房間，可是現在……我不知道，我就是覺得我必須待在這裡，你爺爺的事還沒有完……」她又哭了起來。

「別說了。」我說。

她說出了某種真相。我們的等待，並沒有因為奶奶的去世而終止。因為我們在等的是別的東西。是不是我爺爺被送回來，我不確定。但是我的確無法相信，關於他的一切都結束了。不是因為還有什麼謎沒有解開，該知道的都知道了，只是有一種情感上的東西尚未完結。它懸在那裡，無法交託。

我們都沒再說話。姑姑小聲地抽泣著。我把桌上一碟炸花生米拿到跟前，一把一把吃了起來。

從那之後，姑姑變得越來越害怕獨處。連做飯也要我站在旁邊跟她說話。到了晚上更不想讓我出門。我就陪她坐在沙發上，看無聊的電視劇，吃西瓜。她不停地流汗，還在織一件很厚的毛衣。只有手上做點什麼，她才不會那麼焦慮。隨後我才意識到，她的更年期來了，正在處理身體裡多餘的欲望，如同一只就要報廢的爐子在燒煤，把餘下的煤都用上，燒得通燙。奶奶剛去世，她的更年期就來了，像是為了頂替家裡那個老年女人的空缺。她繼承了奶奶的乖戾、多疑和強烈的占有欲，也繼承了她留在這幢破樓裡的意願。雖然衰老是不可違抗的事，但我仍舊覺得更年期的到來對她來說，顯得格外殘酷。因為她很可能還是一個處女。她這一生的血，算是都白流了。

小可沒有再問我還要不要和她一起走。從某個時刻起，她已經知道了答案。可她似乎仍在等著我說點什麼。她在房間裡走來走去，抓手臂上被蚊子咬的包，流血了也不知道。我坐在牆角喝啤酒，想著沒準喝得再醉一些，就能跟她講講我的故事。可是我卻始終無法讓自己開口。太久不講，故事已經鏽住了。外面下著大雨，離別的氣息充斥著整個房間。小可站在窗前，猛然從這座荒涼的樓裡探出身去，像一隻要飛起來的鴿子。

在我所記得的最後一次做愛裡，她緊緊抓住我，把指甲深嵌進肉裡。蚊帳被扯了下來，裹纏在我們身上。她用它蒙住臉，像罩在新娘的紗裡。

「娶我嗎？」她一臉正色地問。

「嗯。」

她像是聽了天大的笑話似的咯咯笑著，直到眼淚流出來。

小可走的時候沒有和我道別。告訴我這個消息的人是我姑姑。她早晨下去倒垃圾，看到一個女孩從樓上走下來。

「我找的人已經搬走了。」她對姑姑說，然後拖著行李箱走遠了。

第二章

李佳棲

你也覺得這屋子裡冷嗎？喝了酒會好一點，慢慢就暖和了。我很高興你也喜歡喝酒，我們發展了同樣的愛好，這算不算是一種默契呢？不過我的酒量一般，沒準很快就醉了。但是別擔心，我不會講胡話。也許正相反，頭腦能變得更清楚。酒能讓記憶力變好，你有這樣的體會嗎，就像是有一盞燈，照亮了布滿灰塵的漆黑角落。

有時候我也會想，為什麼和沛萱來自同一個家庭，從中得到的東西卻完全不同。其實這種差異在我們父親那一輩已經存在。她爸爸，就是我叔叔，從小把我爺爺奉作神明，所有人生大事都聽從我爺爺的意見。我爺爺宣稱從不強迫子女做什麼，他只是說出自己的意見。可是那些意見，就像他開給病人的藥方一樣具有權威性。我爸爸卻無視這種權威性，一直違抗爺爺的意志。他是這個家庭裡的叛徒。

從很小的時候開始，我就能感覺到爸爸和爺爺之間有一股對峙的力量。每回他們坐在一起，空氣就變得緊繃繃的，好像隨時要爆炸。他們兩個幾乎不說話，如果要說，也是通過奶奶。奶奶經常對爸爸說一些話，然後補充道，這是你爸爸的意思。而爸爸對奶奶講話，有時以「你告訴他」開頭，那就是說給爺爺的。當時我以為，他們關係不好主要是因為我爸爸娶了我媽媽。這的確是一個原因，不過後來我發現，我爸爸正是為了和我爺爺作對，才娶我媽媽的。

我媽媽剛認識我爸爸的時候，還是一個臉蛋上頂著兩團紅的鄉下姑娘，祖祖輩輩沒有離開過那個叫做十八里莊的村子。要不是因為下鄉，我爸爸永遠都不會認識我媽媽。也可以說，要是沒有「知識青年到農村去」的口號，這個世界上就不會有我。因為某條口號而降生，聽起來總覺得生命有些草率。不過我是不是應該感到慶幸，因為在這個國家，更多的小孩因為某條口號而沒有辦法生出來。

在「廣闊天地，大有作為」的鄉野之間，我爸爸實在沒有找到「作為」的事，就和我媽媽談起了戀愛。當時他和我爺爺的關係已經很糟，為了擺脫家庭，他打算留在鄉下。我外公家在當地是大戶人家，人多田多，吃飯不多他一個，幹活也不少他一個。何況我媽媽是整個村子裡最美的姑娘。她的美很幽僻，如同甘冽的泉水靜靜地流過山間。我爸爸一度為之著迷。他喜歡美人，我一直不願意承認這個事實，總覺得這樣會使他顯得有點膚淺。我媽媽農活幹得也好，養豬餵雞樣樣在行，可惜後來去到城市，這些優勢都帶不走，唯一跟著她一起進了城的是她的美麗。美麗不像她的戶口，它是可以通用的。因為那分通用的美，人們好像很容易忘記她是從鄉下來的，沒念過書，字也不認識幾個，也容易忽視她忍受著的格格不入的孤獨。當我發現她的孤獨的時候，她進城已經二十多年了，那時候，她早就不再美麗了。

我爸爸是說過要永遠留在鄉下，不過那只是一時負氣的話。他和所有從城裡來的年輕人一樣，很快就無法忍受艱苦而無聊的生活。後來城市招工，我爸爸就返城了。不久他向爺爺提出要和我媽媽結婚。直到這個時候，全家人才知道我媽媽的存在。

我爺爺堅決反對這門婚事，他想讓我爸爸娶同事林教授的女兒。林姑娘是學音樂的，拉一手動聽的小提琴，而且對我爸爸很傾慕，還特意上門送票，請他去聽他們劇團的演出。不過後來聽我媽媽說，她這個情敵皮膚黝黑，身材矮胖，戴著一副很厚的眼鏡。小時候我常常在心裡權衡爸爸和林姑娘結婚的利弊：我將會被生成一個又黑又矮的小孩，有可能早早就戴上了眼鏡，可是會拉小提琴，到了每個人都要表演節目的新年聯歡會，就不用再和你、還有大斌合演一個根本就不好笑的小品，而是能夠一個人走到鴉雀無聲的教室中央，把小提琴放在肩膀上，演奏一曲悱惻纏綿的《梁祝》。

我爺爺說，我爸爸要是娶了我媽媽，將來一定會後悔。但是我爸爸說，後悔也是他自己的事，不用他管。一個下著小雪的早晨，他帶著我媽媽去領了結婚證。就這樣，他們結婚了。沒有婚禮，沒有新房，沒有彩禮。兩個人暫時住在我爸爸朋友的房子裡。那間十平米的簡陋平房成了我媽媽在這座城市的第一個家。一個星期以後，我外婆和舅舅拎著兩隻活雞和一袋年糕麵坐長途來到濟南，想去拜訪一下親家，結果被我爸爸攔下了。後來兩家的人一直都沒有見過面。

剛結婚的時候，我爸爸和媽媽也有過一段幸福的時光。畢竟這個小家庭衝破了重重阻礙才得以建立，讓我爸爸覺得很珍貴。我媽媽呢，再也不用養雞餵豬，站在烈日之下割麥子，陌生的城市生活對她來說很新鮮。我爸爸用他那輛很破的金獅牌二八自行車教會了她騎車。一個星期天的下午，她搖搖顫顫地騎著車子上街，在百貨大樓給自己買了平生第一瓶雪花膏。這時她已經褪去了臉上的兩團紅，從當時拍的照片來看，還是很美的。不久後，我爸爸託人幫她找了一份工作，在街道幼稚園當阿姨。她很喜歡這份工作，每天就是和小朋友一起唱歌跳舞，做遊戲，等他們入睡以後，她悄悄地把剩下的飯菜倒進飯盒，帶回家當晚餐。

當時我爸爸在糧食局的車隊當司機。每天早晨他騎車到車隊，換上工作服，戴上白線手套，發動他的那輛解放牌卡車，載著一車斗的麵粉和大米在城市裡穿梭。忙裡偷閒的午後，他會開車來接媽媽，帶著她到街上去兜風。那是一九七六年，這種卡車還很稀罕，據說整個濟南不超過二十輛。當我媽媽站在巷子口看著爸爸的車駛過來，在路人羨慕的目光裡跳上車的時候，她也許曾相信自己是這個世界上最幸福的女人。有時候一直忙到晚上，來不及回車隊，爸爸就把車開回了家。我媽媽歡天喜地地拿著掃帚和裝米的口袋奔到胡同口。她爬上後車斗，藉著路燈昏暗的光線，把漏撒在上面的一層薄薄的米攏到一起，撥掃進口袋。她一路小跑回到家，掂著沉甸甸的口袋告訴我爸爸，這些足夠他們吃一個星期。我爸爸就笑一下，或許是覺得她很可愛。那時候她的節儉還是一種令他欣賞的美德。

這些是媽媽講給我的，在爸爸向她提出離婚的時候。有那麼幾天，她一直都在回憶。她忽然不再是平日裡那個粗糙簡陋的鄉下女人，悲傷使她超越了自己的理解能力，變成了一個很懂得愛情的女人。我很少像那幾天那麼喜歡她，那麼願意聽她講話。我喜歡所有懂得愛情是怎麼一回事的人。

剛結婚的那一年，我爸爸和爺爺沒有任何來往。忽然有一天，我叔叔來找他，說我爺爺要見他。我爸爸勉為其難地回了一趟家。我爺爺說，今年政府恢復高考了，你應該去參加考試。但我爸爸表示他對現在的生活很滿意，不需要別人指導他該做什麼。兩人沒說幾句就不歡而散。為了這件事，我奶奶第一次也是唯一一次專程來拜訪我媽媽。後來我媽媽一直後悔答應了奶奶的請求，幫他們去勸我爸爸。以她有限的見識，絕對想不到念大學這件事，對人生會有那麼大的改變。

很難說我媽媽的勸說到底起了多少作用，反正我爸爸最終還是參加了高考。也許他本來就想參加，只是為了違抗我爺爺的意志，才差點決定放棄。但他沒有像爺爺希望的那樣學醫，而是選擇了中文系。他其實想去北京的大學，但最後還是留在了濟南。因為要是把我媽媽帶過去，連個落腳的地方也沒有，也無法給她找到工作。從那個時候起，她已經在拖他的後腿了。

我爸爸平時住校，只有週末才回家。星期一到星期六，他讀托爾斯泰，跟老師、同學討論詩歌和哲學，去學校的小禮堂看電影，到了星期天他帶著髒衣服回家，去糧店馱回五十斤麵粉，把蜂窩煤搬到臨時搭起的雨棚底下，清理堵塞的爐子。住的地方常停電，他隨時準備出去換保險絲，而我媽媽則繼續在黑暗中包餃子。她不知道怎麼表達對他的好，就只會每個星期天包餃子。這是我爸爸一星期的生活，浪漫主義的身子，拖著一條現實主義的尾巴。

那時候我爸爸寫詩，他的詩刊登在雜誌上，被女同學們悄悄吟誦。每回他從校園裡經過，總有幾道目光默默跟隨著他。小時候我曾在家裡的舊雜誌上讀過他的詩。我讀不懂，只覺得很美，很浪漫。那種浪漫，與愛情有關，和我媽媽無關。至少我很難把它們和我媽媽聯繫在一起。我爸爸還和幾個同學創建了詩社，他是第一任社長。他們常常在一起讀詩討論，週末也很少回家了。詩社的影響力很大，當時的幾個主創人員，後來都成了有名的詩人。除了我爸爸。雖然他們都說他才是當中最有才華的那一個。

我爸爸為什麼停止寫詩？這真是一個謎。很多年後我認識了他的同學殷正，據殷正說，大學畢業之後他和我爸爸都留在了學校，一邊教書，一邊讀碩士。就是在讀碩士的第一年，我爸爸忽然不寫詩了。是無法寫了，好像失去了這種能力。他很焦慮，整夜不睡覺，那是很黑暗的一個時期。同一年還有一件大事發生，那就是我出生了。沒有人知道二者之間有什麼隱祕的關連。

那個時候，我爸爸對我媽媽的感情已經很冷淡。當時我們全家人搬進了教工宿舍，算是有了一個真正屬於自己的家，但我爸爸很少回來，他情願一個人待在辦公室。也許他覺得失去寫詩的能力和我媽媽有關，又或者他只是想獨自度過那個艱難的時期。

我爸爸的大學同學裡，有一個人和他的情況相似，也是下鄉的時候娶了農村姑娘，後來返城讀大學。大學畢業沒多久他就離婚了，找了一個同班的女同學。我爸爸沒有離婚，也沒有去喜歡任何一個女同學，雖然據說當時愛慕他的人挺多。我猜想，使他堅守這段婚姻的，也許不是他和我媽媽的感情，而是他反抗我爺爺的意志。

我爸爸也作過一些努力，來縮小和我媽媽之間越來越大的差距。他送我媽媽去上夜校，讓她參加自學考試。我媽媽斷斷續續讀了好幾年，一門考試也沒有通過。一直等到生下了我，她才終於不用再去了，心裡總算鬆了一口氣。可是她因此就以為我是她的福星，會給她帶來好運氣，真是大錯特錯了。我上小學以後，我媽媽每次翻著我新發下來的課本，就會說都過去那麼多年了，她還是常常會做考試的噩夢。除此之外，還有流產的噩夢。當初為了讓我爸爸安心上大學，她打掉過兩個孩子。我很為她惋惜，覺得她把那兩個孩子當中的哪一個生下來都會比我好。在那兩顆受精卵裡，或許還有我爸爸對我媽媽一點殘餘的愛意。

從我懂事起，就知道我爸爸不愛我媽媽。只是因為結了婚，他們才生活在一起。我猜想婚姻就像我們的校服一樣，從來都不合身，但是必須一直穿著。隨著一天天長大，我學會了用爸爸的目光來審視媽媽，辨識出她身上那些無可救藥的鄉下人習氣：她有時會忘記刷牙，洗完了臉從來不會用毛巾去擦乾；她無法區分不同器皿的功能，把橘子汽水倒進碗裡，紅燒肉裝在臉盆裡。她不喜歡開燈，她對光線的要求和城市裡的人不一樣，她對吃飯的理解也不同，有時會站在爐子旁邊，迅速扒完一碗飯，然後洗掉那只碗，有種如釋重負的感覺。她還有一些過分節儉的美德，比如把包裝蘋果用的發泡網都收集到一個大口袋裡，用它們來洗碗，擦煤氣灶，或是把刷鍋洗碗的水積攢起來沖洗馬桶。我知道爸爸討厭這些，雖然他早就不再說了。這些日常瑣屑充斥在生活裡，像泱泱白蟻似地啃噬著他對她有過的一點感情。在我出生之前，那一點感情已經被吃空了。

在我的童年記憶裡，家裡總是靜悄悄的。只有一些沒有生命的東西在說話，電視機、洗衣機，還有煤氣灶。後來家裡裝了電話，我就很盼望有人打來找爸爸，這樣就能聽到他講話，有時甚至能聽到他笑。我很欽佩電話那邊的人可以講出令他發笑的話，這是我和媽媽都不具備的能力。你肯定不會想到，小時候我最喜歡看的電視劇是《成長的煩惱》。我不羨慕裡面那三個孩子有各種玩具和忠誠的大狗，不羨慕他們總有參加不完的派對，也不羨慕他們一到暑假就在小島度假，戴著墨鏡躺在碧藍的大海邊。我羨慕的是他們的爸媽有那麼多話可以說。當他們的媽媽站在水槽邊洗碟子的時候，他們的爸爸會站在一旁和她說話。他們說著說著，爸爸走過去親吻了媽媽。好長的一個吻，長得足夠讓我的眼淚掉下來。我告訴自己他們只是在演戲，只有在戲裡丈夫和妻子才會說那麼多話。

在我爸爸和我媽媽之間，好像從來都沒有過什麼完整的對話。我媽媽其實很愛講話，但是每次她想要發起一場對話，總是很快被我爸爸中止。

「你不懂。」

「別問了。」

「能讓我安靜一會兒嗎？」

這是我爸爸對媽媽說得最多的幾句話。我媽媽有時咧嘴一笑，走過去把窗簾拉嚴實，或是「哎」地空歎一聲，拿起指甲鉗開始剪指甲。她好像從來不會生氣。她的自尊心早就被收起來了，放在一個自己看不見的地方。她總是一副不在乎的模樣，令人同情不起來。我從來沒有憐憫過她。

不僅如此，我還怨恨她。我一直覺得是她連累了我。我爸爸是因為不愛她才不愛我。所以我很努力地和媽媽劃清界限，苛責她那些粗陋的習慣，糾正她講話時用錯的詞，嘲諷她土氣的審美。我想以這樣的方式來取悅我爸爸，雖然事實上收效甚微。我爸爸沒有抱過我，更沒有親吻過我。有些早晨，我看到父親新長出的鬍茬，會想像它們蹭在我的臉頰上是什麼感覺。我爸爸也不會逗我笑，或者惹我哭，我們之間是沒有情緒的。我們也從來都不玩遊戲。他可能從來沒有意識到我需要遊戲，就像他小時候我爺爺沒有意識到他需要一樣。他們都把孩子當作大人來看待，在他們的詞典裡，根本沒有童年這回事。

我爸爸有時會出差，但從來不會帶上我和媽媽。我們一起去過最遠的地方是鄉下的外婆家。他沒有帶我去過遊樂園，也沒有和我看過電影。我們全家一起去過一次元宵節的燈會，但我太矮了，看到的不是花燈而是奔走的腿。我爸爸並沒有像別的爸爸那樣把我舉過頭頂，讓我摸一摸彩燈底下寫滿字謎的彩條紙，或是從插滿糖葫蘆的靶子上摘下一串。他也不知道我任何一個朋友的名字，不知道我的作文寫得很好，最討厭作雞兔同籠的數學題。

他似乎早就假定我生活在一種和他不同的介質裡，就像水缸裡的金魚，而他是一個從來不會把臉貼近玻璃看一看裡面的主人。我對他而言，可能只是一種裝飾性的擺設。只有在問他要零用錢的時候，我們會有一點交流。我喜歡問他要錢，他比媽媽慷慨很多。媽媽也喜歡我問他要錢，這樣就不用從他給她的家用裡出。每次我都會很具體地說明要買的東西：帶一把心形舊銅小鎖的硬殼日記本，外殼的顏色有深藍和淺藍兩種，就像白天和黑夜的天空，我決定要深藍色的，因為我更喜歡夜晚；一盒三十六色的水粉鉛筆，灑一點水顏色就會暈開的那種，最適合畫雲彩和起霧的森林；一盒酒心巧克力，與班裡要好的女同學分吃，上一次我們吃的那盒是她買的。描述它們的時候，我覺得好像是在描述自己的一部分，假如爸爸對我多瞭解一些，沒準就會喜歡上我吧。事實上，帶小鎖的日記本我買的是淺藍色的，因為深藍的被別人買走了。這個本子在客廳的茶几上放了好多天，爸爸每次拿起報紙的時候都能看見，但他並沒有抬起頭問我：它為什麼不是深藍的？

沒錯，你會說大人聽孩子說話的時候總是心不在焉的，他們根本不會記得深藍色還是淺藍色這樣的細節。如果不記得的人是我媽媽，我一點都不會介意。可是我對爸爸的感情不一樣，它非常敏感和脆弱，總是不斷受傷。

在我們那個家裡，他和媽媽好像分屬兩個階級，他在高處，擁有無上的權力，他的愛是無法索要的，只能是一種恩賜。而我對它有著不同尋常的渴望。

我知道他最喜歡的時間是深夜，我和媽媽入睡以後的那一小段時間。那是真正屬於他的時間。有一次我起來上廁所，看到他在沙發上看電視，手邊的茶几上有一罐啤酒。他斜躺在那裡，腿搭著沙發扶手，臉頰緋紅。屋子裡湮著很重的水氣，他剛洗過澡，穿著一身白色秋衣，看起來像一隻軟體動物。一隻終於從緊閉的蚌殼裡爬出來的軟體動物。他看到我站在門邊，輕聲說，去睡吧。他那沒有隔著蚌殼發出的聲音濕漉漉的，非常溫柔。

我爸爸很少帶我和媽媽去他和同事、同學的那些聚會。雖然媽媽每次出現，都令他們感到驚豔，兩人站在一起，非常符合才子佳人的古典愛情的範式，所以人們理所當然地認為他們是幸福的。但是我爸爸並不想在人前刻意偽裝出家庭幸福的樣子。只有一個例外，就是我們去爺爺家的時候。

小時候每年臨近春節，媽媽都會帶著我去商店買新衣服，為的是除夕夜去爺爺家的時候穿。有一年我看上了一件有袋鼠式大口袋的苔綠色毛衣，但是媽媽說我上一個除夕穿的就是綠的，他們會以為還是去年的舊衣服。

到了年三十那天，中午就開始打扮了。新衣服、新鞋子，頭頂戴著新髮箍，腦後還綁著一朵新頭花。印象最深的是亮緞子紮成的蝴蝶結，肥厚的翅瓣上綴滿小珠子，走起路來小珠子就搖，像個宮裡的女人。我有一個喜歡的頭花，紅底配墨綠的花格呢，但是媽媽不讓我在除夕夜戴，嫌它太小了。她讓我戴的那種，簡直像一個大手掌似地捂在我的後腦勺上。好像戴上一朵很大的頭花，就能讓我看起來更幸福。

等我們兩個都打扮好了，站在鏡子前面，媽媽很滿意地說，這下可要把他們氣壞了。

「他們為什麼會生氣？」我問。

「因為他們不想看到我們過得好，」我媽媽說，「他們覺得你爸爸娶了我，就肯定不會過得好。」也就是說，我們應該表現出過得很好的樣子。雖然我爸爸並沒有這麼說過，但我能感覺到這也是他的想法。怎麼樣算是過得很好呢？在路上我總是很忐忑，不知道自己該怎麼做，可是一到爺爺家，我好像很自然地就會了。幫媽媽撣去包餃子時蹭在衣服上的麵粉印子，拉著爸爸的手讓他陪我去陽台上看煙火，在十二點外面鞭炮聲大作的時候，我會堵住耳朵把頭埋在爸爸的懷裡。而媽媽則會讓爸爸給她挽袖子，或是在洗碗之前，摘下戒指讓爸爸替她保管，並在這個時候不經意地告訴奶奶和嬸嬸，這個戒指是爸爸最近才給她買的。至於爸爸，他很少主動做什麼，只是默默地配合著我們。不過，吃飯的時候他會用自己的筷子給我媽媽夾菜——這樣的行為對我爺爺簡直是一種冒犯，他們家每個盛菜的盤子上都橫著一雙公共筷子。

我知道一切都不是真的。我只是在表演，可是我卻真的感覺到很快樂。一種在表演的快樂中獲得的快樂。我開始很盼望除夕夜這一天，盛裝、表演，像我們三個人的一場聯歡晚會。

七歲那年的除夕夜，全家人一起吃晚飯的時候，奶奶忽然問起我媽媽在幼稚園的工作。

「我讓她辭職了。」我爸爸說，「那個幼稚園阿姨太少了，除了照顧小孩還要打掃衛生，太累了。」

這是我第一次聽到爸爸說謊。媽媽不是辭職而是被辭退了，因為他們招到了幼兒師範畢業的新老師。那時候我叔叔和嬸嬸還沒有出國，嬸嬸也在醫科大學當老師，就說不然她去託人想想辦法，看能不能給媽媽在後勤部門找一份工作。爸爸搖頭說，後勤都是男人幹的活。

「也有適合女的幹的，」嬸嬸說，「比方說在食堂或是學生宿舍……」

「不用了，」爸爸說，「讓她在家裡休息一段吧。」

吃完餃子，奶奶取出包好的壓歲錢發給我和沛萱。大人們坐在電視前看聯歡晚會，我們就在外面的房間拆紅包。新的鈔票有一股發甜的香氣，很好聞。錢上面印著的人，臉上一道皺紋都沒有，看起來很純潔。我們數著粉藍黑鈔票，結果發現我有五張她只有三張。相差這麼多，不可能是奶奶數錯了。我立刻跑去告訴爸爸。

爸爸沉下臉，轉過頭看著奶奶。奶奶放下削了一半的蘋果，連忙說我媽媽現在沒有工作，所以就多給了我們一點。房間裡變得很安靜，只有電視機裡傳出一浪一浪的掌聲和笑聲。我斜著眼睛看向螢幕，兩個穿著中山裝的人在說相聲。其中一個正一口氣報出一長串菜名。我又餓了。

「啪」的一聲，我驚慌地回過神來，爸爸把茶杯重重地擱在桌子上。

「你這是幹什麼？」爺爺瞪著他。

爸爸也看著他。這是我第一次見到他們對視。在更多的時候，他們都情願把目光放在離對方遠一點的地方。我爸爸從我手裡奪過那個紅包摔在桌上，冷冷一笑，

「多謝你們的好意，老婆和孩子我還養得起。」他站起身對我和媽媽說，「去穿外套，我們走。」

我們出了門，朝大院的另一邊走去，因為擔心車子被偷，就把它們放在了那邊的車棚裡。天空板著臉，沒有下雪，可是非常冷。我跟在爸爸媽媽的身後，哆哆嗦嗦地扣著外套上的扣子。這時，十二點就要到了。很多個陽台上伸出一串燃燒的火光。路邊有人點起盤卷成蛇的鞭炮，捂著耳朵跑開了。我們穿過濃煙彌漫的馬路，頭頂上是一朵一朵煙火炸裂開來，把天空炸成了綠的，又變成了紅的。車棚看門的老頭把手抄在棉服的袖籠裡，用一台收音機收聽春節聯歡晚會。那個相聲早就播完了，女主持人正用顫抖的聲音念誦邊防戰士發來的賀詞。

「不看完晚會再走啊？」老頭問。

媽媽「嗳」地含混應了一聲。爸爸跨上自行車，媽媽把我抱上後面的車座，然後她跳上自己那輛，

我們軋著滿地的紅色炮仗皮駛出了大院。

那時候南院附近還很荒涼，除了這座家屬院，沒有別的住宅樓，大街上看不到一個人。抬起頭，依稀能望見一角煙火，已經很遠了，像是在別的天空裡的。兩輛自行車在空寂的馬路上前行，爸爸騎得很快，媽媽拚命地蹬才能不讓自己落下。迎著大風，她側過臉來對爸爸說，「他們也太欺負人了。」她的聲音帶著哭腔，有一種煽動性。爸爸什麼也沒有說。坐在後車座上的我卻忽然大哭起來。他們以為我在回應媽媽，為全家人自尊心被傷害而難過。

我的確很難過。我在怪自己。要是晚一點再把紅包的事情告訴爸爸就好了。晚一點，就晚一點點，過了十二點。我還有很重要的一場戲沒有演。那就是當鐘聲敲起，外面爆竹聲最響的時候，我捂緊耳朵把頭埋進爸爸的懷裡。你知道嗎，整個除夕夜，只有在那短短的一兩分鐘裡，我會忘了自己是在表演。

程恭

你還記得我們小時候吧，南院這一帶很荒涼。這座醫科大學算是在城市的最東邊了，再向東就是電廠，電廠向東就是麥田和村莊。村莊裡的人會帶著新摘的蘋果和花生到大學門口賣。還有一個人，總是拎著一小袋剛下的土雞蛋，從在食堂工作的大斌的爸爸手裡換走幾桶餿水。當時這周圍沒有高樓，更沒有現在的電子科技城，只有電廠的兩根大肚子煙囪立在那裡，因為中間沒有樓房遮擋，所以總是覺得離我們很近。它們在晴天裡吐著斜斜的煙，在沙塵暴、暴雨和風雪的惡劣天氣裡，就變得很恐怖，像兩條外星人的腿，正朝這邊走來。那情景總是讓我聯想到世界末日。

那時候這座大學沒有好幾個校區，只有一個校園，對面是家屬院，我們跟著大人們管它叫南院。我的奶奶家和你的爺爺家都住在南院，但一東一西，中間隔著食堂、車棚，還有一個很小的小樹林。早晨我們會在那裡等對方，然後一起去上學。沒有人比我們離學校更近了，附屬小學就在南院的西南角。

六歲的時候，我被我爸爸送到了南院，八歲那年，你也被你媽媽送到了這裡。你不喜歡這樣的安排，剛來的時候悶悶不樂。你不想知道附近的郵局在哪裡，書店在哪裡，也不願意和小賣部的掌櫃攀談，告訴她你的名字，春遊的時候你為了逃避拍合影躲到假山後面。你告訴我們，你只是暫時待在這裡，你爸爸很快就會來接你。我看著你，總是想到兩年前的自己。我於是又開始跟著你一起，幻想自己很快會被接走。不同的是，三年之後你離開了，而我又在這裡待了二十四年。我剛去「五福藥業」上班的時候，大斌向其他同事介紹我，說我和他一樣，都是從小在南院長大的。我認真地糾正他，我是六歲的時候才搬來的。有區別嗎，大斌撇了撇嘴，怪我吹毛求疵。他不會理解，六歲之前的那段生活對我很重要，就算幾乎快要忘記了，我也要在記憶裡保留它的位置。我好像從未對你說起過那段生活。不知道為什麼，那些最重要的事我都沒有對你說。

按照八字先生的說法，我在六歲那年起運，從此開始十年一輪的大運。老人說，起運之前的命是輕飄飄的，很容易夭折。起運以後，人生才算真正開始，就好比樹木牢牢地扎根於泥土。我倒情願沒有扎根。所謂的「起運」，更像給一匹馬套上嚼子，從此被命運牽起韁繩，循著它早就設定好的路線向前走。我一直都很懷念六歲之前的生活。那時候，命運還沒有找上我。

「媽媽只有小恭，小恭也只有媽媽。」小時候我媽媽常常這樣說，然後把我拉到懷裡，輕輕撫摸我後腦勺上的頭旋，「是不是這樣啊？」看到我點頭，她才鬆了一口氣。當然如此，在我看來這根本沒有詢問的必要。可是媽媽卻總是喜歡這樣問，一問再問。

那時我並不知道，自己生活在一個媽媽圈起的狹小而封閉的空間裡，還以為世界就是這樣小。我沒有去過幼稚園，也從來不在樓下玩耍，媽媽不交朋友，不訪親戚，連最熟悉的鄰居，也只是在樓下遇到的時候才寒暄幾句。這個世界上我認識的人，掰著手指頭就能數過來。多數時間，我們哪裡也不去，只是待在家裡。家是兩間很小的屋子，統共不到三十平米，被塞得滿滿當當。媽媽喜歡買東西，雖然生活很拮据，她卻堅守著這一丁點樂趣。託在外貿批發站工作的女同學買來的旋轉木馬音樂盒和打著太陽傘的洋娃娃，在玻璃廠門口搶購的低價處理的殘次花瓶，到古玩集市上淘回的失了聲的老收音機……她像一隻築窩的燕子，隔些日子就要銜回一點什麼。這些沒用的東西總是擺在家裡顯眼的位置，鞋子、雨傘和臉盆那些常用的東西，卻因為缺乏美感而被藏在看不見的地方。它們在床底下擠得快要窒息，有時會撩起床單，露出半個腦袋透一口氣。我們躲在密封罐頭似的家裡，把時間擋在了外面，所以那段日子好像過得特別慢。

除了那些沒用的擺設，我媽媽還很喜歡買衣服。不過其實她的很多衣服也是擺設，根本沒有穿過。但它們非常漂亮，大衣有別致的領子，裙子有特別的下襬，羊毛衫的毛線一點也不扎人，軟得讓我總想用臉去蹭一下。媽媽把一件因為顏色太豔而從來沒有穿過的桃粉色毛衣給了我，讓我枕著它睡覺。因為我很喜歡聞那上面的一股特別的香味，像腐爛了的甜蘋果。我也有一些漂亮的衣服，雖然沒有媽媽那麼多，背後有絆扣的小西裝坎肩，紅黑大方格的呢子外套，還有胸前繡著船錨標誌的白色毛衣，它們只有一個缺點，就是都不怎麼合身，多數太肥大了，媽媽說再放幾年就能穿。雖然很少外出，但是每次出門媽媽都會把我打扮一番。我記得有一次和媽媽在巷子口遇到樓下住的美珍阿姨。她用羨慕的目光打量著我們，「瞧瞧，」她伸手摸著媽媽身上那件駝色呢大衣的領子，「這身行頭又是那個外國親戚寄來的吧？」媽媽微笑不語。我抬起頭看看她，我可從來不知道我們有什麼外國親戚。

在大多數白天，我都不記得自己還有一個爸爸。他總是在深夜回來，帶著一身酒氣，眼睛裡的紅血絲好像就要噴出來了。他從來沒有什麼正式工作，卻一直很忙，藉著做運輸生意的名頭，整天在外面鬼混。他酗酒、嗜賭，好像非得如此才能釋放掉體內過多的能量，倘若體內還是有剩餘的能量，他就打媽媽。

從記事那天開始，我就總是看到媽媽被打，也看到她對此早已習慣。她只是希望暴力發生的時候，我已經睡著了。如果還沒有，又或是被驚醒，媽媽也希望我能像睡著了一樣，不要哭，不要叫喊，好讓一切快些過去。我的確是這樣做的，乖乖地待在黑暗裡，屏住呼吸，不發出任何動靜。作為獎勵，或是補償，等到那場暴力結束，媽媽再次回到我身邊的時候，會讓我抓著她的乳房入睡。在溶著月光的夜色底下，她那小小的錐形的乳房，像一座潔白的神邸。我棲息在上面，噩夢就沒有再來找我。

但也有的夜晚，媽媽沒有再回到床上。在夢的間隙裡，我醒過來，跳下床，走到另外一間屋子的門邊。媽媽和爸爸躺在大床上。爸爸的褐色大手，籠蓋在我的神邸上面。

早晨醒來的時候，媽媽又回到了床上，正靠在床背上，抱著肩膀發呆。我端詳著她手臂上被香菸燙起的水泡，用手指輕輕地觸碰它們。指肚掠過亮鋥鋥的凸面，有一種奇妙的觸感。我數著她身上的瘀青，一塊一塊，就像下雨之前天空裡的雲彩。新的，舊的，似乎從來沒有徹底好過。長大以後我才發現，並不是每個女人的皮膚都像媽媽那樣，薄得近乎透明，幽藍色的毛細血管曝露在表面，那麼脆弱，輕輕一戳就破裂了。我喜歡看她受傷的樣子，那時的她顯得特別美。所以我以為她也喜歡自己受傷的樣子，甚至是為了受傷才來到這個世界上。

我也是後來才知道，媽媽的確有在外國的親戚。她的祖父一九四九年去了台灣，從那裡又去了美國。不過據我所知，她的祖父沒有聯繫過她。她的父親是獨子，被祖母一個人拉扯大。她出生不久，祖母和父親病死了，母親在稍後的三年自然災害裡餓死。她被過繼給祖父弟弟的兒子，由他撫養長大。「文革」中，表叔一家因為有她祖父的海外關係，成天被批鬥。她在整日的惶恐中長大，生怕他們會因此拋棄了她。

恐懼的陰影一直留在她的眼睛裡，如同白堊紀時代動物逃亡時留下的足跡。她的美麗與那種恐懼相互依存，當我爸爸第一次在展覽館門口遇到在那裡做講解員的她時，也許就感覺到這個女人身上有一種他想要趕盡殺絕的東西。我媽媽可能過了太久寄人籬下的生活，很希望有一個自己的家，所以才會和這個無賴似的纏著她的男人交往。她很快發現他是個混蛋，但自己卻懷孕了。為了不給表叔家再添任何麻煩，她決定和他結婚。很多年以後我陪一個女孩去買緊急避孕藥的時候，忽然想到要是當年就有這種藥，我和媽媽的那場親緣就根本不會存在了。

我爸爸的惡劣行跡一直可以追溯到童年。他小學沒畢業就跟著一群紅衛兵混，無惡不作。後來世道太平了，他卻停不下來，動輒就和別人打架，也沒有正經工作，沒錢了就想一些敲詐勒索的法子。他砍傷過別人的手臂，打斷過別人的鼻子，自己當然也沒少受傷，左腿被敲斷過，有一點跛，蹺著腳走過來的時候讓人感到不安。他從小在南院長大，這裡沒有人不認識他，他們見了他都躲著走，背地裡管他叫「程玩命」。我相信你剛來南院的時候，肯定就有人對你講起過。

雖然我沒有親眼見過，但我感覺我爸爸其實不擅長打架。他只是無法控制自己的怒火。他身上有一種強烈的仇恨情緒，但他不知道該恨誰，就漫無目的地發洩著怒火。有一年夏天，我們一家三口難得一起出門，到南院來給我奶奶過生日。酷熱無風的下午，我們站在站牌底下等公車。等車的人群裡有個很漂亮的女人，比我媽媽年輕一些，穿著一件白色的連衣裙，大荷葉邊的領子在背後開得稍低，露出一截脖頸。我爸叼著菸，盯著她看。

「騷娘們兒！」他低聲說。

他湊到那個女人的身後，踮起腳跟，眯著眼睛假裝在看高處站牌上的字。然後不經意地抬起手，將那支冒著火星的菸蹭在女人領子上。女人正朝車開來的方向張望，全然沒有發覺，周圍的人也沒有看到。只有我和媽媽，我們看著火焰咬著荷葉邊，一絲一絲吞下去。媽媽緊緊地攥著我的手，似乎擔心我叫出聲來。那是多麼漫長的一分鐘，我們是如何繃住身體，把自己留在原地的？荷葉邊被火焰蠶食掉一小塊，留下一排黑色牙印。車來了，女人走上去了。媽媽鬆開了我的手。

我懷疑這種毫無來由的惡，可能是基因裡就有的。因為我搬到南院以後，發現在這裡我奶奶比我爸爸還有名。大家都還記得她是怎麼跑到對面附屬醫院辱罵一個不知道怎麼得罪了她的小護士，害得對方驚嚇流產的，也一定不會忘記她每天捧著痰盂拎著垃圾倒在護士長家的門口，只是因為她為那個小護士說過幾句公道話。但是他們說她原來沒那麼可怕，是我爺爺在「文革」中受迫害，成了植物人以後，她才慢慢變成這樣的。可是他們又說，我爺爺在變成植物人之前，也是個狠角色，那時候是副院長，在附屬醫院呼風喚雨的，別人都怕他。所以到底是不是基因的問題，我也弄不清。

我奶奶很不喜歡我媽媽。事實上我爸爸娶任何人她都不喜歡。除了自己家裡的人，她覺得這個世界上都是壞人，都是她的敵人。我媽媽嫁過來以後，奶奶自然沒有「虧待」她。讓她在洗衣板上跪一下午，還拿擀麵杖打過她。對這些，我媽媽早就習以為常。

相比之下，我姑姑算是奶奶家唯一正常的人了。她性情膽小怯懦，這些年在家裡一直是個逆來順受的角色，我媽媽嫁過來以後，有人分擔了她承受的壓迫，讓她輕鬆了不少。她們有過一段短暫的友誼，那主要是靠我姑姑單方面的努力。她用各種方式討好我媽媽，利用工作的便利，幫她開各種藥，還把醫科大學浴室的洗澡票分給她。她有點崇拜我媽媽，因為我媽媽舉止優雅，談吐不俗，而且，她實在是一個好看的女人。那種好看，如同一串昂貴的項鍊，就算不能擁有，也想要湊近了看一看，想像一下自己戴上它的樣子。想像過後又不免神傷，所以姑姑會忍不住在奶奶面前說我媽媽的壞話，導致她們的關係越來越糟。

不過後來媽媽和姑姑疏遠，並不是因為姑姑愛挑撥，而是因為我。從我懂事開始，她就有意將爸爸一家人隔絕，不讓他們侵入我們的生活。她希望我被各種美好的事物包圍起來。我剛出生不久，有一次姑姑來看我媽媽，我媽媽正抱著我在陽台上曬太陽，答錄機裡放著交響樂。她把食指放在唇邊，示意姑姑不要作聲，讓我繼續安靜地聽完那首曲子。你瞧，他聽貝多芬聽得多入迷，我媽媽說。那麼小的孩子懂什麼，我姑姑覺得很可笑。他什麼都懂，常常都會讓我覺得不可思議，我媽媽微笑著說。她給我聽交響樂，講童話故事，在牆上貼滿梵谷和夏卡爾的畫，那時候她野心勃勃，非要把我培養成一個了不起的人物不可。但是這種信念隨著我一天天長大，漸漸消失了。殘酷的日常生活磨損掉了她全部的耐心。

我真的忘了第一次和媽媽去泰康食品店是什麼時候了。後來我爸爸一再追問，要不是他非要逼迫我想起來，我或許還會忘記。我只是記得每次都是下午。我媽媽領著我穿過一條街去泰康食品店買點心。那個男人在店裡做售貨員，因為每天跟點心和糖果打交道，身上有一股甜味，講起話來也很黏膩。我不記得他叫什麼名字了，也可能從來都不知道。我只是管他叫蜜餞叔叔。媽媽每次帶我去，蜜餞叔叔總是會抓一大把彩色蠟紙包裹的蜜餞塞進我的口袋。

「太多了，給幾顆就行了，」媽媽笑盈盈地看著蜜餞叔叔，「你這樣我以後可不敢再來了啊。」

沒過兩天，我媽媽又帶著我去了。我的口袋裡再次塞滿了蜜餞。午後的店裡沒有什麼顧客，媽媽把手肘支在櫃檯上，和蜜餞叔叔有一搭沒一搭地說話。櫃檯很高，高過我的頭頂，我一個人在底下吃蜜餞，把縐巴巴的糖紙捋平，疊成小人。上面忽然傳來媽媽嚶嚶的哭聲，震得腳底下的影子發顫。我抬起胳膊，想要去拉媽媽的手，可是她的手已經被別人拉住了。

臨走的時候，蜜餞叔叔又給了蜜餞。蜜餞多得吃不完，睡覺的時候，我的嘴裡也要含上一顆，連作的夢都有一股涼颼颼的甘草味。

有一天我從甘草味的夢中醒來，屋子裡空蕩蕩的，我媽媽不見了。她走得很匆忙，什麼也沒有帶走，不過好像也沒留下什麼。她唯一留給我的，是兩顆因為吃太多蜜餞而蛀壞的牙齒。

我不知道我媽媽為什麼沒有帶我一起走。是我什麼地方令她失望了嗎，使她決定拋棄我。但在很長一段時間裡，我並不相信她會真的那麼做。我總覺得等她安頓下來，就會回來接我。所以我一點都不願意住到奶奶家去，我只想待在家裡等她。可是我爸爸根本不會問我的意見。他只想找個地方把我丟下，就再也不用管了。

春夏之交的傍晚，我站在門邊，看著爸爸粗暴地收拾著東西，把我們曾經的家裝入兩只塑膠編織袋。天光漸弱，黑暗把空曠的房間再度填滿，使摘去照片和畫框的白牆不再那麼刺眼。我蹲下身，從爸爸準備扔掉的破爛裡，悄悄撿回一隻發條鐵皮青蛙和幾顆玻璃彈珠。爸爸把兩只口袋綁在自行車後座上，我們就向著奶奶家出發了。他騎著車子，讓我跟在後面跑。起先騎得很慢，後來穿過一個擁擠的集市，變得不耐煩，就快了起來。我在後面拚命地追，險些撞翻一個水果攤，還碰掉了一個小女孩手裡的風車。口袋裡的玻璃彈珠蹦跳出來，滾落到地上。我拚命地奔跑，生怕下一秒爸爸也會從視野中消失。

我奶奶家也是兩間小小的屋子。世界上所有人的家，可能都是兩間小小的屋子吧，我心想。房間裡沒有幾件像樣的家具，只有大大小小的木箱、紙箱，看起來像一個倉庫。我環視四周，想要找到一點花瓶、相框之類的小擺設，但唯一找到的只有牆上那面方形的鐘錶，錶盤下方寫著一行紅字：「慶祝醫科大學建校九十周年」。後來我發現，我奶奶酷愛這種紅字，茶缸上有，臉盆上有，暖水瓶上也有。不過慶祝的內容不太一樣，有的是建校，有的是建黨。

已經到了晚飯時間，桌上擺著幾只黑漆漆的大碗公。只有三把椅子，姑姑搬來縫紉機凳，讓我坐在上面。奶奶抱怨第四把椅子是被我爸爸砸爛了，他聲稱會給她再配一把，可是根本沒做到。然後她開始歷數我爸爸沒兌現的承諾，從買炸糕到給她鑲金牙，一件一件，都記得很清楚。我奶奶說話似乎不用舌頭，字還沒有咬出形狀，就從喉嚨裡滾了出來。那種古怪的聲音，讓我想到鵪鶉，或是別的什麼鳥。我爸爸則好像一副聽不懂這種語言的模樣，泰然自若地吃著飯。

縫紉機凳很矮，我必須挺直身體，伸長脖子，可是懸在手裡的筷子卻不知道要落在哪個碗裡。哪個碗看起來都一樣，無論肉片、西葫蘆，還是茄子都浸在一缽醬油湯裡。饅頭不知道餾過多少次了，吸飽水的饅頭皮已經爛掉，一塊塊掀起來。我拿著饅頭，偷偷去看奶奶和姑姑，希望有誰會把剝下來的饅頭皮扔掉，可是她們卻放進了嘴裡。奶奶還捏起一塊，在醬油湯裡蘸了一下。爸爸則連剝也沒有剝，就直接吞下去。他們看起來真像一家人啊，我萬念俱灰地摘下一小塊饅頭皮吃了下去。它像塊肥肉似的迅速在舌頭上化開，我嘔了一下，險些吐出來。

我爸爸吃過晚飯就走了。出門的時候奶奶在後面喊，讓他記得每個月交我的生活費。我收起桌上的髒碗，走到廚房交給姑姑，然後站在旁邊殷勤地接過洗好的碗，用乾布擦去上面的水珠。我猜想討好她應該比討好奶奶簡單。直到姑姑洗完碗，擦完灶台，把廚房的一切都收拾妥當，我才跟著她回到外面的房間。

屋子裡的光線暗得讓人缺氧。只有餐桌上方的牆上懸著一支燈棍，豆綠色落滿塵埃的燈罩投下大片陰影，像張開的蝙蝠翅膀。黑白電視機嗡嗡嘈嘈地響著，奶奶躺在窗戶底下的沙發上。那是一只很破的竹藤沙發，很多藤條已經斷了，到處支棱著半截的枝茬。沙發中間有一個凹陷的大坑，剛好兜住奶奶扁小的身體，看起來像是躺在樹梢上的一個鳥窩裡。我以為她睡著了，正要鬆一口氣，她卻騰地坐起來，瞇起眼睛上下打量我。然後，鷓鴣的聲音從那張布滿皺紋的臉後面傳出來。

「快把他身上的衣服脫下來！」

我還沒明白過來怎麼回事，一隻胳膊已經被姑姑抓住了。她拉起我身上的條紋線衣，去解前面的一排扣子。

來。

「費什麼勁，直接扯下來！」我奶奶說。

姑姑就去撕拽那件線衣，扣子一顆顆掉到地上，然後她揪住後面的衣領，把它從我的身上扒了下來。

「褲子！還有褲子！」奶奶嚷著。

姑姑蹲下身，一隻手箍住我，另一隻手去拽我身上的燈芯絨褲子。

「你還當你媽給你穿的這些衣裳是寶貝呢，哈哈，」奶奶站起身，抄著雙手朝地上啐了一口痰，「這些都是從死小孩身上扒下來的！渾身爛臭，長滿了蛆的死小孩！現在上面黏著的蛆卵已經爬到你身上，鑽到你耳朵裡去了！」

「你胡說！」我大叫。

「你奶奶沒騙你，」姑姑拾起丟在地上的線衣，翻過來讓我看接縫處的水洗標，那上面全都是密密麻麻的英文字母，「這些舊衣裳是你媽媽在海右市場買的，那裡賣的都是用集裝箱從國外運來的垃圾。」

我驚愕地站在那裡，任憑姑姑抬起我的腿，把堆在腳踝上的褲管拽下來。她用兩根指頭捏住褲子的兩端舉在空中，「你瞧，這顏色還新著呢，一看就沒洗過幾水，要不是從死人身上扒下來的，好好的衣服幹嗎要扔掉？」

「別抖摟了，髒死了！」奶奶狠狠地戳了一下姑姑的肩膀，「快去翻翻他帶來的包，把那些死人衣服都抱到樓下燒掉！」

我看著姑姑拉開塑膠編織袋，繡著船錨的線衣、連帽風衣、鴨舌帽……她一件一件從裡面拎出來，像是為了讓我最後一次再看看那些衣服。它們散逐到空氣裡的氣味如此熟悉，我不知道究竟是我媽媽的，還是那些死去的小孩的。姑姑把挑揀出來的衣服塞進一只空紙箱，抱著它下樓了。

「誰見過這麼惡毒的媽喲，給自己的親兒子穿死人的衣服……」

奶奶打了一個臭烘烘的哈欠，欠了欠身，走進了她睡覺的房間。

我穿著單薄的秋衣站在屋子當中。隔了一會兒，「哇」的一聲大哭起來。我迷茫地哭著，不知道究竟因為什麼。因為失去了那些心愛的衣服，因為害怕死小孩身上的蛆蟲鑽進耳朵，還是因為媽媽欺騙了我。我想到我枕著睡覺的那件桃紅色毛衣，上面好聞的腐爛蘋果的甜味也許是一個死了的女人身上的香水味。曾經美好的記憶變得毛骨悚然。從前再熟悉不過的媽媽也陌生起來。我覺得自己再也不能像從前那麼愛她了。

我哭累了，趴在縫紉機凳上睡了過去。不知過了多久，聽到身邊有動靜，睜開眼睛看到姑姑正把椅子搬走。她把兩把椅子並排放在床邊，將那張單人床加寬，又從床頭的木箱裡取出一條百衲被鋪在上面。

「過來吧，你跟著我睡。」她把我從地上拉起來。

「秋衣也得換，」她看了看我，「這是你奶奶的意思……」

她拿起搭在床上的豆沙色的秋衣說，「先穿這個吧，將就一晚上，明天我去給你買兩身新的。」

她見我無動於衷地站在那裡，就蹲下來幫我換衣服。脫秋褲的時候，她一不小心連著裡面的內褲一起拉了下來。我那只小小的生殖器暴露在燈光下，她的臉騰的一下紅了。像是害怕被我察覺，她立即把秋衣套在了我的頭上。

那是一件女士秋衣，穿在我身上成了到腳踝的袍子。她伸進長出一大截的袖子，把我的手拉出來。

「好了。」她幫我挽好袖子，坐在床邊看著我。我把頭扭向一側。

「喏，這個給你。」她從毛衣口袋裡掏出一塊糖放在我手裡。涼滑的蠟紙摩挲著我的掌心。我低下頭，是蜜餞叔叔給我的蜜餞。

「剛才燒衣服的時候，從褲子的口袋裡找到的。」姑姑說。

「就這麼一塊了，」她說，「你要是愛吃，我以後再給你買。」

「不用了。」我攥緊它，把那隻手縮回袖子裡。

臨睡前姑姑把辮子上的皮筋解掉，散開一頭長髮，關掉了燈，在我的旁邊躺下來。也許是太暗了，又或者因為思念，又或是她那有顯著特徵的凸額頭和高顴骨都被長髮遮住了，當我轉過頭去看她的時候，竟覺得有一點像媽媽。我努力地忍著，才沒有把自己的手放在她的乳房上。過了一會兒，輕微的鼾聲響起來。

在黑暗中，我剝開糖紙，把最後一顆蜜餞放進嘴裡。

如果還有別的選擇，我一定不會把對媽媽的感情轉移到姑姑的身上。你是見過她的，但可能根本不記得她長什麼樣。她永遠梳著齊耳短髮，說話的時候不敢正視別人的眼睛，像個受委屈的童養媳。小時候有兩樣東西阻礙了她的發育成長：飢餓和恐懼。飢餓令她長得非常瘦小，只有一米五多一點，恐懼使她總是含胸，縮著脖子，努力想把自己變得更小。她並不難看，五官也算端莊，只是長得小心翼翼，生怕有什麼突出的地方，引起別人的注意。那對於她來說，就意味著置身於巨大的危險之中。她希望人們最好把她完全忽略掉。和一群人在一起的時候，她總能做到讓他們忘記她的存在。

有一次她買了一套水彩鉛筆送給我。作為報答，我堅持要為她畫一張像。於是她在我的凝視下，艱難地坐了十五分鐘，整個臉脹得通紅。也許從來沒有人這樣認真地看過她，我猜想我大概是第一個。

春天到奶奶家的時候，已經錯過了幼稚園開學，我奶奶也懶得再去想辦法，索性讓我在家裡待到秋天，直接去上小學。南院有很多小孩，可是他們都上幼稚園，我一個也不認識，就只能和自己玩，從春天一直玩到秋天。沒多久我爸爸和一個寡婦同居了，很少回南院來，生活費也拖著不給。我奶奶每次想起這件事，就會把火發在我身上，抄起掃帚追著我打，嚷著說明天就讓我滾蛋。但其實我是有一些用處的，可以幫她拔草，給絲瓜和葫蘆澆水。她在後院種了很多蔬菜，但是到了春天，她就開始惦記外面的野菜，野薺菜包餛飩、槐花炒雞蛋，一想到這些就會流口水。每天早晨她給我背上一個筐子，讓我出門去挖野菜，撿槐花。還有楊樹花絮，就是一串一串長得很像毛毛蟲的傢伙，奶奶會把它們剁碎了混進肉餡做包子。在濟南的土話裡，楊樹花有個名字叫「無事忙」，人們是笑它空開花，不結果子，到頭來白忙一場。那時我不大明白其中的意思，但只是念著這個名字覺得有點傷感。我站在高高的楊樹底下，揮動幾下竹竿，然後仰起頭，看著那些白忙一場的花紛紛落下。

我背著筐子到處遊蕩。那時候覺得南院真大，從這頭到那頭要走好久。不過我有的是時間，要是我願意，可以在外面待一整天，奶奶也絕對不會出來找。我的遊蕩範圍不斷擴大，漸漸不局限於南院，醫大的校園、附屬醫院，還有門前那條街上的小商店，我把周圍能去的地方都去了一遍。

有一天，我出了南院，不知不覺拐到另一條街上。那裡有一座我從來沒有見過的教堂。深褐色的石牆，刺入天空的十字，看起來非常壯觀。大門是敞開的，裡面傳出歌聲。我穿過院子，站在禮堂門口朝裡面張望。所有的人都站著，牧師說一句，他們跟著重複一遍，像小學生。還有幾個女人哭了，越哭聲音越大，也不去擦眼淚，別的人也沒過來安慰。但等到儀式結束，她們立刻就好了，有說有笑的，和先前完全兩個人。散場之後人們陸續往外走。前排的三個老年女人經過門口的時候，注意到了我。

「咦，這是誰家的小孩，從來沒見過。」其中一個矮個子女人打量著我。我穿著肥大的汗衫，上面破了很多小洞，領子大得露著半個肩膀，臉上蹭得都是灰，身後還背著好大一個竹筐。

「你自己來的？你家住哪兒啊？」高個女人問。
她們問了我很多問題，直到問出我爸爸是誰，奶奶是誰。
「喲，老程家的小孩……難怪呢。」矮個女人盯著我腳上綁滿膠布的塑膠涼鞋。
還有一個綰著銀白色髮髻的女人，一直沒有說話，她又走進禮堂，回來的時候手裡拿了一把糖。
「這個給你，」她說，「拿著吧。」她看起來比我奶奶年輕一些，一雙大眼睛包裹在柔軟的皺紋裡。
「我說什麼來著，繪雲的心腸就是好，咱們都得跟她學。」矮個女人對高個女人說。
「是啊，可是我真不喜歡他奶奶……」高個女人小聲嘟囔。
我沒伸手去接。自從蜜餞叔叔之後，我對陌生人給的糖果充滿警惕。那個叫繪雲的女人抓起我黑乎乎的手，把糖塞在手心裡。
「下星期天再到這裡來，好嗎？」她對我笑了一下。
我沒道謝，攥著那把糖跑掉了。
隔天我跟著姑姑去南院的食堂買饅頭，在門口碰到了那個叫繪雲的女人。她應該也住在南院。我以為她會過來跟我說話，但她看見我像不認識一樣，面無表情地走過去了。我心裡有點失落。很久以後，我才知道原來她就是你的奶奶。雖然那時她對我的態度和第一次見的時候截然不同，但我仍舊對她心存感激。
星期天我又去了教堂。禮拜結束後，她走出來，又對著我笑了。這次她沒有給我糖，跟牧師匆匆道別之後就走了。我一個人在院子裡晃蕩了一會兒，正打算離開，牧師走了過來。
「小朋友，你叫什麼名字？」
「程恭。」我說。

「成功？哈哈，好名字。」他瞇起小眼睛打量著我，「你知道一個人最大的成功是什麼嗎？」

我搖搖頭，朝門口走去。

「就是做一個品德好的人。」他拉住我，把手搭在我的肩膀上，「能記住我剛才在台上講的話嗎？」

我又搖了搖頭。

「盡量多記幾句，會有用的，知道嗎？」他拍拍我的頭，「先別走，等我一下。」

正午的陽光明晃晃，我站在院子中央，看著他走出禮堂，手裡拿著一只塑膠袋，從裡面掏出一雙藍色塑膠涼鞋。

「試試看合不合腳。」

鞋子是新的，還帶著標牌。我狐疑地看著他，慢吞吞地脫下破涼鞋，把腳伸進新鞋子。

「正合適嘛，」他說，「穿著吧，舊的那雙別穿了，帶子斷了容易摔跤。」

他又拍拍我的頭，「以後你有什麼需要都可以跟我說。好嗎？」看到我點頭，他也滿意地點點頭，「不過我希望你每個星期都來，這樣你就能長成一個品德好的人。」

我穿著新涼鞋往回走，心裡有點納悶，教堂是個聚寶盆嗎，怎麼裡面什麼都有，轉眼就能拿出一雙我這麼大小孩穿的涼鞋。也許牧師會變魔術。不是一直在講那個叫上帝的神嗎，可能神傳授給他一點法力。回到家，我跟姑姑講了這件事。姑姑說一定是上一次我去的時候，牧師就看到我腳上的涼鞋破了。可是我記得那次牧師根本沒有看到我。但姑姑沒興趣探究這個，她關心的是為什麼牧師要讓我每個星期都去。哦，我知道了，她說，他是想培養你，他發現你不是個普通小孩。我問培養我幹什麼。做牧師啊，她說。我說我不想當牧師，我要當飛行員。知道了，她說，可是也別辜負人家的一番好意。她想了想，你再讓他給你買兩件衣服吧，都破了，穿得太費了。哦對了，再買個遙控車，你不是一直想要嗎？就當你的生日禮物吧。我說我改變主意了，想要一輛自行車。她擰了一下我的耳朵，行啊你，夠貪心的。

星期天我又去了教堂。等所有人都走了，我才過去跟牧師說，下個月就是我的生日了，我想要新衣服和自行車。這一次牧師沒有把東西變出來，他甚至也沒答應，就只是說你下星期再來吧。好不容易又到了星期天，我一大早就跑去了，幾乎旁聽了整個儀式，牧師的話太長了，神啊罪啊說個不停，我趴在最後一排的桌子上睡著了，直到結束的時候才醒。和幾個圍著他的人講完話之後，他轉身消失在講堂後面。過了一會兒，他推出一輛小自行車。車身是大紅色的，在禮堂幽暗的燈光下熠熠發亮。從來沒有人對我有求必應，那一刻我真的有點感動，甚至覺得就算讓我當牧師也行。

自行車車把上掛著一個塑膠袋，牧師從裡面拿出兩件衣服。一件是白色襯衫，一件是藍白條的圓領汗衫。他在我身上比了比，又放回袋子裡，「你看這樣好嗎？」他笑著說，「以後每年生日都滿足你一個願望，想要什麼可以提前告訴我。」

「好。」我撫摸著銀色的車把，頭也沒有抬。

臨走的時候，他又叮囑我要常去，做個品德好的人。

我騎著自行車從教堂出來，涼爽的風吹著臉頰，雙腳越蹬越快，腳踏板好像就要從腳下飛出去了。那種快活的感覺我一直都記得。在記憶裡，那天好像是個分水嶺，那天之後，我似乎才真正在南院住下來。陌生人的善意使我開始喜歡這個地方了。我相信牧師的恩惠也不是隨便給人的，就像姑姑說的，我不是個普通小孩。雖然我還是不想當牧師，可是他對我的那分期望很重要。如果說媽媽的離開令我很沮喪，從內心深深地否定了自己的話，現在總算找回了一些自信。

生日的前一天，早晨我剛醒，一顆牙齒從嘴裡掉了出來。我開始換牙了。我把那顆牙齒托在手心，觀察上面褐色的蛀斑，口腔裡漾起一股酸液，久違的甘草味又泛上來了。但它很快退去了。那短暫的湧現似乎只是為了和我道一個別。姑姑說，上排掉的牙齒要埋進土裡，下排掉的應該扔到高處，這樣新牙才會長得好。我站在奶奶家的院子中央，用盡全力一跳，將那顆牙齒扔到了加蓋的雜物間屋頂上。可是當時姑姑沒有告訴我，把牙齒扔到哪裡，就是把根種在了哪裡。

我竟然在那幢樓裡，一住就是二十多年。

李佳棲

很小的時候，我就有一種預感，有一天我爸爸會離開我們這個家。我還為他設計了一條最便捷的途徑，就是愛上他的某個女學生。他在中文系除了教書，還擔任班級輔導員，理所應當地要過問同學們的生活，和梳著流水長髮、把一本詩集抱在胸口的女學生談談心。「談心」，我真的很喜歡這個有些過氣的詞，特別有八十年代的氣息，那個時候的人心還沒有埋得太深，還是可以把它談出來的。

我爸爸沒有邀請過他的學生到家裡來，也沒有讓我和媽媽參加過他們的聚會。所以我從來沒有見過他的女學生。我對她們僅有的一點瞭解來自他帶回來的幾本畢業紀念冊。也就是說，每次都要等到畢業的時候我才能認識她們。但她們可沒有要曲終人散的意思，在畢業寄語裡寫道：「我們的故事還沒有結束」「你是我永遠的驛站」，每次讀到這樣的句子，總覺得那是寫給我爸爸的情話。在下午的陽光裡，我眯起眼睛，從小幀的照片裡仔細審視著那些環抱雙膝看落日、拿著一頂太陽帽坐在草坪上的女孩，好像在為自己挑選一個後媽。

我毫無理由地相信她們都比我媽媽好。倒不是年輕，當然也很難超越我媽媽的美貌，主要因為她們不是鄉下人。我沒有想過，她們也有可能是鄉下人。考上大學才離開農村，在城市裡生活的時間還沒有我媽媽長。但她們看起來不像鄉下人。她們能夠講出我媽媽永遠也講不出的「我們的故事還沒有結束」「你是我永遠的驛站」之類的話。

可是那個帶走我爸爸的女學生一直都沒有出現。一九九〇年，我爸爸辭去了大學教職，決定去北京做生意。他離開之前，我第一次見到了他的學生們。

那天晚上，七八個學生來到我家。我爸爸還沒有回來，他的朋友在附近的一家餐館為他餞行。學生們坐滿了狹小的客廳，繃著嘴唇，神情嚴肅，誰都不肯吃一口我媽媽端上來的西瓜。

「師母，打擾您休息了吧，可是我們真的很想再見一見老師……」一個女生說，她的眼睛很腫，好像哭了很久。

「師母，」一個男生說，「您不知道，老師對我們有恩……」

我媽媽有些迷惑地看著他，也不知道該說什麼，只能報以微笑。

那個男生繼續說，「去年夏天我們去北京，只有他一個人支持。那些人就揪住了他的把柄，最後把他也連累了……」

我媽媽根本不知道這些事。不過現在這個已經不重要了。她關心的是他們提到的「北京」。

「那他現在去北京不會有問題吧？」她問。

雖然學生們說不會，可她還是憂心忡忡。對她來說，「北京」是一個只會在新聞聯播裡出現的詞，連著「國家」「世界」等更大的詞。和外國領導人會晤，籌辦亞運會，國慶閱兵，在我媽媽的頭腦裡，北京是一個辦大事的地方，她無法想像怎麼在那裡過日子。她想聽他們再多說說北京。她問他們北京是不是都是電視上看到的那種很寬的大馬路，是不是總有很多人在廣場上。學生們其實也只去過一次北京，卻好像已經待了半輩子似的。他們把在那裡度過的十幾天講給我媽媽聽。

我假裝若無其事地躲在媽媽的身後，手裡轉著塑膠洋娃娃的胳膊。一圈一圈，像是留聲機的搖把。隨著他們的情緒越轉越快，忽然之間，那根胳膊從娃娃的袖子裡掉出來，飛了出去，落在一個男學生的腳邊。講話的人戛然停住。大家看著我，好像這時才發現我的存在。男學生從地上拾起那隻胳膊。我遲疑了一下，紅著臉走過去。他從我手中拿過娃娃，捏住胳膊，對準它身體上的那個窟窿，用力地按進去。

「喏，別再弄掉了。」他把娃娃還給我。

這個小事故之後，大家都陷入了沉默。周圍的空氣變得硬邦邦的。屋子裡的電壓很低，白熾燈光在顫動。嗡嗡，嗡嗡。

我爸爸回來的時候已經喝醉了。他被紅騰騰的酒氣裹著，像一塊燒得發燙的煤，地消耗著自己。剛進門的時候，他還在上一個聚會散場的失落中，忽然看到一屋子學生，立刻高興起來。那是一種喝醉了的人才有的高興，空心的高興。只是喜歡熱鬧，沒有別的。我媽媽給他搬來一把椅子。他踉蹌了很久，也沒有使自己坐下來。我有一點替他擔心，害怕這會損害他的形象。可是學生們看他的目光依然很崇敬。還有一種心疼，好像他們很清楚他所承受的痛苦。我嫉妒他們知道那麼多，比我和媽媽更像他的家人。

「你們要讓我說多少遍，我辭職和你們沒關係！」我爸爸揮動著食指，「我只不過是看透了而已，」他搖了搖頭，「一點兒意思都沒有。」

學生們緊咬著嘴唇不說話。有個女生小聲哭了起來。

「別哭，小楓，你不要哭。」我爸爸的聲音很溫柔。他終於坐在了身後那把椅子上，發了一會兒呆，忽然笑了出來。

「我們不要再抱什麼希望了。」他說。

在我的記憶裡，那個悲壯夜晚就在這句深奧的話裡結束了。不過其實並沒有，只是我被媽媽拖回房間睡覺去了。

當時他們說的那些話，雖然聽不懂，可是不知道為什麼都記住了。多年以後，我竟能把那個時候學生們講述的在北京發生的事完整地複述下來，令許亞琛非常驚訝。有些情景連他自己都記不清了，又或是被篡改了。於是他對我說，很多事情可能都是注定以一種看似不經意的方式被記錄下來。

許亞琛就是那個幫我把娃娃的胳膊接上去的男學生。四年前，我遇到他的時候還在時尚雜誌做編輯。那場慈善拍賣一如往常，聚集了富商、名媛和新貴。一個財富的秀場。人們對著明星戴過的珠寶、五大酒莊的名酒以及當紅藝術家的作品競相開價，拍賣的全部所得將會用於建立一所農民工子弟小學。愛心無價，主持人不斷這麼說，可那裡的每一分愛心都是明碼標價。許亞琛一擲千金，拍下一件著名藝術家的雕塑。主持人請他上台發言的時候，他用充滿愛意的小眼睛俯看著坐在第一排的幾個作為代表出席的小孩。

「我們所付出的只是一點微小的努力，卻可能改變這些孩子的一生。」他說。

台下響起熱烈的掌聲。我說不上哪裡不對勁，只是覺得那些孩子可憐。別人的微小努力就能改變他們的一生。他們該有多麼渺小。

許亞琛穿著一件灰色襯衫，勉強扣上了最上面的紐扣，領子緊緊卡在滾圓的腦袋底下，像是給人勒住了脖子逼著還錢似的。我強迫自己記下他那張沒有特點的臉，以便散場之後能在人群中找到他。他的身分是一家餐飲集團的老闆，那陣子憑藉公司上市風波，以及與另外一位創始人失和的新聞成為媒體新寵。雜誌主編讓我去約他做一個採訪，放在「城市新貴」的欄目裡。拍賣結束之後，我捏著一杯香檳慢慢移動過去，等到幾個與他攀談的人相繼離開，才走上去講話。他很爽快地答應了採訪。任務完成了，我不好意思立即撤退，只得與他多寒暄幾句。他問到我是哪裡人，我說濟南，他說他是在濟南讀的大學。哪個大學，哪個系，哪一級。資訊一條條命中。我只好問他是否認識李牧原。他說那是他的老師。他是我父親，我說。

「小師妹！」他激動地喊道。

我的手顫抖了一下，杯子裡的酒險些潑灑出來。這個稱呼真的很動人，它讓我覺得自己是爸爸那些學生中的一員。

許亞琛說他見過我，那時我還是個羞怯的小女孩。我卻完全不記得他是學生中的哪一個，直到他忽然想起那個娃娃，說是他幫我把它的胳膊安了上去。我很驚訝，實在無法把那個男學生和眼前的這個男人連在一起。

「你當時那麼小，肯定記不住我的樣子了。」他說。

可是我說我記得他的樣子。

「那就是因為我老了，也胖了。」他傷感地笑了。

好像也不是因為這個。或許是我從來沒有想過他會成為一家餐飲集團的老闆吧。他會成為什麼人，我也不知道，但好像不應該是一個那麼成功的人。一定是那個夜晚太感傷了，我把那種傷感的基調當成了他們所有人的人生基調。

這時，主辦方的工作人員走過來，請他和他買下的雕塑合影。那件雕塑是一個十來歲的小女孩，穿著粉紅色的裙子，微微屈著膝蓋，將上身向前探，仰面閉著雙眼，彷彿空氣裡有一朵看不見的花，她深深地嗅著，一副很沉醉的模樣。雕塑的名字叫「夢」。許亞琛按照攝影師的意思，伸出胳膊摟住「夢」，臉上露出燦爛的微笑。

過了幾天，我約他出來做了採訪。結束後他帶我去一家餐廳吃晚飯。餐廳在六十五層，從大玻璃窗裡往下看，燈火遠得像是在人生的另一頭。我們到地面的距離，如同我們到一九九〇年的距離一樣遙遠。誰也沒有提起從前的事。他和我談紅酒，談旅行，談藝術品收藏，就像和所有新認識的女孩那樣。我們聊得很愉快，但我相信不用過多久就能忘記全部談話內容。吃完飯他開車送我，車子駛過長安街，廣場空闊，深紅的圍牆在夜幕下呈鐵鏽色。車裡很靜，只有沙沙的空調聲，他轉過頭來問我，要不要去他家喝酒。他說他有很多好的紅酒。好啊，我說。

他剛離婚不久，一個人住很大一幢別墅。我們坐在他家的花園裡喝酒。那是六月的傍晚，剛下過雨，空氣很涼爽。微風吹著臉，讓人不是那麼容易醉。打開第二瓶酒的時候，他提起了我爸爸。我低頭盯著杯子邊沿，不想錯過他講的每一個字。

他說畢業之後好幾年，他們才知道我爸爸去世的消息。班裡的同學聚在一起，為他舉行了一場小型的追思會，每個人都哭得很傷心。在他的記憶裡，整個青春好像就在那場慟哭中結束了。

「不只是青春，好像一個時代就這麼結束了。」他說。

「一個時代就這麼結束了。」我小聲重複了一遍，緊緊地捏住這句話，彷彿終於為我爸爸的死找到了一個隆重的意義。

那天晚上沒有人喝醉。我們只是喝到我可以留下過夜而不覺得尷尬為止。

和許亞琛做愛的時候，我們似乎都在對方身上尋找著什麼。化作泡影的理想、從前人與人之間的真誠與慷慨，以及那個消失的時代的痕跡。我們想要借助彼此，回到上次見面的那個時空裡去。我想回去，因為我想把那些搞不懂的事弄明白；他想回去，因為他想把那些忘掉的事記起來。

「小師妹。」在身體緊貼著身體的時候，他低聲叫我，讓我記起我們之間始終隔著一個人。

「爸爸。」我喃喃地喚著那個在虛無空氣裡堅實存在的人。

那一夜誰都沒有睡。我們躺在床上，一起回憶著一九九〇年的那個夜晚。我記得比他清晰得多。當晚所有人講過的話，我都能複述下來。

「那時你問我們，誰記得長安街的路燈，一根柱子上有幾朵玉蘭花燈？十二朵，你說。因為在廣場度過的漫長夜晚，你曾一遍又一遍數過。」我聽到自己在說，但那個帶著沙沙粗糙顆粒的聲音好像不是我的，而是來自一卷多年以前錄製好的磁帶。忽然變得清晰的記憶是一道強光，照著許亞琛，使他變得很虛弱。他說他看到了從前的自己。是看到，不是想起。因為那個自己還在那裡。在那個結束了的時代中。然後他對我說，他知道自己已經是一個殘廢的人了。

「我的一部分已經跟著那個時代一起死了。」他說。

我閉著眼睛，但知道天就要亮了，因為壓在眼皮上的黑暗正在變輕。

清晨他穿上衣服，再度變回完整的人。他帶著我參觀整幢房子，展示收藏的黃花梨家具，又去看了新挖的酒窖，還打開二樓的一扇緊閉的房門，讓我欣賞從各種拍賣會上買回的藝術品。寬敞的大屋，白日裡也垂掛著沉厚的窗簾，據說是擔心那些昂貴的攝影作品被曬壞。阻斷了日光的房間，充滿幽禁的氣味。滿牆的油畫是一個個籠子，囚著少女、初夏的風景和熟透的蘋果。地上立著高高矮矮的雕塑，好像是墓穴裡的俑人。大概是後來收藏品買得太多，都懶得去拆了，好多畫還蒙著塑膠布。在屋子的最深的角落裡，我看到了上次他買的那件雕塑。那個名叫「夢」的女孩。塑膠膜還沒有拆去，纏在上面的膠帶，緊緊地勒住了她的笑。

許亞琛對現在的生活很滿意。和很多成功人士一樣，他相信從前遇到的挫折都是為了成就現在的自己。

「幸虧當時受了那事的影響。沒有入成黨。」他說，「不然以我的性格，肯定是要去當官的。為了貪那麼一點錢，整天提心吊膽的，一點兒意思都沒有。」

一點兒意思都沒有。我爸爸也這樣說過。不過他們兩人所說的「意思」，可能不是一個意思。但是說這句話的是十八年前的爸爸。如果他還活著，如果生意做得順利，現在也會成為一個富有的商人吧。他檢閱著自己擁有的一切，是否也會感激當年所受的影響？他是不是早就忘記了和學生們告別的那個夜晚？也許那注定是一個被所有當事者忘記的夜晚？

我還有一個問題想問，可是錯過了時機，這時的情景已經不對。我想問他，如果我爸爸還活著，他的一部分是不是也會在那個結束的時代裡死掉？或者說更早一些的時候，他的一部分就已經死了。這時也不過是再死一次。

那麼多年過去了，許亞琛仍舊很崇拜我爸爸。只是令他崇拜的東西有所改變。現在的他很欽佩我爸爸當初能選擇辭職經商，作出「一個具有前瞻性的睿智決定」。他把我爸爸稱作共和國的第一代商人。可我覺得爸爸只是在放逐自己。許亞琛說，當時在中文系，很多教師都與我爸爸不和。不僅以袒護學生的罪名給他處分，還想出各種辦法整他，甚至不讓他給學生上課。我爸爸一定失望透了。他所講的「看透了」和「沒意思」，也和同事之間的鬥爭和傾軋有關吧。所以他決定辭職。至於之後做什麼，也沒有太多打算。想到有個在北京做生意的表哥，就決定去投奔。其實他對經商這件事根本沒有太大的興趣。

遇到許亞琛的時候，是二〇〇八年。當時唐暉剛回北京不久。他是高我三個年級的學長，讀大學那會兒我們就開始談戀愛了，在一起已經很多年。畢業後他去上海繼續讀書，而我則選擇留在了北京。這座大而無當的城市到底有什麼好，我也說不清，或許是爸爸的緣故，我對它總有一種無法割捨的感情。那幾年，我和唐暉聚少離多，感情卻出奇地穩定。期間我也出過軌，但那只是因為空虛。唐暉從未察覺，他像相信數學公理一樣相信著我們的感情。念完博士，他終於回到了北京，在一所大學裡教書。這些年我一直和別人合租，總是在搬家，所以他一回來就租下一套公寓，讓我結束那種顛沛流離的生活。「咱們的第一個家。」站在光線充足的空房間中央，他從後面抱住我。他給的愛就像他的手心一樣軟，待在裡面很舒適。

那時候，我們才搬進新租的公寓。綠色的法蘭絨窗簾剛量好尺寸送去定做，養在陽台上的梔子和小蒼蘭尚未開花，用江紹青梅釀的酒也還不能喝。我買了一只小烤箱和做玉子燒的平底鍋，從網上列印下厚厚一疊菜譜。靜謐的家庭生活剛剛開始，新粉刷過的牆壁散著淡淡的油漆的香氣，那股化學的氣味讓人感覺很空曠。有大片的空白等著我們用日後的人間煙火去填滿。

在許亞琛家過夜的那天，唐暉碰巧去上海出差了。我不知道自己為什麼選擇在他出差的時候去採訪許亞琛。或許一早我就預感到我們之間會有事發生。就算發生了，原本也可以了無痕跡，那個夜晚太長，我們把該說的話都說盡了，一切應該在天亮之後結束。第二天離開的時候，我抱定了這樣的決心，在永不相見的悲傷裡和許亞琛擁抱。回家的計程車上，陽光盈滿了後座，我心中無限惆悵。再也見不到許亞琛了，意味著再也無法離我爸爸那樣近。汽車朝著背離他的方向駛去。我彷彿看到一扇捲簾門正在緩緩落下，將那些往事都關在了裡面。

當天晚上，我開始作那個怪夢。夢裡我八九歲，梳著毛梭梭的麻花辮，就是你剛見我時的那副樣子，坐在搖搖晃晃的火車上。車廂裡空無一人，光線很昏暗，破舊的地毯上有古老的花紋。一個俄羅斯套娃忽然滾到我的腳邊。我撿起它。那個木頭娃娃裹在一團朱紅的亮漆裡，露出油膩的微笑。然而又是胖大端莊的，眼睛通亮有神，像個菩薩。

「打開它呀。」不知從哪裡傳來一個女人尖利的聲音。

我沿著木頭娃娃的肚子把它扭開。裡面有一個小一號的娃娃。我又把它擰開，就看到更小的一個。我不斷地拆下去，額頭上冒出汗來。一個接一個，好像永無盡頭。

「打開它呀！打開它呀！」那個女人的聲音在火車裡迴盪。攔腰拆開的木頭娃娃在地上滾動起來，骨碌碌，骨碌碌。

我驚醒，發現自己浸在一攤冰涼的汗水裡。唐暉正輕輕拍著我的背，「只是一個噩夢而已。」我把頭埋進他的懷裡。那個夢的寓意尚不可知，但我意識到，一切不可能就那麼結束。果然，一個星期以後，許亞琛又打來電話。

「想見你。」他在電話那頭低聲說。

當天下午，他開車來接我，載我去郊外的餐廳吃飯。那是夏日裡晴朗的一天，空氣裡有青草的香氣。汽車從空闊的公路上駛過，旁邊是大片蔥鬱的麥田，彤紅太陽慢吞吞地沉入地平線，電台廣播裡放著羅大佑的〈童年〉。真的有一種童年時放學後的感覺，我忽然覺得很快活。

餐廳被大樹團簇，耳畔有響亮的蟬聲。露天的桌子上點著小株的白色蠟燭，池塘裡漂浮著紫色的睡蓮。

「我們已經認識十八年了。」許亞琛說，「有點兒難以置信，不覺得嗎？」

「這幾天我總是想到你，」他說，「你讓我記起很多從前的事，在你面前我覺得自己特別真實。」

「為真實乾杯。」我拿起面前的酒杯。

意志就在一寸一寸減少的葡萄酒裡瓦解了。我忘記了對自己的承諾，又跟著他回家了。然後做愛，在爛醉中睡去。好在睡到午夜時分，因為口渴醒了。手機在床頭櫃上不停地閃。我跳下床，蹬上鞋子，說了聲再見就衝出了門。

我撒了一個蹩腳的謊，跟唐暉說是和同事一起喝酒去了。

「他們說以後要經常聚一聚。」我說，好像在為以後的約會找個一勞永逸的藉口。

「看來我得練練喝酒，不能在你朋友面前丟臉。」唐暉說。

「你不會喜歡他們的。」我說，「都是很無聊的人。」

到了週末許亞琛再次打來電話。站在鏡子前挽起頭髮的時候，我發覺自己的樣子很陌生。鏡子裡的房間也很陌生，或許是剛掛上窗簾的緣故，顏色不對，太豔了，綠得咄咄逼人。當目光掠過鏡子的右上角，我忽然看見灰色的牆角裡，有一雙眼睛注視著我。

「爸爸！」我轉過頭去。他坐在那裡，身上穿著多年前的咖啡色毛坎肩，頭髮泌著發亮的油。一小簇綠色陽光在他的皮鞋上晃動。他只是靜靜地看著我，臉上沒有任何表情。

「我不知道怎麼辦。爸爸。」我說，「我只是想離你近一些。」

那一小簇綠光淬濺在湧出的淚水裡。光斑擴大，他消失了。

他的出現，即便只是一個幻念，也是為了赦免我而來。離他近一些，還有什麼比這個更重要呢？

此後，我和許亞琛幾乎每個星期會見一次。都是同樣的程序，傍晚他來接我，帶我去吃飯，然後到他家喝酒，做愛並回憶些從前的事。其實我只對最末一項真正有興趣，覺得可以縮減前面的步驟。但他很重視吃飯，每次餐館都用心挑選，開滿三角梅的天台，栽著斑妃竹的中式庭院，遠道而來的米其林廚師，天馬行空的分子料理。

「我要替老師照顧好你。」有一次他看著菜單，一本正經地對我說。可是和他坐在奢華的地方，享受那些昂貴的食物總是令我覺得很罪惡。看著他衣冠楚楚地坐在對面，輕輕搖晃著葡萄酒的杯子，我會忽然感到憤怒。我們怎麼可以這麼快樂和安逸？不對。應該是一種悲傷的基調才對。和一九九〇年的那個夜晚一樣。我們應該關在窗簾緊閉的房間裡，痛苦地做愛，痛苦地憑弔。只有沉浸在痛苦裡，我們的情欲才合乎情理，我的背叛才是高尚的。

我努力地克制著自己，埋頭吃光所有的食物。終於，服務員收走了面前的碟子。

「我不想吃甜品，」我說，「現在就去你家吧。」

他露出狡黠的微笑，

「不急，把杯子裡的酒喝完。」

一進他家的門，我就拉著他爬上樓梯，跌跌撞撞地衝進臥室，剝去他的襯衫，解開他的皮帶。他肥胖的身體袒露在夜色裡，像個廢墟。

「那麼想要？」他輕聲問。

「嗯。」我回答。雖然我想要的和他要給的並不是同一件的東西。

我粗暴而歇斯底里。榨出所有痛苦的汁液。讓他變得一貧如洗，如同一場獻祭。

「你是一個女強盜。」他虛弱地說。

情欲退去，身體被沖刷得很乾淨。在某一時刻的某一個角度，他看上去真的有點像當年那個男學生。有血氣和稜角的臉，帶著令我著迷的失意。我幾乎想要伸出手臂抱一抱他。真希望那愛意可以多停留幾分鐘。

「再說點那時候的事吧。」我說。那時候。一個在我們之間流通的說法，雖然其實是有些出入的，他的「那時候」是他的大學時代，而我的「那時候」是我爸爸與他有交集的三年。

「說什麼呢？」他問。

「隨便說什麼。」

他閉上眼睛開始回憶。他模糊地記起有段時間因為失戀喝很多酒，還去打了把他的女孩奪走的那個男生，後來被我爸爸叫去談話。我爸爸並沒有責備，只是談了一些自己對愛情的看法。

「他是怎麼說的？」我問。

我跪坐在床上，在黑暗中等待著，直到他的鼾聲響起。

他已經不能在回憶裡走太遠了，那比讓他跑馬拉松都要吃力。他只需要很小劑量的往事，來調和一下過於單調平順的生活。事實上，他喜歡的可能不是回憶，而是從往事裡回到眼前的那個瞬間。在巴洛克水晶吊燈的光芒裡找到了明亮。在蘇富比拍賣會上買的壁爐裡找到了溫暖。在一百八十支埃及棉羽絨被上找到了幸運女神的吻。

我知道我早就應該離開了。可是沒有。我也不知道自己在等什麼。

或許等著被唐暉發現。那個星期五下了一場駭人的暴雨。雨下得最大的那會兒，唐暉給我打電話，我沒有接。新聞裡說很多道路積水嚴重，因為實在有些擔心，他才撥通了我同事的電話。

我在接近午夜的時候回家。雨已經變小了。客廳裡敞著窗戶，地板上有一大攤水，浸濕了垂下來的窗簾。唐暉坐在沙發上，用手肘支著頭。他轉過臉來，看著我換下高跟鞋。

「聚餐？」他的聲音很沙啞。

「是啊。」

他輕輕地搖了搖頭，「沒有。」

「什麼？」我摘掉耳環。

「沒有聚餐。」他說。

我抬起頭看著他。

「看來每個星期你都有一個很重要的約會。」他說，「我想聽聽你的解釋。」

他用期待的眼神看著我，好像在鼓勵我把那個謊話說圓。但我咬著嘴唇，一句話也不說。

他悲傷地笑了一下，「這麼說，我們是真的遇到麻煩了。」

雨停了。房間裡滲著潮濕的涼意。我們坐在沙發的兩端。

「他是我爸爸的學生，讓我覺得很親切，忍不住想靠近……」我說。

「你爸爸有那麼多學生，你要一個個去靠近嗎？」他站起身，摔門而去。

我一直坐在客廳裡發呆，到凌晨三點才去睡。我睡得很淺，淺到根本沒法作夢。所以那到底是不是夢，我也不知道。可是俄羅斯套娃又出現了，猩紅色的油漆臉，在地板上骨碌骨碌地滾動。

「打開它呀。打開它呀。」尖細的女聲說。

我醒來的時候，唐暉正看著我。他什麼時候回來的我也不知道。

「唐暉，」我低聲說，「我有一種感覺，我爸爸的很多事我都不知道，我想把它們弄清楚……」

「李佳棲，他都走了快二十年了！」他衝著我大喊。

我不說話，翻身跳下床，赤著腳走到客廳拿菸。地板上的那片雨水，保持著原來的形狀，像一具屍體。我走到鏡子前面，盯著右上角看了一會兒。我知道他在那裡。

回來的時候，唐暉的怒火已經平息。檯燈被調得很暗，光線像隔夜的茶水潑濺在他的臉上。他神情很哀傷。我轉過臉去，背著光抽菸。

「告訴我你打算怎麼樣。」他說。

「我想去找找以前和我爸爸一塊做生意的人。他們也許知道……」

「親愛的，我問的是我們，我們該怎麼辦？」他看著我的眼睛，「告訴我，你不想和你爸爸的那個學生分開是嗎？」

「我不知道……我只喜歡他身上的一部分，很小很小的一部分，可是那一小部分連著我爸爸……」

唐暉把我拉向他，捧住我的臉，「拋掉這些奇怪的想法好嗎？」他說還有很多事等著我們去做。我們還沒有一起好好旅行過。今年或許可以到泰國的某個島過年，明年放暑假的時候去巴黎……過兩年，我們可以在近郊買一套房子，有個小小的院子，種我喜歡的無花果樹，夏天可以在樹下燒烤，再養一條拉布拉多……他努力地勾畫著未來的圖景，卻看到我一臉茫然。他頹喪地靠在床背上。

「你爸爸，」他說，「我早就知道，他是我們最大的敵人。」

兩天以後我搬出了氤氳著淡淡油漆味的家。那是一個陰沉的早晨。許亞琛睡眼惺忪地打開門，看到我拖著行李箱站在門口。他微微露出驚訝，隨即伸出雙臂給了我一個大大的擁抱。我只是想和他一起生活一段時間，把那點殘餘的眷戀耗盡。

許亞琛給我一把鑰匙，叫來他的司機和保母給我認識。保母小惠跟隨他很多年，已經完全是城市人的樣子，客氣地笑著，悄悄地打量我，好像在判斷這位新來的女主人能待多久。她很快發現我和先前的那些女主人有些不同：護膚品沒有迅速占領浴室的各個角落，而是仍舊收納在一只洗漱包裡，洗乾淨的衣服沒有掛進衣櫃，而是疊成一摞放在角落裡，對她做的飯菜、熨燙的衣服極少發表意見，更沒有提出改進的要求。自始至終，我沒有給她制定過任何規則。

每天清晨我醒來，總要花一點時間來想自己究竟在哪裡。有時走在空闊的房間裡，會想起這是自己少年時幻想過的奢華的生活。可它來得如此不真實，憑靠著一點往昔的情誼，好似是爸爸留下來的一筆遺產。我雖然繼承了它，卻沒有真正擁有的感覺。始終有一重隔膜，無法讓自己沉浸其中。

我開始通過各種線索去尋找當年和爸爸一起做生意的人。許亞琛很幫我，託各種朋友幫忙，找到了其中的幾個。我和他們通電話，然後循著地址去拜訪，又通過他們給的線索再去聯絡新的人。那段日子過得很恍惚，根本無心工作。有一次約好了採訪竟然沒去，被約的女明星氣得跳腳，經紀人打電話到雜誌社大罵。主編為了息事寧人，只好勸我離職。我沒找新的工作，打算再花些時間尋找和我爸爸認識的人。

許亞琛幾乎每晚都在外面應酬，沒有應酬的時候，也會召集一些人吃飯喝酒。他喜歡熱鬧，需要有很多人陪伴。而陪伴這種東西，對他而言唾手可得。每個有錢人的周圍，大概都簇擁著很多的人，隨叫隨到陪他喝酒，陪他聊天，陪他百無聊賴地坐到凌晨。雖然已經有那麼多人陪伴，但他還是要叫我去。

「她是我的小師妹。」他告訴朋友們，好像這是新女友最別致的地方。

「古典式的愛情。」一個朋友說。

「亞琛兄真是個念舊的人。」另一個說。大家紛紛點頭。

酒精有一種魔力，能使所有的話聽起來都很真誠，能讓無聊的時刻熠熠閃光。彷彿一切只在這個夜晚。這個夜晚變得很重要。每句話都那麼動人，都應該被永遠記下來。沉甸甸的存在感，讓人變得充滿活力，不知疲倦。許亞琛喝醉之後，露出一臉的頹廢，笑咪咪地搖晃著腦袋，和記憶裡我爸爸的樣子很像。或許是因為我也喝了酒，才會有這樣的幻覺。為了配合幻覺的成像，我愛上了喝酒。血液裡似乎本來就潛藏著這樣的基因，忽然被喚醒了。每次陪他去吃飯，總是醉醺醺地回來。

我特別喜歡回家路上的那段時光。餘興在夜晚的空氣裡燃燒。我和許亞琛坐在汽車後座上，絞纏著手臂，激烈而無聲地接吻。封閉狹促的空間裡散發著禁忌的氣味，司機沉默的後腦勺帶來一種偷情的愉悅。舌頭在酒精裡變成了蛇。汽車駛過寬闊的長安街，玉蘭花燈有十二朵。那是很多很多的眼睛，在看著我們。

不過我一直很節制，不敢讓自己徹底喝醉。我也不知道喝醉了會變成什麼樣，直覺告訴我，最好不要去嘗試。可是世界上所有禁忌都是為了引誘人嘗試才存在的吧。我終於還是喝醉了，一場隆重的大醉，在許亞琛的大學同學聚會上。

我的出現，喚起了他對大學生活的懷念，所以決定召集一次聚會。我當然很期待，因為能見到爸爸的那麼多學生。許亞琛打算一開始先不介紹我是誰，等到大家喝到酒酣耳熱，才挽起我的手走到台上，告訴大家我是小師妹。可是在他宣布這個消息之前，我已經喝多了。我沒有等到他來挽我的手，就一個人衝到了台上，從正在發言的人手裡奪過麥克風。

沒有人勸我喝酒，都是我自己喝的。我只是想快點躲進酒裡，把自己和其他人隔開。因為當天的氣氛和我想的完全不一樣。大家抱怨著房價，分享著投資的管道，比較著適合移民的國家。幾個女同學湊在一起，談論著小孩的教育，以及美容心得。不斷有人走過來和許亞琛喝酒，摟著他的肩膀，用諂媚的語氣和他講話。他微笑著，聽得一臉陶醉。那好像只是一個隨隨便便的晚宴，和平時每個晚上他召集的那些毫無不同。沒有誰回憶從前的事，也沒有誰提起我爸爸。沒有，都沒有。我一杯一杯地喝酒，聽著周圍的人誇讚許亞琛有多麼成功。即便如此，我也沒想衝到台上去，我發誓。我記得是因為太熱了，我才想到外面透一口氣。快走到門口的時候，我發覺自己喝多了，覺得應該快點離開，於是折回去拿我的包。經過前面的檯子，有個人正拿著麥克風說，讓我們感謝亞琛給大家這次重聚的機會，希望他的生意越做越大，每年都搞一次這樣的聚會，下次聚會最好去三亞……那個人的臉是歪的，要麼就是房間的地板傾斜了，總之一切都不對勁，必須停下來。我走上檯子，奪下了話筒。記憶就到這裡停止了，至於後來在台上說了什麼，一點也想不起來了。我當然也不記得聚會什麼時候結束，而我又是怎麼回去的。醒來的時候，我發現自己躺在許亞琛家的一間客房裡。窗簾沒有拉上，天還沒有亮，黑暗像一塊火漆封在窗戶上。我走進許亞琛的臥室，在床邊坐下來。他背對著我，我知道他沒有睡著。

「我喝醉了。」我說，想了想補充道，「對不起。」

他翻了個身，仰臉看著天花板。

「和我這樣的人在一起，真是難為你了。」

「我是真的喝醉了，可能說了不該說的話……」

「太過分了！」他咆哮道，「當著那麼多人的面，說我俗不可耐，是一個不折不扣的暴發戶，一個沒有了靈魂的空殼……」

「我這麼說的？」

「太沒教養了！起碼的禮貌你父母都沒教過嗎？」他說，「噢，可能確實沒教，我忘了，你爸爸去世得太早了，」他翻過身來看著我，「他要是看到你這副樣子，肯定連頭都抬不起來。你真給他丟臉。」

「說我其實一無所有，啊哈，」他說，「你才是一無所有。說出來你可能會難過，不過我收留你真的是因為可憐你。」

我看著他，「就像你做的那些慈善一樣。對嗎？」

「對，就像我資助的山區兒童。可是我從來沒見過那麼不聽話、不知感恩的山區兒童。」

我們在黑暗中注視著對方。他疲倦地閉上眼睛，以一種哀求的語氣說，「你明天就走吧。」

我睡到快中午的時候醒來。不知道是不是要離開了，竟然睡了個好覺，什麼夢都沒有作。收拾好行李後，我用鑰匙打開三樓陳列收藏品的房間，來到那個沒有拆封的雕塑面前，拿一把美工刀割開外面的捆纏的膠帶。門砰然一聲響，小惠走進來。

「你果然在這裡，」她尖聲說，「給我抓到了！」

「什麼意思？」

「你自己清楚。走就走了，還想順便拿上一點兒東西……」

我看了她一眼，繼續用刀劃割著膠帶。

「你要幹什麼？」小惠問。

我割斷了所有的膠帶，將塑膠膜剝落。雕塑暴露在幽暗的空氣裡。女孩仍舊向前探著身，仰臉閉著雙眼，露出沉醉的笑容，彷彿在嗅著這個陌生地方的氣味。我丟下刀，走出了房間。

程恭

我的酒量不錯，但其實和酒量好壞沒關係，因為一旦喝起來，都會想要跨過那條適度的界限，到達醉的狀態。這是一種禁忌，它存在的意義是為了被打破。喝醉了的那種無邊的歡樂和悲涼，其實是非常珍貴的體驗，有機會很想和你共同經歷一回。

喝了一點酒，好像終於可以說起我爺爺了。隨著年齡增長，和他有關的事變得越來越久遠，也變得越來越不願意提起。記憶裡好像有個央心孤島，放著所有和他有關的事，在最顯要的位置，但是是隔絕開來的。想夠到那些事，必須一頭扎進寒冷的水裡，屏住呼吸游過去。

我是六歲那年，才發現世界上還有我爺爺這個人的。有一天我姑姑去附屬醫院上班的時候，帶上了我。走進大門的時候，她問我，記不記得從前來過，然後說我就是在這座醫院生的。我想了一會兒，搖了搖頭，很抱歉地告訴她，我真的不記得出生那會兒的事了。她被我逗笑了，說你後來也來過的，來看爺爺。她說爺爺就住在這個醫院裡，住院樓的三層，她指給我看那扇窗戶，問我還記不記得爺爺。我說不記得了，但是很好奇，央求她帶我去看他。

我們來到住院樓的三層。經過一條很長的走廊，病房的門都敞開著，我探進頭去，看到有人抬著一條擎向天花板的石膏腿，還有個很瘦的男人，腦袋纏在厚厚的繃帶裡，整個人看起來像一根巨大的棉棒。每間病房裡有四個人，多的有六個人，其中似乎總有一個號哭的小孩和一個呻吟的老人。還有家屬扯著嗓子在和護士爭吵。

爺爺的病房在走廊的盡頭，與其他房間隔開一段距離。門楣上用深紅色的油漆寫著「三一七」，簡陋的手寫體，字型大小也比其他房門上的小，一看就是後來添補上的。後來我知道，這間屋子從前是護士值班的辦公室，為了爺爺，醫院把它騰出來，改成一間病房。

那間病房關著門，裡面出奇地安靜。姑姑把我領進去。房間很狹小，但因為只在當中擺放了一張床，所以看起來還是空蕩蕩的。躺在床上的應該就是爺爺了。我走過去，端詳著他，一張很白的大餅臉上，葡萄乾似的小眼睛亮晶晶的，眼珠子還會骨碌骨碌地轉動，可目光從天花板上的一角移到了另一角，始終沒有落在我們的身上。

「爺爺。」我出於禮貌叫了一聲。當這兩個字從齒顎之間吐出的時候，我感覺到它們輕飄飄的，像一層乾癟的豆莢皮，中間是空的。

上一次使用這個稱謂，要追溯到剛會說話的時候了。姑姑說，我小時候他們帶著我來過，媽媽把我領到床邊，指著床上的人告訴我，這是爺爺。我像拿到一件新玩具似的興奮地叫著「爺——爺」，「爺——爺」。

「別叫了！」爸爸打斷了我，「你再怎麼叫，他也聽不見！」

我看看爸爸，又看看床上的人，乖乖地閉上了嘴。

姑姑說，爺爺是一個植物人。

「植物人就是——不能說話，不能動彈，總是待在一個地方的人，」姑姑指了指窗台上的一盆快要枯死的蘭花，「喏，就像它一樣。」

第二天，我一個人偷偷地跑到醫院，拿著一只水壺爬到床上，給爺爺從頭到腳澆了一遍水。然後站在床邊目不轉睛地看著，迫不及待地想知道，爺爺會開出什麼顏色的花。後來護士來了，氣呼呼地換掉了濕透的被褥。

然後她把一根長管子插到爺爺的嘴巴裡，深褐色的漿液流了進去。我在一旁驚奇地看著，原來爺爺是這樣吸收養分的。

那之後的一段時間，我差不多每天都溜到醫院去看爺爺。我站在床邊看著他，他也看著我。我眨眨眼睛，他也眨一眨。我擠了一下左眼，想讓他也擠一下，等了很久，他還是眨了眨眼睛。我又眨眨右眼，這次他瞪著我，什麼反應也沒有。我一遍一遍地教給他，還是無法讓他跟上我的動作。到了下午三點，護士準時來了，爺爺每天只需要餵一次。那個護士把我趕出去，別上了插銷。後來我才知道，她不想讓我看到幫助爺爺排泄的過程。他究竟是如何排泄的呢？這在我的童年裡始終是一個謎。

對我來說，爺爺就好比一個寄養在別人家裡的植物，我覺得自己有責任去看一看他。我還盼望著能夠訓練他學會一點什麼，擠眼睛，聳眉毛，或是對著我笑。訓練了兩個星期，毫無起色，我就放棄了。

後來，一隻刺蝟奪走了我的那分愛心。有一天去替奶奶買饅頭，在路邊看到一隻刺蝟，我輕手輕腳走過去，用裝饅頭的布口袋把它罩住了，然後兜起口袋，一路跑回家去了。奶奶不讓牠進家門，我就只好把牠養在後院裡。找來一只裂縫的醬菜缸，在上面蓋了一塊石板。我每天拿番茄皮和黃瓜蒂餵牠，戴上手套小心翼翼地摸一摸牠。有了牠以後，我很快忘記了爺爺。直到有一個星期天，我跟著姑姑去她的一個同事的家裡，中途下起暴雨，我忽然想起刺蝟，回到家的時候，水已經從醬菜缸裡溢出來，刺蝟脹著肚子，浮在表面，身上的刺已經泡軟了。

我難過了好幾天，漸漸振作起來，這時忽然又想起爺爺。我發現家裡的人平日都不去看他，也不會提起他。她們似乎完全忘記還有他這麼一個人。作為植物，最大的悲哀可能就是常常會被人忘了吧。

護士會不會也把他忘了呢？想起這個我就一陣不安，覺得有點內疚。沒準他已經悄悄地死了呢——刺蝟死後，我開始明白生命無常了。有一天，我終於忍不住把自己的擔憂告訴了奶奶和姑姑。

「讓他死吧，也就只剩下這件事是他自己能做得了的。」奶奶翻翻眼睛說。

「有護士在呢，護士會記得天天餵他。」姑姑說。

後來我說服了姑姑，讓她同意我午飯之後去醫院找她，並且承諾奶奶，每天上午把她吩咐的事情都做完。於是，我重新恢復了去看爺爺的習慣。如果姑姑找不到我，就知道我到爺爺的病房裡去了。

「你倒是很孝順嘛，以後對我也能這樣嗎？」姑姑說。我想了想，點點頭。

姑姑拿了一條毛毯，鋪在病房的地板上，從此，我可以在那裡午睡了。病房裡只有一扇細窄的窗戶，一到夏天，就被裹進密匝匝的爬山虎裡，屋子裡光線總是很幽暗，在長久不散的潮氣裡，剝落的牆皮像巨大的飛蛾，伏在冷得發青的牆上。鐵床也在蛻皮，表面的白漆開裂，掀起來。

那些漫長的下午，我坐在窗戶底下的毛毯上，玩著她們買給我的唯一玩具——一套已經褪掉顏色的積木，用水彩筆給《西遊記》連環畫上的線描小人塗顏色，揪毯子上結起的褐色毛球，觀察牆根底下頂著麵包屑匆忙趕路的螞蟻，把從姑姑那兒要來的一截紗布用彩筆染紅，綁在頭上，等護士來的時候，嚇她一跳。實在無聊了，就趴窗台上往下看，數走進醫院大門的黑色人頭。數著數著睏了，我就倒下去睡著了。

在那塊結滿毛球、沾滿汗液、口水和尿漬的紅色毛毯上，我作了很多奇怪的夢。每次我都要把自己變得很細，細得像一支鉛筆，才能鑽進夢的入口。然後要通過一條狹長的管道，柔軟的、有彈性的管道，就像護士給爺爺餵營養液的那種橡皮管，它緊緊地箍在我的身上，必須依靠摩擦力一點一點向前挪動。到達另一端的時候，總覺得像是重新出生了一次，有一種再也不想回去的感覺。

在那些夢裡，場景總是同樣的，一個我從來沒有去過的地方。大片的莊稼田，房子都很矮，破破爛爛的，四處都是土路。我周圍是黑壓壓的一群人，太陽又高又熱，皮膚被曬成紫色，油亮發光。有人站在高處，拿著擴音喇叭嗚哩哇啦地講話，我跟著他們一起高呼回應。然後大家散開，熱火朝天地幹起活來。

我親眼看到，田地裡種出一根巨型麥穗，還在不斷地長高，最後麥穗戳進了雲彩裡。我也親眼看到，有人把銅鎖鐵鋸砸碎了，丟進大鍋裡煮，煮著煮著，它們凝聚到一起，成了一塊閃著銀光的鋼鐵。我也想種一根那樣的麥子，然後順著它爬到天上去。

但我有更重要的事要做。在那些夢裡，有一個人教我打槍。那個人就是我爺爺。不過這個爺爺和躺在病床上的那個人完全兩樣。他很年輕，看起來跟我爸爸差不多大，黝黑的皮膚，精瘦，眼睛很亮，走起路來步子像量過的，很威風。我正擠在人群裡，聽高檯子上的人說話。他走過來把我拎走了。雖然和我見過的爺爺不像，可是我知道他是爺爺。沒什麼理由，我就是知道。而且為了區分，我在心裡管他叫夢裡爺爺。夢裡爺爺很沉默，從來不開口說話。就把我帶到田邊，丟給我一桿槍，讓我去打中間的那個稻草人。他好像以為我不用學，天生就應該會似的。但他很快發現，我連槍都拿不動。他讓我先練習拿槍。在很多個夢裡，夏天的午後，我就只是那麼站在陽光底下，抱著那桿槍，明晃晃的光線讓人睜不開眼，我感覺頭髮在著火，馬上就要昏倒了。這樣過去十來天，總算把槍拿穩了。是真的很穩，紋絲不動。他開始示範給我看如何開槍。沉下肩膀，穩穩地端住，然後瞄準，扣動扳機。子彈「嗖」地飛出去，正好打在麥田裡那個稻草人的腦袋中央。又一槍，打在心臟的位置。子彈百發百中，動作乾淨俐落。我捂著耳朵，看得很入迷。但我自己打的時候，還是有點害怕槍聲，手一直在發抖。他讓我握著槍不停地練習，手上磨出繭子也不許停。

等我終於能打中稻草人之後，他開始帶著我去打鳥和野鴨。最重要的是耐心。同樣沒有言語，他只是示範給我看。我們伏在草叢和河塘邊，他一眨也不眨地注視著前方，呼吸均勻而緩慢。有隻蚊子落在他的臉上，吸飽血飛走了。在後來的記憶裡，那些畫面沒有顏色，如同一部黑白默片。就在我開始打瞌睡，眼皮就要闔上的時候，槍聲砰然響起。沉實的鳥在天空中劃過一條血色弧線，墜落到草叢裡，白色羽毛四濺。我拍手稱讚，從地上一躍而起，飛奔向草叢。輪到自己的時候，才知道有多難。我總是沉不住氣，越急躁身體越忍不住要動，就把鳥驚飛了。他很生氣，抬手給了我一巴掌。我摸了摸滾燙的臉頰，趴下繼續瞄準。在夢裡我好像不知道委屈，也不知道怨恨，心裡一絲雜念也沒有，只想把槍練好。我沉浸在永無止境的枯燥訓練中，感到很充實，相信自己會長成一個強大的男人。

那些天，我在夢裡專心訓練，午睡的時間不斷延長。常常是要等到下午三點，護士來餵爺爺的時候，把我從毯子上拉起來。

「怎麼又把窗戶關上了？」護士說，「我說過多少回了，不通風會長褥瘡！」

我抿著嘴唇，眨了眨眼睛。窗戶不是我關上的，從來都不是。這的確是一件怪事。不過和夢裡的那些怪事比起來，已經不算什麼。護士走了以後，我想再回夢裡，可是躺了很久卻怎麼也睡不著。我只好自己練習，站在窗台邊以手當槍，對著外面的鴿子瞄準。啪啪啪。我嘟囔著，嘿，你們都死了。

下班的時候，姑姑來病房找我，把我領回家。路上她問我今天都玩了什麼。我很想說說我的夢，特別是告訴她，我會打槍了。可是我想了想，還是忍住了。雖然夢裡爺爺並沒有跟我說不許跟別人說，但是我覺得這應該是我們兩個人之間的祕密。晚飯的時候，姑姑和奶奶發現我的飯量大得驚人。

到了暑假的最後一天，我也沒有打到一隻鳥。那天夢裡爺爺氣得又想打我，我跟他說，明天我就開學了，以後恐怕沒法來找你了。他看起來很悲傷，一個人走到田埂上，默默地抽菸。我也有點難過，夢裡爺爺好像沒有別的親人，要是我走了，就剩下他一個人了。於是我安慰他說，等到週末一定來找他。見他還是將頭扭向一側，不為所動，我就拿起他的手，和他勾了勾小指頭。

九月，我升入了附屬小學。從此終於有了集體，不再是獨自一人。可是只花了兩天的時間，我就弄清楚一件事，那就是學校不適合我。一堂課的時間實在太長了，老師轉過身在黑板上寫字的時候，教室裡靜得可怕，我總是忍不住想要大叫一聲。下午上體育課，大家在慘澹的陽光下，做著軟塌塌的廣播體操。我非常想念夢裡當頭的烈日，想念夢裡爺爺。

好不容易熬到週末，我跑到了醫院，興沖沖地推開病房的門。一個男人正盤腿坐在我的那張毯子上，往嘴裡扒盒飯。是我爸爸。見有人進來，他倏地站起來。看到是我，臉才恢復了血色。

「你個小混蛋，嚇死我了！」他走過來，狠狠地拍了兩下我的後腦勺，「你小子倒是挺有孝心的，一聽說我在這兒，就趕來看我了。」

我咧開嘴笑了。

我爸爸欠了高利貸。為了逃債四處躲藏，幾天就要換一個地方。折騰得精疲力盡的時候，他腦中閃過一道靈光。爺爺的病房！那些追債的人絕對不會想到他躲在那裡，而且離奶奶家那麼近，姑姑還能給他送飯。

「關鍵時候還是老頭子顯靈幫了我。」我爸爸指著床上的爺爺說，「有爹就是比沒有強啊！」

我眨眨眼睛。我可不是這麼認為。

在我的記憶裡，我爸爸很多時間都在躲債。好像那才是他的工作。兩三歲的時候，我就見識過討債人的厲害。兩個彪形大漢破門而入，裡裡外外搜了一遍，沒有發現我爸爸，也沒有找到任何值錢的東西，就抄起椅子砸向電視機。電視裡正在播放《鼴鼠的故事》，螢幕倏地黑了，中間被戳了一個巨大的窟窿。兩個男人摔門而去，屋子裡恢復了寂靜。我盯著螢幕上的黑洞看了很久，鼴鼠始終沒有從裡面爬出來。

我爸爸占據了三一七號房間。從家裡拿來的那只收音機，一天到晚地開著，他躺在地鋪上，聽評書和球賽。有時實在寂寞難耐，就等天黑下來，溜出去玩一會兒，到別人的牌局上搓幾圈麻將。醫院規定不准家屬留宿病房，護士來勸過幾次，我爸爸都假裝聽不見，還做出一副要打人的模樣。後來她知曉了一些我們家的歷史，就睜一隻眼閉一隻眼，再也不管了。

每天傍晚，我都要去給他送飯。他奪過我帶去的飯盒，在牆邊的地鋪上坐下，呼嚕呼嚕地吃起來。我站在旁邊，等著他吃完，倒掉剩下的菜湯，把油膩的飯盒蓋上，放回網兜裡。他吃得很快，通常只需要十幾分鐘，即便如此，對我來說已經太漫長。我無法讓自己的目光從他屁股底下的毯子上移開。那條曾經讓我作過許多神奇夢的魔毯，現在沾滿了菜湯和油漬，邊角上還有一個菸頭燙的洞。它就這樣被毀了。

夢裡爺爺現在大概正在田埂上走來走去，煩悶地抽菸。而我的那把槍，就躺在一旁的地上，沒準已經生鏽了。

我變得討厭去醫院。有一次送飯，手中甩著那只網兜，甩得太用力，把它掙破了，飯盒掉出來，兩個包子滾到醫院長廊上。剛剛灑過消毒液的地板，浮著一層水光。撿起來聞了聞，包子上有一股淡淡的化學味道。我把它們重新放回了飯盒。那天晚上，我作了一個夢。夢見爸爸吃下那兩個包子後，七竅流血，很快斷了氣。我站在旁邊，冷靜地思考著該如何處理屍體。

到了冬天，我爸爸終於把債還上了。但錢是他從一個餐館老闆那裡敲詐來的。後來人家告了他，法院判了六年。這些年他一直在派出所進進出出，我們都知道早晚有一天，他會踏踏實實地住進去。

現在總算是進去了，全家人都感覺鬆了一口氣。沒有惹出殺人放火的大麻煩，已經是萬幸。

那個冬天最冷的一天，我和奶奶、姑姑去城郊的監獄看他。天空飄著小雪，我們帶著兩件姑姑剛給他打好的毛衣，藏青色，元寶針。我爸爸的鬍子刮得很乾淨，頭髮從來沒有那麼短，低著頭，能看到青色的頭皮，還有一條一寸長的刀疤。他的精神還不錯，出乎意料的平靜。我奶奶也表現出從來沒有過的和藹，對爸爸說，你在裡面就安心吧，程恭我會幫你養著，生活費也會給你記著，等你出來的時候再一起給我，六年一晃就過了。爸爸聽到「六年」，痛苦地抽搐了一下。姑姑連忙說，哪裡用六年，會減刑的。我爸爸黯然地說，雅娟一直沒來看我。你們跟她說，讓她等著我。雅娟是他先前相好的那個寡婦，據說長得一點也不美，還有點齙牙，不知道是什麼地方讓我爸爸那麼著迷。可他是真的很愛她，從監獄裡一出來，就去杭州找她了。她在那裡和朋友做服裝生意，有個自己的小工廠，我爸爸就幫她們管理庫房。她好像不喜歡我爸爸的家人，讓他和我們少聯繫。所以後來我爸爸除了過節的時候寄點錢，往家裡打個電話，很少和我們往來。始終沒有拿到我的生活費，我奶奶當然很有意見，可是想到不用再為他牽腸掛肚，也就釋然了不少。

我爸爸走後，三一七病房恢復了寧靜。我可以再去了，可是卻迷上了象棋，每天都跑到南院旁邊的一個小胡同裡看棋局。有個老頭下得特別好，所有人都不是他的對手。我很討好他，幫他拿馬紮，給他倒茶水，心裡盼望著他會像夢裡爺爺一樣，把本事都教給我。可是他對我一直愛答不理，隔了好半天，才慢吞吞地回答一句，都是雲霧繚繞的人生道理，和棋局沒有半點關係，可那副得道高人的模樣，實在令我著迷。我更死心塌地地要做他的徒弟，把他講的每句話都記下來，回家仔細琢磨。到了週末，下棋的人更多，吃過午飯我就跑去了，把三一七病房和爺爺完全拋到了腦後。到了冬天，棋局從胡同裡搬到了一個餐館裡，熱鬧不減。忽然有一天，老頭不再來了。過了一陣子，有個知道他家住在哪裡的人說，他生了癌，住到醫院去了。又過了幾天說，他好像死了，因為看到他女兒手臂上戴著黑紗。那之後仍舊有人在餐館裡下棋，但是水準很差，霸著棋盤不肯下來，還要讓周圍的人下注。我失望地離開了，再也沒有去。

那時候，冬天已經快過完了。我終於又想起夢裡爺爺。他一定對我失望透了。我覺得自己再也沒有臉去見他了，所以很久都沒有再去三一七病房。不過，根本不必擔心「爺爺」就此沉寂下去。後來我發現，每隔幾年他就會想辦法讓自己「復活」一次，回到我的生活裡。

他的再次復活，要先從我的學校生活說起。你第一次到附屬小學來的時候，應該也驚訝於它的簡陋。全部校舍不過是一幢兩層樓和一排平房，院子小得連一個完整的籃球架都放不下，就把籃球板釘在樓側的牆上，勉強算是有一項運動設施。學生都是醫科大學職工的子女，老師大多是醫院職工的家屬，女性為主，就像我們當時的班主任楊老師，為了解決兩地分居，被調進大學，沒有別的地方安置，才被分配到小學。有的老師剛從老家來，鄉音濃厚，我們模仿著她的口音念課文，為多掌握了一門「外語」而歡喜。有的老師就是某個學生的媽媽，這種情況對那個學生來說，猶如尚方寶劍在手，大家都會讓他幾分。

雖然學校很簡陋，卻是我所擁有的第一個集體。從此結束了獨來獨往的生活，每天和那麼多同學在一起，讓我感到很興奮。可是他們都很傲慢，對人愛答不理的，而且喜歡大驚小怪，看到牆上的壁虎都會叫。即便如此，我還是很想讓他們喜歡我。但不久我就發現，無論自己怎麼做，都沒辦法實現。因為父母都在這座大學或者附屬醫院工作，又都住在同一個家屬院裡，所以每個同學的家庭狀況，大家都很清楚。他們當然也知道我爸爸。班裡有個男同學，從前他家住在我奶奶家隔壁，他爸還借給過我爸爸錢。後來我爸爸不見了，也不敢問我奶奶要，最後只能不了了之。那個男孩每回課間在走廊裡看見我，都嚷著要我還錢。還有一個女生的媽媽，吃過我奶奶的苦頭。她在醫科大學的基建處工作，當時我奶奶在院子裡，加蓋起一個一層半高的房子，把樓上那家遮擋得一點陽光也沒有。她媽媽代表校方上門勸阻，我奶奶從此就記恨著她，總是找她的麻煩。把剩的飯菜倒在她停在樓下的自行車車筐裡，將汽水瓶扔進她家的院子，弄得滿地都是碎玻璃碴。她媽媽整天提心吊膽，為此哭了好多回。直到一年多以後，她家換了房子，奶奶才消停。下課的時候，這個女生常常和其他同學圍成一小圈，悄悄地講著什麼，一看到我過來，他們就不說了。沒過多久，全班同學都躲著我。我跟他們說話，他們只是應付兩句，就很快走開了。連老師看我的眼神也不一樣了，對我好像有一種特別的關心，生怕我要闖什麼大禍似的。

我徹底被孤立了。活動課一個人玩，放學後獨自回家。春遊的時候，他們圍成一圈做遊戲，我一個人在旁邊啃麵包。拍合影我站在後排的最邊上，旁邊的同學扭著身子，轉過臉，努力想離我更遠一點。我變得很討厭去學校，一有集體活動就謊稱肚子疼，讓姑姑給我開假條。姑姑很快察覺了，並且猜出了原因。她跟我講了一些小時候的經歷，當時她認識的一個人因為家庭的原因，被周圍的人孤立。那是我第一次聽到汪露寒的名字。姑姑只說是因為她爸爸是殺人凶手，被所有人唾棄，沒有人願意再和她做朋友。姑姑說，你一定得想辦法融入集體，那些被孤立的人很慘，我見得太多了，他們會越來越自卑，一輩子都翻不了身。我嘴上說知道了，卻什麼也沒有做。

後來，一篇作文改變了我的處境。那次老師讓我們寫一個家庭成員。我寫的是爺爺。結果那篇作文成了範文，老師讓我在全班同學面前朗讀。

「我的爺爺是一具殭屍。」這是開篇第一句，所有的同學都抬起了頭。在那篇作文裡，我把爺爺刻畫成一個烈士，他是在抗美援朝的戰爭中，衝在前線拚殺的時候，為了保護戰友，被敵人打傷，才變成植物人的。他的戰友們也沒有把他丟下，而是一路護送離開戰場，運回到家裡。

讀完之後，班裡一片寂靜。下課後兩個女同學走過來對我說，你寫得可真好。自習課上，同桌碰了碰我的胳膊，問我敵人是用什麼槍把我爺爺打成植物人的。

「那種很長的槍。」我比畫著，「從他腦袋裡取出的彈片，現在還留著呢，奶奶把它鎖在一只小木頭匣子裡，從來都不讓碰，不然我就拿出來給你們看了。」同桌的眼圈紅了。

隨後的幾天，下課以後總有同學走過來，要我再講爺爺的故事。我討厭重複同一個故事，就即興演繹，每次講的都會有些不同。主要的出入在於，爺爺究竟是怎麼變成植物人的。有時說是開槍打的，有時說是被刺刀砍傷，有時是被敵人的卡車撞傷，還有的時候是被敵人從高牆上推下來摔傷……在那些不同版本的故事裡，「爺爺」以各種匪夷所思的方式，一次又一次被壞人變成植物人。每次講的時候，我自己都很感動，並且信以為真，覺得事實就是如此。

在一個細雨濛濛的黃昏，我帶著七八個同學去醫院「參觀」了爺爺。病房是不允許閒雜人等進入的，但是每天傍晚有一小段時間，護士和樓下看守的人都去吃晚飯了，我們就趁機溜了進去。為了渲染氣氛，我事先買來一面黨旗，蓋在爺爺的身上。大家簇擁在他的四周，懷著瞻仰領袖儀容的心情。爺爺泰然地接受了他們的注視，他自己則繼續看著頭頂的天花板。一隻壁虎正緩慢地爬過他的視線。

同學們忽然對我好了起來。因為爺爺的事，他們好像原諒了我奶奶和爸爸的過錯。課間的時候，甚至有人叫我一起出去玩。體育課上，他們主動把排球傳給了我。

可是這樣的好日子並沒有持續多久。謊言很快就被戳穿了。有一天早晨，我一走進教室，一個女同學跳到我面前，神祕地笑了笑，「我爺爺說，你爺爺根本沒有參加抗美援朝戰爭……他是在『文革』挨批鬥的時候，被人打昏了，變成植物人的……」

「我爺爺說，批鬥他是因為他犯了錯誤……」

「胡說！」

「你胡說！」我雙手捂住耳朵，從教室裡跑了出去。

放學的時候，兩個男生從後面趕上來，擋在我的面前，用手指拉著眼角，吐出舌頭，扮成僵屍的模樣，「我爺爺是個殭屍——」他們學著我講故事的語氣，一本正經地說，「但他是個烈士。他在抗美援朝戰爭中，奮勇殺敵……」說到這裡，他們已經笑得直不起腰來。

從那以後，植物人爺爺在同學當中，變成了一個笑話。為了不讓自己再想起這件事，很長一段時間，我去附屬醫院找姑姑，都繞著住院樓走。至於三一七病房，我發誓再也不要去了。我心裡確實有些怨爺爺。怪他為什麼不是在戰爭中英勇負傷成為植物人的。我都沒有去問姑姑，他到底是怎麼在那個什麼「文化大革命」中，變成了現在這樣。那已經不重要，反正他不是英雄。我甚至覺得他很沒用，軟弱、沒本事，才會被別人弄成了這副毫無尊嚴的樣子。

李佳樓

剛才你說每個人都有一個起運的時間，人生好像忽然套上了韁繩。我的應該是在八歲。那年秋天，爸爸離開濟南，一個人去了北京。從那以後，我就再也沒有家了。

我爸爸其實對做生意一竅不通，只是去投奔一個並不相熟的表哥。我奶奶有個妹妹，早年去了北京，後來在那裡結婚生子。這個表哥是她家的長子，在整個家族裡，一直作為一個異類存在。念書不行，也沒有找過正式的工作，整天跟一幫狐朋狗友混在一起，做些倒買倒賣的生意。在我爺爺看來，「倒買倒賣」是「坑蒙拐騙」的同義詞，所以不難想像當他知道我爸爸也幹起這種事的時候，有多麼震驚。對他來說，這是不可原諒的墮落。

「坑蒙拐騙」「販賣」「倒爺」，我討厭他們用這些詞來說我爸爸。每次聽到總是會在心裡糾正，他是一個商人。在一九九〇年，「商人」還是一個書面詞語，聽起來很高貴。我其實沒有見過什麼商人，學校門口賣江米棍和卡通貼紙的人應該不算，他們只是小販。我知道商人這個詞，是因為它在童話故事裡常常出現。很多童話的主角都是商人的女兒，過著養尊處優的生活，跟公主沒什麼差別，她們的美麗和天真帶來一些麻煩，不過最終總是會有一個英俊勇猛的男人出現，解救她們於危難。她們總是有一副打不爛的好命，彷彿她們的父親早已用錢收買了上帝的心。所以，那時候我很高興自己成為「商人的女兒」，好像因此就換上了一副好命。

去北京以後，我爸爸每星期會打來一個電話。星期天的傍晚，我和媽媽都會在附近的一家小賣店等候。他用的也是公用電話，和我們約好六點鐘。但並不是那麼準時，通常都會遲一些。我們不好意思乾等，就在店裡買點山楂片或者果丹皮之類的小東西。我比較喜歡山楂片，因為可以吃得久一些。小紙包裡的山楂片像一摞五分錢的硬幣。我小心翼翼地用舌頭托著它，吮著甜蜜的色素。等到它變軟，碎裂成小塊，才嚥下去。我盡可能地慢慢吃，如同小心翼翼地用掉一枚枚硬幣。每次我都在心裡猜，用到第幾枚的時候，鈴聲會響起來。有一回用光了全部「硬幣」，鈴聲還是沒有響。我和媽媽一直等到小賣店關門，才拖著痠痛的腿離開。其實就算接到他的電話，我不過是將那句每次都說的話再說一遍而已：「爸爸，你好嗎？我很好，我會聽媽媽的話，你放心吧。」

我們在寒風裡慢慢向回走。我的舌頭已經甜得麻木，後面有顆牙齒隱隱作痛。那句沒有講出去的話在身體裡越變越大，脹滿了整顆心。一個踉踉蹌蹌的酒鬼迎面過來，瞇起眼睛打量著我媽媽，張開手臂阻攔她。我媽媽左右躲閃，好不容易才甩開他，拽起我的手向前飛奔。跑了很久，我們兩個才停住，在路燈下喘著粗氣。我怨恨地看著我媽媽，好像她做了什麼背叛我爸爸的事。

長大以後，那種山楂片很少能見到了。我也一度忘了那年冬天含著山楂片等電話的事。讓我把它再記起來的是一個陌生的女人。去年夏天的一個晚上，我和朋友相約見面，他遲遲不出現，我的手機沒電了，就走到路邊的電話亭。那個女人就站在塑膠罩子底下。她穿著很多年前流行的那種墊肩高聳的珠麗紋連衣裙，披散著灰白的頭髮，目光渙散。我看到她拿起聽筒，攤開手心，從粉紅色的紙柱包裝裡，小心翼翼地取出一枚山楂片，塞進投幣縫裡，伸出手指去按電話號碼：一一一九。

「著火了。」她小聲說，然後把聽筒放回去，攥著那一小包山楂片走入夜色。

過完冬天，星期日的電話之約取消了。因為我爸爸開始去俄羅斯做生意，火車要開整整一星期才能到莫斯科。只有在他回到北京的時候，我們才能通一次電話。到了春天，我媽媽也去了北京，因為爸爸那裡需要人幫忙。我被送到了爺爺家。這是奶奶的主意，她想藉此來修復爸爸和爺爺之間惡劣的關係，何況沛萱也在爺爺家，可以給我一些好的影響。在目睹我爸爸的墮落之後，她認為我急需一個好的榜樣。我爸爸不願意欠他們的情分，可是也沒有別的辦法，每次去莫斯科都要半個月，實在不能把我帶在身邊。最後講好每個月都向我奶奶交一些生活費，他才終於答應。

我不想去爺爺家。只要能和他們一起去北京，哪怕是上一個寄宿小學半個月回家一次也行。可是沒有人問過我怎麼想，我也不記得自己表示過反對。我不確定自己有這麼做的權利。就算我抗議，我媽媽恐怕也會說，我們這樣做，還不是為了你的將來嗎？這個說法很奇怪。我只想要他們讓我現在過得好一些。我與他們緊密相連的部分只是童年，那是我自己無法主宰的，必須交由他們掌控。在他們可以掌控的階段，如果都不能讓我過得好一點，所謂的將來又怎麼是能應許的呢？

辦完轉學手續的那一天，我媽媽拖著行李箱，帶我來到爺爺家。這只是暫時的，她向我保證，等他們在北京安頓好，就把我接走。

你說得沒錯，我根本不想融入新的環境。因為是暫時的，我對一切既沒有期待，也沒有要求。我甚至不想交朋友。和你們一起玩，只是為了和沛萱還有爺爺奶奶作對。有時候正玩得很開心，我看著你們的臉忽然感到奇怪，不知道自己怎麼會和你們成為朋友的。我總是毫無徵兆地發出一陣尖叫，拖著長音很久才肯停下來。或許我是想把自己和你們隔開，一個人關在那個聲音裡，靜靜地待一會兒。那兩年，我失去了約束，自由自在地瘋長。現在回過頭去看，或許是一生中最快樂的時光。可是那種快樂的感覺究竟是怎麼樣的，我卻一點也想不起來了。記憶向來按照自己的喜好剪裁時光，我的記憶更偏愛痛苦。

他們說，我爸爸賺了很多錢。我只是知道他常常要去莫斯科，帶著很多貨物。坐火車，路上經過貝加爾湖、葉塞尼亞河，六天六夜，到達莫斯科。

「他已經迷失了。」吃飯的時候爺爺說。

「讓他受到點挫折，就知道回頭了。」奶奶說。

「他受的挫折還少嗎？沒用的。」爺爺說。

在我的記憶裡，那段時間我爸爸只回來過一次。因為生意越做越大，需要更多資金周轉，他決定賣掉我們從前的房子。他是一個人回來的，辦完手續以後，就把房子裡的全部東西都搬到了一個朋友的倉庫裡。我們家的相冊，刊登了我爸爸的詩歌的雜誌，還有我從前的日記本和洋娃娃。兩年後的冬天，倉庫著了一場大火，所有的東西都被燒毀了。和爸爸一起生活的那些年的所有物證付之一炬，一件也不剩。

我爸爸回來的時候，帶了一台托人從國外買的錄影機，算是感謝我爺爺奶奶這段時間對我的照顧。那是這麼多年以來，他第一次送給他們東西。但他仍是很冷漠，只把錄影機往地上一放，說這是給你們的。我爺爺看也沒看一眼，就走進了裡面的房間。沒坐多久，我爸爸起身要走，奶奶留他吃晚飯，他怎麼也不肯，說是約了朋友。我知道他沒有。吃晚飯的時候，我一直在想，爸爸現在不知道正在哪條街上的小飯館裡，獨自吃著一碗麵。

那天晚上，為了試用那台機器，我和沛萱看了有生以來第一盤錄影帶。錄影帶也是爸爸帶來的，名字叫《變蠅人》。裡面的那個男人牙齒掉落，身上開始長毛，一天天漸漸變成蒼蠅。每天他站在鏡子前面，靜靜打量著身上所發生的變化，目光中有一種孤獨的笑意。不知道為什麼，他身上那種與整個世界決裂的東西，讓我想起我爸爸。

我媽媽倒是每隔一段時間就會回來看我，帶著從友誼商店買來的稀罕食物，巧克力、瑞士水果糖，還有梅林午餐肉。她瘦了一些，燙了頭髮，穿著矮跟的長筒靴，講話的時候偶爾蹦出幾個兒化音。我纏著她給我講火車上的事。她就總說車上很危險，有好多壞人。她看上去一點也不享受那段旅途，說起莫斯科也只有冷，冷，冷。我聽到她偷偷和姨媽抱怨，說我爸爸每天都在外面喝酒，醉到找不到回家的路，坐在台階上等她來找自己。還說他每次到莫斯科都要去賭場，有時候能把剛賺到的錢輸個精光。姨媽連連歎氣，說錢會讓一個人變質。

我根本不相信她們的話。我也不在意我爸爸變成什麼樣。那時候，對我來說這個世界上最幸福的事，大概就是和我爸爸一起坐火車去俄羅斯吧。在所有沒有乘坐過K3次列車的人裡面，我肯定是最瞭解它的一個。我知道它星期三早晨從北京出發，在下一個星期二到達莫斯科。我知道沿途的每個車站，還知道星期四的黃昏火車過了漠河的邊境，星期六列車的窗外能看到貝加爾湖，星期天就到了葉塞尼亞河。那條鐵路的軌跡，清晰得如同我手上的一條掌紋。我曾跪在鋪展開的地圖前面，用彩色水筆把它描出來。貝加爾湖的輪廓是一個瘦瘦的月牙，我用藍色的筆把中間的區域填滿，想像寬闊的湖面結滿了厚冰，積雪在寒冷的夜晚閃閃發光。

那條鐵路承載了我對於遠方的全部想像。我想像爸爸穿著呢子大衣和皮靴，拎著皮箱站在揚起大風的月台上；在搖搖晃晃的列車上，一個把帽簷壓得很低的男人坐在車上餐廳的角落位置上抽菸，他是一個經驗老到的扒手；一個碧綠眼珠的妓女踩著很高的鞋子，咚咚咚在過道裡猩紅色的地毯上走過；在莫斯科旅館的房間裡，爸爸脫去大衣，把伏特加倒在玻璃杯裡；在著名的「皇冠」賭場，爸爸推出去高高一摞籌碼，看著金色大波浪頭髮的女郎敏捷地切牌。

小偷、妓女、酗酒和賭場，這些能讓想像力得以發揮的素材當然都來自我媽媽。她偶爾會提到這些。關於妓女，她講完肯定立即後悔了，覺得在我面前提起她們不妥當。總之她想說的是，那是一種充滿危險的生活。要是用我爺爺的話來說，就是非常墮落。可是危險和墮落是多麼迷人的異國情調啊。它們如罌粟花的香氣一般撩撥著一個孩子的心。

我一直都沒有坐上那列火車，也沒有去過莫斯科。所以那分想像頑強地活下來，跟著我一起長大。你或許很難想像，每次聽到「西伯利亞」這個詞，我的眼眶幾乎都要變紅。這個詞讓我想到盡頭和終結。爸爸後來並不是死在那裡的，可是想到他的死，眼前就會出現白茫茫的一片，伴隨著輕微的耳鳴，好像是火車壓過鋼軌的叮叮咣咣的聲響。

那列往返於莫斯科和北京之間的K3次列車，承載了我爸爸生命最後幾年的時光。在俄羅斯，那個寒冷的國度，火車是命運的隱喻。安娜．卡列尼娜的魂魄一直還在月台上遊蕩。第一次讀到那本小說的時候我就想，要是當時跟著爸爸去了俄羅斯，沒準就會遇到她。可惜當時我還不知道她，就算遇到了也無法辨認出來。但是如果我能，我一定會走上去問一問她，靈魂究竟是怎麼一回事。

我爸爸最後一次去俄羅斯，是一九九三年的十一月。那個國家龐大的身軀已經轟然倒下，降下的國旗收在看不見的角落裡，上面的錘頭和鐮刀已經開始生鏽，不過還要再等一個月，拜占庭帝國時代的雙頭鷹才會重新飛上國徽。在這最後的一個月裡，人們躺在舊國的廢墟上，躲進劣質伏特加製造的迷幻長夜，為布爾什維克送行。在生命就要走向盡頭的時候，我爸爸來到那裡，他一定分享過他們的痛苦和迷惘，因為他和他們一樣，是一些什麼也不再相信的人。

這些不過都是我的想像而已。很好笑是嗎？我這樣問是因為從前講給唐暉聽的時候，他說，很動人，不過也很好笑。

「我發現一個問題，」他說，「你總是要把你爸爸的人生軌跡和宏大的歷史捆綁在一起，好像覺得只有這樣，他的生命才是有意義的，中國歷史裡找不到了，就到世界史裡找。你就不能把他從歷史上解下來一會兒？給他一點自由不好嗎？」

然後他提醒我，我爸爸到莫斯科去可不是為了分享俄羅斯人民的痛苦和迷惘，他要分享的是他們的錢。那時候他正忙著倒貨賣貨，將大把大把的盧布從俄羅斯人民的口袋裡騙走呢。我立即抗議他使用了「騙」字。但他拒絕把它收回，「就是騙，他們賣給俄羅斯人的，都是劣質的假貨。」

唐暉是北京人，他有一個親戚九十年代在「雅寶路」做批發生意，就是把貨物賣給像我爸爸這樣的人，再由他們運到俄羅斯去。所以唐暉對當時的情況很清楚。我把這段故事講給他聽真是撞到了槍口上。

「那些賣給俄羅斯人的羽絨服，裡面塞的都是漚爛的雞毛，病雞瘟雞什麼都有……就是沒有一點鴨絨。皮夾克就更滑稽了，是用牛皮紙做的，外面刷一層亮漆，想想吧，你描述的那些舊國廢墟上痛苦而迷惘的俄羅斯人，穿著這樣的皮夾克，瑟瑟發抖地走在雪地裡，他們不會把寒冷歸咎給身上的衣服，只會覺得是自己變得更虛弱了。好不容易走進一個暖和的房間，落在身上的雪融化成水，滲到夾克裡，所謂的牛皮立刻出現裂縫，碎成一片一片。你說他們什麼都不相信了，沒錯，看著一件皮夾克轉眼之間變成碎紙，他們的確是什麼都不相信了……」

「並不是所有的商人都這樣。」我不是很有底氣地說。

「後來在莫斯科，為什麼有那麼多俄羅斯人殺害中國人的事發生？因為他們恨透了那些無良的中國商人。當然，你爸爸可能跟其他人想法不完全一樣，可是不管怎麼說，他和他們做的都一樣，都是趁火打劫的買賣。」

當時我和唐暉剛戀愛不久。我們坐在一個學校附近的咖啡館裡。我抬起頭，咬著吸管看著他。我第一次覺得我們可能不合適，因為他身上有一種我永遠都不會有的正義感。而唐暉大概也已經意識到，我把爸爸雕塑成了一個失真的偶像。這個偶像的存在，隱隱對我們的關係構成威脅。所以他必須把它推倒。他認為自己能做到，這只是一個時間的問題。他是一個樂觀的人，這大概才是我們最根本的區別。

當年他們在莫斯科做生意的事，我媽媽後來沒有講起過。她好像患了失憶，把那幾年的事都忘記了。不要說莫斯科，有時候都想不起自己在北京住過一年。從幾年前開始，我陸續接觸了很多當年去俄羅斯做生意的人。玲姨是其中的一個，跟我爸爸很熟。和其他很多人一樣，玲姨跟她丈夫當年賺了很多錢。後來生意隨著航空運輸的興起而沒落。他們再也找不到那麼容易的生財之道，就只是坐吃山空地揮霍積蓄。後來玲姨丈夫愛上了年輕姑娘，為她花了很多錢。眼看這樣下去就要把剩下的家底都敗光，玲姨咬咬牙離了婚，和他分割了財產。她把分得的那套房子租出去，將租金當作一份收入，而自己則搬到近郊去住。這些年北京變得越來越大，她先前住的近郊被開發，房價不斷攀升，她只得再搬去更偏遠的地方。我坐到地鐵的最末一站，又搭一輛無執照的計程車，才到了她住的地方。她向我抱怨北京已經完全被外地人占據，再也不是從前的北京了。她特別懷念九十年代初的北京，歌舞廳、酒吧、友誼商店和外匯券，還有開往莫斯科的列車，大都會的萌芽時期，成就了她一生中最昌盛的時光。近郊的下午格外的靜，空氣涼翳翳的，她坐在小客廳的窗戶底下講著那些當年的事，有一種白頭宮女坐在城牆邊追憶往昔的氣氛。

「當時那趟火車就是一個流動的商亭，它開到哪裡，我們就賣到哪裡。出了中國的邊境，每次快到一個車站，就得把成包的羽絨服、皮夾克拖到窗戶底下。月台上擠滿了俄羅斯人，車還沒有停穩，就都湧上來了。每站最多停十分鐘，根本來不及下車，我們都是直接拉開窗戶賣東西。會那麼幾句俄語，連說帶比畫，動作一定要快，收了錢都來不及數，往腳底下的編織袋裡一塞，從包裡抽出衣服趕快往下丟。有時候碰上壞人，一把搶了你的貨就跑，你也只能眼睜睜地看著，沒法下車去追。你爸爸就遇到過一回，把他一整包貨都搶走了，你爸爸還真的衝下車去追了。在月台上跑了好遠，還是沒有追上，火車要開了，他又返回來追火車，扒著欄杆才爬上來，真是好險啊……」

回憶擦亮了玲姨黃濁的眼睛。一瞬間她好像回到了K3次列車沿途的某個小站上，有一種爭分奪秒的亢奮。我把視線從她的臉上收回來，偏過頭去看向窗外。為了克服打斷她的衝動，我只有不停地抽菸，看著簌簌落下的蒼白的菸灰發呆。她的講述聽起來太真實了，真實得傷害了我的自尊。我實在無法想像爸爸拎著羽絨服探出身去叫賣，在月台上追搶包的人，還要扒著欄杆爬火車。就算我很清楚我爸爸做的是這種倒包販賣的生意，也不想知道他具體是怎樣把貨物一件一件賣出去的。

在玲姨的眼中，我爸爸是一個很孤僻的人。每次去莫斯科，都要在火車上待一個星期，那些做生意的人整日混在一起，形成一個小圈子。我爸爸在當中顯得很不合群。他們每晚聚在一起喝酒打牌，打發無聊的時光。我爸爸很少加入，他不喜歡打牌，也不喜歡聽他們講那些粗鄙的笑話。他倒是很愛喝酒，卻總是關在包廂裡一個人喝。有些人因此看不慣他，背地裡罵他清高，因為在大學裡教過書，有點文化，就瞧不起他們。又嫉妒他的生意做得不錯，所以後來就聯合起來對付他，勾結了供貨的商家，偷偷調換了他訂的貨，把所有的殘次品都給了他。我爸爸因此賠了很多錢，加之開始酗酒，意志越來越消沉，生意一天天地衰敗下去。

我爸爸可能是一個好老師，但絕對不是一個好商人。原本屬於他的那個圈子排擠他，他放逐自己，走進一個不屬於他的圈子，卻還是受到排擠。他始終是一個格格不入的人。每當覺得失望的時候，他就選擇離開。所以他一生都在離開。有時候我想，如果他選擇留在原地，選擇不作任何選擇，這一生或許會平順很多。

現在，K3次列車還在。仍舊是每個星期三出發，下個星期的星期二到達莫斯科。第二天經過漠河，星期六的晚上能看見貝加爾湖，再過一天，就到了葉塞尼亞河。所有的景色都安放在原來的時間上。乘客將以一種緩慢而抒情的方式，一點點接近莫斯科。可是有這樣興致的乘客越來越少了。沒有多少人肯把六天六夜的時間花在路途上。這條線路已經變得多餘。

每次坐車經過火車站，我都會在心裡對自己說，嗯，總有一天要去坐一次K3的。可是我知道，我其實在等著有一天它從列車時刻表上消失。它的存在對於那些頭腦中的美好想像來說，始終是一種威脅。

《仁心仁術——走近李冀生院士》

畫面上是一張黑白照片。男人和女人並排坐在兩把椅子上。男人穿著長衫，女人穿著白色旗袍。

字幕顯示，一九五〇年，李冀生和徐繪雲結婚。徐繪雲是齊魯大學校務處主任徐成方的長女。次年，她隨丈夫前往河北宣化，在當地一家醫院工作。一九五四年，長子李牧原在那裡出生。

另一張黑白照片。女人坐在中間，懷裡抱著一個女孩。男人站在她的左邊，右邊是兩個男孩。底下字幕顯示，左起李冀生、徐繪雲、么女李牧亭、長子李牧原、次子李牧林。五歲那年，李牧亭得病去世。李冀生對這個小女兒很偏愛。他曾在給老家表妹的信裡說，牧亭眉眼很似我母親，有種曠遠的東西。

22'13"

程恭

我清楚地記得，你轉學到附屬小學來的時候，是春天。學校門口已經有小販在賣蠶寶寶。上午第二節課後，老師把你領進教室。你細細高高地站在門邊，細密陽光啄著左邊的臉。整個人像是鎖在一幀過曝的相片裡，強光之下，令人無法看清的眉眼，帶著一種莊嚴而神祕的氣息。你的自我介紹非常簡短。說完之後大家呆呆地看著你，隔了一會兒才響起掌聲。

班裡唯一一個空座位，在最後一排，就是我的旁邊。老師讓你先坐在這裡。只是暫時的，她安慰道，好像在向你暗示周圍的環境很險惡。你露出一種毫不在意的表情，似乎根本不關心旁邊是誰。

上課的時候，我轉過臉來看你。斜分的頭髮垂下來，擋住了你的臉，只能望見一個挺拔的鼻子，鼻翼微顫，溫柔地振動著周圍的空氣。你一直按著手裡一支天藍色的自動鉛筆，長長的鉛芯吐出來，戳在紙上，折斷了，你取出鉛盒，捏著兩根鉛芯裝到筆裡，然後繼續按。你面前的桌子上落滿了一截截碎鉛，看上去好像一窩螞蟻。整個上午，你都沒有把課本打開。

放學的時候，李沛萱站在教室門口等你。你垂著眼皮，一點點地撮起桌子上的鉛沫，把文具盒收進書包，跟著她離開了。我們都認識李沛萱，雖然她比我們高一個年級，因為她是全校唯一一個市級三好學生。

很快我們知道，她是你的表姊。你們的爺爺是著名的教授李冀生，這座醫科大學沒有人不知道他。

班上的女生很快前來示好，邀請你一起跳皮筋，問你願不願意參加週末的踏青活動。你表現得很冷淡，好像對一切都沒有興趣。

那時候，我在班裡已經不再孤身一人，而是有了一個小團體。其他的成員是大斌、子峰和陳莎莎。剛上學的時候老師說，一個班就是一個小社會。她說得沒錯，所以也有階級。我們都屬於最底層的那個階級，這主要是由家長的工作所決定的。我爸爸從前在大學的車隊幹過幾個月，和子峰他爸爸是同事。後來嫌太累就不幹了，但沒人敢開除他，所以後來他也一直算是大學的員工。子峰的爸爸一直在車隊，從開救護車換到開運貨的車，晚上不用加班了，也算是一種進步。大斌的爸爸在食堂當大廚，每天站在和澡盆一樣大的鍋面前，揮舞著炒勺。陳莎莎的爸爸在鍋爐房工作，管著學校的熱水和供暖。總的來說，他們都屬於工人階級，幹的都是體力活。在這座醫科大學，受尊敬的是那些腦力勞動者。所以在我們班，上層階級是大學領導和教授的子女，中間的是普通教師的孩子，然後是我們。這個格局在不知不覺間形成，上層階級結成一個小圈子，中間階層則忙著討好他們，同時努力和我們劃清界限。我很快看清了形勢，決定團結所有底層階級的小孩。其實除了我，也只有子峰和大斌，陳莎莎我根本沒有算在內。她媽媽生下一對龍鳳胎，沒幾個小時就失血過多死了，又過了幾天，哥哥也得病死了。她主要是由奶奶帶大的，三歲才開口講話，五歲還結結巴巴，大家都以為是因為沒有媽媽的緣故，可是到了七歲進入小學，還完全不識數，有人開始懷疑可能智商有問題，老師也不確定，只是覺得她注意力渙散，聽到自己的名字也不敏感，而且，幾乎每時每刻都在吃東西。她對於食物有一種偏執的狂熱。蝦條、薯片、果丹皮，總之手邊一定要有點吃的，連上課都不例外。起初老師試圖糾正這一習慣，想把零食拿走，但是她大喊大叫，像是被鬼神附了體，最後老師只得放棄。所以上課的時候，我們也能聽到她咯吱咯吱吃東西的聲音。很奇怪，她雖然看起來什麼都聽不懂，不過考試總能得些分，離及格差一點，但很多時候竟然不是最後一名。大斌仁厚，總覺得她孤零零怪可憐的，無論做什麼，都要帶她一起。大斌呢，當然也有他的問題。他的膽子不是一般的小，據說是八個月的時候，鼻子被老鼠咬了一口，後來就變得什麼都害怕。最怕老鼠，也怕各種蠕動的昆蟲，甚至連蠶寶寶也害怕。他還暈血，同桌流鼻血，他反應比人家還激烈，險些就昏過去。最要命的是他的多愁善感，班上組織去看《媽媽再愛我一次》，數他哭得最凶，好幾天都緩不過來。看《劉胡蘭》，他也哭，不停地問我們，為什麼他們就不能饒劉胡蘭一命。理論上說，我從來沒有想過要交一個那麼懦弱的朋友，這也是情勢所迫，沒有辦法。不過他倒是挺慷慨的，是那種有一塊橡皮，也會分給你半塊的那種人。至於子峰，則截然相反，看什麼電影都沒感覺，看到大家哭，有點摸不到頭腦。據說他連最親愛的外婆去世，都沒有流一滴眼淚，他爸媽都覺得他有點冷血。我不是冷血，他不止一次跟我們說，我就是有點被嚇著了，不知道應該哭。你們能教給我，該在什麼時候哭嗎？我說，要是你媽媽忽然走掉，你就知道什麼時候該哭了。他說，我媽媽不會走的，我爸爸打也打不走。哦，那你就沒機會學會了，我冷冷地說。子峰沮喪地歎了口氣。

坦白說，這幾個人，都不是我理想中的朋友。可是我根本沒有選擇的餘地。畢竟有朋友總比沒有好一點，特別是在班裡這種情勢之下，我必須團結一切能團結的人。

到了你來的時候，我們這個小團體，已經非常緊密，經常湊在一起。有時候課間他們來找我，坐在旁邊的座位上，煞有介事地跟我討論一些無聊的問題。你就在旁邊冷冷地看著。我猜想別的同學已經把我們的底細告訴了你。離他們遠一點，他們會這樣告誡你。

所以第一個星期，你一句話也沒有跟我說，我絲毫不感到意外，並且已經作好準備這種情況會一直持續下去。可是第二個星期，你竟然跟我說話了。那是一個下午的課間，大斌過來找我，和我約好放學去他家玩，看他家剛出生的小狗。他走了之後，你忽然開口問，「是什麼樣的狗？」
「狼狗。」我怕嚇到你，連忙補充，「可是是剛出生的小狗，很可愛。」
你點點頭，不再說話了。就要開始上最後一節課的時候，你轉過頭來問我，能不能帶你一起去看狗。我有一種受寵若驚的感覺。但你還是冷著一張臉，回過頭去，再也不跟我說話了。以至於我開始懷疑，先前是不是幻聽。
那個傍晚，你在大斌家的院子裡摸了不友善的大狗，把小狗抱起來親吻，然後像我們一樣，用黑乎乎的手直接抓起一把爆米花放進嘴裡。
大斌和子峰頓時喜歡上了你，覺得你應該是屬於我們的。不過我多少覺得，你的熱情有點勉強，好像是在表演。後來我知道，你其實只是想晚一點回家而已。從那之後，你放學之後常常和我們一起玩。你選擇加入我們，只是因為我們是那種放學之後不用急著回家的孩子。
你喜歡一切可以瘋跑的遊戲——丟沙包或者捉迷藏，還喜歡爬牆和鑽樹叢。你想要出汗，想要把自己弄得很髒，好像只有這樣，才覺得玩得盡興。你還喜歡尖叫，在嬉鬧中忽然毫無徵兆地發出刺耳的尖叫。不換氣，一遝喊到聲嘶力竭，才心滿意足地閉上嘴巴，彷彿把天空戳了一個窟窿，有點得意地看著我們。後來，每當發覺你有要尖叫的徵兆，我就迅速從背後捂住你的嘴。你的牙齒撞在我的手心裡，濕漉漉的癢。
你很快成為我們當中制定遊戲規則的那個人。你討厭一成不變的規則，總是不斷地對它作出修改。單說丟沙包，我們就玩過很多種，有時規定只准單手接沙包，有時規定丟的人必須背過身。每次你想到一個新主意，會先和我探討是否可行。商量妥當之後，再把新規則講解給其他人聽。受限於陳莎莎的智商，規則不能設置得太複雜。即便如此，遊戲中也要不斷地提醒她已經換了規則。子峰玩著玩著就會不認真，開始用各種方式搗亂，總是要不斷呵斥才行。有時候，我會萌生出一種奇怪的感覺，好像我和你是父親母親，正在帶著我們的三個孩子玩耍。

很快我發現，好像和你之間有一種奇怪的默契，比如捉迷藏的時候，我們總是不知不覺躲到一起。有一回猜拳大斌輸了，他背過身去開始數數，剩下的人迅速跑散。圖書館背後，緊挨著牆根的地方，種了幾排竹子。我踮起腳跟橫移身體，慢慢鑽到裡面。初夏的光景，竹子長得蔥翠茂密，遮擋得嚴嚴實實。我正為自己找到這個藏身之地沾沾自喜的時候，就聽到竹葉沙沙地響了起來。然後我看到是你，從另一端鑽進來。你慢慢靠過來，我們並排站立，緊緊地貼住牆壁，那樣就不會碰到竹子。前一天才下過雨，那條狹長的道隙裡氳著未乾的水氣，像一個濕湮湮的夢。你的臉上映著竹葉的影子，輕輕地搖曳，讓人想要伸手摘下來。這時，你的手卻忽然伸過來，勾起食指撓我的腋窩，我搖晃著肩膀掙扎，竹葉沙沙地響起來。你咯咯地笑起來，我連忙捂住你的嘴巴。我們無聲地打鬧著，直到聽到腳步聲迫近。大斌竟然找過來了。我們咬著嘴唇屏住呼吸。一根長樹枝伸進來，撥弄著竹叢。已經沒有逃脫的希望了。我們閉上眼睛，等著竹子被撥開。在黑暗中，我感覺到你握住了我的手。你的手心柔軟而潮濕，像雨後森林裡的蘑菇。

「你猜我當時是什麼感覺？」多年後大斌回憶起他撥開竹子看到我們牽著手站在那裡的一幕，「好像是在捉姦。」他喃喃地說。那是他生平第一次「捉姦」。可惜不是最後一次。後來他娶了一個女主播，有過幾次比較難堪的經歷，他漸漸訓練出獵狗的嗅覺，能捕捉到微毫之間的情愫。

「我覺得那時候你已經喜歡李佳棲了。」他說。

我搖搖頭，說不知道。那的確是很複雜的感情。某些時候，你臉上乍然出現的神情，令我感到迷惑。那是一種成年人的神態，倦怠，世故，用不耐煩的目光打量著周圍的一切。你的早熟令我感到不安。像兩個一起跑步的人，你總是在我前面一些的地方，並且隨時可能加速，從我的視線裡消失。我處在緊張的防禦之中，時刻準備發力，孤注一擲地一搏。我可以隱約感覺到，有一種微妙的競爭性存在於我們當中，離間了我們的感情。要是再過幾年，等到情欲萌發，這種競爭性或許會轉化成征服欲，我將無可救藥地愛上你。可是對於當時的我來說，那是一種找不到出口的競爭性，令人不知所措。

一個月之後，老師把你從我旁邊的座位換走了。可惜太晚了，你已經和我親密無間。同學們認為你墮落了，看你的眼神充滿惋惜。還有好心的女生把你約出去，曉理動情地勸說一番。你卻絲毫沒有「悔改」之心，照舊與我們結伴。

那時候我們天真地相信，你和我們一起玩，是因為我們比其他人更有趣。事實上，有趣的不是我們，而是你和我們之間的差異。著名教授的孫女與家境糟糕的壞小孩。你著迷於這種差異帶來的戲劇性。

誰都能看得出，你在存心與你的家庭作對。你不喜歡你的爺爺奶奶，雖然你並沒有那麼說過。你從來都不提起他們。而你討厭李沛萱，是因為她總在執行他們的意志。你決意長成一個與她截然相反的女孩，好讓他們深深地失望。這是你唯一能傷害到他們的方式。

李沛萱很快知道了你與我們交好的事。她認為自己有責任勸導你回歸正途。每天放學，我們走出校園的時候，就看到她已經站在大門口等你，像一個稱職的家長來接自己的孩子。你勉為其難地跟著她回家了兩三回之後，就開始想各種辦法逃脫。為此，我們不等最後一節自習課上完就提前離開學校，並且盡量到偏僻一些的地方去玩。可這是一座大學校園，所有偏僻的地方都躲著一對正在接吻的大學生。我們的出現令他們慌亂地退出舌頭縮回手。臉上長著鮮紅青春痘的男學生總是很凶地驅趕我們，「小孩，到別處玩去！」

在這座擁擠的校園裡，實在很難找到一個「別處」。直到有一天，我們想到了死人塔。

在這座醫科大學，沒有人不知道死人塔。它的前身是一座水塔，德國人占領濟南的時候建的，廢棄了很多年，後來用來存放供大學解剖課和實驗研究所用的屍體，還有那些屍體的局部。不僅是醫科大學，據說連附近兩個醫專的實驗課，都要仰靠它。

子峰爸爸所在的後勤車隊，有時候會分配到拉屍體的活，把新鮮的死人從刑場運到這裡。每次出車，子峰都會向我們報告。據說都是死刑犯。原來世界上有這麼多死刑犯。我們終於相信，犯法是真的會被槍斃，還會被運到這裡，肢解成很多塊，再被那些戴著厚瓶底眼鏡的醫科大學的學生在課堂上進一步拆分。死人塔絕對是個淨化心靈的地方，去過的人會變得害怕犯罪，特別是死罪。當時，我模模糊糊地明白了一個道理：想要為非作歹一輩子，不給這個世界留下任何有價值的東西，也並不是很容易。沒準他們會從你的屍體上把它們找回來。

其實，我們早就知道這座死人塔。關於它的詭異傳說，一直在我們的小學裡流傳。據說高年級的學生曾結伴夜探，回來之後就有人生了怪病。

死人塔在校園的西北角上，四周圍著磚砌的高牆。只在西邊的角落裡，開了一扇小小的鐵門。鐵門很矮，高大的成年男人得彎腰，大約建造的時候就想好，反正進去的人多半是橫著抬進去。只是那麼一小片剝了漆的鐵門，卻很顯眼，經過的時候總能看到。因為附近沒有樹木，連草也長得稀落。這倒的確很奇怪。整座校園都是繁茂的大樹，只有那裡光禿禿的，像是被誰揪掉了頭髮，露出的一小塊頭皮。聽姑姑說，有年植樹節，大學生專門到那裡去栽過一些樹，沒多久就死了，據說是浸泡屍體的福馬林揮發的緣故。還有傳聞說，住得離死人塔近一些，生出的小孩就會有殘疾。一個佐證是陳莎莎，早些年她家就住在西面不遠的一排平房裡，有人說，她同胞哥哥的夭折，以及她的輕微智障，都與死人塔脫不了干係。

傍晚時分，我們到那裡的時候，附近靜悄悄的。靠近鐵門的地方，一間平房依傍著高牆。平房廢置多時，破破爛爛的，有個很高的窗台，擎著一扇小窗戶，上面嵌著豁殘的玻璃，顫歪歪的，好像風一吹就能掉下來。我們幾個男孩子搬來石頭和磚塊，摞在平房前面，踩著爬上窗台，再扒住房頂上的瓦，就爬到了平房的頂上。你和陳莎莎也跟著上來。

我們坐在房頂上，終於看清楚了高牆裡面是什麼。塔的前面有一塊空地。一邊堆放著很多具屍體。確切地說，屍塊比較多，有從頭頂豎著剖開的半個人臉，有眼睛緊閉的頭顱。也有女人的上半身，我看到她的乳房，黴綠色的乳頭。另一邊有個大水池，注滿了黃濁的福馬林溶液，泡著零散的手臂和腿。那些黯綠色的皮膚上，有著青銅器般神祕的花紋。你睜大眼睛看著它們，忽然發出尖叫。並不是害怕，而是因為亢奮。我悄悄觀察著大斌的反應，很擔心他會暈過去。但是在度過了臉色蒼白的幾分鐘以後，他好像恢復了正常。我有點替他高興，覺得他邁過了一道重要的坎。可是沒多久就發現，他還是一樣害怕毛毛蟲。後來他解釋說，死人不是活物，超出了引發恐懼的範圍。況且還有我們呢。也許吧，當人們成為一個集體，很容易就能逾越個體的邊界。

我們的探險當然不可能止步於房頂。但是牆壁上沒有可以蹬踏的地方，想要進入院子，只能直接往下跳。子峰腿長，我們就把他推了下去。他一瘸一拐地把塔旁邊的幾只大木箱挪過來，疊高，這樣我們再下來就容易多了。搬木箱的時候，裡面骨碌骨碌一陣熱鬧的響聲，他掀開蓋子，是滿滿一箱的頭蓋骨。其中還有孩子的，看起來很精巧。或許比我們還小吧，世界上還有這麼年幼的死刑犯嗎？我們互相看看，倒吸了一口冷氣。

塔的側面有扇木頭門，上面掛著鐵鎖。我們進不去，探險活動只得就此終結。不過後來有一次，門是虛掩的，鎖頭在旁邊的地上。在門口聽了很久，我們才確定裡面沒有人。可能是先前進來送東西或者取東西的人走得太急，忘了鎖門。推門走進去，順著細窄的木頭樓梯往上爬，拐角處堆放著很多骷髏。二樓有一些木頭架子，陳列著大大小小的棕色的瓶子，藥水裡浸著各種人體器官的標本。大家辨認著那些器官，不敢相信它們來自和我們一樣熱乎乎的身體。

有個茶褐色瓶子裡浸泡著一個微型小孩，很小很小，沒有出生就死掉的那種。它弓著身體，像是想要抱住自己，很寂寞的樣子。頭特別大，一粒粒小小的手指和腳趾很精緻。

「嬰兒。」你喃喃地說。

「是胎兒。」我糾正道。

「什麼區別啊？」

「胎兒是生活在水裡的，嬰兒已經從水裡爬上岸了。就像蝌蚪和青蛙一樣。」

你對另一個瓶子裡浸泡的一只腦產生了濃厚的興趣。確切地說，是切下來的小半邊腦，像猴頭菇罐頭那樣蒼白，看起來硬邦邦的。你抱著瓶子，湊到窗前仔細打量。

「受過嚴重的損傷。」你皺著眉頭，彷彿自己是一個法醫。你指給我看上面的一些紋裂，還有一個蟲眼似的鉛筆直徑大小的黑洞。我實在不明白他們為什麼要保存一塊壞掉的腦。

「因為那個人的記憶還在裡面啊。」你不斷轉著瓶子，變換著觀察的角度。

「你說，」你偏過頭來問我，「未來有一天，人們是不是可以從這塊腦子裡，讀出這個人小時候發生的事情呢？」

「可能行吧。」

你想了一會兒，認真地說，「要是那樣的話，我就同意死了以後給他們解剖，這樣就能把自己的記憶保留下來了。」你重重地點了點頭，像是已經和什麼人達成了協定。

把記憶留存下來。我不知道你為什麼要這麼做，心裡卻朦朧地覺得，這是一個很高明的想法。在你說出來之前，我竟然從來都沒有想過。你又跑在了我的前面，想到這個就覺得很失落。我冷冷地說，「你怎麼知道未來的人想讀你的記憶呢？他們才不要讀呢。」

「沒關係啊。就放在那裡好了，」你說，「未來的未來，總會遇到一個人想要去讀的。」

我不再說話了，一個人在旁邊生悶氣。

窗外走了一片雲，太陽在天空中袒露，陽光穿過茶色厚玻璃，射在那只蒼白的腦上。在某一個瞬間裡，它幾乎變得透明了。我瞇起眼睛，彷彿看到厚濁的表皮底下，有什麼東西在一起一伏地呼吸。

那塊封存的記憶，被光點子照著，咂了咂嘴，翻了一個身，繼續沉睡過去。

後來再去，塔的門又鎖上了。我們就在那個院子裡玩遊戲。比如瞎子摸人。這種古靈精怪的主意，只可能是你想出來的。我們用紅領巾蒙起一個人的眼睛，讓他摸索著找尋其他人。大家都會蹲下，甚至躺下。瞎子很有可能摸到的是一隻斷手，或者只有半截的身體。坦白說，觸到屍體皮膚的感覺，想一下就覺得恐怖，所幸的是我的運氣好，猜拳的時候總是贏，免於當那個瞎子。這個遊戲很快因為陳莎莎險些跌入福馬林水池裡而中止。

那個院子太小，障礙物又多，實在沒有什麼遊戲可做，還不如在房頂上視野開闊。我們後來去死人塔，就只是坐在那個房頂上看風景。大斌、子峰、陳莎莎，還有你和我，我們在房簷上坐成一排，盪著腳。周圍沒有樹木，視野裡只有一座塔，清瘦地立在面前，像個穿灰袍子的僧人。眼前的世界看上去忽然老了許多。

落日像一把烙鐵，把西邊的天空燙得通紅。暮色漸漸垂下來，包住了我們。陳莎莎又餓了，於是撕開一包乾脆麵吃起來。我們聽著清脆的咀嚼聲，看著蜷曲的麵渣掉下去，簌簌落在牆裡面。

「他們竟然再也不能吃東西了。」你看著那些屍體。

「往好處想嘛，」大斌說，「他們也再也不會餓了。」

是不是坐在比較高的地方，人就會很想要談論一下未來？我記得那個時候，我們坐在房頂上，不知不覺說起對未來的構想。大斌想當員警，配槍的那種。子峰想當作家，能夠洞悉人們豐富的內心世界。陳莎莎想當科學家，我說我想出人頭地，做個受人尊敬的人。而你張開雙臂，大聲說，「我要很多很多的愛。」

我們簡直像是在許願。可是為什麼會在那裡許願呢？或許死者總歸是有一種超越凡世的神性吧，雖然他們連自己的屍首都無法保全。

不知道為什麼，後來回憶起我們幾個坐在房頂上的那個場景，我就會想到《綠野仙蹤》。我們像是正在長途跋涉的路上，要去往某個遙遠的國度，尋找自己身上缺少的那件東西。大斌是缺少勇氣和膽量的獅子，小峰是缺少感覺之心的鐵皮人，陳莎莎是缺少頭腦的稻草人。至於你，你缺少的是愛。那麼我呢，我不知道自己缺少什麼。也許是一種認可。我一直覺得自己和別人不同。我必須證明這一點。

臨近期末考試的一天，當我們又坐在平房的房頂上玩的時候，李沛萱出現了。她看到我們也很吃驚。她的確在四處找你，一直找到這條偏僻的路上來，不過她怎麼也沒想到我們竟然會在死人塔的牆上。她走過來，在離塔還有幾米遠的地方停下。

「回去複習吧，」她仰起頭對你說，「我可不想看到你留級。」

你邀請她到房頂上來，說院子裡有很多好玩的東西。睜著眼睛的死人頭、剁下來的手和腳、小孩的舌頭……你有滋有味地羅列著。李沛萱的臉扭曲起來。
「好了，不要胡鬧！」她低聲說。
「上來嘛，上來看看。」你歡快地盪著腿。
「快跟我回去！」
「你們瞧，她根本不敢！」你說。
「升旗手是膽小鬼，哈哈哈……」我說。
我們大笑起來。拖著長音的笑聲像一盆髒水潑濺下去。她一動不動地站在那裡，好像在不斷縮小，閃閃發光的威嚴也生了鏽。我的心裡掠過一絲快意，就好像把一件漂亮的瓷器摔在地上，或是朝清澈的河水裡吐了一口唾沫。
她轉過身去，朝遠處走去。
「喂，」你在後面喊，「三好學生首先品德要好，回家告狀可不是你應該幹的事！」
李沛萱停住腳，轉過身來對你說，「李佳棲，你的人生肯定是一個悲劇。」
「你的才是呢。」你惡狠狠地回敬她。
「我們不應該這麼對她……」大斌小聲說。
「你喜歡上她了？」你問。
「別胡說！」大斌說。
當晚你回家，一切都如平常一樣。李沛萱果真沒有告訴你爺爺奶奶。
不過好景不長，期末考試之後學校就召開了家長會。開完會，班主任留下了其中的幾位家長。同學們在外面的院子裡，等著家長出來，和他們一起回家。後來所有人都走了，只剩下大斌、子峰、你和我。沒有陳莎莎，老師已經徹底放棄她了。

我們幾個人的家長出來的時候，有個老太太走在最前面，腳步很快，一副想快點遠離其他幾個人的樣子。她朝我們這邊看過來，像是在逐個打量，然後在我的身上停住了。我發現我認識她。她就是我剛來南院的時候，在教堂遇到的那個綰著銀色髮髻的老太太。她給我的那一把糖，讓我第一次體會到陌生人的善意。我因此會記一輩子。而現在，她卻好像變了一個人，冷冷的目光像漁叉似地朝我戳過來。她喚你過去，然後領著你走了。

當晚你經歷了一場漫長的談話。你奶奶說，並不反對你和差生做朋友，能夠幫助他們也是很好的。不過那個程恭，還是不要再來往了。你問為什麼，你奶奶就不說話了。你不斷追問，她最後才說，從那種家庭長大，我怕他心裡有些髒東西，會害你。

第二天，你把她說的話告訴我。

「她說得沒錯，」我用力推了你一把，「你最好離我遠一點。」

你又靠攏過來，歎了一口氣，「暑假快到了，他們一定會把我關在家裡。」

我們都不再說話了。

放暑假的前一天，我把你送到你家樓下，我們講好給對方寫信，把寫好的信放在樓東側灌木叢中的一截廢棄水泥管裡。那個暑假，我寫了很多信。那是一個雨水很多的夏天，有好幾回我從水泥管裡取出的兩張濕嗒嗒的紙，鋼筆字湮散成模糊的一片，無法辨識。你的心事變成一個很難猜的謎。

七月末的一天，我和你奶奶曾在康康小賣部遇到過一次。當時我拿著一袋鹽和兩個麵包走出來，就見她拎著三個空的優酪乳瓷瓶正要進門。她看到我，很快把眼皮垂下。走出去的時候，我故意擦著她的身體，她慌忙躲閃。浸滿汗水的背心好像蹭到了她的胳膊，令我的心裡掠過一絲快意。

可是當晚我作了很可怕的夢。夢裡我被三個穿白袍子的人捉住了。他們把我關在一個實驗室裡，商量著剖出我的心來以後，應該浸泡在哪一種藥水裡。

「為什麼？你們為什麼要這麼做？」我衝著他們大喊。

其中一個白袍子隔著口罩對我說，「因為你的心裡有髒東西。」

李佳棲

我記得那個寫了很多信的暑假。但是為什麼我記得不是放在水泥管子裡，而是放在一個樹洞裡呢？一棵很大的無花果樹，就在我爺爺家樓的東側。樹洞在靠近樹根的位置，朝著牆，不仔細看不會發現。從裡面拿出來的信紙是發綠的，有股青草的味道。我記得自己每次都是爬到樹上去看信的。後來下了幾天暴雨，但是信塞得很深，一點也沒濕，也許再放上很多年，都會完好無損。離開南院以後，我夢見過幾次自己又回到這裡，都是去看那個樹洞，總覺得裡面還有封信沒有取走。今天下午，我在南院漫無目的地走，可能是想找找那棵樹吧。整片樓都拆了，樹當然也不在了。我心裡還有些失落，覺得再也取不回那封信了。不過剛才聽你說，我忽然有些不確定了，也許根本沒有那個樹洞。

就是在那個夏天，在給你寫信的時候，我忽然發覺自己對你產生了很深的感情，甚至希望一直在南院生活下去。但這樣的念頭只是一閃而過，立刻就會被驅散。它們無法動搖我對北京的渴望。

秋天剛到的時候，我就開始盼望著過寒假。爸爸說，那時候就把我接過去，全家人一起在北京過年。我答應你們會從友誼商店買很多巧克力和夾心糖帶回來。在我的想像裡，那裡什麼新鮮玩意兒都有，一望無際的貨架比小學操場還大。我還要去著名的馬克沁餐廳，在枝形吊燈幽暗的光線下吃帶血的牛排。我一直盼著，越來越近了，就快要到了。距離放假還有一個星期的時候，我媽媽突然回來了。

誰都看得出她哭過，眼睛腫得快要睜不開了。她站在門口，雙手緊緊抓著一只空癟的旅行袋。這一次，沒有任何來自友誼商店的禮物。

爸爸有了別的女人。

他一連兩天沒有回家。我媽媽沿著長長的街道找了很久，冬天的馬路空空蕩蕩，沒有那個坐在路邊等著她過去把自己拉起來的醉鬼。他也不在倉庫，不在和別人合租的鋪面裡。她去問那些認識他的朋友，都不知道他去了哪裡。第三天清晨，就在她打算報警的時候，我爸爸回來了。當我媽媽問他這兩天究竟去了哪裡，他說他和一個女人在一起。

「一直？」

「一直。」

他的坦白令我媽媽無所適從。她慌亂地逃進臥室，關上了門。這些年，她雖然知道自己和我爸爸不親密，可還是沒有想過會有這一天。她躺在床上，眼淚不斷湧出來，既害怕又希望我爸爸走進去，直到她聽到外面哐啷一聲門鎖響。他離開了。之後他開始長時間地不回家，生意也荒廢了，倉庫裡都是積壓的貨物，有人上門來問我媽媽要賒欠的貨款。她不想去開門，可又擔心會是我爸爸，萬一他把鑰匙弄丟了。她在北京沒有朋友，也沒有地方可以去，只能困在屋子裡。白天她也和衣躺在床上，想著想著就哭起來，哭累了迷迷糊糊地睡過去。這樣度過了漫長的一星期，我爸爸才終於露面。他拘謹地坐在沙發上，像一個客人。她什麼都不問，只想知道他餓不餓，要不要準備晚飯。她快步走進廚房，抱著一絲事情已經都過去了的僥倖心理。當她打開空空如也的冰箱時，聽到他在背後說，我們離婚吧。

她手足無措地站在那裡，連連搖頭，再次奔回臥室，反鎖上門。任憑我爸爸在外面喚她，問她能不能談一談。第二天清早，她收拾起幾件衣服，逃回了濟南。

在爺爺家，她講起這些的時候，幾次因為哭得太傷心而不得不停住。我爺爺一直蹙著眉頭，用一種沒有憐憫的目光支持著她說下去。我奶奶則想知道那個女人是做什麼的，可是我媽媽回答不上來。她對對方一無所知。

「我不想知道，我不想知道。」她喃喃地說。

「他可能受了身邊一些壞朋友的影響。」我奶奶說了一個連她自己都不太相信的理由。

「是的，是的。」我媽媽連忙說，好像在茫茫大海中抓到了一根浮木。她隨即講起我爸爸總和朋友喝酒去賭場的事，還說去莫斯科的火車上有很多妓女，有人也做過我爸爸某個朋友的生意。她跟奶奶討論著這些糟糕的事，相信是它們讓我爸爸變成這樣。然後我媽媽懇求爺爺出面，勸一勸我爸爸。

「他沒有一件事聽我的。」爺爺冷冷地說。

他們給尋呼台留了言，讓我爸爸回電話。可是我爸爸沒有打過來。我媽媽暫時住下來，睡在客廳的沙發上。早晨我走出房間的時候，她已經坐在桌邊，守著那只電話。我把早飯給她端過去，她迷惘地拉住我的手，「你說，他為什麼這樣對我們？」

我輕輕地掙脫開，把手縮進棉衣。我討厭和她綁在一起，成為她所說的「我們」。我知道她很難過，可就是無法對她產生任何同情。其他人好像也一樣。大家似乎都覺得這是她的錯，是因為她無能，才會失去我爸爸。

她的到來，打破了爺爺家平靜的生活。那種平靜，對於我爺爺而言極為重要。當時他正撰寫一部醫學著作的書稿，總是聽到我媽媽在外面絮絮不止地向我奶奶傾訴，說著說著，就又哭了起來。他忍無可忍地走出來制止，勸我媽媽回北京好好面對問題，不能總是這樣逃避。

「可是你們應該為我主持公道。」我媽媽說。

「每個人都只能管好自己的事。」我爺爺說，「誰也幫不了誰。你明天就回北京吧。」

我媽媽被激怒了，大聲指責我爺爺冷酷無情，然後翻出很多舊帳，說這些年他們如何嫌棄她，她一直忍氣吞聲，受盡委屈，最後卻落得個被拋棄的下場。

我爺爺不再理會她。他把寫字檯上的一疊稿紙塞進公事包，打算去辦公室工作。

「佳棲，去收拾你的東西，」我媽媽大聲說，「我們現在就走！」

我把桌上的筆收進文具盒。沛萱在一旁同情地看著我。沒有人問過我的意見。沒有，從來沒有。我就像一棵盆栽，被人搬到這裡，又拿到那裡。

「可以幫我告訴程恭他們嗎？」我拎起書包，轉過頭對沛萱說。

我跟著媽媽去了姨媽家，在那裡過了一個沉悶的春節。除夕夜，我被姨夫拖下去看他放煙火。儲藏室的房頂漏了，雪水把那些煙火都浸濕了。他一根根劃著火柴，把煙火和鞭炮點燃，幽細的火苗靜靜燒了一小會兒，滅下去。我一直等著一團遽然騰起的焰火撕開黑夜。可是眼前卻只有寂暗一片。夜幕如同是一副鐵鑄的面具。我把攏在耳朵上的手放了下來。

除夕夜就這樣寡淡地結束了。那時我才明白，從前在奶奶家過年，那虛假的歡樂有多麼來之不易，是所有人共同努力的結果。而現在他們放棄了。

那一年的寒假特別短，過完年很快就開學了。我被送回了奶奶家。媽媽則終於在姨媽的陪同下去了北京，說是要和爸爸最後談一次。最後，不祥的字眼。我知道多半是徒勞的，只好把唯一一點希望寄託在我爸爸的身上。希望他忽然動了憐憫之心，然後回心轉意。

我又回到了你們中間。過了一個寒假，好像錯過很多事。你和子峰學會了騎自行車。大斌家的母狗又懷孕了。

「還是上次那隻公狗嗎？」我的問題聽起來有點奇怪。

「不，這次是隻純白的長毛狗，比上次那隻雜毛漂亮多了。」

這麼說來，連狗也知道要選擇更好的配偶。

你們都發現，我的興致不高，總是一副懨懨的樣子。我在等一個消息。幾天以後，它終於來了。

那天晚飯之後，奶奶讓我留在客廳裡。她告訴我，我媽媽同意離婚了。

「我本來不想現在說，但你爺爺堅持讓我告訴你。」她說。

「那我呢？」我立即問，「我跟誰？」

奶奶抬起眼睛看著我，好像我問了一個很奇怪的問題。

「你跟媽媽。你爸爸——他可能暫時不會回濟南來。」

我連連搖頭。

「我跟你媽說好了，還是讓你先住在這裡。」奶奶說。

「我不同意！」我轉身跑進了房間。

從媽媽哭著回來的那一天，我就應該知道結果會是這樣。可是我一直都相信，有一股巨大的力量牢牢地牽繫著我和爸爸，不會讓我們分開。他怎麼可能就這樣從我的生活裡消失了呢？

三月的時候，他們辦理了離婚手續。我爸爸因此回到濟南，但只逗留了大半天，當晚就要趕回北京，離開之前的一點時間，他到爺爺家來了。沒有人通知我。所以放學後我像從前那樣在外面玩耍，不想早回家。幸好沛萱出來找我，告訴我他來了，這簡直是她做過唯一一件好事。我來不及和你們解釋，撒開雙腿就往家跑。

推開門，客廳裡沒有人。他們都在書房裡。我剛湊近那扇虛掩的門，就聽到爺爺厲聲說，

「不行，你絕對不能和汪露寒結婚！」

爸爸要結婚了。我的心一沉。

「我有詢問你的意見嗎？」我爸爸說，「我只是通知你一聲。」

「你娶誰都行，就是不能娶她！」我爺爺吼道。

我跑進屋子，抓住我爸爸的手，想把他拉走。這最後一點團聚的時間是屬於我的，怎麼可以都浪費在跟爺爺吵架上呢？可是他沒有低頭看我一眼，只是猛然甩開手，上前走了兩步，瞪大眼睛看著爺爺，「你有什麼臉不讓我和她在一起？想想你自己做過什麼吧！你是不是都忘記了？」

爺爺的身子抖了抖。他那抽動著的嘴唇裡發出低微的聲音，「你的事我早就不管了。只有這一件，你得聽我的。」

奶奶臉色蒼白，一把拽住我，拉出了房間。門關上了，但爸爸哈哈大笑的聲音還是從裡面傳出來。隔了一會兒，令人毛骨悚然的笑聲戛然而止，他用嘶啞的聲音吐出一個一個字：

「你怎麼就能活得那麼舒坦呢？」

奶奶說，「沛萱，帶佳棲到樓下去玩。」

還沒有等我反應過來，沛萱已經牢牢地鉗住了我的手。奶奶拉開大門，把我們推出去。

我用力拍打著門。沛萱箍住我的肩膀，把我往樓下拖。

「我們到樓下去等，好嗎？」她輕聲對我說。

「不要！」我對著她大吼，「你什麼也不懂！」

她平靜地看著我，緩緩開口，「我只知道大人不想讓我們知道的事，我們還是不知道為好。」

「我才不想知道他要娶誰……我只是想和他待一會兒，他就要走了，你知道嗎，我再也見不到他了……」我屏住氣，不讓自己哭出來。那些眼淚是留著和他道別的時候用的。

「我們到樓下去等，好嗎？」沛萱機械似的重複著。在漆黑的樓洞裡，她看上去像個紙糊的木偶。

我們坐在樓洞門口的台階上。夜幕一點點染黑了周圍的空氣。一輛自行車從遠處駛過來，在我們面前停下來。是我媽媽，她從車子上跳下來，要我跟她到姨媽家去。她不想讓我爸爸再看見我，這是她能報復他的唯一方式。

「她明天還要上課……」沛萱在一旁替我回答，不知道是想讓我再見一見我爸爸，還是真的惦記我的功課。

我媽媽說等我爸爸走了再把我送回來。她見我無動於衷，就說姨媽做了我愛吃的糖醋鯉魚，姨夫買了好看的大風箏要帶我去放。

「我哪兒都不去。」我說，「我要在這裡等他。」

我們正僵持著，背後傳來腳步聲。我扭過頭去，看到爸爸從樓上走下來。媽媽立即抓住我，把我拉向她。

爸爸的臉色很難看，似乎還沉浸在先前的爭吵中。他的目光從我媽媽那張充滿敵意的臉上移開，終於落在我的身上。他朝我走過來。媽媽的手緊緊地按住我的肩膀。

「再見了，佳棲。」他展開眉頭，露出一個苦澀的微笑，「你要好好的。」

「再見了。爸爸。」我輕聲說。

他伸過手來，匆匆地撫了一下我的頭髮。我渴望留住那隻手，可它飛快地從背後掠過，離開了我。停頓。兩秒。他邁開腳步，向著遠處走去。我想要追上去，卻被媽媽牢牢地拉住了。

「是他不要我們了。」媽媽蹲下身，把我攬在懷裡，「你看到了嗎？你一定要記住。」

這不是真的，我知道。我才不要把準備好的眼淚浪費在這些假話上呢。可是我哭了。大顆的淚水落下來，沖走了那個暮色中不斷縮小的爸爸的背影。

程恭

我還記得，那一年的冬天特別長，四月過了一半，迎春花還沒有開。父母離婚的事，令你的情緒很消沉。我們好久都沒有什麼新遊戲了，一到傍晚就百無聊賴地坐在死人塔的房頂上。院子裡散落的那些身體部件中，又多了幾隻胳膊。我們用鉤子把它們撥到一起，擺成了一個千手觀音。

大家都覺得很沒勁。死人塔已經失去了從前的魅力。我們急需一個新的去處。

後來有一天，中午過後就開始下大雨，到了放學還沒有停。連死人塔也去不成了，大家很沮喪，決定各自回家。我和你共用一把傘，慢慢地向回走。我實在不想那麼早回家，拚命地在頭腦中搜索著還有什麼其他去處。一陣大風吹過來，猛然拽起傘，甩向路邊。我們兩個淋著雨，追著傘跑。我的頭腦中忽然靈光一閃。正如彼時我爸爸被討債的人逼得走投無路，彷徨地站在街頭，忽然感覺到心靈的召喚那樣，我想到了爺爺的病房。

「我帶你去一個地方！」我說。

我們一路疾走，來到住院樓。我打開三一七病房的門，像個主人似的做了一個裡面請的動作。你慢慢走到床邊，看著植物人爺爺。你蹙著眉頭眼睛一眨也不眨，好像我爺爺的臉是元宵節燈會上的燈籠，上面有一道讓你傷腦筋的謎語。

「嗨！怎麼了？」我喚了你好幾聲，你都不答應。

等到我走過去搖你的身體，你才回過神來。「他怕癢嗎？」你問。

「不知道啊，你自己試一試看吧。」我很高興你對植物人爺爺那麼有興趣。

你把手伸進他的腋窩裡，胳肢他。他不怕。

「他怕疼嗎？」你又問。

「再試試吧。」我鼓勵你。

你從文具盒裡挑了一支削得很尖的鉛筆，拿起他的手，戳了戳他的掌心。又換到他的臉頰上試了試。

「他會作夢嗎？」你又問。

「這個……」我徹底沒有想法了。而且試也不能試了，總不能鑽到他的腦子裡一看究竟吧。你抿著嘴唇，認真思考了一會兒，「他應該還是死掉比較好。」

「是啊，大家都是這麼說。不過沒辦法，他卡住了。」

「卡住了？」

「就像一盤卡住的錄影帶，不能後退，也不能前進。」

「為什麼會卡住呢？」

「不知道。可能閻王爺那裡還沒有安排好他的床位吧。」

「不過其實卡住也挺好的，死了之後就要再投胎，重新學說話，認字，還要再上一遍小學，想一想就覺得累。」

「他沒有上過小學……」我說，「他以前是在鄉下種地的，後來就參軍了。」

「要是再生一次就得去上學了。」

「是啊，」我點點頭，「沒準他是因為不想上學，才把自己卡在這裡的。」

我們兩個哈哈笑起來。

從此以後，三一七病房成為放學之後的新去處。不知道為什麼，在最初的那段時間裡，我們似乎有一種默契，誰也沒有對大斌和子峰提起這件事。好像它是一個巨大的寶藏，我們不想拿出來和他們分享。所以每次放學，總是假裝各自回家去，等到離開了他們的視線，我們就朝住院樓跑去。

在那間病房裡，我們發明了一些新的遊戲，植物人爺爺總是必不可少的道具。

你還記得植物人爺爺渾身纏滿紗布，被裹成一具木乃伊的樣子嗎？那可是我們在一個星期六忙了整個下午的傑作。可惜你從家裡偷出來的紗布不夠用，纏他的腿的時候，只好用了一些我奶奶做衣服剩下的碎布條，所以他看起來有點像一隻彩色鸚鵡。我和你扮演的是遠赴埃及的盜墓人，在墓穴裡發現了這具有點奇怪的木乃伊。

在另一個下午，我們用一只板凳把他的上身撐起來，在他的背上寫上密密麻麻的字，那些偏旁部首重新組合了一番的字，世界上沒有人能看得懂，被我們當作一部失傳多年的武功祕笈。這次我們是兩個行走江湖的俠客，誤入一個神祕的地道，在一張人皮上發現了它。

把他打扮成外星人的那次比較失敗。雖然餅乾桶的罐口已經被我們用剪刀豁開到最大，但還是沒辦法把他的腦袋完全套進去，鐵皮還把他的脖子劃破了，流出血來。好在血後來自己止住了，傷口藏在領子裡，也沒有被護士發現。

我們還試過把他打扮成睡美人。我從家裡偷出一支姑姑從來沒有用過的口紅，你用它把我爺爺的嘴唇和腮幫都塗紅。我們拿透明膠帶黏住他的眼皮，終於讓他暫時地閉上了眼睛。但我們兩個誰都不要做那個把他吻醒的王子，所以在我們的故事版本裡，王子在半路遇難，睡美人永遠也沒有醒。

現在回憶起來，那個時候的三一七病房，像一個自娛自樂的小劇場。我們是導演，我們也是演員。植物人爺爺則好像是一件道具，同時也是唯一的觀眾。他圓睜著一雙小眼睛，看著我們跑過來跑過去地忙碌著。

「你不覺得他的眼神像嬰兒嗎？」有一天你忽然問我，「很乾淨，一點髒東西也沒有。」

我無法想像有植物人爺爺這樣龐大的嬰兒存在。不過，他的確也不像一個爺爺。白白胖胖的，奶油蛋糕似的大圓臉上一點皺褶也沒有。雖然其實並沒有在笑，臉上卻總是洋溢著一種歡樂的氣息，讓人想要在他的腮幫上捏一把。而且每次注視他一會兒，心裡就會變得很安靜，煩惱好像都被帶走了。

說不清是他身上的什麼東西喚起了你的母性，使你一定要玩一回那種最原始的過家家的遊戲。你來扮媽媽，讓我扮爸爸，而植物人爺爺是我們的「寶寶」。

你把一條圍裙繫在「寶寶」的脖子上充當圍嘴，用一支灌滿牛奶的注射器當奶瓶。他很淘氣，總是把牛奶吐出來。你還抱著他的頭，給他唱搖籃曲。我站在一旁，什麼忙也幫不上，還總是因為大聲說話而被斥責。

「噓——」你皺起眉頭，壓低聲音說，「我好不容易快要把他哄睡了。」

事實上，「寶寶」看不出要睡的意思，正圓睜著眼睛打量著我們。那種目光空空的，沒有目的，也沒有欲望，確實很乾淨。被他這麼望著，我忽然有了一種滄桑感，竟然好像真的是個父親了。感覺有點沉重，但也許因為新奇，並沒有很抗拒。許多年以後，我陪一個短暫的女朋友去墮胎，坐在醫院的長廊裡等待的時候，心裡很木，沒有任何感覺。不知道為什麼，忽然想起在病房裡扮演爸爸的一幕。也許這一生，只有在那個童年遊戲裡，才心甘情願地做過一回父親。

從春天到秋天，我們窮盡全部的想像力，把所有能想到的劇本都搬上了這個舞台，然後那陣對表演的狂熱終於過去了，我們停歇下來。

不過三一七病房仍舊是放學之後最理想的去處。我們並排席地而坐，趴在床上寫作業，背誦課文。有時候大斌和子峰會來找我下象棋。你就在一旁聽廣播，或者和自己翻花繩。植物人爺爺不再是重要的道具，他變成了一件閒置的家具。不過，偶爾還是會派上用場。在乍暖還寒的時節，暖氣已經停止，屋子裡非常冷，你就會坐在床邊倚靠著他取暖。那具身軀龐大、柔軟，隨著呼吸的節律散發著充沛的熱量。

「我都快要睡著了。」你伸了一個懶腰。

十平米不到的屋子裡，一張鐵床，以及床上的病人是僅有的家具。鐵床塗著白色油漆，病人穿著白色病服，窗簾和喝水的缸子也是白色的，都已經很舊了，舊得泛了黃，於是就有了一點人情味。房間也是舊的，有種褪不去的潮濕，我們靠著牆壁坐在地上，白癬一樣的牆皮大片剝落，帶著病和藥的氣味。窗外有梧桐，連成一片的葉子在風裡擺動，搖進來些零碎的陽光。

從三樓的窗戶望下去，可以看到醫院外面那條街道，街對面有幾家緊鄰的水果鋪和花店，門外擺滿了花束和果籃。旁邊是個壽衣店，招牌下面吊著一只小花圈。遠遠望去，那些店鋪都是鮮豔熱鬧的顏色，每天都像在慶祝節日。救護車呼嘯而至，停在門口，人們抬著白色的床去歡迎新來的人。每天都有新進來的人，每天都有走出去的人，也有來了沒走的人。醫院就像只巨大的篩子篩選著生命，將一些老舊的、不必要的生命留下來。上帝會來回收，再補充些新的，就像送牛奶的人每天送來新鮮的牛奶，同時取走空瓶。

有人在死，有人在生，我們在生死的隔壁玩耍。床上躺著的那個人，不在生裡，也不在死裡，他在生死之外望著我們。他的充滿孩子氣的目光猶如某種永恆之物，穿過生死無常照射過來。我們被它籠罩著，與人世隔絕起來，連最細小的時間也進不來。

但那肯定是一種錯覺。時間無孔不入，所謂的永恆之物不過是一種假象。我們在假象裡作遊戲，直到有一天，蒙在眼睛上的布忽然被扯下來。天光豁亮，遊戲也該散場了。

那是九月的一個星期一。淅淅瀝瀝地下著雨。雨絲從合不攏的窗戶裡飄進來，帶著樹葉和塵土的味道。我和大斌在窗邊下象棋，你坐在床上聽廣播。你迷上了電台裡的小說聯播，每天都要準時收聽。

那是一個哀傷的故事，白頭宮女在高牆深宮裡，追憶少年時的一段無疾而終的愛情。兩盤棋之後，大斌匆匆忙忙地起身，他要趕回去看《聖鬥士星矢》。那時這部動畫片猶如魔咒似的俘獲了孩子們的心，在每個黃昏到來的時候，無論身在何方，他們都會聽到它的召喚，朝著家的方向飛奔。我懷疑這個世界上所有的小孩，只有我和你是不看聖鬥士的。我們不喜歡動畫片，我們不喜歡電視，最重要的是，我們不喜歡回家。

「回家找你的雅典娜女神去吧！」我站在走廊裡，對著大斌走遠的背影喊。

我回到病房，把象棋收起來。棋子倒在盒子裡，嘩啦啦作響。然後屋子裡陷入了一片沉寂。我才發現廣播已經關掉，雨聲也停止。你安靜得好像完全不存在。

你當然還在，正是你的存在，使這裡變得如此安靜。我抬起頭看著你，你坐在床邊，眼睛一眨不眨地望著床上的人。你的目光落在他的胸脯上。我才注意到，你把他上衣的幾顆紐扣解開了，使他的胸脯袒露出來。起先我以為你又想到了什麼新的遊戲，不過很快，我發現你的神情有些異樣，比任何時候都更嚴肅。

你慢慢俯下身。我想開口喚你，卻沒有出聲。接著，我看到你蜷起食指輕輕地叩擊他的胸脯。嗵，嗵，嗵，彷彿是在小聲地敲門。你側著臉，用耳朵等待著。

「怎麼了？」我忍不住開口問。

沒有回應。而是又敲了幾下。嗵，嗵，嗵。漫長的等待，伴隨著你臉上流露出的深奧的表情。

「你到底在做什麼啊？」我變得害怕起來。

你終於抬起頭，但目光並沒有收回來。我聽到你自言自語地說了一句：「我聽到了……靈魂的動靜。」

我怔怔地望著你。靈魂，我當然知道這個詞語，可是它距離我們的生活，好像比一顆太陽系之外的行星還要遙遠。

「嗯，沒錯，他的靈魂還困在裡面。」你說。

窗外的烏鴉「啊，啊，啊」地叫了幾聲，好像被什麼東西擊中了。

地球戛然停轉了幾秒，像是沒想到自己出的謎語被人猜中，不禁愣住了。

就連說出這句話的你自己也怔在了那裡。你猜出了謎底，卻還不知道謎面是什麼。

潮濕的夜幕潛進來，在我們的周圍合攏，像是立起一道道牆壁。屋子逐漸變小，空氣越來越黏稠。我好像體會到那個靈魂所承受的圍困之感，打了個冷戰。

我們望著彼此，在一種不可言說的悲傷裡。

窗外又下起雨來。我們靜靜地聽著大顆的雨滴砸到樹葉上。樹葉歪斜下去，像一隻隻什麼也抓不住的手。

那天，我們很晚才離開醫院。雨仍舊在下。我把你送回家。我們兩個站在樓洞底下，你問我，「你說，靈魂究竟是怎麼一回事呢？」

「誰知道呢。」我看著雨水濺落在地上，在腳邊形成一個白亮的漩渦。

你若有所思地點點頭，「我一直都想弄明白靈魂到底是怎麼一回事，可是越想就越糊塗。」

「一直？」我很生氣你從來沒有說起過，「你是怎麼會想到這個的？」

「自從上次在死人塔裡看到半顆腦，記得嗎，泡在藥水瓶子裡的，回來以後我就總是忍不住想，那半顆腦的靈魂現在在哪裡呢……今天看到你爺爺，這種念頭又冒出來了，很想知道他的靈魂在裡面幹什麼。」

我沒有說話。

你低下頭擺弄著手中的傘，把它打開又合攏，隔了一會兒才又開口，「算了，你不會明白的，不過以後你可能會發現，這個世界和你想的根本不一樣……」

你用了一種大人跟小孩說話的口吻，滄桑、世故、閃爍其詞。這令我很厭惡，甚至有一點受傷。

我什麼也沒有再說，只是盯著那個雨水形成的漩渦。看得久了就產生了幻覺，好像那是一個洞，雨滴將水泥鑿開了。我抬起腿，一腳踩在了那個漩渦的上面。

我一個人走回雨中。因為不想太快回家，就繞走一條很遠的路。雨停了，空氣又變得滯重。不知道走了多久，忽然發現前面就是死人塔了。心裡想，也好，可以爬到房頂上透一口氣。

月亮又出來了。當我遠遠望著死人塔的時候，就看到了它，又圓又大地棲落在塔邊，像卡在鍘刀上的腦袋。我打了個寒噤。定神再看，雲霧已經很快漫上來，將月亮遮去了大半，好像它是一個不經意洩漏出來的祕密。

我第一次覺得這座塔可怕。可是怎麼會呢？那時候每天都到塔裡玩，也從來都沒有覺得害怕。

或許我害怕的不是塔，而是月亮。可是真的人頭都見過，為什麼會被像人頭的月亮嚇到呢？我怕的可能也不是月亮，而是腦中一閃而過的念頭。也不是念頭本身，是它忽然冒出來的感覺。可那種感覺究竟為什麼可怕，卻也說不上來。

我只是覺得一些熟悉的東西忽然變成別的樣子，令我不認識了。

我沒有走近那座塔，一路奔跑回家。也沒有抬頭看月亮，然而眼睛的餘光裡卻都是它。天空低得好像就要觸到眉頭了。世界變得沉甸甸的，好像從很遠的地方朝著我壓過來。

第三章

李佳棲

我沒想過我媽媽會有再婚的念頭。或許潛意識裡，我覺得她應該因為我爸爸的離開而一直痛苦下去，就像我一樣。況且，我覺得她缺少那種找到幸福的能力。事實也許的確如此，可是幸福有能力找到她。不是嗎，作為一個美人，根本不必那麼辛苦，她什麼都不用做，只要站在原地就好了。

離婚之後，我媽媽又找了一份幼稚園阿姨的工作。那家幼稚園是全托，到了週末家長才會把孩子接走，也就是說阿姨平時都要住在那裡，她看重的正是這一點，她必須在這座城市找到一個住處。離婚的時候，爸爸答應會把從前我們住的房子買回來給她，可是他所有的錢都壓在貨物上，得等把它們都賣掉才行。他承諾會在兩年之內。媽媽反覆向我強調他的約定，說兩年之內一定會把我接走。因為沒有房子，我不得不暫時住在爺爺家，這令她感到歉疚，總覺得虧欠於我。到那時候就都好了，她摟著我說。可是我並不在乎。我對她所說的一切都毫無期待。但我沒有說，她的悲傷已經令我感到非常疲倦，我連傷害她的力氣也沒有了。我只是站在那裡，靜靜地聽她不停地講，任憑她用手臂圈著我的脖子，淚水蹭著我的臉頰淌下來。這場景總會令我想起自己從前抱著洋娃娃講話的模樣。我媽媽對我的愛，大抵和我對洋娃娃的愛差不多，是一種單方面的愛，一種無法穿透介質阻隔、抵達對方心裡的愛。我懷疑我對爸爸的愛也是這樣。我開始意識到，這個世界上大多數愛都是失敗的，就像擲偏了的籃球。

當然總會有成功的。比如林叔叔對我媽媽的愛。他第一次見到我媽媽的時候，我媽媽正在唱一首歌。幼稚園靜謐的午後，她坐在床邊用淺淺的歌聲哄那些小孩入睡。那天她特意打扮過，穿了一條連衣裙，頭髮編成一絲不苟的麻花辮。夏日過曝的陽光模糊了她臉上的痛苦，隱去了她肩膀上不堪承受的重負，使她看上去——像個純潔的少女，據說。

她會唱的歌不多，就反覆把那首歌唱了好幾遍，孩子們早就睡著了，但她仍舊繼續，直到教委來檢查工作的人走遠了，她才停下來，鬆了一口氣。她靠在牆上，揉著梗得痠痛的脖子。這時忽然發覺其中一個人又折回來了，就站在門口，她嚇了一跳，慌忙站起來，頭腦中的第一個反應是要不要繼續再唱。那個人倒為驚到了她而不好意思，作手勢讓她快坐下，指了指忘在窗台上的公事包。離開房間的時候，他又回過頭來看了看她。她心裡一緊，還在想著那個問題：到底要不要繼續再唱呢？

隔了兩天，那個取公事包的人又來了。我媽媽透過窗戶看到他站在院子當中，心裡還想難道他還落下了什麼東西要回來取。直到園長喊她出去，她才知道他是來找她的。他想約她去看一場電影，她還沒有來得及拒絕，他已經微笑著走過來，說我幫你請好假了。

突然到來的愛情令我媽媽有一種如臨大敵的感覺。她本能的反應就是逃避。所以看完那場電影之後，她一直躲著林叔叔。看到他來了，就鑽進雜物間，讓同事說她不在。可是他又來了，一次又一次。她甚至動了辭職的念頭，周圍的人都勸她，遇到一個那麼好的男人，應該牢牢抓住才是。可她就是害怕，覺得始亂終棄是男人的天性，他們最終都會傷害她。一個週末的傍晚，林叔叔混在來接孩子的家長當中，忽然出現在我媽媽面前，令她來不及躲閃。她終於答應給他一點時間。等最後一個孩子被接走以後，他們坐在空蕩蕩的幼稚園裡談了一次。雖然從頭到尾都是林叔叔在講話，我媽媽什麼也沒有說，不過那場談話還是很有成效。林叔叔講了一些自己從前的事。他離過一次婚，沒有孩子。前妻是個很不安分的人，一直想出國，三年前終於藉出差的機會去了美國，在那裡留了下來。按照本來的計畫，他隨後也會辭掉公職過去找她。沒想到她很快變了心，也或者是為了綠卡，和一個比她大二十幾歲的美國男人同居，隨後提出離婚。起先他無法面對，也不接她的電話，不給她任何回答，這樣逃避了一些日子，終於鼓起勇氣去解決問題。

這不也是她的故事嗎？我媽媽轉過頭來，用那雙睫毛長長的大眼睛望著這個失意的男人。幸福的人各有各的幸福，不幸的人的不幸卻是相同的。那分相同的不幸令她有了一點安全感。她的心意雖有所轉變，此後見到他卻還是害怕，照舊慌手慌腳地避開。但林叔叔沒有放棄。我猜他大概就喜歡我媽媽那副膽怯的樣子，驚慌得像個處女。在世風日下的九十年代，他從開放的女性那裡吃夠了苦頭，我媽媽身上蒙昧和守舊的東西反倒令他很著迷。

他們之間躲躲藏藏的遊戲從春天一直玩到夏天。夏天的一日下起了暴雨，從中午下到傍晚，所有人都被困在了幼稚園，包括前來拜訪的林叔叔。我媽媽躲了一些時候，不得不現身，因為那天輪到她做飯。林叔叔留下來一起吃了飯，然後陪她收拾碗筷，打掃廚房。在落雨的屋簷下，伴著天空中的電閃雷鳴，林叔叔完成了一場深情的告白。而我媽媽卻好像根本沒在聽，她一直低著頭，不斷強調著他們在一起所要面對的困難。我有一個十一歲的女兒，我有一個十一歲的女兒，她喃喃地重複著這句話。林叔叔把手放在她的手背上，知道，我知道，讓我們一起來面對好嗎？

秋天的時候，他們終於開始正式交往。有個星期天，我媽媽帶林叔叔來見我。來之前他肯定作了一番準備，把我的喜好都搞清楚了，去餐館點的都是我愛吃的菜，還非常耐心地給我剝蝦。不過，我看得出來他並不喜歡我。這跟我對他的態度沒關係，就算我再活潑熱情也沒有用。可能我的存在，本身就破壞了我媽媽那種貞潔羞怯的形象。而且我媽媽太在乎我了，我們三個人在一起的時候，她的注意力都在我的身上，完全把他忽略了。當然，我也不喜歡他。因為他幾乎是我爸爸的反面。話多，講話的時候還要用手比畫，而且特別愛笑。他是那種很簡單的人，身上沒有任何讓人猜不透、想要繼續探究下去的東西。更重要的是，他是一個快樂的人，熱氣騰騰的，有非常積極的生活態度，而這些在我看來都是很膚淺的表現。

吃過午飯，林叔叔說要帶我們去郊區的水庫玩。坐了半個多小時的車來到水庫，有個劇組正在附近拍電視劇，占據了水邊的整片空地，不讓我們靠近。水庫旁邊有座山，林叔叔就提議去爬山。一路上，他不停地在旁邊講話，像一只關機按鈕失靈的收音機。走到一半我媽媽崴了腳，他立刻蹲下幫她揉捏，又跑了好遠找回一根樹枝給她當拐杖。中途停下來休息的時候，他和媽媽為了一只蘋果推來讓去。我坐在旁邊的石頭上，看著那只削了皮的蘋果在空氣中一點一點變黃。我覺得很累，只想快點回去。可是林叔叔說不，我們要爬到山頂去。他認為這是一種對意志的鍛煉，能讓我成長。接下來的那段路，他不斷在一旁鼓勵我，告訴我山頂的風景有多麼美，征服大自然是多麼有成就感的事。征服大自然？或者說幻想著自己征服了大自然，這種說法聽起來真幼稚。最終我們走到了山頂。那裡什麼也沒有，除了惱人的大風。他卻自作聰明地問我，有沒有體會到他所說的喜悅。我看著他那張豬皮凍般油亮的臉，一個再明顯不過的事實擺在眼前：我媽媽交了一個很蠢的男朋友。不過，和他的愚蠢相比，更令人無法忍受的是我媽媽那副戀愛中的樣子。她忽然變得很嬌弱，連說話聲音也細了一些，喜歡大驚小怪，什麼東西都要林叔叔來教，好像剛來到這個世界上一樣。

剛來到這個世界上，也許的確如此，她就像得到了重生，正跟隨眼前這個傻乎乎的男人重新認識世界。那麼也就是說，我爸爸留下的印跡已經被揩掉了。是的，她康復了，不再覺得疼了。可是怎麼能如此輕易呢？

其實我是早就知道的。縱使是在爸爸剛離開、我們一起難過地大哭的時候，我也很清楚她的痛苦和我的不是一回事。她一輩子也不會明白那種愛。高貴的愛。而我也不羨慕她這膚淺的快樂，一點也不，我也不想要康復。我只是祈禱她不要帶著這個愚蠢的男人闖進來，企圖把我的世界粉刷一新。可惜祈禱是徒勞的，最擔心的事總是會發生。

爬山回來的路上，媽媽終於感覺到了我的悶悶不樂，但她還以為那是因為我不想被送回爺爺家。為了讓我高興起來，她決定把那個「好消息」提前告訴我：林叔叔正在託人幫忙，要讓我轉入經五路小學念書。那可是最好的小學，她說，為了這件事林叔叔費了不少心。他們笑盈盈地看著我，用滿懷期待的目光索取著感謝的話語。

見我不說話，林叔叔有點尷尬地笑了，「剛開始嘛，肯定會有一點不適應，兩個學校的教學方法、課程進度、學生的素質都會不同，這很正常，」林叔叔擺出一副教育工作者的姿態，「不要害怕功課跟不上，我已經幫你找好了補習老師，語文的，數學的，哪門不好我們就補哪一門。」

「我不想再轉學了。」我說。

「我知道了，」林叔叔點點頭，「你是不是擔心到了那邊沒有朋友？我有兩個同學的孩子和你是一個年級，都很優秀，我會介紹你們認識。」

嗯，他連朋友都幫我準備好了。

「經五路小學和林叔叔家就隔兩條馬路，等我們搬過去以後——」我媽媽匆匆看了我一眼，「你走五分鐘就能到學校。」她的臉忽然紅了，似乎說起要和林叔叔住在一起令她有些難為情。

「我不想搬，你自己搬吧。」我把頭扭向一邊，看著窗戶外面。

隔了一小會兒，漫長的一小會兒，我聽見媽媽抽泣的聲音。連她的哭聲也比平時更嬌弱一些。

「你瞧我說的吧，」她哽咽著說，「在爺爺家待久了，這孩子的性格都變孤僻了……」

林叔叔攬住她的肩膀。她哭得更凶了。

「哪個做媽的捨得讓孩子離開自己啊，我是真的沒有辦法，讓她待在那裡受罪，沒有人疼，沒有人愛的……」

「都過去了，都過去了，」林叔叔握著她的手，「以後就好了。」

車子已經開進了城。窗外是一片灰色的樓群。鴿子拍著翅膀，盤旋在豎著鐵欄的視窗。黃昏的光線有些潮濕，像毛茸茸的苔蘚。有一層水氣氤氳在眼前，當它變得越來越厚，我忽然意識到自己哭了。現在怎麼能哭呢？這個時候的眼淚，好像是在印證我媽媽的話，他們會以為我真的是因為沒有人疼沒有人愛而難過。可是我的痛苦和她所說的根本不是一回事。天知道我為什麼會哭，眼淚總是在那些最不應該哭的時候掉下來。這是多麼不成熟的表現。我感覺到自己縮在小孩的軀殼裡，縮在那一小團眼淚裡，無處可去。兩顆眼淚在眼眶裡打轉。屏住，不能讓它們掉下來。屏住，深吸氣。我看著越來越模糊的窗外，在心裡對自己大聲說。

那一年立冬那天出奇的冷。好像在向人們預示，接下來將會是一個嚴酷的冬天。在那個嚴酷的冬天裡，我媽媽將迎來她的第二次婚禮。確切地說，是第一次。當年因為爺爺奶奶極力反對，她和我爸爸結婚的時候根本沒有辦婚禮，不過是請一些比較近的朋友吃了頓飯，連禮服都沒有穿。這麼多年，她心裡一直有怨，也有遺憾，現在總算得到補償了。所以這一次，她一定要把自己風風光光地嫁出去，三十六歲，還帶著一個孩子，真的算是打了一場漂亮的翻身仗。對林叔叔來說，這場婚禮也是一次雪恥的機會。當年妻子拋下他去了美國，在那裡找了一個滿口假牙的老頭，這事傳得沸沸揚揚，讓他在朋友中間抬不起頭，所以他特別需要用這場婚禮來挽回顏面。何況我媽媽那麼美，不把她充分展示給大家太可惜。

所以，對於這兩個迫切地想讓人們知道他們現在過得很幸福的人來說，這場婚禮顯得極為重要。為此，林叔叔不惜斥重金訂了最好的酒樓，花了好幾個晚上的時間列名單，把該請的客人都請了。

我媽媽最想請的人肯定不是那些鄉下的窮親戚，而是我的爺爺奶奶。她希望他們能看到林叔叔一家對她是多麼好。當然，他們是不會來的。所以我媽媽很想藉我的口把關於婚禮的一切轉播給他們。事實上，從婚禮籌備階段開始，她已經在這樣做了。雖然幼稚園每天下班都很早，可她偏要等到週末讓我陪她一起去試禮服。她想當然地認為我迫不及待地想看到她穿上禮服的樣子。可惜我一點興趣都沒有。那種鑲著金絲邊的紅色旗袍，在我看來誰穿都是一個樣。她把林叔叔的媽媽送她的戒指拿給我看，祖傳的金鎦子又大又笨，戴在手上一點也不好看，只能存在家裡偶爾拿出來掂掂分量。所以林叔叔又專門買了一枚結婚戒指給她，是最新的式樣，一圈細細的鏤花圍簇在寶石的周圍。可我也感覺不出它的好，在我看來所有的金首飾沒有分別，都很俗氣，我暗暗發誓一輩子也不要戴它們。

另一個週末，她帶我去看了「我們的新家」。那房子林叔叔以前住過，離婚後他搬回父母家，空了很多年。這次為了結婚，特意重新布置了一番。我去的時候，新粉刷過的牆壁尚未乾透，剛運來的冰箱還沒有通上電。朝南的那個屋子是給我的，有一扇小小的窗戶，陽光透過新掛上的紗質窗簾照進來，薄薄地灑在淺紫色床單上，有一種俗氣而美好的情調。我試著想像自己睡在這張床上，一天天睡下去，作很多平庸的夢，長成一個乏味的少女。這時候，我媽媽已經等不及要帶我去看屋後的小院子，那個被她稱為是巨大驚喜的地方。在鄉下生活那麼多年，她對土地始終有一種斬不斷的感情，所以一直都盼望著可以搬到一樓住，有個很小的院子，哪怕只是幾平米也好，能夠種一點絲瓜毛豆，夏天的時候從窗戶裡望出去，可以看到茂盛的爬藤，那會讓她覺得自己很幸福。我很羡慕她的幸福能夠如此具體，具體得可以一件件列在清單上。現在，她得到了那張清單上所有的東西，圓滿得無可挑剔。

「在這裡種你喜歡的薔薇，淺粉色的那種。」我媽媽拉著我的袖子，指給我看牆根邊的那塊地方。但我根本不喜歡薔薇，我不喜歡所有帶香氣的花。

從林叔叔家出來的時候，已經接近傍晚，路燈已經點亮，人來人往很熱鬧。三個和我差不多大的女孩從一個小賣店走出來，手裡拿著瓷罐優酪乳和夾心餅乾之類的零食。

「她們應該就是經五路小學的，」林叔叔低聲對我們說，「中間那個女孩穿的好像就是她們學校的校服。」

「是嗎？」我媽媽問。

「我過去問問看。」林叔叔說。

「別問……」我說，連忙去拉他的袖子，可是已經來不及了，他朝她們走了過去，笑咪咪地和她們攀談起來，還朝我這邊指了一下。他一定是在跟她們說我要轉學過來的事，女孩們齊刷刷地望過來，以一種異樣的目光打量著我。我頓時感到一陣窘迫，耳朵燒灼，恨不得馬上鑽到地底下去。偏偏這時林叔叔大聲喊我：

「過來，快過來，跟這幾個小姊姊認識一下……」他得意地向我招手，覺得自己是在幫助我。

「快過去啊。」我媽媽推了我一下。我忽然轉身，朝街的另一頭跑去。

我跑得飛快，風在耳邊刷刷作響，多想一直那麼跑下去。可惜我沒有什麼地方可去，跑了兩條街，就停下來，坐在了馬路沿上。沒過多久，他們追過來。我媽媽緊繃著臉，走上前一把將我拽起來，要我向林叔叔道歉。我不肯講話，只是用力去掰她緊箍著我的手。那隻手倏地抬起來，「啪」的一下，給了我一個耳光。我媽媽自己也嚇住了，站在那裡不動，半天才將懸在半空中的手放下去。她從來沒有打過我，似乎有點不確定自己可否這樣做。

「好好講，好好講，不要動手。」林叔叔說。

我媽媽躲開我的目光，眼睛望向遠處的柏油路面，「這孩子太不像話了，不給她點兒顏色看看怎麼行？」

我沒有哭，只是問她，好了嗎，可以了吧，現在我想快點回爺爺家去了。原本晚上是要去林叔叔的爸媽家吃飯的，這是第一回，他們還沒有見過我。不過現在不得不改變計畫，林叔叔也贊同把我先送回爺爺家去，他大概覺得讓我這樣帶著一肚子怨怒去，只會把事情搞砸。要知道為了說服他們接納我，他可沒少花力氣。

「別急，慢慢來，等她搬過來再好好管教。」林叔叔攬住我媽媽的肩膀，輕聲對她說。

我沒有把要轉學的事告訴你。你會很生氣，而且會就此疏遠我。我不希望我們之間產生那樣的隔膜。可是隔膜好像已經產生了，不知道從什麼時候開始，你變得很沉默，好像也懷揣著什麼心事似的。但我沒有問。我只是覺得，我們好像都到了某個年紀，各自有了自己的祕密。並不是所有的祕密都能交換的。

我決定找沛萱談談。在他們為我辦轉學手續之前，我必須作出抗爭。這是我第一次想要和沛萱談談，以往都是她追在我的後面，一臉嚴肅地說，「佳棲，我們得好好談談。」她熱衷於談話，在班上擔任學習委員，動員和感化差生是她最擅長的工作。一想到她那種在高處俯看芸芸眾生的目光，我立刻覺得頭皮發緊。可是眼下沒有別的辦法，只能求助於她。我想請她和爺爺說情，讓我繼續留在這裡。他雖然談不上喜歡我，卻也並不討厭我。何況我住在這裡，不過是吃飯時多加雙碗筷，絲毫不會妨礙到他。若是沛萱肯為我說情——就說我成績剛剛有一些提高，這時候轉學無異於功虧一簣，他沒準會答應。可他在乎我的學習成績嗎？我不確定。我忽然發現在這裡生活了兩年多，我卻對他一無所知。除了，他很愛他的工作。

至於沛萱，她會幫我嗎？我到這裡之後，確實給她添了不少麻煩。都怪她身上那種多餘的責任感，總在擔心我的學習，擔心我學壞。我走了她大概會長長地舒一口氣吧。可她不是一直說，親情有多麼珍貴，我們能彼此扶持，一起長大是一件多麼好的事嗎？雖然這些話聽上去很假，可是也許她真的這樣想呢，我抱著一線希望，在整個晚上尋找談話的機會。沛萱卻忙著準備那個該死的數學競賽，一直在寫字台前埋頭作題，連水都顧不上喝一口。我給她倒了一杯水，然後站在一旁看著她。她顧自在一張草稿紙上寫寫算算，好像完全沒有察覺我的存在。起先還以為她是假裝，可後來當我忍無可忍地咳嗽了兩聲，她真的嚇了一跳，猛然抬起頭來。於是我問她，我們能否談一談。好啊，她說，可是要等下個星期六數學競賽結束了才行。她把這個競賽看得很重，晚飯的時候我聽到她跟奶奶說，從明天開始，放學後她要在學校多留一些時間，因為老師要給她和其他幾個參賽的同學輔導。

「我們學校還沒有拿過一等獎呢。」她說，大有一種要為學校榮譽而戰的意思。她身上那種強烈的集體榮譽感，令我感到很可笑。在我看來，類似學校、家庭這種詞是極為空洞的，它們對我毫無意義，對我有意義的不過是學校或家庭裡的某個人罷了。但這些道理當然是說不通的，要是說得通，她就不是沛萱了。爺爺家的人，雖然性格各不相同，可有一點倒是很像，那就是都很固執。

沒辦法，只好等到下個星期六。可是沒過兩天，奶奶就出事了。

星期四那天下午，郵局快下班的時候，她急著去給叔叔寄信，下樓的時候一腳踩空，跌了下去。最後一節自習課的時候，沛萱來教室裡找我，紅著眼圈說，奶奶摔傷了，快收拾書包，跟我到醫院去。

我爺爺去北京會診了，醫院的人找不到他，就來學校找沛萱了。據說奶奶傷得很重，腦震盪，腿骨折了，目前還在昏迷。

一路上，沛萱一直在小聲抽泣。快到醫院的時候，她忽然停下腳步，整頓呼吸，抹掉臉上的眼淚。她拉起我的手說，不要擔心，還有我呢，沒事的。她好像忽然記起自己是個姊姊，強迫自己振作起來。哪裡來的那麼多責任感呢？難以置信。

可是望著她那張好看又天真的臉，我竟然有一點感動。

我們趕到醫院的時候，奶奶已經醒過來了，右腿打了石膏，懸掛在半空中。她躺在那裡不能動彈，還在牽掛著我們該怎麼吃晚飯。我們吃了醫院的盒飯，然後留在病房裡陪她。她讓我們早點回去，沛萱說什麼也不肯，隨即拿出課本，跪坐到地上，伏在床邊寫起作業來。還指了指床的對面，喏，你在那邊寫。我也拿出了作業本。說真的，我好像從來沒有那麼快寫完過作業。我們一直待到查房的護士來趕人，才匆匆離開。

起風了，葉子落了很多。我和沛萱走在蕭瑟的大街上。周圍很靜，只聽到腳下踩碎葉子的清脆聲響。

「我不打算去參加數學競賽了。」沛萱忽然開口說。

我有點吃驚：「因為奶奶？」

「嗯，要是參加的話，放學後得留在學校輔導，就沒法去看她了。」

「我可以去。」

「你負責在醫院陪她。我要回家做骨頭湯。醫生說喝骨頭湯能長骨頭。」

「爺爺過幾天就回來了。」

「可他很忙，奶奶說他下個星期還有好幾個大手術要做。」她說。

「手術都是安排在早上，下午他可以……」

「可是我不想讓他分心你懂嗎？」她憂心忡忡地說，「要是他總想著去照顧奶奶，就沒法專心工作了。和他的工作比起來，我的數學競賽實在太微不足道了。」

我看著她，這個比我大半歲的姊姊總是高尚得令人喘不過氣來。

她果真放棄了競賽——大家怎麼勸也沒有用，幾天後奶奶出院回家，沛萱主動承擔起買菜做飯的工作。她在洗菜和剝蒜的時候背課文，把一只方凳搬到廚房當桌子，一邊做作業一邊看著爐子上的湯。我也要給她幫忙，每天放學立刻趕回家。我承認這樣做並非完全心甘情願——要我放棄自己的玩耍時間，這個決定肯定比沛萱放棄她的競賽要難，可是這實在是個表現的好機會，我必須為這個家作點貢獻，好讓他們覺得我應該留下來。這些曲折的心事並沒有對你說起。我只是告訴你，我奶奶摔傷了，我得回家照顧她，以後放學不能在外面玩了。你的反應很平淡，什麼也沒有說。事實上那段時間你也很忙，放學後總是消失得無影無蹤，連大斌和子峰都不知道你去了哪裡。對此我當然不可能毫無察覺，只是當時自己已經有些自顧不暇了。

那段時間，我對爺爺有了新的認識。準確地說，是才開始有了一點認識。我一直記得那天晚上他出差回來，走進房間第一眼看到躺在床上的奶奶時的神情。在那一刻，他性格中某種隱祕的東西好像忽然顯現出來。那是一種厭惡的神情，沒有憐憫與疼惜，只想快點擺脫眼前的一切，它只停留了一剎那，隨即就從他的臉上消失了。他的面色變得和緩，走上前來，坐在床邊的椅子上，問她現在感覺怎麼樣。照理說他是醫生，應該最懂得如何對待病人，可是面對奶奶，他卻顯得手足無措。先是在扶她去廁所的時候險些讓她跌倒，然後好不容易把給她擦身的毛巾和換洗衣服都準備好了，才發現爐子上的熱水已經燒乾了。奶奶卻是一副受寵若驚的表情，不斷說，你不要管你不要管，讓沛萱來。我忽然意識到他可能從來沒有為奶奶做過什麼。也許不僅是為她，而是為這個家。他甚至不知道捲筒紙放在什麼地方。

當他拎著被套的一角，看著沛萱將縐巴巴的被子塞進去的時候，臉上露出焦躁的表情。沒錯，他對日常生活毫無耐心。它們對他是一種折磨。事實上，他不過是在出差回來的那個晚上做了一點事而已，可我們誰都看得出他的心情糟透了，並且已經在為以後的生活擔憂。好在沛萱立即安慰了他，說家裡的事我們能應付，讓他儘管去工作。第二天清早，他在原來的時間起床，吃過沛萱做的早餐就去上班了。他的生活還和從前一樣，幾乎沒有什麼變化，除了要自己打開樓下的信箱拿報紙和信件。他仍舊回來得很晚，有時候回家還要繼續工作。沒過多久，他就又出差了。

日後回想起來，那段日子好像沒有大人存在，只有我和沛萱兩個人，深陷在那些瑣碎的家務事當中。

「茄子要削皮嗎？」

「你確定魚煮熟了嗎？」

「換燈泡之前要不要拉掉電閘？」

「你知道水錶在什麼地方嗎？」

……

我和她會為了應該燉幾根蘿蔔而吵得不可開交。她放鹽要用小湯匙盛，還要把表面抹得平平，多一粒也不行，見不得像我那樣隨便捏兩撮丟進鍋裡的人。而我對她那種近乎病態的嚴謹也感到難以忍受。不過平心而論，我不像從前那麼討厭她了。當我發現她把土豆燉成了一鍋爛泥，將圍裙燒了一個大洞的時候，甚至覺得她還有一點可愛。至少，我發現她身上那些過分正確和高尚的品質並不是偽裝出來的。只能說，她就是那樣一個人，雖然有點可笑。我甚至在心裡暗暗下決定，以後再也不捉弄她了。

我是等到兩個星期以後，才對沛萱談起要她幫忙去說服爺爺的事。那時，我已經很有把握她不會拒絕。因為這段時日的辛勞付出足以證明我很有用，她需要我，我留下來可以幫很多忙。

「你太自私了，」她聽我說完，搖了搖頭，「只知道考慮自己。」我正想辯解，她又說，「你從來沒有意識到，我們住在這裡給爺爺和奶奶添很多麻煩。等到奶奶的腿能走了，一切肯定又恢復正常了，她還會像從前一樣，做那麼多人的飯，洗那麼多人的衣服，你要是真的懂事，就不應該讓她再那麼累了。她需要好好休息。爺爺也需要安靜的環境，才能集中注意力工作。」

「我們影響到他的工作了嗎？」

「當然。他不喜歡這麼多人在眼前晃來晃去。」

「哈，你可真瞭解他，簡直比他自己都瞭解。」我氣呼呼地坐在床上，「別再找藉口了好嗎？我知道你就是想讓我走。你心裡恨透了我，早就盼著這一天了。你幹嘛不說出來呢，非要找那麼差勁的藉口。說什麼讓他們安靜，那你自己怎麼不走呢？」

「沒錯，我的確是要走了。」她說，「我和爸爸商量，把去美國的時間提前了。他已經在給我辦手續了，等過了寒假，奶奶的腿也好了，我就要動身了。」

「你是騙我的吧？」我吃驚得說不出話來。

她走過來，坐在我的身邊，「佳棲，我們都該走了。南院的美好時光結束了。」

沛萱是到第二年春天過完才離開的，帶著臉上那條新添的傷疤。據說是從高處摔下來，劃傷了臉。

受傷的事使她推遲了行程。

事實上傷口早就癒合，但她可能需要一些時間來適應自己的新容貌。她不知道在新同學面前，該如何處置自己臉上有些猙獰的悲傷，又該如何找回她賴以生存的驕傲。那一切該有多麼難，可憐的沛萱，後來我想到這些，不禁在心裡感慨。我意識到這是第一次把「可憐」這個詞用在她的名字之前。有點不可思議，又有一種……快感，好像看著一座宏偉的建築在面前轟然倒塌。

到美國的第二個星期，沛萱就給我寄了一封信。她講了一些新學校的情況，說同學們都很友善，雖然聽不太懂他們講話。在靠近結尾的地方，她提到房子後面有一塊空地，要是傍晚的時候她去那裡，就能看到鹿。長著杏核眼睛的漂亮的鹿，一動不動地望著她，然後轉過身去，鑽進了濃密的樹林。我對這一段印象很深，因為當中似乎有一種傷感的東西，是她此前從未流露過的。但當時我情願相信那只是自己的錯覺。

要到很多年後我看到她的傷疤，再次想起那封信的時候，她在異鄉的黃昏時分，獨自站在屋後空地上的情景才會浮現在我的眼前。她寫信來或許是想從我這裡得到一絲安慰，也可能只是幾句溫暖的話。她向我袒露了自己最脆弱的一面，這意味著莫大的信任，也許在她的心裡，我們真的曾經親密過。

我沒有回信。因為當時我也正處於巨大的痛苦之中，並且無法向任何人傾訴。我失去了組織言語的能力，和整個世界切斷了聯繫。現在來看，雖然我不願意將這一切視作某種血緣的牽繫，不過我和她確實都在離開南院之後，度過了各自童年裡最痛苦的一段時光。

每當回憶那一段痛苦的時光，思緒總是首先把我帶回到沛萱告訴我她很快要去美國的那個下午。我們並排坐在床邊，陽光從一整個星期沒有打開過的窗戶照進來，照在我們面前的地板上。四四方方的一小塊光，被大片的陰影圍簇著。當她說「南院的美好時光結束了」的時候，我正擺弄著毛衣上的一顆扣子。那顆扣子忽然脫離了綁束著它的棉線，掉落到地上。

嘎噠，嘎噠。它在那塊光裡蹦了幾下，縱身跳入了陰影裡。等到轉過神再去看的時候，它似乎已經消融在黑暗中，看不到了。我移開了視線，心裡想，等下再去找吧。不知道為什麼，心中轟然一聲，若有所失。某件事，就在那個時刻拉開了序幕，而我還不知道它究竟是什麼。不過用不了多久，我就會明白，那是終結。童年的終結。

程恭

我可以抽支菸嗎？也許可以把窗戶打開一點。你還覺得冷嗎？酒確實讓人暖和起來了。

回到先前說到的地方。從知道爺爺的靈魂還關在身體裡的那一天開始，我的人生忽然變得嚴肅起來。

第二天下午我曠了課，跑去醫科大學的圖書館借書。凡是和靈魂扯上關係的，我都從架子上拿下來。「小朋友，你都能讀得懂嗎？」圖書管理員作紀錄的時候，忍不住抬起頭問。

我抱著那些書去了三一七病房。護士剛離開不久，房間裡氤氳著濃烈的消毒水的氣味。我放下書，走到床邊。從前，植物人爺爺更像一件物品，當過遊戲的道具，做過你的沙發靠椅。可是這時候不一樣了，他有靈魂了，他是一個人了。當我站在床前再次看著他的時候，好像才第一次意識到，這個人是我的爺爺。要是他沒有變成這樣，一定會是一個很好的爺爺吧。善良、慈祥，而且很疼愛我。他會帶我去水庫釣魚，去動物園看大象，給我買新球鞋和變形金剛。要是他在，也絕對不會允許奶奶欺負我。

我把手放在他的胸口，感覺到強壯的心臟在僵木的身體裡跳動，然後學著你的樣子，用食指骨節輕輕叩擊。像敲門一樣，嗵嗵，嗵嗵。

「你能聽到我說話，對嗎？」

雖然沒有任何徵象表示他能，我卻相信自己已經得到了回應。他能，一定能。他的靈魂被囚禁在裡面了。他的靈魂被囚禁在裡面了。我不斷在心裡重複著這句話，生出一股從來沒有過的使命感：我必須把它解救出來。

整個下午我都在翻看借來的書。雖然沒有幾句能讀懂，可是在那些深奧的句子裡，我得到了一種肅穆的滿足感。一切當然不會那麼容易。解救靈魂肯定是一項艱巨的任務。

放學以後，你也到病房來了。你猜出我肯定會在這裡，問我為什麼沒有去上課。我說沒什麼，就是不想去。你看到我旁邊的那一摞書，但沒有說什麼，像往常一樣走到窗戶底下，扭開收音機，坐下來開始畫你沒有畫完的小畫。我低下頭繼續讀手中的書。

我們似乎都在作著某種努力，好讓這個下午按照往常的秩序進行下去。但是似乎不可能。因為病房裡的氣氛已經和從前不同了。就連消毒水的氣味，也變得格外刺鼻。我一行字也看不進去，眼睛的餘光總是能瞥見屋子當中的病床。隔著床尾的鐵欄就能看到爺爺的雙腳。它們好像在輕輕地晃動。當我終於忍不住抬起頭的時候，卻發現你也正望著那張床發呆。我們的目光撞了一下，立即分開，又各自低下頭去。現在，這個房間裡有三個人。我們再也無法忽略我爺爺的存在了。

一切都開始變形和走樣。就連窗台上的那只收音機，也要提醒我們它的存在，與過去不同的存在。那時電台裡正在播放一首蔡琴的歌。我喜歡蔡琴，因為她的聲音和我媽媽的有點像。正聽得入神，歌聲忽然虛顫起來，越來越遠，隨即消失了，變成了沙沙沙的噪音。過了一會兒，聲音又慢慢近了，但已經不是蔡琴，而是換到了另外一個頻道，沉悶的中年男人正用催眠的語調播報新聞。隨即他的聲音也遠去了，又變成了一片沙沙聲。你走過去調試，找到原來的頻道，蔡琴剛唱了一句，聲音就再度消失了。你又調試，但還是沒有用，收音機像是著了魔一般，進入了一種自動搜索的狀態，不停地跳台，把各種聲音都剪成細小的碎片。

彷彿有一種強烈的波頻干擾充斥著這個房間。我驀然想起下午在某一本書上讀到的一句話：靈魂是一種電磁波。

你不再理會那台收音機，就讓它繼續痙攣似的跳台，接著推開了窗戶，像是想要驅散什麼東西。一陣大風吹進來，嘩啦嘩啦翻動著書頁，好像也在提醒我們它的存在。沒有生命的事物忽然都活躍起來。病房變得很擁擠，以至於我們無法很好地避開彼此，所以當你轉過身來的時候，我們的目光又撞到了一起。不過這一次，你終於願意為我們之間異乎尋常的沉默負責。你走過來，拿起桌上的書隨手翻著，「好吧，你到底打算做什麼？」

「我要把爺爺的靈魂解救出來。」

你聳了聳肩膀，臉上又露出大人般不屑的神情，「你以為你是奧特曼嗎？」

「就因為不是，我才需要看這些書。」

「我看還是算了吧。」

「就是說，你根本不相信能實現，是吧？」我問。

「不知道，」你搖晃著腦袋，那副事不關己的模樣實在可惡，「就算解救了靈魂又怎麼樣，你能讓他徹底活過來嗎？」

「沒準可以呢。」我嘴硬地說。

「好吧，就算你能，你確定你奶奶和姑姑真的希望他活過來嗎？」你飛快地看了我一眼，「怎麼說呢，我覺得要是他現在活過來，恐怕會給很多人添麻煩吧。」

我從你手裡奪過那本書。從前只是覺得你有點刻薄，現在才發現你是異常冷酷。我決定以後再也不對你講起解救爺爺靈魂的事了。成大事的英雄們在事成之前總有一段不被人理解的時光吧。這時候我忽然明白了他們的痛苦。

「還是忘了這回事吧，」你壓低聲音，好像擔心被什麼人聽到，「可能，有些事我們本來就不該知道……」

我們都不再說話了。屋子裡一片靜異。只有那台收音機還在不知疲倦地跳轉波段，但人聲已經消失，只剩沙沙沙沙一片悶響，如同一個人孤身走入漆黑的隧道。

那是第一次，天還沒有完全黑下來，我們就各自回家了。

我推開家門，奶奶正坐在窗戶底下咯吱咯吱地踩著縫紉機，隆隆的響聲像一架直升飛機飛過頭頂。她看到我進來，抬起踏板上的小腳，「你今天回來得倒早。」

我注意到她換上了暖和的冬衣。那件深棗子色的毛線坎肩，毛早就洗光了，只剩下緻密的線，結成兩塊厚實的氈片，硬邦邦的，像一副鎧甲。聞到那股濃鬱的樟腦味，就知道衣服是剛從箱子裡取出來的。看樣子奶奶終於打開那些箱子了——今年似乎比往年早一些。

每年秋天，奶奶都要拖到快來暖氣的時候，才把大家過冬穿的衣服拿出來。因為那是一項浩大的工程，非要下很大的決心才行。

「過個冬天簡直要了我的半條命。」她總是說。

家裡沒有衣櫥，沒有儲物櫃，所有的東西都放在箱子裡。就現實狀況而言，這的確是一種節約空間的舉措，不過就算給我奶奶一座大莊園，也別指望她能用櫃子，她只會毫不猶豫地給自己添置幾只大箱子。在她的邏輯裡，東西放在櫃子裡不算真正擁有，只有裝到箱子裡才完全屬於自己。她總是擔心有人來抄家，值錢的東西放在箱子裡，隨時能帶走。裡外兩間屋子裡，除去餐桌和床，以及必須留出的走道，其他的地方都堆滿了箱子，箱子疊箱子，一直壘到天花板上去。最常用的東西放在上面。那些冬天的衣服，經過閒置的大半年，已經沉到了最底下，想要拿出來就要把上面的箱子一只只挪開。

那些寒冷的秋天的夜晚，奶奶穿著單薄的線衣，凍得直打哆嗦。

「明天就搬箱子。」她咬牙切齒地說。

可是等到天亮了，太陽出來了，她又覺得可以再等幾天。

「你聽過寒號鳥的故事嗎？」有一次我問她。

她翻了個白眼，「那故事還是我給你講的。」

「不，是姑姑講的。」

「是我講給她的，」她咕噥道，「你不懂，春捂秋凍，對身體好。」

她換了一隻腳，繼續踩她的縫紉機。很難想像像她那麼懶的一個人竟然花幾個星期的時間縫一條根本不禦寒的百衲被。這都是因為有人告訴她，多踩縫紉機可以預防老年癡呆。她害怕癡呆了以後被我們欺負，就拚命地踩呀踩。

線用完了。她停下來。我殷勤地跑去幫她拿來針線盒。

「奶奶，」我站在一旁，托著針線盒裝作若無其事地問，「你肯定一直都盼著爺爺能醒過來吧？」

「我盼著他快點死。」她頭也不抬地說，「這老傢伙的骨頭真夠硬的，躺那麼多年都沒散架。要是前些年就死了，醫院能賠好多錢，現在領導都換了好幾任，誰知道還認不認帳。」

「你真的一點都不想讓他醒過來嗎？他醒過來我們就……」我在頭腦中搜索著合適的詞語，「全家團圓了。」

「團圓？哈哈哈……」她那副鷓鴣嗓子又發作了，「他住哪兒啊？醫院也不給撫恤金了，我們吃什麼？難道指望你來養我們？」她瞪著小圓眼珠子，惡狠狠地啐了我一口。我跑進裡面的屋子，環視一下四周，到處都是箱子，真的沒有地方還能再放下一張床。

過了一會兒，姑姑回來了。我迎上去幫她拎菜，跟著她走進廚房。

「姑姑，要是爺爺醒過來，你高興嗎？」我搓洗著一根黃瓜，試探著問。

「不可能，」她說，「大腦都被切除了。」

「大腦都被切除了？」我一直以為他是受到重物撞擊才變成那樣，從來都不知道還切除了大腦。

「也不是都切除，一多半吧。」

「我說假如啊。假如他醒過來，你想像一下……」

「噢，」姑姑點著爐子，飛快地打散碗裡的雞蛋，「那我就失業了啊。當初是因為頂替你爺爺，我才進了醫院。現在來了那麼多新人，年紀都比我小，學歷又比我高，巴不得把我擠走呢，要是我爸醒過來，他們就有理由讓我回家了……」綻開的雞蛋在熱油裡冒著金黃的泡，像個燒焦了的太陽。姑姑拿著鏟子怔怔地站在那裡。等到一陣糊味逸散開，她猛然打了個寒噤，「不會的，不會的，」她迭聲說，「切了大半個腦，不可能醒了。你知道我膽子小，可不要再嚇我了。」

我吃了一點燒糊的雞蛋，匆匆回到了房間。借來的書擺放在書桌上，我卻沒有力氣再去翻看。切除了大半個腦的人，是不可能再醒過來的，我試著讓自己接受這個事實。同時還必須承認你是對的：沒有人希望爺爺醒過來。你又想到了我沒有想到的東西，跑在了我的前面，真是可惡。

在這個家裡，這個世界上，已經沒有爺爺的位置了。我這樣想著感覺到一絲悲涼。從前看漫畫書，總有小孩被各路妖怪神仙或是外星人帶走，在仙境或是外太空經過一番歷險又回來了。我一直都很羨慕那些小孩，走在街上總是很留意那些可疑或者怪異的人，希望他們能把我帶走。現在才明白，不能隨隨便便被帶走，再回來的時候，這個世界上就沒有你的位置了。而且我忽然意識到，是躺在床上一動也不能動的爺爺在供養我們。要是他沒有變成植物人，奶奶就拿不到撫恤金，姑姑就沒有現在的工作，我連上學的學費都交不了。這一切都是用他切去的大半個腦換回的。沒有那半顆腦，就沒有眼前的生活。等一等，切除的半顆大腦……我驀地想起我們在死人塔裡看到過的那顆蒼白的腦，那會不會就是爺爺的？我打了個寒噤。爺爺究竟是怎麼變成植物人的？我必須把這件事先搞清楚。

臨睡前我纏著姑姑，追問她爺爺是怎麼變成植物人的。「釘子。」她嘟噥了一句，然後很快就睡著了。

從那天開始，每天臨睡之前我都鍥而不捨地追問。在那些不是太睏的時候，她會給我講一點，可是也很吃力。她的記憶好像被坦克輾過似的，碎成了一小塊一小塊的。我漸漸習慣了她的顛三倒四，也習慣了講述間隙裡長長的沉默，以及猝不及防響起的鼾聲。

而且，她必須花很多時間給我解釋某個名詞的意思。比如「文革」，比如「牛棚」。後者我總算弄明白了，但是前者，她越解釋我就越糊塗，因為不斷有更多陌生的名詞出現。「大字報」「造反派」「紅衛兵」……我不停地打斷她，問這些詞什麼意思。最終我也還是一知半解。好在就算沒有把「文革」是什麼搞清楚，也能把爺爺的事弄明白。

我爺爺是一九六七年出事的。那時候「文革」已經開始。醫院的人劃分成兩派勢力。爺爺當時是醫院的領導，屬於「保皇派」。還有一些人是「造反派」。「保皇派」和「造反派」對我來說，不算是特別陌生的詞語，從前看到爸爸和別人玩撲克，也會分成這兩派。我不知道兩者是不是完全一樣，不過總之應該是一種水火不容的關係吧。所以，「造反派」的人就開始批鬥「保皇派」。「批鬥」也是一個令人費解的詞，姑姑對它的解釋是，從肉體和精神上折磨一個人。爺爺就受到了這樣的折磨，然後被關入了牛棚。「牛棚」，我起先還以為真有牛呢，就是那種養牲口的草房，可是好像並不是。任何地方都可以成為「牛棚」。比如死人塔。爺爺當時被關入的牛棚，竟然就是我們每天去玩的死人塔。不過那時候，死人塔還是一座平淡無奇的水塔，沒有死屍，也沒有裝滿福馬林溶液的水池。在一場批鬥中，他被毆打，身上多處受傷，然後被關進塔裡。第二天，我奶奶把他接回來的時候，他的精神很恍惚，也不會說話了，還很怕見光，不停地嘔吐。我奶奶只當是受了驚嚇，靜養幾天就會好。可是情況越來越糟，他的一隻手臂失去知覺，抬不起來了。雙腿也開始麻木，不能下地走路了。又過了幾天，他開始大小便失禁，只能支支吾吾地發出一點聲響。

我爺爺被抬進了醫大附屬醫院。醫生也查不出病因是什麼。情況一天天變得更糟，沒過多久，他全身都失去了知覺，除了會眨眼睛，有心跳之外，與死人一般無異。

醫院召集各個科室醫生會診，給我爺爺做了一次全面的檢查，最終在X光片上發現，他的顱腔裡有一根兩寸長的鐵釘，應該是從太陽穴附近插進去的。那裡有一個很小的創口，當時家裡人還以為是皮肉外傷，也沒在意。鐵鏽致使腦組織感染和潰爛，並且正在蔓延，必須馬上開顱取出。雖然手術有一定的風險，但醫院經過多次論證，還是決定必須做，而且越快越好。可是我奶奶說什麼也不肯。

「現在他至少還活著，要是手術失敗了，人死了怎麼辦？」她不停地重複著這句話。

那時候我奶奶顯然對「活死人」還缺乏足夠的瞭解。她一心只希望自己不要成為寡婦。要是她能夠預見自己後半生的苦難都是因為丈夫沒死，不但不會阻撓，還會在心裡祈禱手術失敗，爺爺快點停止他那毫無意義的心跳。

後來，醫院派爺爺的同事來勸我奶奶，向她保證，如果手術失敗醫院會賠償一定的撫恤金，並且照顧她和兩個孩子以後的生活。她太累了，實在鬧不動了，終於在手術協議書上簽了字。

手術很成功。那根釘子被取了出來。它像攪拌器似的攪動著腦漿，使它在混入鐵鏽和細菌之後，發酵成了別的什麼物質。爛掉的大腦已經開始發臭。醫生竭盡全力將切除的部分減到最低，保住了三分之一的大腦。可是爺爺的狀態和手術前毫無分別，既沒有死，也沒有醒。

我姑姑說，醫學上也有不少案例，患者在切除部分腦體之後，空洞的部分被腦組織液填充，剩下的一部分腦承擔起那部分缺失的功能，因此仍舊具有肢體行動和語言思維的能力，看起來與正常人一樣。不過患者多半為大腦尚未完全發育的小孩，切除部分的功能也相對次要。這種奇蹟顯然不可能發生在爺爺的身上。所以醫生認為，他應該永遠也不會醒了。

手術做完以後，又過了好些天，員警才到醫院作調查。作案時間應該是在批鬥結束，人們散去之後，兇手去了死人塔，把釘子插入他腦中。因為先前遭到毆打，他已經躺在地上不能動彈，神志也不是太清楚，所以很可能沒有反抗。操作的人一定熟悉解剖學，有豐富操作經驗，才能準確地找到這個位置，避開重要血管，令我爺爺不會當場斃命。傷口也作了適當的處理，可以加速它的癒合。後來有人開玩笑說，這可能是醫大附屬醫院歷史上最精湛的一次手術，只可惜沒人知道主刀的人是誰。員警認為，當天參加批鬥的人都有嫌疑，但也不排除作案人不在其中的可能。他們讓我奶奶回憶一下，都是誰跟我爺爺有仇。我奶奶羅列了一長串名字，但其實還遠遠不止這些。應該說，附屬醫院的大部分醫生都很恨我爺爺。姑姑說，我爺爺雖然打仗很厲害，但沒正經學過醫，技術不行。可他是領導，管著很多技術比他強的醫生，那些人當然不服氣。我爺爺也不喜歡他們，仗著懂點醫術，驕傲自大，完全不把他這個副院長放在眼裡，所以他必須給他們點顏色看看。越是技術好的，越不讓碰手術刀，讓他們再有本事也表現不出來。那些人心懷怨恨，一直都想伺機造反。

員警根據奶奶提供的名單，擴大了審訊的範圍。不久後的一天晚上，其中一個人在家裡用一根輸液管吊死了自己。那個人叫汪良成，是內科大夫。誰都不敢相信是他幹的。他平日裡總是笑咪咪的，對人很和氣，愛好文藝，喜歡畫畫，會拉小提琴，有點書生氣。後來有人說，那天下午批鬥結束，確實看到過他朝死人塔的方向走。當時下著雨，他撐了一把傘。旁邊還有一個人，穿著雨衣，看不清楚臉。那個人應該是他的同夥，很有可能還是主犯。汪良成妻子一再說，丈夫告訴她自己什麼都沒幹過。雖然她的話不足為信，但汪良成畢竟是內科的，沒怎麼動過手術。然而，員警把該審的人都審了一遍，沒有發現任何可疑，也找不到新的線索，最後只能不了了之。按照他們的說法，有個人畏罪自殺不就是認罪了嗎，這樣就可以結案了。我爸爸卻沒法接受這個結果，他要求員警繼續調查，直到找出那個同夥為止。他一個人跑到公安局，坐在門口不肯走。有一天快下班了，他們轟他走，他掄起拳頭，打在一個員警的臉上，對著那個人的肚子連踹了好幾腳。另外一個員警把他拉開，反絞住他的手，他掙脫掉，又衝上去踢那個員警。他就像一條瘋狗，無法讓自己停下來。

那一年我爸爸十三歲。有一股戾氣在他的心裡衝來盪去，找不到出口。好像就是從那時起，他變得暴躁，很容易被激怒，動不動就揮起拳頭打人。姑姑說，從前在家裡他們都怕我爺爺，他就是這種暴躁脾氣，不知道什麼時候會突然發作。他變成植物人以後，那副脾氣就移到了我爸爸身上。後來我想，也許是因為沒了父親的保護，為了防禦外界的傷害和攻擊，他就把自己變成了父親那樣的人，以填補巨大的缺失帶來的恐懼。不久以後，我爸爸加入了「紅衛兵」，終於為他的憤怒找到了出口。那只紅袖章成為他實施暴力的許可證。他對抄家這件事簡直上癮。只要聽說有人要去，就立刻衝出家門。要是有一段時間沒去抄家，他就坐立不安，甚至忍不住摔自己家的東西。「文革」結束以後，其他的「紅衛兵」都變成了正常人，只有我爸爸煞不住車，仍舊是一副打砸搶的架勢。知道這些事情以後，我對我爸爸的看法有了一點改變。雖然還是沒法完全諒解，但確實有了幾分同情。至少，我知道我爸爸並不是生來就是那樣。

在我爸爸不斷去派出所討說法的時候，我奶奶則整日坐在院長辦公室的門外。她也在討說法，討的是更實際的說法——作為家屬，應該得到怎樣的賠償。爺爺是附屬醫院的職工，事情又是在這裡發生，醫院當然得負責。她搬去一條小板凳，從早到晚坐在辦公樓的走廊裡。她沒有爸爸那雙厲害的拳頭，但是她也有她的武器。那就是哭。歇斯底里、天昏地暗地號哭，一遍又一遍呼喊我爺爺的名字，讓他快醒過來，看看別人是怎麼欺負他們孤兒寡母的。她一直哭，哭出了這副讓人毛骨悚然的鶻鴣嗓子。說法終於討到了。

醫院答應會派專人照顧我爺爺，直到他斷氣為止。此外每個月還會給一筆撫恤金。她暫時消停了。可是從那以後，只要遇上什麼不如意的事，她就搬著凳子去那裡哭一哭。我們家住的這兩間屋子是她哭來的，姑姑的工作是她哭來的。連她嘴裡那兩顆金牙，也是哭來的。

不管怎麼說，爺爺的事情就這樣過去了。時間邁開大步向前走，人們每天撕去一張月份牌，如同剝落身上的一塊死皮。起初，全家人每天還去探望爺爺，在病房裡站一會兒，看著護士為爺爺擦身，確認她沒有偷懶。後來變成每週去一次，再後來他們就不去了。不去也不去得心安理得，反正一切都應該由院方負責，要是他們還牽腸掛肚，倒像是吃了什麼虧似的。

如果爺爺死了反倒會好。燒掉了，看不見，摸不到，徹底失去了他的感覺，會讓悲傷更長久。可他還躺在那裡，睜著無憂無慮的大眼睛，排泄出惡臭無比的糞便，而且就算家裡出了再大的事，都與他無關了。想一想就覺得很生氣，於是家裡的人漸漸不再難過了。變成植物人，就像掉入了生死之間的一條溝渠裡。活著的人過生日，死了的人有忌日，植物人既不過生日，也沒有忌日。他沒有任何紀念日。

可他畢竟是存在的。一種結結實實、無法逾越的存在。到了我奶奶想要改嫁的時候，才真正意識到這一點。說起來，我奶奶一生都在與「守活寡」的命運作鬥爭。她生在山東曹縣，家裡一貧如洗，十六歲那年，她爸給她訂了一門親事，要把她嫁給鄰村一個地主的兒子。那人患有嚴重的小兒痲痺症，兩條腿萎縮得厲害，在床上躺了很多年。嫁給他就是守活寡，但聘禮很豐厚，她爸要用那筆錢來蓋房子，也就顧不得這麼多了。但他沒想到我奶奶竟然是個烈女。娶親的人敲鑼打鼓地來到家門口，她卻爬到房頂上，手裡還握著一枚手榴彈。手榴彈是八路軍打日本人用的，埋在後山，給她挖出來了。她讓來娶親的人快點滾，否則就把手榴彈扔下去。那些人還沒回過神來，她已經咬開了導火線。手榴彈在空中劃了個弧線，精準地落在空轎子頂上，頃刻間把它炸成很多片。硝塵漫天，破碎的紅綢在空中飄飛。我奶奶佇立在高處，忽然意識到藏在自己身體裡的某種天賦。那個彩霞滿天的黃昏，我奶奶踏著硫磺味的塵土，拖著疲憊的自由之軀走出了村子。她過了一段流浪的生活，漫無目的地四處遊蕩，靠乞討為生，樹皮和草都吃過。在最落魄的時候，遇到一隊八路軍，就跟著他們走了。

「聽說你的手榴彈扔得很準？」這是我爺爺對我奶奶說的第一句話。他也剛入伍不久，幹革命同樣是為了有口飯吃。我奶奶怔怔地望著他小腿上凸顯出來的腱子肉，眼前這個男人如此健壯，令她一時間百感交集。

後來配了槍，我爺爺的天賦也展露出來，彈無虛發，成了部隊裡有名的神槍手。這兩個有天賦的人，在亂世中走到了一起，血雨腥風地大幹了一場。據說他們兩個加起來，殺了好幾十個日本鬼子。要不是因為在一次戰鬥中左腿負傷，只好待在後方，後來進了醫療隊，我爺爺在解放後怎麼也得是個少校。而我奶奶也因為留下來陪我爺爺，沒有繼續在前線建功。

據說爺爺剛變成植物人那會兒，我奶奶還常常回憶起風光的革命歲月，隨即拍著桌子大罵害爺爺的人沒種，有本事真刀真槍地打，他們什麼世面沒見過，日本鬼子殺了不計其數，難不成還會怕嗎?!可偏偏是這種下三濫的招數。一個手榴彈丟過去把敵人炸開花的時光一去不復返了，而我奶奶還沒適應這種和平年代更加迂迴和隱晦的殺人方式。和日本人鬥過，和國民黨鬥過，最終她還要和自己的命鬥。兜了半輩子的圈子，她又回到了十六歲的原點，守起了活寡。

等到我姑姑稍微大一點，就開始聽到有人背地裡講閒話，說我奶奶作風不好，喜歡跟男人調情。去藥房開藥，到糧店買麵粉，總是站在櫃檯前不走，和在那裡工作的男人聊天，嗔笑，嬉鬧，忍不住伸出手推搡幾下。聽到樓下有個磨菜刀的，也要喚到家裡來，和人家說好半天的話。誰都知道她寂寞，但這樣不加掩飾，還是讓人們恥笑。有一次她又黏在櫃檯前和糧店的夥計講話，被那人的老婆看到了，讓她以後離別人的丈夫遠一點。我看你是想男人想瘋了，那個女人說。我奶奶撲上去抓破了她的臉。從那之後，所有男人都躲著我奶奶。

我奶奶又在她的寂寞裡待了很久，才終於遇上了一個不是別人丈夫的男人。那人是鋼廠的工人，老婆得肺病死了，留下一個肥胖的兒子，比我姑姑大一歲。我姑姑記得，有陣子那個男人常常來家裡吃飯，帶著一些從食堂裡打來的飯菜。每次他來，我奶奶都變得特別溫柔。有些晚上他沒有走，那個癡肥的兒子也跟著留下來，和我姑姑擠在一張床上，胖胳膊老是蹭到她。在黑暗中，他張開嘴巴滯重地呼吸，像一隻能把她一口吞掉的大魚。這龐大的存在，令我姑姑感到害怕，同時又覺得很安全。我奶奶讓他們父子把髒衣服都留下她來洗，還幫他們剃頭，那個男人則替奶奶去馱麵粉，拉蜂窩煤。兩家人很快過得好像一家人一般。可惜終究還是成不了一家人。我爺爺還活著，也沒法和他離婚，這就意味著只有等到他死的那一天，我奶奶才能獲得自由。可是我爺爺完全沒有要死的意思，在護士的精心照顧下，反倒胖了不少，堆著兩個下巴，臉龐紅潤有光，看起來像個彌勒。

那個男人開始有些動搖。我還是想給小胖找個名正言順的媽……他猶豫著說。我奶奶哭著抓住他的胳膊，求他不要離開。他的心腸很軟，又陪我奶奶蹉跎了一些日子。但我奶奶也知道，這樣耗下去，他離開恐怕是早晚的事，要留住他，除非……十六歲時扔出去的那顆手榴彈，給她留下了用暴力解決問題的深刻啟示，既然十六歲時能用一顆手榴彈換得自由，現在為什麼不能用一把水果刀斬斷束縛呢？她每次出門，都把刀放進拎包裡，就連到樓下買瓶醬油也不例外。醫院在馬路對面，繞一點路就能到病房，趁著沒人把刀往心臟上一插，再回家做飯都不晚。她可能也真的去過，但碰巧護士也在，那時候是夏天，因為擔心生褥瘡，她們給爺爺擦身擦得很勤。

然後就有一天，我姑姑記得她和我奶奶去買布，回來的時候下起了雨。公共汽車停在南院門口，她們下了車。我奶奶抬起頭，望了望灰濛濛的天空，忽然說想去病房看一看。走到住院樓，她把傘交給我姑姑，說你在這裡等我一下，就一個人上樓去了。我姑姑站在屋簷下，聽著雨水擊打著破雨傘，啪嗒，啪嗒。那響聲揪著她的頭皮。在輕微的耳鳴裡，她彷彿聽到一聲低沉而尖銳的嘶喊，像是從破碎的雨滴中間衝出來的，鋼針一般刺了她一下。她愣了幾秒鐘，拔腿奔上樓。推開門的時候，我奶奶正站在床邊，手上握著那把刀，看到姑姑，臉色瞬時蒼白。她哆嗦了幾下，手中的刀震落。

「我是想幫他，」她大哭起來，「早死早投胎……」

就這樣，我姑姑鬼使神差地救了我爺爺一命。但真正令爺爺徹底脫離危險的還是奶奶的那個相好。他終於給小胖找到了一個名正言順的媽，比我奶奶還大幾歲，相貌也很普通，卻勝在是個寡婦。寡婦而非活寡婦，丈夫死得乾乾淨淨。寡婦在公共汽車上賣票，鋼廠在西郊，很多個早晨，小胖父子都要搭那趟車到城裡來。他們站在站牌底下，看著車子遠遠地開過來，賣票的女人從窗戶裡探出半個身子對底下的人招手，笑容在陽光裡，顯得格外動人。公車有一站在醫科大學的門口，到我奶奶家就從那裡下來。漸漸地，他們不再從那一站下來。不從任何一站下來。那輛車成了他們的目的地。寡婦送給小胖一個塑膠票夾，上面釘著一遝花花綠綠的票根。小胖抱著那個票夾，腆著肚子，好像很有錢的樣子，不時撕下兩張賞給別人。他和他爸爸最後一次到我奶奶家來的時候，那個售票員已經成了他媽媽，我奶奶徒勞地抱著他爸爸大哭，拖住他的腳不讓他走。直到精疲力竭，才慢慢鬆開了手。父子二人連忙告辭，我姑姑默默把他們送出了門。小胖扭過頭來看了看她，然後咬咬牙，從票夾子上撕下一厚疊票根給了她。

從那以後，我奶奶認命了。她不想讓我爺爺死了。因為就算他死了，她也沒有別的地方可去了。自由對她來說，已經毫無用處。愛也不會再有了，剩下的只有恨。後來的幾十年，我奶奶主要是靠她的恨活著。恨比愛更堅定，更強烈。只不過有時候，它也比愛更盲目。她也不知道該去恨誰，索性就誰都恨起來。恨那個售票員，所以從來不坐 1 路公共汽車；恨鋼廠的男人，連帶著也恨小胖，總是咒他吃東西撐死；恨所有的鄰居，覺得他們都在看她的笑話，就往人家後院扔石頭，砸玻璃；恨惹是生非的兒子，還有膽小怯懦的女兒。當然她最恨的還是我爺爺。隔三岔五地大罵他，詛咒他快點死，把遇上的不順心的事都歸咎於他，有時候躁狂起來，也會跺著腳抄起刀，說是要把我爺爺殺了，最後自然都被我姑姑攔下了。那好像成了她每隔一段時間就要作一遍的遊戲，一場謀殺的演習。她借此來把心裡蓄滿的恨意倒掉一些。恨來恨去，她卻忘了要恨凶手。不止是她，隨著時間的推移，大家好像都忘了還有一個沒有抓到的凶手。

「另外那個凶手呢？」我在床上翻了個身，小聲問姑姑，「他還住在南院，對嗎？」

沒有回答。她睡著了。留下我一個人，躺在黑暗和一大堆問題裡。

他一定還住在南院。住在這裡的人我應該都見過，所以肯定也見過他，沒準常常能碰到。在食堂排隊買饅頭，去小賣鋪還優酪乳瓶子，到廢品站賣紙箱，在那些時候，他可能就站在不遠的地方，冷冷地看著我。看著我背著一只破書包，用髒兮兮的校服袖子抹鼻涕。看著我飛快地從地上撿起一枚別人掉的鋼鏰，揣進褲子口袋裡。他一定知道我沒有爸爸也沒有媽媽，知道我在學校裡被老師刁難被同學奚落，知道我十一歲了還和姑姑睡在一張床上。他看著我，心裡會不會很有成就感，這一切都是拜他所賜。是他讓我們把生活過成了這樣，像螞蟻一般卑賤，隨便什麼人都可以踩上一腳，像堆垃圾一樣讓人厭惡，誰都希望離我們遠一點。

我掀起被子跳下床，光著腳走到窗邊。窗戶袒露在夜色中，月光肆無忌憚地在那些破舊的木箱上走來走去，如同拾荒者在一片廢墟裡扒翻著，想要找到一點值錢的東西，最終也只能失望而歸。這裡沒有它想要的東西。自從夏天的一場暴風雨把窗簾撕爛以後，這扇窗戶上就沒有窗簾了。我們不需要窗簾，因為我們沒有任何祕密。也沒有人會對我們好奇，想從窗戶外面朝裡面張望，看一看我們的生活。祕密只屬於那些過得好的人，他們才配擁有祕密，才配調動和支配別人的好奇心。就像害我們的那個凶手，他一定躲在密實的窗簾後面，過著謎一樣的生活。

我靠牆坐下來。坐在兩排壘高的箱子之間。那一小塊地方被牆壁和箱子圍著，月光照不進來，像一口很深的井。從前難過的時候，我也會坐在那裡。但這是第一次，我意識到自己的境遇，我正是生活在一口狹小的井裡。我一無所有。即便擁有你們那麼幾個朋友，擁有一些快樂時光，那也只是暫時的。總有一天，你們會離我而去，到更好的生活裡去。只有我還留在這堆破箱子和沒有窗簾的屋子裡，然後或許就像我爸爸一樣，開始酗酒和打人，以此來宣洩旺盛而無用的精力。在被自憐的情緒打倒之前，我振作起來，變得無比憤怒。

我從來沒有真正恨過誰。棄我而去的媽媽、暴戾的爸爸、凶悍的奶奶、刁難我的老師、奚落我的同學……回頭望去，雖然一路都是傷害，我卻沒有恨過他們。對於那些傷害似乎總能接受下來，並且變得適應，甚至會產生一切本應如此的想法。好像從很小的時候開始，我就放棄了對不幸的深究，懂得要認命。既然上帝將一把爛牌塞給了你，你也只有握著它們玩下去。

可是我忽然明白過來，這把爛牌並不是上帝給我們的。「要是你爺爺沒有被害，說不定現在已經是醫科大學的校長了。」姑姑的話不斷在耳邊響起。我抱著這個永遠無法印證的假設不放，想像著它所兌現的另一種生活：顯赫的身世，幸福的家庭，寬裕而自由的生活……我相信那才是原本屬於我們的牌，只是後來被別人調換了。所有的不幸都指向同一個源頭。那枚釘子，那個兇手。是他改變了我們全家人的生命軌跡。

我坐在那個冷寂的角落，仇恨像越燒越旺的篝火。我守著它，渾身被烤得炙燙。血管在震顫，如同一根被人擰緊的繩子。一些古老的、沉睡的血醒過來。它們翻滾著，一下下湧向頭頂。我聽著身體裡的海浪，感覺到一股巨大的力量衝撞著胸腔。幽藍的火苗上下躥跳。在搖曳的視線裡，我看到很多人圍坐在篝火的四周。那些人是一些蒼白、單薄、近乎透明的影子。我從來沒有見過，可是不知道為什麼卻認得。他們是我爺爺家族裡的先人，用一種熾烈的目光注視著我。他們離開的時候，把目光留了下來。那目光一直都在，如同長明燈。在離開之前，他們紛紛走過來，像是要與我道別，但仍是什麼也不說，只是把手放在我的肩膀上，似乎要把一些力量傳遞給我。我覺得肩膀被壓得很疼。那種疼痛感在身體裡一點點擴散開，我忽然悲傷地意識到，自己長大了，不再是個孩子。清晨時我醒過來，發現自己蜷曲著身體躺在那個箱子之間的角落裡。似乎睡了很久。但身上依稀能聞到灰燼的氣味，肩膀上仍有沉重的力道。這一切令我相信他們的確來過。

家族。在接下來那個漫長的白天裡，這個詞一直盤旋在我的腦際。對我而言，它是一個陌生、遙遠、近乎煽情的書面用語。我只知道我有一個家，由兩間小屋子和奶奶、姑姑組成的破破爛爛的家，卻從來沒有想過我還有什麼家族。

我姑姑說，我爺爺有兩個哥哥，一個三歲時夭折，另一個十二歲那年死於瘟疫。爺爺是家裡唯一一個活著長大的孩子。村子裡鬧饑荒的時候，為了有口飯吃，他參加了革命，從此離開家鄉。解放後他被分配到醫科大學，留在了城市。再回到家鄉的時候，他的父母已經都死了，家裡再沒有什麼人。他逗留了幾日，請人重修了祖墳。我爺爺的家族觀念很重，一直希望多生幾個孩子，讓程家人丁興旺。打仗的時候我奶奶懷過兩次孕，都流產了，後來落下容易滑胎的毛病，艱難地生下我爸爸之後，接連又掉了兩個孩子。在打算做節育的時候，又有了我姑姑，決定冒著生命危險生下來。她躺了好幾個月，不知道喝了多少安胎藥才把孩子保住。我爺爺一直盼著再有個兒子，結果卻是個女孩。他只能把全部希望寄託在唯一的兒子身上。據說他一直想從部隊的老戰友那裡借一把槍，把百發百中的絕技傳授給我爸爸，堅信總有一天能派上用場。他希望我爸爸長大以後去當兵，做員警，那樣就能配槍了。要是他知道我爸爸不僅沒有配上槍，還被配槍的人關了起來，他會怎麼想？我猜他一定知道，他那被困在身體裡的靈魂肯定氣得跳腳。他失望透頂，徹底放棄了這個不成器的兒子，然後，他將目光投向了我。

他一直都在看著我。不是嗎？

我想起上小學之前的夏天，在三一七病房睡著的下午，我爬過長長的管道，在橢圓形的夢裡練習打槍。熒綠色太陽底下，一場曠日持久的拉練，直到汗流浹背，精疲力盡，感覺自己好像長成了一個強壯的男人。夢裡爺爺那張嚴厲的臉浮現在眼前，不說話，緊繃著臉，冷不丁抬起手給我一個耳光。還有最後一次見面，當我說以後不能再每天去找他的時候，他臉上流露出的悲傷。我答應週末去看他，還和他勾了小指頭，他這才變得高興了一點。我走出去好遠，他還站在那裡看著我，太陽把地上的影子拉得很長，好像要追著我走過來。我忽然意識到自己是他的全部希望，也是這個家裡唯一的希望。這讓我覺得很沉重，同時又有一種莫名的興奮。

「小恭和別的孩子不一樣。」我想起媽媽的話，她總是用一種不容置疑的口吻那麼說。現在我好像終於找到了她所說的不一樣：我身上肩負著某種家族使命。這個落魄的、破敗的家族正等著我去拯救。我一定要把另一個凶手找出來。我對自己說，我要報仇。雖然究竟應該怎麼報仇，我也不知道，可是想到「報仇」兩個字，就感到一陣快意。

沒有人知道另外那個凶手是誰。除了我爺爺。就算當時他無法動彈，不能反抗，一定也清楚地知道是誰把釘子摁進去的。那一幕牢牢地印刻在他的頭腦中。可是他無法告訴我們。因為他的靈魂被囚禁了，關在沒有知覺的身體裡。如果可以和他的靈魂通話，不就知道凶手是誰了嗎？一個偉大的計畫逐漸浮現出來，我要發明一台可以和爺爺的靈魂通話的機器。

靈魂對講機。我為它取了一個絕妙的名字。

就算那個記錄著靈魂對講機進程的日記本丟失，我也能清楚地記得它開始的時間。一九九三年十一月。但我更喜歡另一種表述方式：九三年霧月。這樣聽起來就氣派多了，好像我的命運航線與拿破崙·波拿巴曾有過交集。事實上，那時候我對這位偉大的矮人知之甚少，不過是在報紙上讀到一篇文章，從此將他奉為偶像。小時候的拿破崙矮小貧窮，講一口鄉音很重的法語，受盡同學的恥笑，可是上天賦予了他偉大的使命，他憑藉勃勃的野心征服了整個歐洲。那篇文章就講了這麼一個庸俗的故事，可是我卻看得血液沸騰。貧窮、同學的恥笑、偉大的使命，以及勃勃的野心。這些都是多麼振奮人心的共同點。

現在你聽著一定覺得很可笑，不過對於那個時候的我來說，發明靈魂對講機的偉大程度並不亞於拿破崙征服歐洲。

從此，我陷入一種狂熱的發明熱情中。每天中午回家匆匆吃完飯，就跑到圖書館去借書。人體解剖學、機械原理、佛教、古代煉金術……所涉獵的領域令圖書管理員驚歎不已。管理員是個三十多歲的男人，長著一個顯著的紅鼻頭，喜氣洋洋的，但他臉上也只有那個鼻子是高興的，其他地方都很哀愁。他手邊永遠放著一本《新概念英語（第一冊）》，沒有人借書的時候就坐在那裡翻看，偷偷把舌頭夾在牙齒之間念出單詞。他對我借那麼多古怪的書感到好奇，問了好幾回，我卻一個字也不肯說。

「多讀些書總是好的，」他鼓勵道，「將來想辦法出國，在國外肯定能派上用場。」

「為什麼要出國？」我問。

「出了國就能過上好日子了。」他狠狠地揉了幾下紅彤彤的酒糟鼻子，噴出一口氣。他有慢性鼻炎的毛病，對粉塵過敏，天天待在舊書堆裡，對他來說真是夠受的。

我搖了搖頭，「我只想在這裡過得好一點。」

「在這裡是過不好的。你還太小，長大了就會明白的。」他垂下眼睛，輕輕地摩挲著那本《新概念英語》破損的封面。

我原本有些可憐他，可他卻說了我最討厭的話——「你還太小，長大了就會明白的」。要是我問的問題姑姑不想回答，她準會用這句話來搪塞。一個小孩的世界裡，到處都是「不得入內」的禁區，年齡就是最好的理由，不需要任何解釋。

我把那些深奧的書都翻了一遍，幾乎一無所獲。關於靈魂，在少數提及到的時候，講的總是一些虛茫的幻象，對於如何拯救一個受困的靈魂卻隻字未提。有本書提到「元神」，我不確定它和靈魂是不是一回事。按照那本書裡的說法，用某種符咒和口訣就能讓元神出竅。但我對此表示懷疑，總覺得不夠科學。在我的想像裡，靈魂對講機必須是一個看得見摸得著的機器，精密無比。繞了一大圈之後，我又回到起點，開始重新琢磨那句「靈魂是一種電磁波」。我不懂電磁波是什麼，不過根據能看懂的一點資料來看，它應該和聲波差不多。三一七病房裡那只總是跳台的收音機給了我重要的啟示。不過我更願意相信，靈魂是一種有形的存在，像一個果核狀熾熱的小星球，它說話的時候，不斷向外發射聲波，空氣會振動。我們聽不到，因為我們無法接收到那種波，它的振動頻率不是我們的耳朵所能捕捉到的。在一本關於電磁波的書上，我瞭解到在我們周圍的空氣裡，存在著很多無法感知的波。也就是說，我所要做的就是造一台機器，能夠接收到這種波。

我開始在本子上畫草圖。靈魂對講機一號、靈魂對講機二號、靈魂對講機三號……畫壞了就把紙扔掉，撕光了那本本子於是又換了一本。最後終於確定了靈魂對講機構造：一個裝著電磁波接收器的黑匣子，側壁鑿有很多小孔，伸出來的電線連通對講機和那種貼在身上的電極片。

草圖畫得非常完美，實現卻總歸會有一些落差。比如黑匣子，最終由一只從收廢品的人那裡要來的盛曲奇餅乾的鐵桶充當。餅乾應該是從國外帶回來的，桶身上都是英文字，圖書館管理員有點得意地認出那個單詞，告訴我產地是丹麥。丹麥，多麼遙遠啊，我只知道它是小美人魚的故鄉。這只鐵桶漂洋過海從一個那麼遙遠的地方到這裡來，一定被賦予了什麼重要的使命。沒錯。它就是為了靈魂對講機而來。修鞋的人勉為其難地比照著草圖，幫我在鐵皮桶上鑿了很多小孔。

對講機也是從收廢品的人那裡找到的。他那裡什麼都有，簡直是個百寶箱。那個對講機好像是一個員警遺失的，上面還有編號。我問幹嘛不把它交到警局，收廢品的人說這種公家的東西，丟了單位還會再派發。不過據說丟失對講機這種事，還是很罕見的，這麼多年收廢品的人也只見過那麼一個。它流落到這裡，恐怕也是為了成全靈魂對講機的偉大計畫。我對此深信不疑。所以當收廢品的人表示不能白送，必須花錢去買的時候，我把攢了很多年的小熊存錢罐砸碎了。

不過在買下之前，我必須先試一試，確認它還能用。一個特別冷的晚上，我和收廢品的人一直等到大學的晚自習課下了，學生都離開以後，我們一個站在階梯教室最前排，一個站在最後排，小聲衝著對講機說話。講話的聲音有些聽不清，噪音倒是很豐富，嗡嗡嘈嘈的一片，像掉了一地的鋸末屑。收廢品的人有點喪氣，喂喂喂地呼叫著。他怎麼會知道這正是我想要的呢？沒錯，每一顆噪音都是我要收集的。靈魂的聲音應該就掩藏在那些噪音裡。

還需要電極片，就是做心電圖檢查時貼在身上的那種。這個不難，可以問姑姑要。她雖然在醫院裡不管器械，可是要拿到這種尋常檢查用的東西也容易。我騙她說生物課上要用來聽兔子的心跳。她有些懷疑，但也沒有追問，反正那玩意兒又傷不了人。過了兩天，她就帶回來一副，但囑咐我用完要歸還。

至於匣子裡接收電磁波的機器，當然就是三一七病房裡的那台收音機了。

一切都在祕密中進行。即便是對你，我也一個字都沒有說。關於靈魂的事，你不是已經思考很久了，卻從未對我說起嗎？既然你有你的祕密，那麼我也應該有我的。一個更大的、更隆重的祕密。何況就算告訴你，也不過是被你取笑，潑冷水。這一次我決定等計畫成功了再告訴你。啊，多麼偉大的計畫。想像著你驚詫得合不攏嘴的表情，我就感到一陣快意。這是一個絕好的機會，摘掉你的驕傲，讓你從此對我佩服不已。

兩個星期後的一天，等到天黑下來，我拎著一只碩大的塑膠編織袋走出家門，快步朝醫院跑去。醫院的樓道裡很靜。我走進三一七病房，輕輕把門帶上，從編織袋裡小心翼翼地拿出那台偉大的儀器。我密切地關注著爺爺臉上的表情變化。他好像在看著我，小圓眼睛很快地眨了一下。這個微小的動作在那一刻非同小可。

「你知道我來救你了，對吧？」我眼睛一酸，有點想哭。

那只機器立在床頭櫃上。灰藍色的圓頭圓腦的鐵盒上，伸出許多條觸鬚狀的電線，看起來就像一隻深海裡的烏賊。神祕而詭異。

我從口袋裡掏出一張從書上撕下來的人體穴位圖，攤放在旁邊，依照紙上圈畫出來的位置，將電極片貼在爺爺的身上，然後打開手中的對講機。一切就緒，我把手伸進餅乾桶裡，鄭重地按下收音機的開關。

收音機沙沙作響。對講機裡傳來嗡嗡的聲音。房間裡充斥著噪音，卻又靜得可怕。我轉過身去，筆直地站立在床前，對床上的人說，「爺爺，我們開始吧。」

我緊緊地握著對講機，屏住呼吸仔細辨聽。彷彿能聽到房間裡每一顆灰塵的聲音。

《仁心仁術——走近李冀生院士》

28'40"

一張「文革」期間的大字報漸漸淡出。畫面轉換。一個滿頭白髮的老年男人，穿著白色圓領汗衫。字幕顯示：江宏森。他凝視著前方，若有所思，然後開口說話。螢幕下方字幕顯示：「當時醫院有個叫蘇新橋的老幹部，不承認『反黨』，工作組採取高壓政策，大會批，小會批，一連批了三個多月，蘇新橋被整得心力交瘁，在一次批鬥會後大口吐血，當時李冀生端著痰盂給那些批鬥的人看，結果就被扣上了『同情反黨分子，立場不穩』的帽子，也挨了批鬥。他過去參加過遠征軍，這也是把柄，有些人揪著不放，好在那時他只是齊魯大學的學生，不算軍人，否則麻煩就大了。不過李冀生心態很好，批鬥完了，一個人到飯館裡坐下來，點了盤溜魚片慢悠悠地吃。」

李佳棲

一九九三年的那個冬天，對我來說最重要的事，是我爸爸回來了，就在我媽結婚前的那個星期。十二月的一個下午，他到學校來找我。我一路飛奔向大門口，隔著鐵欄杆遠遠地看到他站在外面抽菸。身上穿著一件黑色長風衣，豎起的領子遮住了半張臉。不知道為什麼，連他的樣子也沒有看清，就覺得他過得似乎很不好。我的心一酸，眼淚掉了出來。

他看出我哭了，就立刻低下了頭，撚滅扔在地上的菸蒂。我的眼淚可能令他感到為難了。在我們的關係中，任何感情強烈的表達都是一種禁忌。

他瘦了許多，變黑了，頭髮長了，臉上有一些鬍子茬。看上去很疲倦，抽菸抽得很凶，剛熄滅了立即又掏出一支，然後開始渾身上下找打火機。點菸的時候，我注意到他的手在發抖。

「今天下午都是自習課。」我撒了謊，意思是我可以跟他出去。

「好。」他真的帶我走了。

但我們其實沒有什麼地方可以去。漫無目的地走了幾條街，看到一個有湖的公園，就買了票進去。冬天的公園非常蕭索，湖邊的柳樹像素描本上凌亂的鉛筆線條。湖對岸有個亭子，低著簷角，像是在尋找自己在水中的倒影。可它找不到，湖水已經結成了厚冰。多麼孤獨啊，連影子都不能陪伴它。

我爸爸去小賣店買菸，回來的時候給我帶了一塊烤紅薯。我用它烘著凍僵的手，慢慢地吃。風很大，我們在一個迴廊裡坐下來。身旁的方形柱子上纏著乾枯的藤，我想像著夏天那上面爬滿綠色葉子，想像著那個時候我們來這裡划船。

「你記得我們以前來過這裡嗎？」他問我。

「我們沒有來過。」

「來過，你很小的時候。」他說。

我想問他那時是不是夏天，可他完全沉浸在回憶裡，讓人不忍心喚他回來。他的眼神變得很溫柔，我簡直覺得他有一點懷念我們從前的生活。可能嗎？我對這一切毫無把握。事實上我仍舊不敢相信，他竟然真的來學校找我了。要知道，這曾是我作過的一個夢。先前他站在大門口的樣子，和夢裡如出一轍。但夢裡他穿的是一件咖啡色毛衣，頭髮很短。他將臉貼在鐵欄杆上，對我招手，走吧，他說，我們要走了。他當然不會帶我走。如果說以前我還對此抱有幻想的話，此時那些火種早就熄滅了。可是他來學校找我，至少意味著他想念我。這已經是一種很強烈的情感表達了，足以令我受寵若驚。和他一起往公園走的路上，我很想說一點什麼，又擔心流露出內心的歡喜，會讓他覺得很蠢。在他面前我總是擔心自己表現得很蠢。所有孩子氣的東西都是蠢的，得努力藏起來才行。我不斷提醒自己，在他面前一定要表現得成熟一些，像個大人一樣。

我以為爸爸回來是因為奶奶受傷，可當我提起的時候，才發現他完全不知道。沒有人告訴過他，他原本也沒有打算去爺爺家。

「我應該去看看她，對吧？」他喃喃地說，像是想從我這裡得到一些鼓勵。我提議傍晚的時候他跟我一起回去，他同意了。然後我問他什麼時候回北京。

「過幾天。」他回答得很含糊，好像還沒有買票。有一瞬間我的頭腦中閃過一個很糟糕的念頭：

要是奶奶傷得更重一些，他或許可以待得久一點。

「我媽媽下個星期要結婚了。」我裝作漫不經心地提起，偷偷觀察他臉上的表情，想知道他是否早就知道了。或許他是回來參加她婚禮的，我在心裡這樣暗暗猜測，可他們是不會歡迎他的。

「是嗎？」我爸爸點點頭，「那個男的怎麼樣？」

「普普通通。」

「你不喜歡他？」

我搖搖頭，撕掉一塊紅薯皮，「他們打算把我從爺爺那裡接走，下學期就轉學了。」我急於把這個消息告訴爸爸，擔心他以後再到學校來就找不到我了。

「新學校找好了嗎？」

「嗯，就在林叔叔家的旁邊。」我想我不必解釋林叔叔是誰。

「挺好。」隔了一會兒他說。他看起來有點恍惚，對我媽媽的婚禮和這位林叔叔似乎都缺乏興趣。他好像也不是為了參加婚禮而來，那又是為了什麼呢？

「你呢，」我問他，「你結婚了嗎？」

「嗯。」他彈掉一截菸灰。火星跌落到地上，奄奄一息地掙扎著。

「你在北京過得開心嗎？」我問。

「還好。」他回答我的時候，嘴角輕微撇了一下，好像喝了一匙很苦的藥。

微微發青的眼袋使他的側臉看起來有點古怪。我盯著他看，想把這個新加入的特徵印在腦海中。他過得不快樂，我很確定這一點，並因此多少感到有些欣慰。我們沒辦法讓爸爸快樂，那個叫汪露寒的女人也不能。也許誰都不能，他天生就是一個無法得到快樂的人。而我很有可能遺傳了他，這一想法令我感到很悲涼。

冷風吹過來，像一雙枯瘦的手插入他的頭髮，把它們揪起來。我看著他一直連到耳朵下面的鬍鬚，像曠野裡頑韌的草，有一種亡命天涯的味道。他看起來就像一個逃亡中的罪犯。我甚至有一種奇怪的感覺，現在坐在身邊的這個人，不是我爸爸，而是一個陌生的男人。我想像著是他挾持了我，要把我從這裡帶走。

隨便去哪裡都好，我想，只要能離開這裡。

「去坐摩天輪嗎？」我爸爸問，「就在那邊，我可以在這裡等你。」

我說不要，低下頭擺弄著那塊皺巴巴的紅薯皮。吃掉的紅薯在胃裡燒著，像一個火球。過了一會兒，他似乎忽然意識到自己對眼前這沉默的局面負有不可推卸的責任，開口說，「你冷嗎？我們繞著湖走一走怎麼樣？」

我很冷，但我說不冷。我們開始沿著湖邊向前走，我悄悄地把手縮進了袖口。天空陰得發青，像受了傷的膝蓋。公園裡沒有別的人。整個下午，我不記得看到過任何人。所以我有理由相信，那是一個專門為我們兩個人準備的下午。天開始漸漸變黑，我爸爸越走越快，到後來我必須小跑著才能跟上他。我意識到他好像有一個目標，他很想到達那個地方。我能感覺到那種願望很迫切，他似乎急於用這個證明一點什麼。他在和自己角力。

我們從湖的西面一直走到湖的北面。最後一縷天光也被收走了。我爸爸忽然停下了腳步。

「算了，我們到不了了。」他向我宣布，「從前划船過去，沒覺得那個亭子有那麼遠。」他氣喘吁吁地掏出菸，眺望著遠處，眼神有些傷感。一瞬間，我心裡非常難過，他就這樣被打敗了，認輸了。

「我們繼續走吧，很快就能到了。」我說。

「不去了。」他搖了搖頭。

「我們肯定能走到那裡，走吧，走吧。」我哀求道，忽然哭了起來。不是不快樂那麼簡單。他身上充滿頹敗的氣息。有什麼東西已經死了。激情、信心、鬥志。不可逆轉地死了。他自己對此似乎也很清楚，可是先前那會兒還是不死心地又作了一次嘗試。我不知道到達了那座亭子會有什麼不同，但我知道這對他很重要。這一點點，微不足道的成功就足以安慰他，使他好受一點。

我對他說，現在想要去那個亭子的人是我，我求他陪我過去看看。我哭著去拉他的風衣，可是他一動也不動地站著。

「好了，不要任性了好嗎？」最終他煩躁地說，「你現在長大了，應該懂事一些。」我愣住了，僵立在那裡。這是我多麼害怕聽到的話啊。我希望他看到的我是成熟懂事的，那才是他喜歡的樣子。可是我把一切都搞砸了。

我哭著跟隨爸爸走出了公園。他看到馬路對面有個亮著燈的餐館，就朝那邊走去。我問他我們不回爺爺家了嗎，要是不回就得給他們打個電話。可是他好像根本沒聽見，急匆匆地走進那家餐館。

餐館很小，只有四張桌子，沒有隔開的廚房，一個中年女人正站在門口擇菜。年輕的夥計從水缸裡撈出一條活魚，摔在板子上，用菜刀狠命地拍了幾下牠的頭，魚尾巴猛烈地跳動，把水滴甩得到處都是。一坐下來，我爸爸就迫不及待地要了一小瓶白酒。點菜的夥計忙著收拾那條魚，沒工夫招呼我們。我爸爸如坐針氈地環顧四周，手裡不停地翻轉著打火機。等到夥計把酒端上來，他連喝了幾口，才終於坐得安穩，眼睛也亮了，整個白天蒙在上面的霧氣消散了。他漸漸變得高興起來，身體輕微地搖晃著。

「你也來一點兒嗎？」他搖晃著杯子，「會覺得暖和一點。」

他沒等我回答，就讓夥計去拿杯子。倒酒的時候，他很小心，但還是灑到了外面。我再次意識到他的手在發抖。

「這些夠嗎？嗯，應該夠了。」他看著杯子自問自答，然後把它遞給我。

我喝了一小口，舌頭上淬起了火星。爸爸點的菜陸續端上來，滿滿的一桌子，可是我們卻吃得很少。他顯然對食物缺乏興趣。至於我，那只紅薯好像還在胃裡不斷變大。況且我不願意看到盤子變空，杯盤狼藉的場景會讓人難過，那意味著這餐飯要結束了，意味著我們要分別了。

相比我的憂心忡忡，他顯得很放鬆，面頰緋紅，眼神非常溫柔。

「高興一點好嗎？」他對我說，「你應該相信你媽媽隨便再找個什麼男人都會比我好。」說完他好像有點傷感，匆匆地笑了一下。

「我不在乎她找什麼男人，我不在乎。」我拿起杯子，又喝了一小口酒，「也不在乎那個男人喜不喜歡我。就算不喜歡也沒所謂。」

他走神了，眼睛一眨不眨地盯著面前的酒杯，好像根本沒有聽見我說什麼。

「可是我不想轉學。」我喃喃地說，「我真的不想和我的朋友分開。」

「朋友！」他忽然回過神來，「那不重要，真的不重要。」他連連搖頭。

那瓶酒快喝完的時候，他又開始坐不住了。

「我是不是應該再要一瓶？嗯，再要一瓶。」他變得很喜歡自問自答。似乎擔心我會阻撓，他立即說，「這些酒不算多吧？嗯，沒錯，今天中午我一點兒都沒喝。」

我看著夥計又拿來一瓶酒。我知道這對他不好，可他看起來至少是高興的。雖然這種好情緒如同一塊薄薄的冰，好像被什麼東西一碰就會碎了。

他身上的傳呼機響了起來。他把它按掉，然後喝了一大口酒。還沒放下杯子，傳呼機又響了。他「啪」的一下把它扣在桌上。可它還在響，一遍又一遍。他不再理會，專心喝他的酒。不過我看得出他已經很煩躁，好情緒完全被破壞了。

「剛才我們說什麼來著？」他抬起頭看著我，「哦對，轉學，沒事的，不用擔心，你以後會發現，在哪裡都是一樣的，沒有區別。那時候，你才算是真的活明白了。」

傳呼機還在嗡嗡振動，像隻瀕死的動物，用盡全力在桌面上滑出一小段距離。

「真是沒完沒了！」他重重地吐出一口氣，搖擺著站起來，說要出去回個電話。走出幾步，他又折回來，拿走了桌上剛打開的那瓶酒。

他走後，我坐在那裡看店裡的夥計殺一隻雞。那是第一次我那麼近地看人殺雞。又長又硬的脖子瞬時軟下去，血汩汩地湧出來。雞比魚聰明，我想，牠知道在死的時候閉上眼睛。我看著那隻雞被拔掉毛，剁了頭，剜去屁股，斬成小塊丟進鍋裡。水很快滾了起來，夥計走到鍋邊，撇掉浮上來的血水。

我爸爸酗酒，這是再明白不過的事了。雖然對於酗酒知之甚少，可是我模模糊糊地意識到，這是一件能把一個人徹底摧毀的事。我爸爸可能已經被它毀掉了。從前那個清醒、睿智、充滿野心的男人不存在了。現在的他麻木、昏聵、頹廢……我第一次清晰地意識到，人所擁有的一切都是脆弱的，不穩定的，那些與生俱來的天性並不像岩石一樣堅固，所有的天賦都可能被收走，所有的美德都可能被汙損。人是會改變的，完全變成另外一個人。一個熟悉的人忽然變得陌生起來，這令我感到很恐懼，然而讓我覺得奇妙而溫暖的是，我發現自己並沒有因此而停止愛他。縱使他已經不再是我所愛的樣子，面目全非，愛卻沒有消失，甚至沒有絲毫的減損。愛是像岩石一樣堅固的東西，它令我覺得很驕傲。

那麼恆久的愛，一定不會是毫無用處的。所以我相信我總能為爸爸做點什麼。

在我爸爸離開的時間裡，我想了很多事，好像忽然長大了許多。要是這長大早一點發生就好了。我或許就會知道該如何和他相處。那麼這個下午可能就會過得不一樣。

天氣冷，小餐館急著打烊。我爸爸卻一直沒有回來，夥計過來問了好幾遍。我有些不安，害怕他已經走了，把我一個人丟在了這裡。我鼓起勇氣問夥計，能不能讓我出去找找我爸爸。夥計一臉狐疑地看著我，最終決定和我一起去。

剛跨出大門，我們就看到我爸爸坐在一旁的地上，背靠著冰冷的牆。他把頭埋在膝蓋上，身邊的酒瓶已經空了。我搖了很多下，他才終於抬起頭來。

「我睡著了。」他說。

夥計拿了錢，臨走的時候咕噥道，「有這樣一個爸爸可真夠受的。」

我爸爸踉踉蹌蹌地站起來。我想扶他，被他推開了。我們沿著來時的路慢慢向回走。到了爺爺家樓下，他說還是不上去了，改天再來。也好，我也不願意讓爺爺奶奶看到他這副醉醺醺的模樣。

我一個人走進黑漆漆的門洞，又轉過身去看他。他還站在原地，搖搖晃晃的，黑色風衣被吹得嘩啦嘩啦響。

「過兩天再來看你，好嗎？」他說，語氣溫柔得好像是在懇求我。

我多麼想把這句話寫在一張小紙條上，塞進他的口袋裡，因為生怕他一覺醒來就會把它忘記。

程恭

「喂，喂，爺爺。」

「喂喂，是我，我是小恭。」

「要是你能聽到我說話，就回答一聲……」

那天晚上，我在病房待到午夜時分，耗盡了對講機裡的電池。沒有回應。不，有回應，一定有，只是我無法聽到。

實驗失敗了。最終，我不得不承認這個事實。可是這很正常，不是嗎，僅僅是第一次。世界上那些偉大的發明，都要經歷成千上萬次的實驗才會成功。我這樣安慰自己，但還是有點沮喪。

問題出在收音機上。我認定是因為它不夠好，才無法接收到爺爺的回答。它太老了，只能勉強聽幾個本地電台，連鄰近城市的都收不到，更何況是靈魂的聲音呢？我需要一台更先進、更靈敏的收音機，能夠收到非常微弱的電磁波。

消沉了幾日，我重新打起精神，出門去找收音機。收廢品的人說，現在都用音響了，誰還用那玩意兒，很多人家裡原來有，但早就賣的賣，扔的扔。他建議我去舊貨市場找一找。

星期天的早晨，我坐上11路公共汽車，在終點站下車。那裡是城市的最西邊，有一座巨大的農貿市場。舊貨市場蜷縮在東北角，很小的一個。我把所有攤位仔仔細細地逛了一遍，的確找到了幾台收音機。可它們都和三一七病房裡的那台差不多。簡陋、破舊，並且彌漫著一股老東西所特有的氣味，受潮的、時間的氣味。那令我感到厭惡。因為它們讓我想起媽媽，想起那些美麗的髒衣服。

可是，當我拿起那台德國產的二手收音機的時候，完全沒有聞到那股惱人的氣味。遠遠地看到它的第一眼，就覺得非同一般。我朝著那個拐角裡的攤位走過去，眼睛緊緊地盯著它，一刻也不肯移開，生怕它會忽然在視線裡消失。它也很舊了，可是舊得很有尊嚴。像一個穿著熨貼西裝的年老紳士，精神奕奕的。略微扁長的外形，在細小的螺絲孔和聲罩網上找不到一絲灰塵，接收信號的伸縮鐵杆一點也沒有生鏽，茶色的塑膠殼上，氳著一層柔和的光釉。上方和兩側有許多不知道什麼用處的按鍵和旋鈕，右下角是一行細小的白色字母，已經磨損得無法看清，就算懂德語的人恐怕也念不出來。不過這反倒增添它的神祕感。說不定是什麼人留下的祕密暗號。就是它！一種強烈的直覺告訴我。只是電路有一點小故障，攤主向我保證，等到修好以後，連朝鮮的電台都能聽到。他說這台收音機是二十多年前從某個資本家家裡抄來的，在他的攤位上算是最值錢的東西，一直都沒捨得賣。

我在市場裡轉悠了一圈，回到他的攤位上，又拿起那台收音機仔細地端詳。他叼著蔫黃的菸蒂，瞇起眼睛看著我。

「四百塊，要是你出四百塊，它就歸你了。」

我咧嘴笑了笑，轉身走了。在商場裡，新的收音機才只要兩百多塊，國產的，看起來也不錯，可是實在無法和那台德國收音機相比。倒不是說功能或者品質，主要是它們太普通了，隨處可見，毫不費力就能得到。那麼偉大的靈魂對講機，它的內部怎麼可能是一台隨隨便便就能買到的收音機呢？

從此，那台德國產的收音機成了我的心魔。每天早晨一睜眼，它就浮現在面前。從小到大，我還沒有對哪件東西有那麼強烈的渴望。可是到哪裡去找四百塊錢呢？指望從奶奶和姑姑那裡要點零用錢，湊夠這個數目，恐怕要好幾年。問別人借嗎？我的朋友都和我一樣窮。你可能是最富有的一個，雖然平時看起來和我們差不多，不過大家都知道，你爸爸在北京賺了好多外匯，據說能裝滿一卡車。既然你說他那麼愛你，一定也會給你很多吧。不過我是不會向你開口的。要是問你借了錢，等到發明成功了，你一定很得意。這件事就變成了你的功勞。

那麼還能問誰借呢？我想到了那個紅鼻子的圖書管理員。

「這麼說，你是在搞發明？」午後寂靜的圖書館裡，他大聲喊道。我慌張地環顧左右，好在周圍並沒有什麼人。他看起來很激動，眼睛裡充斥著血絲，那只碩大的鼻子顯得更紅了。

「這樣做是對的！」他說，「一定要自己學習，千萬別相信老師，書本上的東西根本沒有用。」

「嗯……」我點頭。

「我很想幫你，可是為了出國，我已經欠下一屁股的債。」他想到傷心事，有些委頓，隔了一會兒才振作起來，「國家專利局！你寫一封信去講講你的計畫，沒準他們會感興趣。」

「我等不了那麼久。」

「那就真的沒有辦法了，小朋友。」他說，「要是你真能聽進去我的話——就把手頭的發明放一放，先想辦法出國吧。在這個國家你發明什麼都沒有用，因為它已經沒有希望了。」

「我不想出國。」我說，「我哪兒都不去。」

從圖書館走出來，已經接近黃昏。起風了，天空中翻卷著枯黃的葉子。太陽還賴在地平線不走，像一個苟延殘喘的獨裁者，指揮著已經潰不成軍的陽光。

操場上都是人，好像有一場比賽，遠處傳來籃球擊打地面的聲響。砰。砰。砰。幾秒鐘之後，湧起一片歡呼聲。他們多麼高興啊，為了一場比賽的勝利，或者僅僅是個漂亮的三分球。我很羨慕他們，能活在一種簡單的快樂裡。就像大斌和子峰可能正對著電視螢幕，緊握遊戲手柄，驅動著那個大鼻子的小人頂蘑菇吃金幣。自從大斌家買了一台「小霸王」遊戲機，他們兩個人就沉浸在超級瑪利裡無法自拔。我多次拒絕了他們的邀請，覺得那麼浪費時間很可恥。恐怕再也回不到大斌子峰當中去了，我們的人生已經分道揚鑣。這種感覺很苦澀，可它令我覺得很驕傲。

當然啦，你和他們本來就不一樣，心裡有個聲音說。

借不到錢，難道去偷嗎？我確實認真考慮了一下。從前在菜市場，親眼見到過一個偷錢包的男孩給抓住了，被人反絞住手臂，頭上的毛線帽子也扯下來了。旁邊圍了好多人，衝著他指指點點。有個老太太說，丟人喏，叫你爸媽怎麼抬起頭做人。她那種厭惡的眼神烙刻在我的腦海中。我要做的是拯救我的家族，不能使它蒙受恥辱。

連最後一條路也被堵上了。我內心十分幻滅。看來，除非奇蹟發生，上帝顯靈，不然那個偉大的發明只能淪為一場空想了……上帝？我翻來覆去睡不著，驀地從床上坐起來：南院旁邊的教堂……我怎麼把它給忘了？

在漏著天光的彩色玻璃窗戶底下，牧師溫柔地看著我：「你有什麼需要，都可以來找我，知道嗎？無論什麼時候。」

這幾年，他一直兌現著自己的諾言，每年生日都會送一件我想要的東西。今年的生日已經過了，禮物是一套飛機模型。不過，我可以透支明年的禮物。

我去教堂的時候，牧師正站在檯子上，動情地誦讀《聖經》裡的段落。然後他讓大家閉上眼睛，祈禱的時間到了。有人在哭，有人在發抖，有人蹲下身子緊緊地抱住了自己。他們開始喃喃地和上帝講話。大家看起來似乎都很著急，語速飛快，不喘氣，不停歇，生怕再晚一點，降臨的上帝就要飛走了，他的耳朵將會像機艙門一樣關閉。我也趕緊閉上眼睛，默念了一遍我的願望。他會聽到的，我相信自己比他們所有人都虔誠。

彌撒完畢，信徒陸續從圓拱門裡走出來，眼角帶著未乾的眼淚。牧師來到院子中間，立刻被他們圍住了。幾個女人爭先恐後地訴說著自己的煩惱，「我一連十幾天都失眠」，「最近我總是夢見死去的母親」，「我兒子明年夏天高考，我現在一天祈禱幾次合適」……我站在不遠的地方，看著牧師耐心地向她們講解。得到滿意的答覆之後，她們逐個離去。牧師舒了一口氣，正要往教堂走的時候，發現了站在牆根底下的我。

「你好啊，小兄弟。」他說。他們管所有的人都叫兄弟或者姊妹。

「那套飛機模型很棒，我拿它去參加航模比賽，還得了一個獎。」我撒起謊來毫不費力。

「是嗎？你可有陣子沒來了。」

「功課很忙……」我心虛地說。上次他把模型交給我的時候，我曾答應他會好好學習，每週都到教堂來。兩件事我哪一件也沒有做到。

「以後有空要多過來。知道嗎？」他收起疲倦的微笑，對我揮了揮手，邁開腳向禮堂裡面走。

「等一下——」我說。

他站住了，又露出訓練有素的微笑。

「您能給我四百塊嗎？」我故作輕鬆地說，「就當是明年的生日禮物了。」

他眯起眼睛看著我，「你要那麼多錢幹什麼？」

我抿著嘴唇不說話。

「告訴我。」他嚴肅地說。

「去幹一件很重要的事。」

「是什麼呢？」

「我不想撒個謊來騙您。您說過上帝教導我們要誠實，對嗎？」我很慶幸自己及時搬出了上帝。

「是的。我們要誠實，無論什麼時候，」他點點頭，「可是坦誠也很重要。你告訴我到底要拿那些錢去幹什麼。」

「那是……那是個祕密。每個人都有祕密……」

「沒錯。不過你可以放心講出來。很多孩子都這麼做，來這裡把藏在心裡的祕密告訴我，他們很信任我，知道我不會跟別人說。孩子，告訴我。你是不是犯了什麼錯？」他摸摸我的頭。

「我沒有犯錯。」

「把別人打傷了？還是……毀壞了什麼貴重物品？」他試探著問，「要不就是偷了東西？沒關係的，講出來吧。」他的眼睛閃著貪婪的光，好像我的罪是一箱必須攫出來的金子。

「我不能說，」我搖了搖頭，「不過我向您保證，我拿這些錢是要去做一件好事。」

「一件好事？」

「沒錯。我可以發誓，我絕對沒有犯錯誤。」我說。

他盯著我的臉，終於相信我說的是真的。一時間他好像有點失望，眼睛裡的光都消失了。我忽然意識到牧師是一個和醫生差不多的職業，要是所有病人都死光，醫生就失業了；要是找不到罪人，牧師也會感到很恐慌。為了緩解失業的壓力，他們才會不斷地強調，世人都有罪，就像你要是去醫院看病，他們總能找到點問題，開出一張藥方。不過上帝到底是怎麼想的，他造了人，聲稱每個人都有罪，難道只是為了給牧師找點事情做嗎？

「那好吧。」他邁開一隻腳，作出馬上要離開的樣子，我以為沒戲了，可是他說，「我現在不能答覆你，得考慮一下。」

「謝謝。」我連忙說，「那我過幾天再過來？」

「不用。等我考慮好了會去找你。我知道你在幾年級幾班。」

他不等我再開口，就轉身走了。我沒有再追，望著他微駝的背影消失在禮堂的大門裡。牧師可真神，連我在哪個班級都知道。會不會是敷衍我？似乎又不像。他看起來有些沉重，好像有一道棘手的難題要解決。可是這點錢對他根本不算什麼啊，每個禮拜教堂都會有一場募捐。那只藍絲絨的口袋在信徒的手中傳遞，過一會兒就變得鼓鼓囊囊。他隨便從裡面拿一些就夠了，在我看來這沒有什麼不妥。與其用那些錢給教堂的門多刷一遍油漆，為清掃院子的人換幾把新掃帚，還不如讓我去買回那只收音機。靈魂對講機的計畫難道不夠偉大嗎？難道不值得人們為之付出一點什麼嗎？

我滿懷期待地等了一個星期。他沒有來。我開始擔心他忘了我的班級，後悔當時沒有再說一遍。可是只要來學校問問，老師也會告訴他吧？禮拜天的早晨，我又去了教堂。唱詩的時候，牧師的目光不安地掃過座位，來到最後一排，發現了坐在角落裡的我，停頓了一下，目光彈開了。彌撒結束之後，他照舊被很多人圍住。我就又在一旁等著。一隻站在院牆上的喜鵲吸引了我的注意力。看到喜鵲會交好運，於是我增加了幾分信心。一回頭發現牧師不見了。確切地說，溜走了。因為很多人站在院子當中，都在找他。

很顯然，他是在躲我。沒想到他那麼懦弱。我決定留下來等。他不出來見我，我絕對不會走。其他的人顯然沒有那麼執著，在寒風中等了一會兒，就陸續離開了。院子裡變得很靜，喜鵲早就飛走了，圍牆看起來更高了。一個肥胖的女人從禮堂裡搖搖擺擺走出來，讓我快點走，說教堂要鎖門了。我說我不走，除非牧師出來見我。她想把我拎起來丟出去，可是被我躲開了。我跑得飛快，她抓不住。追著我在院子裡繞了三圈之後，她終於停下來，氣喘吁吁地說：

「我不管了，你就待在這裡餓死吧。」

「你跟牧師說，不見到他我絕對不走！」我說。

她走出了大門，外面傳來鎖頭的響聲。

我撿起地上的樹葉，掐下脈莖，自己和自己玩了一會兒「拔老根」的遊戲。又把碎磚頭搬到一塊兒，一層層壘得很高，然後猛然出掌把它們推倒，假裝自己有絕世武功。過了一會兒玩累了，我靠著牆坐下來，疊著兩隻手，讓牆上的影子做出飛鳥和鴨嘴的造型。

「你好啊，程恭。」鴨嘴甕聲甕氣地說。

「你好。」我回答。

「我們還要在這裡待多久？」鴨嘴說。

「不知道。」

「我餓了。」鴨嘴說。

「我也是。」我有氣無力地回應。

「我真想去河裡捉幾條胖魚吃。」

「最好煎一煎，抹點兒鹽。」我在不停地嘸吐沫。

「是嗎，那樣更好吃？」

「嗯，魚皮炸得很酥，用筷子一戳，油就冒出來了……」

「要是一直沒人來，我們會在這裡餓死嗎？」鴨嘴問。

「不會的，他們不敢，他們都是信上帝的，害怕受懲罰……」

我停住了，垂下雙手。自己和自己說話實在有些無聊。我躺下來，想讓自己睡一會兒。可是金燦燦的煎魚不斷在眼前晃，肚子咕嚕嚕直叫。會不會真的餓死在這裡啊……我有些害怕起來。也許他們把我忘了，整整一個星期都沒有人來。我悲壯地想像著下個星期天人們來做禮拜的時候，在牆角發現了我的屍體。已經開始發臭。幾隻蛆蟲忙忙碌碌地鑽進我塌陷的眼眶。另外幾隻則從沒有合攏的嘴巴裡爬出來。他們會怎麼處置我？扔到死人塔？也好，等你們再去那裡的時候，我們就能見面了。

再見啦，李佳棲。我在心裡演練了一下與你道別的情景。講出這句話的時候，竟然覺得很熟悉，好像它早就懸在心裡的某個地方，像塊掀起來的牆皮，輕輕一觸就掉下來。那種感覺很古怪，有些不祥。與你告別似乎是必然要發生的，上帝早就寫好了這樣的劇情，鎖進了某只抽屜。而我只是不小心提前打開了它……我打了個寒戰，從地上坐了起來，甩了甩頭，讓自己拋開那些可怕的念頭。這個時候才發覺頭頂的太陽早就移走了。轉眼到了傍晚，天光迅速暗下來，風變得很大，激烈地搖動著樹枝。

我穿著滿是網眼的校服，縮在牆根底下瑟瑟發抖。

再見啦，佳棲。這句話盤旋在腦際，怎麼也揮趕不去。會是在怎樣的情景下講出這樣一句話來的呢？我無法想像。除了死亡，還有什麼能把我們分開呢。你是否也這樣想呢，對此我好像有點沒把握了。似乎已經很久沒有見到你了。自從開始研究靈魂對講機之後，就和你疏遠了。也不單是你，我和整個世界都疏遠了。那個龐大的祕密將我隔絕起來。我背負著重振家族的責任，在一條漆黑的隧道裡獨自前行。不知道要這樣走多遠。這條隧道有沒有盡頭？我好像被永遠留在黑暗裡了。我害怕起來，也許你是對的，這個世界上有些事是我們不應該知道的。比如靈魂……想到這兩個字，後背一陣發冷。我站在暮色四合的院子當中，忽然非常想你。想馬上見到你，確定你沒有任何改變。這樣想著，那股執拗的志氣就完全洩掉了，只想快點離開這個鬼地方。

幾面臨街的牆都太高了。就算能壘起石頭爬到上面，跳到外面恐怕也要摔傷。藉著殘餘的一點暉光，我沿教堂旁邊一條狹細的、布滿枯草的過道繞到它的背後。那裡有一座矮牆。不過另一邊到底是什麼地方，完全不知道。但是依稀能聞到一點飄過來的炊煙，夾帶著蔥蒜的香氣。空空的胃袋一陣收縮，我餓得簡直要發抖。另一邊肯定有人住，我決定先翻牆過去再說。我搖搖晃晃地踩著壘高的石頭，爬到牆沿上。那邊是個四合院。幾扇窗戶都拉上了窗簾，看不到裡面，只是知道點了燈，應該有人在。我踩著豁殘的磚瓦，小心翼翼地移動到屋簷的邊沿縱身一躍，跳到院子裡。腳崴了一下，不是太嚴重。但是落地的動靜很大，屋子裡的人肯定能聽到。我蹲在原地等了一會兒，竟然沒有人出來。我靠近東側那扇亮著燈的窗戶，從沒有拉嚴的窗簾縫朝屋子裡張望。先前在院子裡追我的那個胖女人伏在桌上睡著了。旁邊放著硬殼筆記本和一本攤開的《聖經》。從她嘴巴裡呼出的熱氣掀動著書頁。那個房間極小，角落裡擺著一張單人床，大概只有她一個人住。我挪到門邊，試著推了推。門沒有鎖，吱嘎一聲打開了。我踮著腳走近胖女人。她打著呼嚕，龐大的身體一起一伏，散發出滾滾熱量，周圍的空氣都變得暖烘烘的。我拿起放在筆記本上的鋼筆，在打開的《聖經》那一頁上，用力畫了一個大大的叉號。

回到院子裡，我沿著牆根走了半圈，在角落裡找到一扇對開的木頭門。從那兒就能出去了。我托著又粗又沉的門閂，一點點向外拉，當心不發出任何聲響。這時，身後有間屋子裡傳來一個女人的叫嚷聲。

「你瘋了嗎！」她說，「我看你是腦子有病了！」

是南邊的屋子。我走過去。窗簾拉得很嚴實，什麼也看不見。

「我只是先幫繪雲墊上……現在她在家裡養病，我上門去要錢合適嗎？」我聽出那是牧師的聲音。

「那就等她病好了，讓那小孩過些時候再來。」

「你不懂，我要是不快點給他，他可能就會去偷去搶……」牧師說，「那孩子離犯罪就只差一步了。」

「那就趁早跟他說實話。告訴他禮物都是徐繪雲買的。現在她病了，沒法再給。」

「不行。我答應過繪雲，絕對不讓那孩子知道。」

「你們搞得那麼神神祕祕的，到底是什麼事？」

「以前不是說過嗎，她和那孩子家的一些……好多年了一直放不下，看見那孩子過得不好，老覺得和自己有關……她為這事專門來懺悔過，」牧師把聲音壓低了一點，「據說是把一個人弄成植物人了……唉，『文革』當中的事，誰說得清楚啊，何況那也是她丈夫……」

「李冀生？」女人問。

聽到你爺爺的名字，我打了個寒噤。

「那你就去找李冀生，讓他出這筆錢。」

「不行。他不知道徐繪雲給那孩子買東西的事。」

「為什麼呢，不是他犯下的錯嗎？」

……

「那人才不認罪呢。自己不相信主，也不讓徐繪雲信。要是現在我去找徐繪雲，估計也會被趕出來……」

我一路跑回家，來不及放下書包，就衝進廚房，將一碗剩下的冷炒飯扒進嘴裡。然後又吃了兩根香腸、幾塊變硬的雞蛋糕，還有一小袋不知道多久以前別人送給姑姑的喜糖。冰箱裡能吃的東西都被我吃完了。我一直吃，吃得很快，好讓自己沒法想事情。然後我把自己關進廁所洗澡。我一直開著蓮蓬頭，用嘩嘩的水聲抑制自己思考。我躺下來，用枕頭蒙著臉，直到睡著了也不拿下來。我必須緊緊地壓住頭，才能讓自己什麼也不想。

那個冬天的霧總是很大。清晨推開窗戶，眼前灰濛濛一片，世界像一台出了故障的電視機。霧把一切都變成了灰色。屋頂、街道、電線，還有飛來飛去的鴿子，好像都在為誰服喪。霧和其他天氣不一樣，我一直覺得，不像雨和雪那樣是從天上降下來的，帶著一種遙遠的香氣，很潔淨。霧是一種城市分泌物，一種人間塵垢。一九九三年，這座工業城市似乎已經病入膏肓。泉水全都乾涸，護城河臭不可聞，發電廠的大肚子煙囪噴著濃煙，到處都在建造高樓，吊車把沙石運到天上，煙塵紛紛落下。末日可能就要到了吧，我總是忍不住想。

從教堂回來的第二天，牧師就到學校來找我了。他把我拉到樓梯拐角，神情嚴肅地將一個信封交到我手上。裡面是四百塊錢。不知道他是怎麼說服他老婆的，又或者是從別處借來的。這些已經不重要了。

「抱歉，那麼晚才來。」他說。

應該說是太早了。真相來得太早了，來得如此輕易，我甚至不必為了得到它而作任何努力。它的到來終結了我所有激情澎湃的構想。如同一個穿上鎧甲、拿起兵器打算打一場惡仗的士兵，在走上戰場的前一刻被告知戰爭結束了。這是一種多麼殘忍的幸運啊。可我寧可做一個「戰死」的人。經歷千百次實驗，為了「靈魂對講機」耗盡心力，最終一無所獲，永遠都沒法知道真相。那樣該有多好啊。

「以後每個星期都要來教堂作禮拜，知不知道？」牧師提出條件。

他那張漾滿慈悲的臉有點滑稽。難道他真的以為自己能夠拯救我嗎？我看著他，很想開口說點什麼。說點讓他感到害怕的話，冒犯他，或者冒犯一下他的上帝，然後拂手打落他手上的信封，轉身離去。可是我什麼也沒有說，接過了那個信封。這不是恩惠，而是一種罪證。哪怕無法用來指證他們，我也想把它握在手中。他走了之後，我在走廊裡又站了一會兒，直到上課鈴響完第二遍才進了教室。我走回座位，看了你一眼。一個驚天的祕密。你卻毫不知情，還在百無聊賴地翻看一本漫畫書。

那個下午，我的手一次次滑下去，按住那個信封。有東西突突突地撞擊著我的手心。祕密如一頭困獸在裡面亂竄，尋找出口。只有我知道它在那裡。只有我知道它的殺傷力。我的心跳得很厲害，好像馬上就要按不住了，下一秒，下一秒它就會從裡面衝出來。手開始發抖，有一種大難臨頭的感覺。我抑住驚慌，偷偷望著坐在斜前方的你。你看書，打瞌睡，解開鬆了的辮子重新綁，把毛衣袖子上的毛球一粒粒摘掉。我坐在你的身旁，手肘蹭著你的手肘，呼吸著你呼出的空氣，忽然感到非常孤獨。世界好像翻轉了。從前只有你在，我才不會感到孤獨。而現在你卻令我感到前所未有的孤獨。這種孤獨和從前被同學們奚落的、被媽媽丟下時所體會到的不同。從前的那些或許應該叫做「孤單」吧。而現在是一種深不見底、緻密得讓人透不過氣來的孤獨。在心裡嘶喊著卻無法發出聲音，所有的表達都在空氣中消失。如同被封凍在一個巨大的冰塊裡，一種徹底的隔絕。可是我沒有掙扎，也沒有試圖逃離。我必須待在這孤獨裡，哪兒也不能去。因為如果想要擺脫它，就必須和你分開。我應該開始恨你了嗎？這一場龐大的家族仇恨，如同巨大而緻密的網，把我們兩家人全部罩在底下。誰也別想逃脫。

你爺爺。我的頭腦裡不斷浮現出他的樣子。走起路來僵直的上半身。瘦窄的臉布滿深奧的皺紋，深潭一般寒冷、從來沒有笑意的眼睛。這些年那雙眼睛一直在暗處注視著我們一家人。看我們多麼投入地過著這拜他所賜的卑賤的、狼狽不堪的生活。他肯定躲在那張嚴肅的臉後面大笑不止。我不明白他為什麼不把我爺爺直接殺死而要往他的腦殼裡楔一根釘子？是覺得那樣結束得太快不夠盡興，所以別出心裁地設計了一種方式來延長這場戲耍的時間嗎？這場滑稽的大戲看了近三十年，還沒有看夠嗎？是什麼讓他能夠那麼心安理得，一點也不感到愧疚？我怎麼想也想不明白。而你奶奶知道一切，她表現出的善良只是為了掩飾丈夫的罪過。沒錯，她感到愧疚，還去牧師那裡懺悔。可這些不過是作給上帝看的罷了。她看到我的時候，並沒有絲毫的愧疚，也沒有一丁點憐憫，而只是像遇到瘟疫似的飛快躲閃。我一直都記得她看著我的那種嫌惡的眼神。她說我的心裡有髒東西，禁止你和我一起玩，生怕我會把你帶壞。這些年，她悄悄送給我禮物，只是為了讓我過得不至於太慘，這樣我就不會去偷去搶，去犯罪。她所害怕的恐怕不是我犯罪，而是我會報仇。

那個濃湯似的夢我還記得。藍色的篝火。透明的人。疊放在我肩膀上的手。我不可能忘記。只是先前的仇恨很抽象，是一股沒有具體方向的蠻力。隨後它化作了發明靈魂對講機的熱情，變得浪漫飛揚，成了一個讓孩子全情投入的遊戲。我甚至有些喜歡這仇恨了，它讓我的生活不再無聊和缺乏意義。要是能一直那樣該多好。可是從知道兇手是誰的那一刻起，一切都不同了。仇恨開始散發出鮮血的氣味，露出尖利的牙齒。它不斷揪扯我的神經：

「現在，你已經知道兇手是誰，可以去報仇了。」

一連好幾個晚上我無法入睡。躺在床上翻來覆去，感覺渾身燥熱，只好貼在牆上，盯著一抹夏天時拍死的蚊子留下的血跡。姑姑在下鋪翻身、磨牙和打鼾，那些細碎安寧的聲音折磨著我。我很想叫醒她問一問，要是你知道另一個兇手是誰會怎麼做。可是我沒法問。她一定會懷疑我知道了什麼。我不能把祕密告訴她。雖然我已經被折磨得精疲力盡，卻還是緊緊地把它攥在掌心裡，不肯鬆開手。占有這個祕密究竟意味著什麼？我也不知道。但我隱約意識到，這仇恨是我一個人的事，有些事等著我去完成。我應該有所行動。可是到底怎麼行動卻毫無頭緒。不管怎樣，我必須做點什麼。這個念頭不停地折磨著我。然而我很快發現自己其實又在竭力維繫著某種表面上的安寧，對你說話總是小心翼翼，生怕流露出一絲異樣的情緒。每天傍晚和你分別之後，我一個人往家走，想到這一天終於又在平淡中落下了帷幕，心裡就會感到鬆了一口氣。什麼都沒有發生，我對自己說，貪婪地享受著那一刻的靜謐。

事實上，就算是我流露出異樣，你大概也不會發覺。因為你正沉浸在你自己的心事裡，整日鎖著眉頭，咬著嘴唇，一句話也不肯說。連一向遲鈍的大斌也察覺了，他很有把握地說，一定是你媽媽要結婚了的緣故。自從上次你跟她還有那個她要嫁的男人出去玩回來，就變得心事重重，他猜你肯定不喜歡那個男人。你當然不會喜歡他，在你心裡怎麼可能有人能夠取代你爸爸？可你必須接受這個事實，婚禮就安排在下個月。你會被打扮得花團錦簇，推到前面去和新郎新娘合影，或許還要在他們的強迫下，屈辱地喊那個男人一聲「爸爸」。你是在為這件事而煩心嗎？如果是的話，為什麼不能告訴我們呢？也許你還有別的祕密。很早就有了，早到你開始談起靈魂的時候。或許還要更早，我不記得了，總之等我意識到的時候，你已經和從前不大一樣了，不再是那個無憂無慮的小女孩。困擾你的事情究竟是什麼，我沒有精力去探究了。我完全浸沒在我的祕密裡，漸漸下沉，已經聽不到四周的聲音了。

表面上，一切的確都像從前一樣。那些灰濛濛的早晨，我照舊站在路口等你。你出現了，默默走到我身邊，然後我們一起朝學校走去。好像就是在那個時候，我才忽然意識到大霧的存在，世界就像一個蒼白的結核病人。我們連自己的腳也看不到，都變成了無腳的鬼，吊在半空中。視野裡只有一塊白色大幕，離得很近了，房屋和樹木才幽靈一般跳出來，讓人心裡一驚。空氣裡彌漫著焚燒葉子的氣味，清掃街道的女人正把乾枯的樹葉聚攏到一起，能聽到嘩啦嘩啦的聲響。我們肩並肩靜靜地走著，誰都不說話，好像就算說出來，對方也聽不到。那麼大的霧阻隔在中間，每個人都像是扣在一隻玻璃罩子裡。我們就在玻璃罩子底下各自想著心事，思緒如同餘殘的火苗，在稀薄的氧氣裡燃燒。

是祕密，先於我們存在的祕密離間著我們的感情。如同某種獸類，我們靠捕獲祕密而生。終有那麼一天，我們會因為一件獵物而反目成仇，分道揚鑣。這個時刻終於來臨了。很多年以後，每當回憶起那個冬天，眼前就會出現我們並排走在大霧裡的畫面。沉厚的、灰喪的霧，沒有盡頭。或許那就是最真實的童年寫照。我們走在祕密織成的大霧裡，驅著雙腳茫然前行，完全看不清前面的路，也不知道要去哪裡。多年以後我們長大了，好像終於走出了那場大霧，看清了眼前的世界。其實沒有。我們不過是把霧穿在了身上，結成了一個個繭。

星期天的早晨，我又去了舊貨市場。拐角的攤位搬空了，連陳列東西的桌子也不見了。我向旁邊的攤主打聽，他說那人不幹了，欠了好多租金還不上，躲起來了。我問，你知道他去哪兒了嗎？攤主翻了個白眼，要是能找著，還叫躲起來嗎？

我揣著四百塊錢離開了市場。看來靈魂對講機注定無法被發明出來。也許這場狂想存在的全部意義，就是為了讓我知道另外那個兇手是誰。要是真的能跟爺爺通話，他最想告訴我的肯定也是這個真相。回想一下，很多年前在那些炎熱的夢境裡，他一遍又一遍教給我打槍，就是想讓我替他報仇吧。可惜我一直不明白他的用意，蹉跎了那麼多年。可是明白了，就有用嗎？一想到復仇，我又變得沉重起來。

到了星期一，下午上課之前，傳達室的老伯來班裡找你。你匆匆忙忙地跟著他走了，直到放學都沒有再回來。這樣的事從未有過。在學校裡我們總是形影不離，你還沒有從我的視線裡消失過那麼久。上課時我把頭轉向另外一側，努力讓自己忘掉你的座位是空的。整個下午我都心神不寧，用鋼尺把兩塊橡皮切成了碎末。放學後，我在座位上等到天黑，幫你把你桌上的文具盒和課本收進書包，然後離開了教室。經過傳達室的時候，我想找看門的老伯問一問，發現值班的已經換了別人。

你爸爸回來了，第二天你告訴我，那個在你的描述裡神祕而充滿魅力的男人，領著你去了公園，還在湖邊的餐館吃了晚飯。

「你不知道我們玩得有多開心。」你那副得意洋洋的模樣一下把我激怒了。在這樣一個我備受煎熬的艱難時刻，你有什麼資格如此開心？我背負著那麼多，你卻過得輕鬆自在，多麼不公平啊。發現那個祕密的人應該是你才對。為之惴惴不安，輾轉難眠的人也應該是你。你應該感到羞恥，覺得無法面對我。你應該鄭重地走到我的面前，向我說一聲對不起。而你看上去與這一切都無關。好像有什麼神明冥冥中保護著你，將你和這些汙穢的事隔開。「我們點了滿滿一桌子菜，還一起喝了酒……」你一臉沉醉地回憶著和你爸爸度過的夜晚，用一種不加掩飾的炫耀口吻，像是在告訴我那從未得到過的寵愛究竟是什麼滋味。你在提醒我，你可不像我，是沒有人疼的野小孩。我不記得你從前這樣做過。你竟然可以如此隨意地、漫不經心地傷害我。是誰給了你這樣高高在上的權利？難道我們家的人永遠都要被你們一家人凌辱嗎？當你講到你爸爸走之前要再帶你出去玩的時候，我終於打斷了你：

「你幹嘛不跟他一起走呢？」

「他要去莫斯科做生意啊，等過段時間他不那麼忙了，就會接我過去。」

「不可能。」我搖了搖頭。

「你說什麼？」

「你在撒謊，」我抬起頭，看著你，「他根本不會把你接走。」

你的臉抽搐了一下，那雙歡喜的眼睛暗了下去。

「他不要你了。」我鼓勵自己講出了這句話，「你還是別騙自己了。」

你身體裡發出一聲痛苦的悶響，臉上的表情變得扭曲。

「他們說得沒錯，」你一字一頓地說，「程恭，你心裡的確有髒東西。」

我咧開嘴笑了起來，越笑越厲害，捂住肚子彎下了腰。直到你走遠，我都不能讓自己停下來。

李佳棲

一九九三年十二月十六日，我是下午五點半離開家的，穿一件深綠色外套，戴一頂白色毛線帽，背著往常上學的書包。四十八小時之後，沛萱坐在派出所的椅子上，情緒激動地向員警描述最後見到我的情形。她一再強調，當晚我未曾與家人發生口角，也沒有表現出任何反常。誰也不知道我去了哪裡，除了一個在家屬院門外賣報紙的人，聲稱七點半左右的時候看到過我從報攤經過。可他一定是看錯了。因為那個時候，我已經坐在開往北京的火車上，正透過九號包廂濡滿霧氣的窗戶，打量著外面飛逝的夜色。

我至今仍舊說不清究竟是什麼驅使我當晚離開家，踏上那列火車的。我媽媽將一切歸結於先前她打我的那個耳光，認定我的出走是對她和林叔叔結婚的抗議。雖然我從未嘗試改變她的看法，把她從強烈的懊悔中解救出來，不過心裡卻很清楚，我的出走真的與她不相干。離家的那個晚上，我一次都沒有想到過她，甚至也忘了三天之後會有一場婚禮——他們已經把給我買好的新衣服送來了，花呢格外套和一條荷葉邊裙襬上綴著小珠子的連衣裙。如果說我對婚禮有那麼一丁點期待的話，也不過是想穿穿那條裙子而已。可是要走的時候，我把對它的那一絲眷戀完全拋在了腦後。當然，不能說和轉學的事毫無關係。自從被沛萱拒絕之後，我感到萬念俱灰，前路一片漆黑。不過即便如此，我也從未想過逃走。因為我沒有地方可以去。我總是說很快我爸爸會把我接走，可那是根本不會發生的事，你說得沒錯。但我並不是在撒謊，我只是……一直避免讓自己看到這個事實。我永遠也不會對自己承認，嘿，你爸爸不要你了。所以，你應該知道你的那兩句話有多麼殘忍。像一把匕首直插過來，而出手的人竟然是你。當我懷著再也不想看到你的願望轉身走掉的時候，頭腦中第一次閃過要去北京找我爸爸的念頭。要是先前有這種念頭，我肯定立刻會想，那程恭呢，程恭怎麼辦。而在那個時刻，你對我的傷害足以使我將對你的這分牽掛拋得遠遠的。

不過當時我並沒有想過要和我爸爸一起走。那樣肯定行不通，沒有人會答應。我的計畫是試著說服我爸爸，讓他同意我寒假去北京找他。這場短暫的相聚在我看來已經足夠美好了，同時也能讓你明白，先前你說的那番話錯得有多離譜。不過，說服我爸爸的機率非常低，所以我還設想了一個備用方案，那就是想辦法把他在北京的住址拿到，這樣到時候就能去找他。怎麼才能要到住址呢？說要給他寫信或者寄賀卡嗎？在他面前，我好像講不出那樣肉麻的要求。

然而，比這個更需要擔心的是我爸爸根本不會信守承諾，在走之前再來看我了。我在魂不守舍的等待中度過了艱難的幾日，他沒有來學校，也沒有來看奶奶，我給他留下的拷機號碼打了電話，站在公用電話旁邊等了一個小時，他沒有打過來。我開始相信他已經回北京去了。可是第二天的下午，他竟然來了。

他手上拎著一只編織口袋，還是穿著那件黑色風衣，鬍子也沒有刮，習慣性地掏菸。這次換了一個牌子的菸，盒子裡只剩下兩支了。

「我打過去電話的時候，小賣店的人說你已經走了。」他說。我聞到他身上有淡淡的酒氣。

「你這幾天怎麼樣？」我用大人說話的口吻問他。

「不錯，見了幾個老朋友。」

「以前的同事？」

「不是，是從前一起下鄉的，現在生意都做得很大了。」他丟了菸，把手插進口袋裡，「我馬上就得走了，還要跟那兩個朋友再見一面。給你奶奶買了一些營養品，你帶回去給她吧。」

「不去看她了嗎？」

「下次吧，今晚就走了。」

我低下頭，「幾點的火車？」

「八點二十五。」他說，「好好聽話，轉學以後多花點力氣，別把功課落下，知道嗎？」他說，「你有我拷機號，有事就給我打電話。」他說完就要走了。

我從他手裡接過袋子，沒有說話，沒有讓他多留一會兒，甚至連告別的話都沒有講，就只是一動不動地站在原地。頭腦已經完全被八點二十五這個數字占據了。我一遍遍在心裡默念這個數字，以至於它變得越來越陌生，到後來我甚至懷疑他說的時間到底是不是這個了。

從那個時刻起，我已經忘了和你賭氣的事，也忘了轉學之類的煩惱。我被身體裡的一股強烈的感情控制了。高亢、狂熱，如同異教徒殉難赴死一般的感情。是它驅使我放學後一路跑回家，丟下那袋營養品，然後一刻也不停地朝火車站奔去。

總有一天，我會讓他明白我對他的感情的，我曾這樣告訴自己。現在，這一天到來了。毫無徵兆，沒有準備，可是我知道它來了。他那異乎尋常的憔悴給了我一點信心，使我相信他需要我，現在，他比任何時候都更需要我。或者，從比較自私的角度來說，現在是最有可能走近他的時候，也是最有可能讓他明白我的感情的時候。我怎麼能錯過這樣一個時刻呢？

至於後果，被斥責，被懲罰，被遣送回來……我沒有時間去想。我的頭腦被一些更重要的東西占據著，比如爸爸看到我的反應是怎樣的，我們如何度過這個旅途中的夜晚，他在北京的家是什麼樣，我見到他現在的妻子該說點什麼。

出了南院，我穿過馬路，來到對面的公共汽車站，在那裡坐上8路公共汽車，前往終點站。出了汽車站，拐個彎就是火車站了。一切順利得不可思議，簡直像是我早就演練過怎麼到那裡似的。空曠的月台上，寒風獵獵，拎著箱子的人弓身向前走。我跳上火車，躲進一個沒有人的包廂。窗戶上結滿了白霧，我伸手抹掉一角朝外面張望。很多人朝這邊走過來，可是沒有爸爸。包廂裡非常悶熱，我的臉頰滾燙，手心濕漉漉的。兩個男人拖著箱子走進來，詫異地望著我。

「你的家人呢？」一個謝頂的男人問。

「你確定你是在這個包廂裡的嗎？」他的同伴問。我抿著嘴，眼睛盯著自己的鞋子。

「再不說話我叫乘務員了。」謝頂的男人說。

我從他們兩個中間鑽過，拉開門，逃了出去。乘務員正從走廊的另一端走來，我閃身躲進旁邊的廁所，反鎖上了門。燈的開關在外面，我待在黑暗裡，看著便池下水口泛起的一絲光亮。有人在外面拉把手，拉了幾下打不開，就走掉了。火車終於鳴笛，緩緩開動起來。有兩個人一直在門外說話。我等了很久，直到他們走開了，外面變得靜悄悄的，我才把門打開。

我逐個拉開包廂的門，在人們驚訝的目光裡，上上下下飛快地把四張臥鋪都看一遍。那條走廊在變短，剩下的門不斷變少。咚咚的心跳如同疾奔的馬蹄，眼前的世界搖晃得越來越厲害。我一定已經頭暈眼花，什麼都看不清了，不然怎麼會把倒數第二扇門闔上了呢？闔上之後，我怔怔地站在門外，足足有十幾秒，直到裡面的人嘩啦一下又把門拉開。

我抬頭看著開門的人。「爸爸。」

濃郁的菸味撲面襲來，好聞得讓人想哭。於是，我哭了起來。

「你有沒有想過要是我改了票，沒坐這趟火車怎麼辦？」等到我爸爸的怒氣消得差不多，看著我問。

「我只能賭一下。」

「賭一下？」我爸爸笑了笑，好像有點讚賞這個說法。

「對，連存錢罐都沒帶。我覺得——」我說，「你一定會在的。」

「人還是不能太樂觀，凡事要往最壞的地方想，你以後會明白。」他說。

「哎呀，跟她說這個幹嘛，你沒看到她已經嚇壞了嗎？」對面下鋪的女人笑道，她從身邊的塑膠袋裡拿出一個蘋果遞給我。

這個穿著酒紅色呢子外套的女人，是除了我和爸爸之外包廂裡唯一的乘客。她不僅在聽我們講話，還不斷地參與進來。早在我還沒來的時候，她已經和我爸爸攀談上了，並且很快發現他們是校友——她比他低兩級，聲稱當時就知道他的大名，好像還讀過他的詩。這番空泛的仰慕之情讓我爸爸很動容，他打開買來的啤酒請她一起喝。而她也順理成章地從上鋪搬到了暫時沒有人的下鋪來。她是那種熱情得讓人煩躁的女人，但是樣子不難看，身上還有一股洗髮露的香味——我不確定爸爸對她是什麼態度。至於我，起先確實有些感激她，因為有這樣一個崇拜者，我爸爸對自己的言行有所顧忌，才沒有發更大的火。況且，她還在一旁不停地為我說情，說我這樣做一定有自己的理由。可是很快我就意識到，她的存在將會毀了這個夜晚——這個只屬於我和爸爸的夜晚，我們唯一的獨處的時間。我有很多話要告訴他，那些滾燙的話語還在胸腔裡翻滾，可是現在它們變得多麼不合時宜啊。

當那個女人弄清楚眼下我爸爸最大的願望是我能快點回濟南之後，自告奮勇地說，她是去北京出差的，三天之後就會回濟南，到時候可以帶我一起走。我爸爸顯然覺得這個主意很不錯，只是再三和她確認會不會太麻煩。女人說一點也不，她住的旅館離我爸爸家只有一站地鐵的路程。

「好啦，這事就這麼定啦。」女人說。她問我爸爸要了地址，約好三天之後的晚上七點去家裡接我。自始至終，沒有人問過我的意見。我就像一件貨物，從一個人手裡交到另一個人的手裡。更令我心碎的是爸爸那副如釋重負的模樣，好像很慶幸終於卸下了我這個大麻煩。問題雖然解決了，但他沒打算原諒我，仍舊黑沉著臉，走出去給我補了票，回來的時候拿著一盒速食麵。我的胃很難受，勉強吃了一點。他也不勸，幽幽地抽完手裡那支菸，「吃完了就到上鋪睡覺去。」這個世界上再也沒有比他的冷酷更殘忍的懲罰了，我猜他一定知道這一點，才會用那麼寒冷的聲音對我說話。

我帶著書包和女人給的蘋果爬到上鋪。從那一刻開始，我就好像變得不存在了一樣。他們坐在小桌邊，一邊喝酒一邊聊天。起初還有所顧忌地把聲音壓低，但很快恢復了正常，之後酒精開始發揮作用，音量變得越來越高。兩人回憶起當時的大學食堂和公共浴室，緬懷了中文系幾位睿智又刻薄的老先生，當我爸爸又說起輝煌一時的詩社時，那個女人適時地再一次表達了她的崇拜之情。我從床鋪與護欄之間的空隙裡往下看，看到爸爸閉著眼睛，笑咪咪地搖晃著身體。他已經醉了，沉入那些讓他愉悅的往事裡。一個忽然冒出來的女人和他的交集都比我和他的多。他寧可和她講那些老掉牙的故事，也不想撫慰一下千辛萬苦來找他的小女兒。現在我明白，很多東西能使他變高興，酒精、回憶、一點可笑的崇拜之情，可是唯獨我不能。先前的信心徹底瓦解了——他並不需要我。我把自己蒙在散發著黴味的被子裡，小聲哭了一會兒，然後朦朦朧朧睡著了。但很快又醒過來，發覺自己渾身發燙，後背痠痛，就蜷縮起身體，把臉頰貼在包廂的牆壁上。我意識到自己可能要發燒了。這可真好，但願燒得厲害一些，等爸爸發現了也許會很心疼，懊悔先前對我太糟糕。最好能一連燒上三天，燒到不省人事，那樣就沒法把我送回濟南了。我沉浸在悲情的想像裡，他們說話的聲音越來越遠。

快天亮的時候，我聽到嘩啦嘩啦的聲響，是他們在把桌上的瓜子和花生殼倒進垃圾桶。我爸爸把窗戶拉開一條縫，讓包廂裡的菸味跑出去。清晨蒼白的風撩卷著窗簾，輕輕掠過我的額頭。我抬起手摸了摸，一點也不熱。發燒好像只是我作的一個夢。可是身體的乏痛又是真的。快要到北京了，心裡莫名緊張起來，甚至希望晚一點再到達北京。我忽然覺得自己最終一定會失望的，然而火車開得飛快，窗外每一秒都在變亮的天色，顯得有些咄咄逼人。我翻了個身，閉上眼睛，想讓自己退回到稀薄的睡眠裡去。迷迷濛濛之中，我聽到我爸爸說：「很奇怪，最近總是遇到老朋友，好像把從前的事又都經歷了一遍。」

我們走出車站，坐進一輛計程車。我把臉貼在玻璃上，打量著這座在夢裡出現過很多次的城市。灰藍色的霧氣中，它顯得安靜而空曠。所有建築的個頭都比濟南的大一倍，街道如此寬闊，望不到另一邊。我爸爸坐在我的旁邊，打開車窗抽菸。司機很健談，跟他聊這扯那的，我爸爸只是敷衍地回應了幾句。他皺著眉頭，不斷抬起手去磕菸灰。

車子停在一座深紅色的樓房前面。我爸爸帶著我朝最後面的樓洞走去。他走得很慢，到了樓洞跟前，停了下來，又掏出一支菸點上。

「上樓以後給你奶奶和媽媽打個電話，」他搖搖頭，「你太任性了，做事只顧自己高興，一點也不為別人著想。」

「對不起……」我說，「可你說過要帶我到北京來的……」

「那也不是現在，我的生活已經一團糟了……」他苦笑了一下，丟掉菸，鑽進了門洞。

站在三樓的門前，他花了很長時間找鑰匙。渾身上下摸索了一遍，終於在旅行箱的隔層裡找到了。

屋子裡拉著窗簾，很黑。地上堆滿了東西，一蓬一蓬的，像綿延的小山丘。我不敢亂走，站在原地等著爸爸開燈，可是他沒有。他跨過那些口袋，朝窗邊走去。我這才發現，靠窗的沙發上坐著一個人。一個女人，伏著身體，把頭埋在膝蓋上。

「睡覺去。」我爸爸走過去拉起她。她站在那裡搖擺了幾下，用力地推開我爸爸，跌回沙發上。我爸爸又去拉她，雙手捏住肩膀，將她像棵樹似的連根拔起。她抖動著身體，手臂掙脫出來，在半空中揮舞。他們在黑暗中對抗，激烈卻無聲。她用力捶打，抬起腿踢踹，我爸爸任憑她施著蠻力，仍是死死地箍著她。她喉嚨裡發出陣陣嗚咽，然後漸漸地，停息了下來。我爸爸緊緊地抱著她，兩個人一動不動地站在那裡。

我應該把頭轉到一邊，或是閉上眼睛。可是我一眨也不眨地望著他們，如同觀測一場稍縱即逝的日食。我沒見過我爸爸擁抱什麼人，還是這樣激烈擁抱。我被震撼著，整個屋子裡唯一的聲音是我的心跳。他們也許都聽到了，但這不足以讓他們注意到我的存在。

「你為什麼還回來？」女人從我爸爸懷裡掙脫出來，「不是說再也不回來了嗎？」她的嗓音嘶啞，好像很久沒有說過話。

我爸爸沒有回答，只是問，「她還在睡覺嗎？」

我意識到這房子裡還有第四個人。

「為什麼你還要回來呢？」她重複著她的問題，「都結束了，你說的。」

「那都是氣話，你也沒少說，是吧？好了，我這不是回來了嗎？」

「太遲了，」她哭了起來，「真的太遲了，我吃了藥，把孩子打掉了……」

「好了，不要再鬧了！」

「哈，你以為我在嚇唬你？」她衝過去，搖著我爸爸的肩膀，「你給我好好聽著，我們的孩子沒了！它從我身上掉下來，被沖進了下水道……」

我爸爸盯著她的臉，「你就是個瘋子，和你媽一樣。」

「是你不要它了，是你說一切都結束了！」她大喊起來，「要是你和我一樣，一個星期不出門，每天守著電話，就知道萬念俱灰是一種什麼滋味了！」

「夠了，永遠都在指責，永遠都是我的錯。」我爸爸說，「你不知道我回來要鼓起多麼大的勇氣，可是又怎麼樣呢，還是沒完沒了的哭鬧。這樣的日子我真是過夠了。」他轉過頭來看著我。好像在說，現在你看到了，這就是我的生活。

那個女人的目光也落在我的身上。

「她是誰啊？」她問。

「我女兒。」我爸爸說，「她來住兩天。先讓我把她安頓下，行嗎？」他的語氣很疲倦，近乎是一種哀求。

「女兒……是啊，你還有你的孩子，你根本不在乎……」女人喃喃地說。

我爸爸拉著我走進裡面的一間屋子。那是個儲藏間，地上堆滿了圓鼓鼓的塑膠編織袋，有的撐得連拉鎖也拉不上，耷拉出來一隻羽絨服的袖子。靠在牆邊的編織袋裡，探出一個玩具熊貓腦袋。我爸爸把那只編織袋拖到門外，它離開了牆，站不住，歪倒下來，很多隻熊貓翻著跟頭滾落到地上。它們長得一模一樣，抬著胳膊，做出要跟人擁抱的姿勢。我爸爸一只一只把編織袋移到屋外，從門後搬出摺疊鋼絲床，在空出來的地方勉強支開。他從櫃子裡翻出一套被褥，鋪在床上。

「我等會兒去看看能不能買到晚上的票。」我爸爸說，「你今天就走，我跟列車員說，讓她照顧一下。到了濟南，你就坐來的那趟公車回家。」

我沒吱聲。

「下次吧，等我把貨都賣掉，還上了錢，換個大房子，就接你來住一段，我答應你。」他說。

「你欠了錢？」

「做生意嘛，一時周轉不過來很正常，」他有點不耐煩，「小孩最好別操心大人的事，懂嗎？」

「你說的下次是什麼時候，明年暑假行嗎？」

「應該可以。春天一到，我就能再去莫斯科了，那裡的冬天沒法待。」他說。

「那我們說定了？」

「好。那些貨賣起來很快的，嗯，很快的。」他好像在說服自己，點了點頭。

「再睡一會兒吧，」他說，「我可能晚點才能回來，你照顧好自己。」

他走出去，關上了門。我在床上坐下來。褥子很薄，鋼絲床透著森森涼氣。不過我也根本不想睡。我豎起耳朵聽著外面的動靜，隱約聽到那個女人在哭，還有爸爸低沉的聲音。然後是哐當一聲門響。爸爸走了，我心裡一沉，趕緊跑過去，反鎖上了門。外面變得很靜，什麼聲音也沒有。我幾次想打開門出去看看，還是忍住了。想到剛才那個女人，心裡就很害怕。她就是汪露寒，和我想像的完全不一樣。她不年輕，也沒有媽媽漂亮，而且一點都不溫柔，歇斯底里的樣子很嚇人。爸爸究竟愛她什麼呢，我真的有些糊塗了。他可能已經後悔了，根本不願意再回來。

但是想到後來他和她抱在一起的樣子，我又有些不確定了。那個擁抱充斥著強烈的感情，好像有一股力量將他們捆綁在一起，沒辦法分開。所以爸爸才會那麼痛苦。我該怎麼做才能幫他呢？一想到晚上我就要從這裡離開了，我爸爸的生活以及北京的一切，都不再和我有關，心裡頓時很傷感。打量著這個亂糟糟的小房間，也覺得親切了許多。我走到一個編織袋跟前，蹲下來看著從裡面露出腦袋的熊貓。這個熊貓曾經很有名，在亞運會舉辦的那一年。當時有個同學帶了一個來班裡，課間的時候在大家當中傳來傳去。出於奇怪的自尊，我表現得很不屑，其實心裡也希望能有一隻。要是同學們知道我面前現在有上百個，肯定會羨慕死了。我把熊貓一個個從口袋裡拿出來，在地上擺成一排。然後逐個盯著看，辨別它們臉上的細微不同。眼睛離得近一點，又或是嘴巴小一點。其中有一個不知道為什麼，看起來有點憂傷，我把它抱在手裡，並迅速取了個名字，叫塔塔。一直以來，我並沒有那種摟著睡覺的毛絨玩具，但是這時和塔塔患難中相逢，當即決定要把它帶回濟南去，永遠留在身邊。

我抱著塔塔站在窗台邊往下看。這就是北京，我對自己說，想要記下它一絲一毫的不同。可是我所看到的不過是一座平淡無奇的北方城市。灰濛濛的天空，被天線分割成一小塊一小塊的。規規矩矩的舊磚樓，幾隻鴿子肅穆地站在樓頂的天台上。如果說有什麼不同，那就是馬路好像更空闊，沒有什麼人經過，看起來很荒涼。我不知道菜市場在哪裡，也沒有看到郵局和小飯館，這裡的人好像過著一種不食人間煙火的日子。想到小飯館，我的胃緊了一下。我很餓，頭有一點暈。屋子裡連個暖水瓶都沒有，想喝一口水也不行。

角落裡有一摞書，躲在巨大的編織袋後面。白色軟精裝的封面有點反光，我在不經意間看到了。我拿起最上面的一本，封面上落滿了灰，在牆上拍打了幾下，書名浮現出來：《中國現代小說大系》（第二卷）。它的下面是第五卷，再下面是第七卷。那是一套叢書，足足有十三卷。我打開書，立刻在扉頁上的編委姓名中看到了「李牧原」。這是爸爸主編的書，我頓時來了興致。是爸爸從濟南帶來的嗎，但我以前從來沒見過，看了看出版日期，是去年。他應該曾為這套書做過很多工作，但來不及等到它問世，他就辭職了。我把它們按照從卷一到卷十三的順序重新擺好，然後拿起第一卷。看了一遍目錄，我翻到名字最好聽的那一篇，叫〈傾城之戀〉。聽上去應該是個動人的愛情故事。沒想到一上來，女主人公已經離婚了，我頓時感到很失望。原來講了一個離了婚的女人重新戀愛的故事——這讓我想到我媽媽，並且充滿了算計和鉤心鬥角，完全和美好無關。勉強讀完，我一點都不喜歡這個故事，看了看作者的名字，在心裡暗暗發誓，以後再也不讀這個人寫的東西了。

外面的天空始終陰沉。屋子裡沒有鐘錶，不知道是不是已經中午了。我實在憋得受不了了，只好打開門，跑進洗手間，別上插銷。裡面漆黑一片，在牆上摸索了很久，也沒有找到燈的開關。我分開腿跨在便池兩邊，正要蹲下去，忽然看到了它——那朵血泊中的肉。

便池泛著瓷白的寒光，像一張冰冷的手術台。它被留在那裡，一個從身體裡取出的異物。

我完全可以裝作不認識它。它沒有任何能讓人辨識的東西。沒有身體，沒有名字。它尚未得到這些。它還在來這個世界的路上，然後他們向它宣布，它不用來了。

它不明白為什麼。它緊緊地扒住便池下水口的邊沿，把自己攥成一個血淋淋的拳頭，抓著這個絕情的世界的一角，不肯鬆手。

它抬起頭，以一張沒有五官的臉，逼迫我與它相認。在它那尚未形成的血管裡，流著和我同質的血，那份血緣已經無法締結，卻永遠不能否認。它要我記得。

它正看著我。我彷彿看到有一雙葡萄籽似的小眼睛，浸在那汪血水裡，怨恨地看著我。

我跳起來，躲到牆角，後背抵住牆。黑暗裡有什麼東西敲擊著我的頭。我險些叫出聲來。定神看去，是沖水的拉繩。綠幽幽的塑膠把手在空中輕微搖盪。我鼓足勇氣，抓住它，用力地拉下去。

水流轟然湧上來，從四面八方匯合成一片，漫過了它的頭頂。扒開它的指頭，讓它鬆開了手。

它是一個妹妹，直覺告訴我。

水流舔去掛在白瓷池壁上的最後一絲血，打著旋兒沉下去。激漾的水面漸漸平復，剩下一個黑邃的洞口，泛著幾絲光，好像那團肉忽然會從裡面躥上來。我不敢蹲下小便，飛快地奔出洗手間。

我來到客廳，在通向陽台的門前徘徊了很久，終於拉開它，走出去。我移動到護欄邊，蹲下來，那裡有個下水口。在寒厲的大風裡，我聽著自己響亮的尿聲，看著熱氣從腳邊升起，感覺到一種悲壯的生命氣息。我站起身，把沾濕的鞋底在地上蹭乾。再走進屋子的時候，只見半掩的門裡，立著一個白蒼蒼的人影，定定地看著我。我「啊」地叫了一聲。

「別怕。」那個人對我說，可她自己卻好像在害怕，身體抖得厲害。我躲在門後面，探出頭來。那是一個女人，很老很老，被時間擰成了一簇脫水的紫菜。

「別怕，你別怕。不會有事的。」她念咒語似的重複著，後退了幾步。

「別怕，別怕……」她一面向後倒退，一面拚命地搖頭。別在她頭上的髮卡一個個被甩落，丁丁零零地落在地上。她被那聲音嚇到了，低下頭在地板上尋找，然後開始狠命地跺腳，彷彿在踩一些看不見的蟲子。踩了一陣，她停下來，猛然抬起頭看到我，嚇了一跳，掉頭跑出了客廳。「砰」的一聲，我聽到一扇門關上了。

很多年以後，我跟唐暉講起這件事，他表示不相信，說汪露寒不可能把它留在那裡，這一切都是我的臆想。可是如果沒有看到它，我為什麼會嚇得跑到陽台上小便呢？如果沒有去陽台上小便，又怎麼會在陽台的門邊看到秦婆婆呢？這些記憶緊密地咬合成一條鎖鏈。還有，該怎麼解釋我後來那麼害怕便池的下水口呢？哪怕開著燈也不敢去看。連盥洗池的下水口都怕，洗臉的時候從來不低頭，所以總是把袖子洗濕。

可是唐暉說，虛假的記憶一旦在頭腦中扎根，就會和其他記憶盤根錯節地纏繞在一起，也像真實的記憶那樣，衍生出各種習慣和禁忌。

「在你的潛意識裡，有一種與生俱來的、莫名的負罪感。」和我在一起之後，唐暉變得很擅長精神分析，「你相信你參與過他們大人所犯的錯，所以記憶慢慢被篡改，你讓自己以為看到了那個流掉的胎兒，並且處置了它。」

負罪感。是的，我有。可它是與生俱來的嗎？還是隨著一遍又一遍的回憶而產生的？我真的不知道。不過我的確有一種強烈的渴望，想要走到他們當中去，一起承擔他們的罪。也許是因為生活太空虛了吧，好像非得擠進一個不屬於我的世界裡，才能找尋到存在的意義。

那天我爸爸遲遲沒有回來。我受了驚嚇，回到那間小屋子，抱著塔塔躺下來。雖然很餓，鋼絲床很涼，還枕著一個鼓鼓囊囊的編織袋，竟然還是睡著了。迷濛中，聽到有人在唱歌。還以為是在某個夢裡，但是睜開眼睛，那歌聲仍在。嚶嚶切切，一個女人甜稠的嗓音，暖烘烘地灌入耳。我很想枕著歌聲再睡一會兒，卻越來越清醒。

「天上布滿星，月牙亮晶晶……」來回只有這兩句，一遍又一遍地重複著，隱隱讓人感到不安。我從床上爬起來，掙扎了一會兒，終於鼓起勇氣，打開門走出去。來到客廳，就看到汪露寒正在給先前嚇到我的那個瘋老太婆梳頭。老太婆端坐在窗邊的木頭方凳上，擎著一隻手，掌心裡是一把黑色髮夾。她緊緊盯著那些髮夾，好像擔心什麼人會把它們搶走。隨即，我才看到她的嘴巴一張一合在動，唱歌的人原來是她。那麼柔媚的聲音，從兩片乾癟的嘴唇之間發出，如果不是親眼看到，恐怕很難相信。

歌聲汩汩地冒出來，從她身體的深處，那裡好像囚著另外一個她，沒有老，也沒有瘋。汪露寒站在她的身後，手裡的那把彎月形的牛角梳，是近乎剔透的蜂糖色，蜜一樣的陽光從上面淌下來，滴進柴槁的白髮裡。

「天上布滿星，月牙亮晶晶……」不知唱了多少遍之後，老太婆好像忽然想起了後面的詞，「生產隊裡開大會，訴苦把冤伸，萬惡的舊社會，窮人的血淚恨。千頭萬緒千頭萬緒湧上了我的心，止不住的辛酸淚掛在胸……」

我打了個寒戰，多麼可怕的歌。好在她唱著唱著又忘了詞，聲音越來越小，很快再次回到「天上布滿星，月牙亮晶晶」上，又開始不斷重複這兩句。汪露寒只是失神地握著梳子，一下下從頭頂梳下來。

老太婆是汪露寒的母親，姓秦。很多年以後，我聽謝天成講起她的事。據說最初汪露寒發現她精神失常，是因為她開始整夜不睡覺。傍晚天還沒黑，她就坐在窗口，盯著天空唱這首歌。

不知過了多久，歌聲終於停止。汪露寒放下手中的梳子，從秦婆婆的掌心裡拿起髮夾，別在她的鬢角上。她那頭亂髮被收攏進一個個髮夾裡，露出當中那張布滿皺紋的臉，像一口光禿禿的枯井。

汪露寒拿起窗台上的手鏡給她。秦婆婆捧著鏡子，仔細地朝裡面張望，用小拇指從左耳邊挑起一撮頭髮，對汪露寒說，「落下了一綹。」

汪露寒從她頭上拆下兩根卡子，重新別上去。

「行了。」汪露寒說。

「行了。」秦婆婆重複了一遍，像是在把汪露寒的話轉告給自己，卻仍是抱著鏡子左右上下地照。

汪露寒丟下梳子，走到沙發邊坐下來。她穿了一件蓮藕色薄絨睡袍，領子直插到胸口，露出平直的鎖骨，擎著兩個深凹的鎖骨窩，像一架空蕩蕩的天平。她太瘦了，看起來像一架冰冷的儀器。生鏽了，太陽穴上浮出幾塊褐斑。下午時分，房間裡的陽光還很強，她被密匝匝的光線照得有些辛苦，挪了挪身體，移到沙發最裡端，卻依然無法躲避那片光。她放棄了，疲倦地倚靠在沙發背上，仰面閉上雙眼，任憑陽光像放浪的鴿子啄著她的臉。

秦婆婆還在擺弄那面鏡子。她在臉上揩了半天才發覺，原來那幾個小汙點是在鏡子上的，於是抻起一角袖子，認真擦起來。

過了一會兒，汪露寒睜開眼睛，伸手摸起茶几上的菸盒，抽出一支銜在嘴裡。她嚓地劃亮一根火柴，將臉湊向攏著的光焰，然後深深地吸了一口，略微抬起下頜，扁著嘴唇吐出一片薄薄的白菸。

那是我第一次看到女人抽菸，電視裡的不算。我忽然想到了鄰班那個叫蔣來來的女生。她差不多和我同一時間轉學到我們小學，此前由於家庭變故影響了學業，留過一級。但我猜不止一級，因為她的身材完全是個發育好的少女，那兩團胸還是快要把襯衫撐破。她有個上中學的男朋友，混跡於撞球室和錄影廳，是一群小混混中的老大。放學的時候，在眾目睽睽之下，蔣來來扶著那男孩的腰跨上摩托車後座。後來你說，曾在一個下雨天看到過他們兩個站在撞球室門外的屋簷底下，蔣來來從男孩手中接過一支點燃的菸。可惜你不敢多看，害怕被那個男生打，撐著傘匆匆地走過去。蔣來來抽菸的樣子真墮落啊，你咬牙切齒地說。在我聽來那卻是一種至高的讚美。看著汪露寒抽菸的時候，我把她和蔣來來拼接到了一起，恍惚覺得蔣來來就是她的少女時代。

汪露寒轉過臉來望著我。她看了很久，一截菸灰歪倒，掉在地上。

「你長得一點也不像你爸爸。」她說。

這大概正稱她的心意吧，她那種語氣，好像要把我爸爸據為己有。

我感覺被冒犯了，立即說，「你沒看過我爸爸像我這麼大時候的照片，和我很像。」

「是嗎？」她笑起來。

「嗯，你要是看到照片就知道了。」

「我可不覺得。」她盯著我，臉上的笑容忽然消失了，「他像你這麼大的時候，我已經認識他了。」

我心中一凜，驚訝得合不攏嘴。他們很小的時候就認識了。一時間，我的腦海中出現了蔣來來和那個男孩站在撞球室門口輪流抽一支菸的畫面。滴水的屋簷，空氣裡彌漫著濕漉漉的情欲的氣息。少年時代的我爸爸像那個男孩一樣嗎？我實在很難把他們拼接到一起。但是沒準他們也在小時候就相愛了。想到有一個人，那麼早已經在我爸爸的心裡了，我又嫉妒起來。

秦婆婆「砰」的一下把鏡子丟到窗台上，指著我，「她是誰啊？」

「媽，沒事，親戚家的小孩。」汪露寒說。

「她的頭髮怎麼這麼亂，」秦婆婆驚恐地盯著我，對汪露寒說，「你快給她梳一梳。」

「好了，媽，別鬧了。」汪露寒掐滅菸蒂，冷冷地說。

秦婆婆倏地站起來，朝我衝過來，「這麼亂，不行，不行的，」她拉著我的胳膊把我拖到窗邊，哀求道，「快，快給她梳一梳……」她的身體顫抖著，一雙凸暴出來的眼球像就要迸出來。我拚命想要掙脫，可她的手卻牢牢地捏住我的肩膀。

「別再鬧了行嗎？」汪露寒厲聲說，「你要把所有人都逼瘋了才滿意是嗎？」

秦婆婆好像聽不到她的話，只是喃喃地說不行，不行。然後她鬆開一隻手，從桌上拿起梳子，扳過我的肩膀，擼掉我髮梢上的皮筋，一節一節地拆開毛梭梭的麻花辮，把梳子插進頭髮裡。我搖晃著頭，不讓她梳。

「聽話，」她說，「頭髮這麼亂，他們會把你當成瘋子，把你抓走……」我扭過頭去瞪她。她的眼神誠懇而充滿憂慮，沒有半點是在嚇唬我的意思。正因為如此，才更加嚇人。我將指甲深深嵌入她那隻抓著我的手上。她卻一點反應也沒有，好像完全沒有痛覺。「多好的頭髮啊，梳一梳就好了……」她梳著我的頭髮，喃喃地說。

我的頭髮被扯得生疼，汪露寒也毫無反應。我知道她在看著我們，忽然很想把她激怒，就蜷起手指，狠命地在秦婆婆的手上抓了幾下。她手背上很快出現四道紅印子，幾塊表皮翻卷起來，白肉上滲出細小的血珠子。可那隻手還是一動不動地吸在我的胳膊上，像一隻死鳥。

汪露寒坐在沙發上，靜靜地看著我們，臉上掠過一絲厭倦。她似乎厭倦了母親的發瘋，所以任憑我以自己的方式懲罰著她。多年以來，母親的瘋癲磨損著她們之間的親緣，磨去了最柔軟、最敏感的部分，她對她的愛暴露在惡劣的空氣裡不斷氧化，變得又冷又硬。這些當然是我後來才明瞭的，然而那時候，我似乎也有一點混沌的領悟，說不清是什麼，只是瞬時間感到一陣悲傷，於是哭了起來。

「別怕，咱們把頭髮梳好就沒事了……」秦婆婆從我後腦勺上劃下一道筆直的線，把頭髮分撥到兩邊，編成麻花辮。她的動作非常嫻熟有序，露寒小時候，她或許常常這樣站在她的身後，為她編辮子。綁好以後，她從褲子口袋裡掏出一板黑夾子，一枚枚取下，送到嘴邊，用牙齒把它分開，別在我的前額和兩鬢。用光了整板夾子，又從另外一邊的口袋裡摸出一板。我不知道她身上究竟準備著多少夾子，用以防範自己被當成瘋子。最終她把我的頭髮弄得和她自己的一樣光溜，一根亂髮也沒有。

頭髮梳好的時候，一個下午好像都要過去了。太陽已經偏斜，陽光退到了窗邊。我靠在椅子上，那些髮夾緊緊地抓著頭皮，腦袋變得又大又沉。秦婆婆也累了，坐在了汪露寒的旁邊。一時間房間裡非常安靜。

「小寒，餓了。」秦婆婆開口說，有點幽怨地看著汪露寒。汪露寒站起來，走進了臥室。再出來的時候，她套了一件墨綠和柿紅的花格大衣，下面是一條黑毛呢裙。最驚異的是，她塗了口紅。只是去樓下買點吃的，卻畫上了口紅。她好像從那抹紅色裡吸取了能量，整個人獲得了一股力氣，看起來不再那麼冰冷了。

我對化妝的最初認識，就來自那個時刻。它更像一個儀式，讓人得到一點生趣。就像梳頭對於秦婆婆來說，是一個確認自己沒有瘋的儀式。

汪露寒換上矮跟皮靴，拿了一個保溫桶下樓去了。

我一直都相信，那個冬天的下午在鏡子前面畫上口紅、披起外套走到街口買食物的汪露寒，對生活仍抱有希望。約莫十五分鐘，她回來了。身上帶著外面的寒氣，鼻子凍紅了。我得承認，她穿著那身衣服還是很美的。和媽媽天真無辜的美不同，那是一種疲憊、厭倦的美。

她把保溫桶放在桌子上，去廚房拿了三只碗。

「過來吃吧，」她垂著眼睛對我說，「要是等你爸爸回來，非得餓死不可。」

我還在猶豫，但實在太餓了，雙腳已經管不住地朝著桌邊走去。

方桌一邊靠牆，我們三人坐在其餘三邊。裝在敞口大碗裡的餛飩，上面撒著翠綠的芫荽葉。在餓了一整天之後，聞到那股熱騰騰的香氣，心裡一陣酸楚。我吃得最快，把碗裡的湯也喝光了。秦婆婆小口咬著餛飩皮，一個餛飩分好幾口，她吃東西的樣子很優雅，一點也不像個瘋子。汪露寒的碗裡沒有餛飩，她說只想喝一點熱湯。但等熱湯變成冷湯，她也沒有喝，只是用雙手捧著那只碗，好像在取暖。

吃飽以後，秦婆婆神情變得柔和了，甚至露出一點慈祥的模樣。

「你長得挺俊的，像一個人，」她蹙著眉頭想了一會兒，不好意思地笑了笑，「想不起來了。」

她伸過手來，摸了摸我的腮幫，好像我是什麼特殊材料製成的。我竟然沒躲，很溫順地讓她摸了。

「媽，你該去躺一會兒了。」汪露寒沉下臉，「聽話，你怎麼答應我的來著？」

秦婆婆哆嗦了一下，身體往後縮。「我去，我去，」她說，「求求你，別給我吃藥。」

「快去吧。」汪露寒說。

秦婆婆慢吞吞地站起來，走進了房間。

客廳裡已經完全黑了。汪露寒點了一支菸。她的臉深陷在暗影裡，不辨表情。只有那兩片薄薄的鮮豔嘴唇，像一朵失真的絹花。她望著我，那簇火光在臉邊一明一暗，像黑暗中的第三隻眼睛。

「你真的很幸運，」她的聲音像是淋了雨生鏽了似的，「你叫什麼名字？」

「李佳棲。」

「李佳棲，你真的很幸運。」她看著我，「你可以被生下來。我的孩子就不能。」她神祕地笑了笑，「知道為什麼嗎？因為它是個孽種。」

我想到那血汙的一團，背後一陣涼。

「孽種，你爸爸就是這麼說的。」她把菸蒂狠狠地按在菸缸裡。菸蒂上凹嵌著一顆心的形狀，濡在濕漉漉的口紅裡，有一種頹豔的美，我忍不住多看了幾眼。

「是他不想要那個孩子，從頭到尾都是他，是他要我打掉它的，等我這麼做了，他又來怪我，罵我是瘋子。」她搖頭，「我是瘋了，被他逼瘋了。」

「你很幸運，真的，」她說，「不用和他生活在一起。他是個內心陰暗的人，和你爺爺一個樣。」

「那你為什麼不離開他呢？」我問。

她轉過臉來看著我。漫長的沉默。我等待著她爆發。她卻點了點頭，「你說得對，是啊，我早該離開他了，早該離開了。」她抿起嘴唇，似乎作了什麼決定，眼睛定定地望著前方。

我在那裡站了一會兒，轉身跑回了小屋。

屋子裡一片漆黑，我摸到鋼絲床，躺下來。想起頭上的辮子，要是亂了，秦婆婆恐怕還要給我梳，只好臉朝下趴著。那種發燒的感覺再次襲來，臉頰發燙，心跳得很厲害。但是想到汪露寒終於想通了，還是有些欣慰。爸爸可以解脫了，雖然他大概也不會回到我身邊。他會去哪裡呢？他一個人該怎麼生活呢？我感覺頭越來越沉，伴隨著紛亂的思緒，就那麼不太舒服地睡了過去。

在灰淺的睡眠裡，我依稀看到一個穿黑袍子的人，曳著長長的衣袂走到床邊，俯下身注視著我。我沒有去記他的臉，就好像知道那是一張不可能讓我記下的臉。他伸過手來，好像是要讓我跟他走。那隻手很白，褪過幾百層皮似的那樣白，像隻盤旋的鳥，慢慢降下來，落在我的額頭上。然後沿著我的脖子和肩膀一路摸下去，好像在確認著什麼。再抬起手的時候，指頭變紅了。黑袍人拿到面前看了一會兒，轉過身去，離開了房間。

我醒過來。門外傳來爭吵的聲音。爸爸回來了。我坐起來，背和肩膀很疼，身體快散架了似的。我驅著沉重的雙腿，輕手輕腳來到客廳邊。

「我沒那麼說！」我爸爸嚷起來，「我只是說現在不適合養孩子。這不是事實嗎？」他應該已經喝了不少酒，臉通紅，手裡的玻璃杯在抖，酒險些灑出來。

「事實就是你不想要這個孩子。你覺得它是個累贅，妨礙到你了。」汪露寒坐在沙發上，叼著菸冷冷地說。

「你讓孩子一生下來，就跟一個不知道什麼時候會發作的瘋子待在一起，合適嗎？」

「瘋子，哈哈，你現在嫌棄她了，把她接過來的時候是怎麼說的？要補償她，讓她過點好日子。結果呢，你能躲多遠算多遠，連看都不看她一眼，她一犯病就讓我把她帶走！哈，你嫌她是瘋子，我倒是要問問你，她是怎麼瘋的！」

「又來了，真是沒完沒了！是不是我每天都向你低頭認罪，你就滿意了？」他快步走到櫃子邊，拿起瓶子咕咚咕咚向杯子裡倒，一邊倒一邊搖頭，「真是一點兒意思都沒有。」

這句話很耳熟，從前也聽他講過。

他開始大口往嘴裡灌酒。汪露寒面無表情地看著他。我探著身，猶豫著要不要跑進去，奪下他手中的杯子。

汪露寒振作了一下，坐直身體，用很低的聲音說，「我們還是分開吧。」

「想通了？」

「嗯。」

「很好。」

「明知道不該在一起，偏要試，弄得個兩敗俱傷。每次吵完，你一摔門就走了，我待在這屋子裡，覺得自己就快死了……」她哽咽了，停頓了幾秒，「那種絕望的感覺你永遠都不會明白。再這樣下去真的會出人命。所以還是分開吧，我們兩個人都解脫了。」

我屏著呼吸聽完這番話，心裡有點感動，先前還擔心她下不了決心。

「嗯，你今天很清醒。」我爸爸搖著玻璃杯，裡面還剩下一點酒。

「我一直很清醒，每天喝醉的人是你。」

「你忽然想通了，很好，嗯——有什麼別的原因嗎？」

汪露寒抬起頭，「什麼別的原因？」

「不是嗎，我看是有人在等著你吧？」我爸爸笑起來。

「你在說什麼啊？」

我爸爸身體晃了幾下，靠在櫃子上，「怎麼一下子就想通了呢，還背著我把孩子打掉了，嗯，這是等不及要去投奔人家了吧？」

汪露寒拿起桌上的菸灰缸丟過去，砸在了我爸爸身後的櫃子上，碎了一地。櫃子也凹進去一大塊。

「李牧原，你真是個混帳。」她一字一頓地說。

「你跟我在一塊兒，就是為了把我毀了。現在你滿意了？」

「到底是誰把誰毀了？誰毀了我們一家！」

這時背後一聲門響，是秦婆婆，從我旁邊跑過去，衝進了客廳，抱住汪露寒，「怎麼了，小寒，別怕，沒事的……」

「汪露寒，你以為你是什麼，你不一樣也是罪犯的女兒！」

汪露寒推開秦婆婆，衝過去揪住我爸爸的衣服，「老天看著呢，別那麼無恥！這麼說不怕有報應嗎？」

秦婆婆哭起來，捂住耳朵不停地說，「沒事，別怕……」

「跟你在一起就是最大的報應。沒有比這個更壞的了！」我爸爸甩開她，踉蹌了幾下，朝外面走。看到我站在門邊，他愣了一下，好像才想起還有一個我，「佳棲，我們走！」

我奔回小屋拿我的外套。秦婆婆跟了進來，一把抓住我，「好孩子，別怕，沒事了，那些壞人找不到咱們了！」

「你才是壞人！你這個瘋老太婆……」我用力掰開那隻手。她後退幾步，擋住了門。我扯住她的胳膊想要把她拉開。

「危險，有危險，好孩子，聽話……」她死死地抵住那扇門，任憑我掄起拳頭打她，抬起腿踢她。

「讓我出去，求你了，我爸爸在等我……」我哭著說。

「危險，有危險……」秦婆婆機械地重複著，身體劇烈地抖顫，肩胛骨撞擊著背後的門板，著了魔一般，目光死死釘在半空中的某個地方。凸瞪的眼珠簡直要被恐懼從眼窩裡掘出來了，那死死釘在半空中某處的目光，彷彿能看到她口中所說的危險。我被那副樣子嚇壞了，怔怔地看著她，直到聽到「砰」的一聲門響，才回過神來。

「爸爸走了……讓我出去，讓我出去！」我拖她的腿，捶她的肚子，跳起來去抓她的臉，一次又一次地發起進攻。然而她似乎失去了知覺，一動不動地屹立在那裡，如同變成了一尊雕像。臉上一道道的抓痕滲出血珠，看起來很恐怖。

我精疲力竭地跌在了地上，大哭起來。不知過了多久，她終於離開了門，俯下身撫摸我的頭。我推開她，衝了出去。

我拉開門，跑到外面的走廊上，「爸爸，爸爸！」

沒有人應聲。他早就走遠了。廊道裡一片死寂。樓梯拐彎處懸著一面殘破的窗戶，窗框上豎著尖利的玻璃碴，深深地戳進天空。一陣風湧來，衝開了我身後的門。

我拖著僵木的雙腿走回客廳。落地燈好像更暗了，炙烤的燈絲發出微弱的呻吟。汪露寒躺靠在沙發上，仰臉閉著眼睛，雙手壓住心口，用力地呼吸。在那兩片一開一合的嘴唇上，最後一抹口紅正在褪去。就在倏然之間，它好像被什麼東西吞噬，完全消失了。

十五分鐘以後，在四條街之外，我爸爸駕駛的桑塔納與一輛大卡車迎面相撞。桑塔納被甩出很遠，四輪朝上。我爸爸的顱骨被撞碎，擋風玻璃把他的額頭刺了一個窟窿，血汩汩地湧出來。載著高濃度酒精的血，淌過他的臉，彷彿要讓他再醉一次。

當搖著寒紫色燈的救護車駛出醫院大門的時候，天空中有零星的小雪飄下來。他停止了呼吸。在他的身旁，是空空的副駕駛座。那原本是死神為我預留的席位。

卡車司機只是額頭有一點擦傷。據他回憶，當時並沒察覺我爸爸是醉酒駕駛。在路口等紅燈的時候，他看到那輛桑塔納也在馬路對面的白線前停下來。變燈之後，他們一起開動，對向而行，速度不快，且中間隔著一個車道。就在兩車將要交錯駛過時，桑塔納甩頭朝向大卡車，加速撞過來。

多年以後想起這場事故，我總會有一種親歷的幻覺。彷彿那時我就在翻倒的桑塔納裡面，頭朝下，卡在副駕駛座上，一點也不能動，只能看到一小塊烏亮的柏油路，在破碎的擋風玻璃外晃動。四周的氣溫在降低，我聞到下雪之後濕潤的空氣，混著血的腥味。我不知道我的手指在哪裡，但是指頭上觸到的應該是血。血在變涼，不再那麼黏了。然後我看到有一雙腳，踏進那一小塊柏油馬路。是朝這邊走來的，卻始終沒有在視野裡變大，反倒越來越小。我心中也沒覺得詫異，就好像作夢的時候那樣，可以接受所有反常的事。

這些當然是幻覺，但並非出自想像。想像出來的事，在多次想像之間必然有出入，細節的鬆動之處，總有修改或添染。可是無論我多少次想起那場事故，眼前出現的畫面都是恆固的。我於是相信，自己可能真的死過一次——在那輛車裡。

我追趕著爸爸的腳步，千里迢迢來到北京，大概就是為了與他一起赴死的吧。多年以來，我一直揣測著那次出走的意義。不是你的慫恿，也不是我的一時任性，而是冥冥中有一個聲音在召喚，讓我一個人跑到火車站，踏上離開濟南的火車。這段即興的旅途的終點，就是那輛桑塔納汽車。

秦婆婆救了我。在她拚死抵住門的時候，那雙直勾勾的眼睛到底看見了什麼？

但我日後想起那場事故，總會有一種獨自偷生的負疚感。是這種負疚感，唐暉說，讓我總想把自己放進那場事故裡，所以才會生出身臨其境的幻覺。或許吧。這些年，我一直不能、也不想從爸爸的事故裡走出來，總覺得自己應該是那場死亡裡的一部分。它曾離我那樣近，擦著我的袖子呼嘯而過。

第二天中午，我待在小屋裡，聽到外面有敲門聲。但我沒出去，甚至沒有靠近那扇屋門。我就坐在床邊，聽著來的人和汪露寒講話。我爸爸的名字，後面連綴著馬路、醫院、太平間……就好像他是流水線的貨物，正在經過一條傳送帶。隔了一會兒，門震了一下，汪露寒應該和那人一起出去了，屋子裡變得很靜。

我躺在床上，一動也不敢動。噩耗就如同新降的雪，落在我的周圍，還很蓬鬆，還沒有滲出森森的寒氣。我生怕一動就會碰到它，將它壓實。

我緊閉著眼睛。黑暗中漸漸有畫面顯影。是就要升入小學的那年夏天，一個傍晚，我爸爸領我去認以後上學的路。我們走過一座牌坊，邁上高台階，轉彎，來到兩旁都是梧桐樹的大街，穿過一個十字路口，再轉彎，學校就在右手邊了。我們站在門口朝裡面看，學生們正在大掃除，一個女生拿著掃把追打一個男生，他們笑著叫著，滿校園地跑。向回走的時候，我爸爸說，還有一條近路，不用過馬路，來，跟我走。他帶著我在曲折的巷子裡繞，經過巷口就停住，讓我抬頭看看牆上的街名，記下來。剛下班的女人騎著自行車從我們身邊經過，車筐裡斜插著一把碧綠的芹菜。兩個老頭坐在牆根底下下象棋。空氣中飄來一陣熗鍋的蒜香。

後來，我們拐進一條沒有名字的小巷。那條巷子夾在一面高牆和一排磚色平房之間，長長的平房一直延伸到巷子另一端，一個窗戶也沒有，只有一扇木門，靠近巷子的盡頭。除了我和爸爸，那裡再沒有別的人。我們並排向前走，好像因為巷子窄而離得更近了一些，但也可能只是我的錯覺。太陽已經落盡，灰橙色的天空中，浮著幾朵乏雲。巷子裡格外涼，異常靜，一道風像低飛的燕子從頭頂掠過，心中空落落的，有一種夏天都要過去了的悵惘。臨近那道木門，看到它深嵌在牆裡，緊緊關閉著。黯綠的油漆大塊剝落。應該是倉庫吧，我猜測著，我有一條自己總結出來的常識，住人的地方，門都是有門框和門檻的，儲放貨物的地方的門則是沒有的。等走過去之後，我爸爸說，那是太平間，放死人的，你怕嗎？我搖頭，心想人死了大概就變成了一件貨物，一個摞一個地堆放在倉庫裡。我們走出巷子，轉個彎，見到岔路又轉彎，就看到了我家門前那條熟悉的馬路。我爸爸停下來。我跟著他轉過身去，看著先前走過的路。然後他對我說：「路都認識了吧，以後你就要自己走了。」

程恭

在你離家出走的那段時間裡，我完成了一次小規模的復仇。從它導致的後果來說，特別是很多年以後再回頭去看，其實一點都不小。可是對當時的我來說，它並不足以抵消一切，讓我就此放下這件事。事實上恰恰相反，那更像一個開始。有一扇門，正在看不見的角落裡悄悄打開。

你失蹤後的第二天中午，放學之後，李沛萱在學校門口攔住了我。她說你一夜沒回家，問我知不知道你去了哪裡。那是沛萱第一次跟我說話。她不看我的眼睛，語氣冰冷，生怕沾染上什麼髒東西的嫌惡神情，與你奶奶一般無異。我瞬時被激怒了。

「我知道，」我說，「可是不會告訴你。」

她追了幾步，攔住我，說全家人都很著急，現在正在到處找你，問我你到底在哪裡。我理也不理，繞過她，大步向前走了。

我走到小樹林的深處，在石桌邊坐了一會兒。好幾天沒有陽光了，灰色的樹冷得像石碑。你的出走和你爸爸有關，我幾乎可以肯定這一點。你說過他過兩天會來看你的，但我沒想過他會把你帶走。我不知道你是怎麼說服他的，但我隱隱覺得你這樣做是為了向我示威。你仍在孜孜不倦地向我證明，我們之間所存在著的巨大差別，為此甚至可以毫不猶豫地丟下我。我有一種深深的被拋棄的感覺，就像很多年前我媽媽離開的時候一樣。那個早晨我置身於空蕩蕩的房間裡大聲呼喚她的記憶還如此清晰。

如同一個永遠都醒不過來的夢，現在我發覺自己還在當中。對你的感情當然和對媽媽的不同，有仇恨，有永遠無法消除的競爭性，可是恐怕只有你，會讓我像媽媽離開時那樣，如此強烈地意識到在這個世界上我是孤身一人。

午飯的時間已經過了，我還坐在那裡，屁股下面的石凳不斷滲出絲絲寒氣。我撿起一根樹枝，在堅硬的泥土上用力地劃，用力地割，想像那是一張滿是傷口的臉，在流血。對，需要流點血。就在幾天前，我還在為復仇的事煩惱，想不好該如何處置你。可是現在，這些都沒有意義了。你先於我有了行動，讓我再做什麼都沒有用了。從開始尋找害爺爺的凶手起，我一次又一次鼓足力氣想要做點什麼，可是一次又一次，我發現自己什麼都不能做，除了被動地接受這一切。現在我舉著一個蓄滿力氣的拳頭，不知道該砸向哪裡。

我在地上亂劃了一陣，直到那根樹枝斷了。我發覺自己在哭，仰起臉，狠狠地吸鼻子，可是眼淚還是止不住地往外淌。這時候，陳莎莎正好經過小樹林，發現了我，就朝這邊走來。在三米之外，她停下腳步，眼睛一眨不眨地看著我。

「滾開！」我大聲說。

她還站在那裡，以一種充滿求知欲的目光盯著我的臉，好像想弄明白那上面的表情是什麼意思。

「滾開，聽到沒有！」

「你哭了。」她謹慎地說出自己的觀察結果。

「我讓你給我滾開！」我從石凳上跳起來，一把抓住她的手臂反扭到背後。她大概還以為是在玩從前的那種捉迷藏，竟然咯咯笑起來。我加大力氣，直到笑容從她臉上消失。她痛苦地哼哼了兩聲，表情變得扭曲。我鬆開她，拎起地上的書包走了。

第三天中午放學，李沛萱又來找我，說員警要見我，讓我去一趟派出所。你現在就去，她說。要不是趕著回家照顧奶奶，我相信她一定會把我押過去。

我一跨進派出所的門，就看到了你爺爺。那是我第一次如此近地看到他。我回過身去帶上門，藉機調整了一下呼吸。那裡剛煮過醋，空氣裡瀰漫著濃烈的氣味，又摻雜了菸味，難聞得令人想吐。我把手插進口袋裡，眼睛卻不知道該看哪裡，地上的花生殼，牆上的錦旗，還是員警手裡的茶杯？最終，目光在轉了一大圈之後，還是落在了你爺爺的身上。他坐在牆邊的椅子上，摘掉了眼鏡，正低著頭揉眼睛。

那隻捏著眼鏡腿的手很白，相對於身材而言，有一種不太相稱的小，像女人的手，給人留下很靈巧的印象，覺得體力勞動與他毫不相干。我正試圖收集更多他的外貌細節，他忽然抬起了頭。我的心一緊，眼睛連忙看向別處。雖然只是一瞬，目光還是觸到了他的臉。除下眼鏡之後，他的臉看上去有些古怪，五官顯得很突兀。那雙眼睛好像不應該毫無遮擋地呈現，如同洩露了什麼祕密似的，讓人感到不安。我也說不上來它們究竟有什麼特別，只是覺得很蒼老，看起來比他還要老很多，好像先於他已經在這個世界上存在很多年了。

他戴上眼鏡，恢復了在我腦海中的樣子。「我實在想不起有什麼仇人。」他疲倦地說。

坐在辦公桌前的胖員警點了點頭，「綁架的可能性很小。不過咱們也不能掉以輕心。你要是想到可疑的人，隨時來找我。」

那個員警衝我作了個手勢，叫我過去。他打開手裡的資料夾，正準備問話，外面忽然有人喊他。他讓我等一下，然後掐掉菸走了出去。

屋子裡只剩下我和你爺爺兩個人。我的手腳僵冷，唯有頭頂那一圈的血液在翻湧，如同沸騰的火山口。房間裡靜得可怕，只能指望門外嗚嗚的北風和牆上那只康巴斯鐘來掩蓋我們的呼吸聲。可我依然能聽到那一起一伏的發自你爺爺身體裡的聲音，讓我寒毛聳立，特別是他在我的背後，我完全看不到他的臉。

然後，毫無徵兆地，你爺爺騰地站了起來。我的血液瞬時凝固了——他想幹什麼？那雙插在口袋裡的手已經攥成了拳頭，隨時準備掏出來。可是他繞過我，走到員警的辦公桌前，拿起那根還在燃燒的菸，往菸灰缸裡按了兩下。他盯著菸灰缸看了一會兒，直到確信菸蒂完全熄滅了，才抬起頭。這個時候，他就站在我的面前，並且我知道他正看著我。而我應該做的就是也看著他。用最鋒利的目光，用讓他輾轉反側睡不著覺、日後一想起來就膽戰心驚的目光。可是不知道為什麼，我就是做不到，眼皮好像被什麼東西按住了，怎麼也抬不起來。所以我只有繼續看著桌子上的紅色的菸盒，看著上面因為看了太久而變得怪異、就快要不認識的「牡丹」二字，直到你爺爺回到先前坐的那把椅子上，員警從外面走了進來。我鬆了一口氣，發覺自己還緊緊地握著拳，手心已經都是汗。可是難道不應該是他不敢正視我嗎？而我竟然連看都不敢看他，那副眼神躲躲閃閃的樣子一定讓他很得意吧。

我的心裡很沮喪，打定主意不把你的行蹤告訴他們。要是我講了，他們很快會找到你，沒準就能把你帶回來，可是那時候，我還在遭遇背叛的氣頭上，一點都不想那麼快見到你。我不告訴他們不是為了幫你掩護，我可沒有那麼高尚，我只是覺得自己絕不能做順應你爺爺心意的事。他想知道你去了哪裡，我就偏不說、讓他著急、擔憂，吃不下睡不著才好呢。我不能放過任何帶給他痛苦的機會，特別是在有過剛才那麼軟弱的表現之後。不過，據我觀察，你的失蹤給你爺爺帶來的痛苦極其有限，至少表面上是這樣，他一點也不慌張，耐心地喝著員警給他倒的茶，慢悠悠地吹開浮在水面的茶葉。

「他就是知道李佳棲去哪兒的那個男同學嗎？」你爺爺問員警。

INK PUBLISHING

讀者服務卡

您買的書是：______________________________

生日：　　年　　月　　日

學歷：□國中　□高中　□大專　□研究所（含以上）

職業：□學生　□軍警公教　□服務業

□工　□商　□大衆傳播

□SOHO族　□學生　□其他 ____________

購書方式：□門市_____書店　□網路書店　□親友贈送　□其他 _____

購書原因：□題材吸引　□價格實在　□力挺作者　□設計新穎

□就愛印刻　□其他 ____________（可複選）

購買日期：_______年_______月_______日

你從哪裡得知本書：□書店　□報紙　□雜誌　□網路　□親友介紹

□DM傳單　□廣播　□電視　□其他

你對本書的評價：（請填代號　1.非常滿意　2.滿意　3.普通　4.不滿意）

書名_____　內容_____封面設計_____版面設計_____

讀完本書後您覺得：

1.□非常喜歡　2.□喜歡　3.□普通　4.□不喜歡　5.□非常不喜歡

您對於本書建議：

感謝您的惠顧，為了提供更好的服務，請填妥各欄資料，將讀者服務卡直接寄回或傳真本社，我們將隨時提供最新的出版、活動等相關訊息。

讀者服務專線：（02）2228-1626　讀者傳真專線：（02）2228-1598

廣	告	回	信
板橋郵局登記證			
板橋廣字第83號			
免	貼	郵	票

舒讀網「碼」上看

235-53

新北市中和區建一路249號8樓

印刻文學生活雜誌出版有限公司　收

讀者服務部

姓名：＿＿＿＿＿＿＿＿＿＿ 性別：□男　□女

郵遞區號：＿＿＿＿＿＿＿＿

地址：＿＿＿＿＿＿＿＿＿＿＿＿＿＿＿＿

電話：（日）＿＿＿＿＿＿＿＿（夜）＿＿＿＿＿＿＿＿

傳真：＿＿＿＿＿＿＿＿

e-mail：＿＿＿＿＿＿＿＿＿＿＿＿＿＿＿＿

INK

他竟然不知道我是程恭？我感到非常震驚。這麼多年住在同一個大院裡，遇到過很多次，他也見過我和你一起去上學，不止一回，他怎麼可能不知道我是誰呢？你奶奶和李沛萱還一直阻撓我們來往，難道他都不知道嗎？不可能。他一定是假裝的，因為不敢面對我。

員警說對，還告訴了他我的名字。

我稍稍向後轉頭，用眼睛的餘光去捕捉他聽到我名字的那一刻臉上的表情——就算他真的認不出我，也絕不可能不知道程恭是誰。這應該是幾個令他感到不安的名字中的一個。可是他那副泰定自若的樣子讓我又一次失望了。

「程恭，」他甚至重複了一遍我的名字，「你也是醫大職工子弟嗎？」他和氣地看著我。

要麼是他假裝得太像，要麼是他真的不知道。我的確有點迷惑了，可這也不能成為我表現得那麼差勁的理由——竟然只是點點頭，說了聲是的。我難道不是應該盯著他的眼睛，告訴他我的爺爺就是程守義嗎？我為什麼沒有那麼做？我究竟在害怕什麼？

「程恭！」員警敲了敲桌子，「我在問你話呢。」

我搓著黏糊糊的手心，迷茫地看向他。在他們眼裡，我一定是個特別怯懦的男孩吧。我對自己簡直失望透了。

我告訴員警，放學後你肯定是去了南院外面那條街上的小書店，因為好幾天前你就嚷著要去買新出來的一輯《機器貓》。以前每個月的月底，我們的確都會湊錢去那個書店買新出的《機器貓》。員警問我是看到你去那裡了，還是僅僅是猜測。我說是猜測。員警問我為什麼先前不告訴李沛萱，我回答因為我也拿不準，畢竟沒有看到。

「還有一個問題，」員警說，「聽說你和李佳棲是好朋友，她最近情緒有什麼異常嗎？」

我說沒發現。員警問你爺爺還有什麼想問的，看到他說沒有，就闔上了資料夾。在說了「你可以走了」之後，他又叫住了我，「要是給我知道你小子沒說實話，就把你抓起來。什麼事都別想瞞過我們，懂嗎？」

當一個員警站在一個逍遙法外二十多年的罪犯跟前講出這句話的時候，我第一次對「荒誕」二字有了認識。

「懂。」我說。

我剛走出來，一個女人迎面而來，擦著我的衣服走進去。她的動作太快，我連她的臉也沒有看清。「找到佳棲了嗎？」我從半掩著的門外面朝裡望，看到她的情緒很激動，衝到你爺爺面前，一把揪住他的毛衣，「我的女兒呢？她到哪裡去了？」

你爺爺板著臉，甩掉她的手，拽了拽身上的毛衣。員警將你媽媽拉開，告訴她已經派人四處去找了，讓她別著急。當你媽媽聽說你已經失蹤兩天的時候，又變得激動起來，跑上前去扯你爺爺的袖子，「你們成心瞞著我是吧？昨天晚上我打電話來的時候為什麼不說呢，還騙我說她去同學家了，你究竟安的是什麼心啊？」

你爺爺氣得臉通紅，「告訴你有用嗎？昨天那麼晚了，你再跑過來，能解決什麼問題？你看看你成什麼樣子！別在這裡丟人了，要鬧也回家去鬧！」

你媽媽好像被震懾住了，安靜了幾秒，然後冷笑了一聲，「我早不是你家的人了，丟的又不是你家的人。你怕什麼？」

你爺爺搖了搖頭，「無可救藥。」抓起椅背上的外套往外走。你媽媽還要追上去，被員警攔住了，「等等，我們把你叫來是要錄口供的。」

員警把你爺爺送出來，看到我還沒走，瞪了一下眼睛，「快回家吃飯去！」他關上了門。但我還站在那裡，看著你爺爺跨上一輛破舊的二八自行車，朝南院的方向駛去了。在先前看似你媽媽占了上風的爭執中，我能隱隱感覺到你爺爺的威嚴。其實她也是怕他的吧，至少是怕過的，她表現出的厲害更像是被壓制後的一種反彈。你爺爺身上似乎有一種高高在上的東西，令人感到自卑。不管怎麼說，我對自己失望透了。剛才怯懦的表現將會變成人生中一個揩不掉的汙點，日後一想起來，就會感到羞恥。

門裡面傳來你媽媽的哭聲。她哭得那麼傷心，以至於有一剎那，我在猶豫是否應該把你的行蹤告訴她。然而也正是因為她哭得那麼傷心，下一秒鐘我就打消了那個念頭。她是多麼愛你啊，你以前從未說起過，好像這對你一點都不重要。可是對我來說，這是多麼奢侈啊。還記得我跟你為了誰的媽媽更美而爭吵不休嗎，直到最後大家一致認定我媽媽更美，我才肯甘休。多可笑的虛榮心啊，那個最美麗的媽媽現在又在哪裡呢？我從來沒有得到過這樣的愛，也情願自己從未看到過。所以我掉轉身，頭也不回地走了。

你失蹤的第四天。下午放學以後，我看到李沛萱站在學校的門口。從她身邊經過的時候，她一直盯著我。走出幾百米，我發覺她在後面跟著我。我加快腳步走了一陣，假裝蹲下繫鞋帶，不經意地回了一下頭，她還在。我繞著小樹林兜了半圈，朝著死人塔的方向走去。

天陰著。早晨的大霧到現在還沒有散盡，然而天已經開始黑了。大家都在等著下雪，天氣預報再一次食言了。

大路漸漸變窄，樹木越來越稀，那座鉛灰色的塔樓就矗立在盡頭。失去血色的紅磚圍牆，倚牆而建的低矮平房，豎著玻璃碴的黑洞洞大窗，一切都和夏天我們離開時一般無異。在這個校園最深處的角落裡，沒有一株植物生長，季節的更迭與它無關，時間好像被擋在了外面，進不來。但它絕不是為了儲藏起我們往日的歡樂而存在的，雖然那些在圍牆上玩耍嬉鬧的聲音還在空中迴響，可是這裡對我而言已經不可能再有別的意義，除了一個被永遠封鎖起來的犯罪現場。

我把書包往旁邊一丟，倚靠在圍牆上，看著李沛萱走來。白色外套、一絲不苟的馬尾，她的美麗真是天下最乏味的東西。

「你沒說實話。」她在離我五米遠的地方停住了。

「那又怎麼樣？」

「傳達室的老大爺說有個男的來學校找過她。那個人你見了嗎，長什麼樣，是她爸爸嗎？」

「你幹嘛不去問她爸爸？」

「聯繫不上，拷了很多遍都不回電話，沒有人知道他在北京住哪裡。」她看了我一眼，「佳棲是跟他走了是嗎？」

我不理她，走到牆角，把那裡的磚頭搬到平房的窗戶底下。

「萬一他們遇到什麼危險呢？你想過嗎？」她謹慎地向前走了兩步，「你是她的好朋友，就一點都不擔心嗎？快把你知道的都說出來啊。」

我踩著壘好的磚頭爬上窗台，然後雙手一扒翻到了圍牆上。

「你上來，我就告訴你。」我盪著腳朝下面看，那種感覺真是好極了。

她的臉白了，「你不覺得這樣很幼稚嗎？」

「死人又不會從裡面爬出來，你害怕什麼？」

她打了個寒顫，厲聲說，「大家都急成什麼樣了？她媽媽已經快瘋了！你還有時間玩這種幼稚的遊戲，真是一點同情心都沒有！」她說完轉身就走。

「沒錯，我的心裡都是髒東西。」我哈哈笑起來。

這時的天光已經散盡。淡淡的新月浮現在半空中，像一顆狡黠的虎牙。圍牆裡的那池福馬林溶液泛著烏亮的光，一層層寒意從粼粼的水面升起。李沛萱，潔白得如同謊言一般的李沛萱正向遠處走去。我衝著她的背影喊，「我知道一個祕密，關於你爺爺的，一個很大的祕密，關於——」我頓了頓，提高聲音說，「你爺爺以前做過的一件見不得人的事……」

李沛萱站住了。她扭過臉來，「程恭，我警告你，你可不要亂講！」

「你以為你奶奶幹嘛整天去教堂啊？她是去懺悔的，就是為了那件事，過了好多年，還是覺得良心不安呀。」

李沛萱完全轉過身來。

「唉，那麼大的祕密，就你一個人不知道。」我說。

她遲疑了一下，朝這邊走過來，「是佳棲告訴你的？她是因為這個離家出走的嗎？」

「這麼仰著脖子不累嗎？上來吧，我們可以好好聊聊。」我說，「我沒什麼惡意，就是覺得你太高傲。」

她慢慢走到牆根底下，一副很為難的樣子。

「別怕，你真以為裡面有什麼死人嗎？我們都是騙你的。」

「到底佳棲跟你說了什麼？」她問。

「你可以把書包放在我的書包上面。來吧，我拉你一把。」我將一條腿繞到另一邊，騎在圍牆上，向下伸出手。

她盯著我的眼睛，想通過它們來判斷我有沒有說謊。然後她沉了沉肩膀，踏上那疊磚頭，小心翼翼地避開玻璃碴，抓住窗戶上的把手爬上窗台。在要不要抓住我伸下的手的問題上，她似乎經歷了一番思想鬥爭——那是一隻黑乎乎的，指甲縫裡塞滿了泥的手，手背上還有一些圓珠筆寫的字。在別的任何一個時刻，她大概都不可能想像自己和這隻手發生什麼關連。可是在這個時刻，好像除了抓住它之外，她也沒有別的什麼辦法。她深吸了一口氣，把那隻來自醫生世家，幾乎沒有細菌能在上面生存的手交給了我。當她坐上圍牆的時候，我聽到因為害怕，她的喉嚨裡發出嘶嘶的聲音。她把頭別過去，不讓自己朝圍牆裡面看。

「好了，你說吧。」她閃著那雙與她的智慧不太相稱的天真的大眼睛。

「嗯？」

「你剛才說的都是我大伯告訴佳棲的吧？是他把佳棲帶走了。」

「你不想知道你爺爺做了什麼嗎？」

「不想，」她說，「你說了我也不信。我大伯跟爺爺關係不好，他們倆有很多誤會。」但她望著我，似乎在等待著我說出答案。

「他們說你爺爺——」我壓低聲音。

她繃著嘴唇，看起來非常緊張。

「他——殺過人。」我緩緩吐出這幾個字。

她的臉抽搐了一下，瞬時變得慘白。從她臉上的表情來看，這是一個難以接受但絕非完全沒想到的答案。

「哼，」半天後她發出輕蔑的一聲，「可笑。」

「我爺爺每週至少三台手術，都是人命關天的大手術，這樣差不多五十年了，你能算得出他救過多少人的命嗎？沒有人比他把人命看得更重，你懂嗎？我不知道大伯為什麼那麼說，可那肯定不是真的。佳棲在爺爺家住了那麼久，應該很瞭解他，她怎麼還會相信，我真的不明白。你隨便去問一個醫科大學的職工，他們都會告訴你我爺爺是什麼樣的人，他一心撲在工作上，把全部時間都給了他的病人。他是我見過最了不起的人。請你以後不要再傳播那些鬼話了。」她面朝著前方一口氣講完這些，扭過臉來，凜然地看著我。

圍牆上風大，她的頭髮有一點亂了，袖子也在爬牆的時候蹭髒了，這讓她好像有了一點人間的氣味，卻完全沒有減損她的高貴，以至於雖然坐在一樣高的地方，我卻總覺得她是在俯看著我。那種壓抑的感覺讓我想到前一天下午和你爺爺見面時的表現，一股強烈的羞恥感湧了上來。

而此刻，她那微微振動的胸腔裡，充斥著對你爺爺的狂熱感情。這使她看起來很暖和，也很安全。可是我不明白。那是多麼盲目、愚蠢的感情啊。懷揣著這樣一分感情為什麼還能看起來那麼高高在上。我真的很希望自己能去可憐她，那樣我會好受一點，可是她身上那種莫名其妙的驕傲妨礙著我，讓我沒法那麼做。所以，我真的再也找不到讓自己退讓的理由了。

「你的演講很精采，不愧是代表學校去參加演講比賽的，」我說，「我得回家了，這些話你留著和牆裡邊的死人慢慢說。」我翻身一躍，扒著圍牆滑到窗台上，踩上磚跳到了地面。然後我把那疊疊起的磚一塊塊搬開，丟到離牆根很遠的地方。

「你幹什麼？」等她明白的時候已經晚了。「快把那些磚頭放回去，聽到沒有？」她的聲音因為恐慌而變得很尖。要是她用這樣的聲音去讀星期一升旗時的「國旗下的講話」該有多好笑。

「據說就是在這裡——」我壓低聲音，「你爺爺殺死了一個人。屍體到現在還泡在牆裡面的那個池子裡。不信，你自己可以去看看。」

她尖叫了一聲，捂住耳朵，整個身體蜷縮成了一團。我拍了拍身上的土，從她的書包下面抽出我的書包，拎起來就走。

「別走！」她對我大喊，「回來！你快回來，把我放下去，聽到沒有！」

我吹起了口哨，驅著自己的影子朝有路燈的地方走去。身後她的呼喊聲漸漸變小，令人感到失望的是，在那聲音消失之前，我沒有聽到任何一句求饒的話。先前還在想要是她求饒，甚至說一點討好的話，我是不是應該把她放下來。顯然我是多慮了，高貴的李沛萱怎麼可能輕易低頭呢。

回到家不久，就下雪了。這場雪終於來了。我趴在窗台上看著外面，大片雪花漫天飛舞，教人心裡發慌。在我的身後，姑姑正在翻箱倒櫃找靴子——一雙人造革靴子，鞋頭上的皮子早就磨掉了，靴筒邊沿的一圈毛也掉光了，可是一到下雪天她就發了瘋似的找它們。她相信只有穿著這雙靴子出去才不會摔跤。以前她摔過一次，在買那雙靴子之前，把兩顆門牙都磕掉了，從那之後每次下雪她都如臨大敵。

「還好今天不上夜班。」她咕噥著，把最裡面的箱子拖出來。騰起的灰塵嗆得她咳嗽了幾聲。她拍著胸口，扭過頭來問，「你奶奶睡了嗎？」

「沒有吧。」

「要是她等會兒發神經，讓你去買糖炒栗子，你就說剛才回來看到人家已經收攤了，聽到沒？」

「噢。」

只在很少的時候，我奶奶會罕見地流露出一種和年齡、性情不符的少女心，比如下雪，她會想要坐在窗前剝熱騰騰的糖炒栗子。

「地還濕著呢，不摔跤才怪。」姑姑說，「現在誰在外面走可就倒楣了。」

我沒應聲，推開窗戶把頭伸了出去。瞬間，很多冰涼的小針戳向耳背和脖子，鑽進了毛衣領子。地上已經完全白了，被路燈照著的雪花亮得耀眼，像是被點燃了一般。它們飛快地旋轉、墜落，像發瘋的白蛾。

沛萱還在圍牆上嗎？我一直在阻止自己去想這個問題，因為仁慈是懦弱的一種表現。可是在最初的興奮和得意退去之後，一絲隱隱的擔憂還是湧了上來。我當然不可能沒想過她該如何下來。最幸運的一種方式是有人剛好從附近經過，把她救下來。可是那麼冷的晚上誰會去那裡呢？下雪無疑將這種可能性變得更微小了。扒著房頂蹬住窗台，再從上面跳下來，其實也不算很高。只是她恐怕不敢。但到最後又冷又餓，實在受不了一咬牙一閉眼也就跳了。總歸不會傻到一直坐在上面凍死吧。

「你幹什麼呢？冷死了！」姑姑在身後喊道，「快幫我把你奶奶床底下的箱子搬過來。」

我欣然接受了任務。在我的心裡，有一種隱祕的期待，盼望著奶奶提出想吃炒栗子。那樣我就有理由出門了。我跟自己說，我只是去看看她還在不在，絕對不會把她救下來。可是我遺憾地發現，奶奶已經早早上床睡了。

「奶奶，奶奶，你看外面下雪了。」我拉拉她的被子。

她哼哼了兩聲，抬起腿踹了我一腳，翻了個身繼續睡了。

我姑姑不僅找出了靴子，還拿出很多冬天的衣服。她把它們一件件疊好，摞在椅子上。我爬到上鋪睡的時候，她還在從箱子裡往外拿，衣服已經多得占了半個床。

我本來打算半夜爬起來，看看雪是否還在下，誰知一覺睡到了天亮。撩開窗簾，已經不下了，但地上的積雪足有一尺多厚。我套上衣服，拿了一個花卷就出門了。一路踩著厚雪來到死人塔。李沛萱早就不在了，當然。地上是完好的雪，沒有任何腳印。我用樹枝戳著那片雪，被我丟遠的磚頭還在原來的地方，窗台底下一塊磚頭也沒有。這說明沒有人救她下來。我不願意再去想了，反正她已經順利離開了。

但我還是有點不放心，課間又去了李沛萱的教室門口，想看看她來了沒有。裝作若無其事的樣子，來來回回走了很多遍，都沒有看到她，直到上課鈴響起來，她的班主任趕我去上課。我隱隱感到不安，上課時眼睛一直盯著教室前面的門，好像下一刻它就會被推開，有人喊著我的名字，讓我出去。也許是那個胖員警。指著我說，你小子，闖了大禍了。可是一節節課過去了，那扇門一直沒有被推開。

那天是星期六，下午學校不上課。吃過午飯，大斌和子峰喊我去打雪仗。我們玩了一會兒，我提議堆個雪人。他們很贊成，但就在哪裡堆發生了分歧，子峰推薦小樹林，我說那塊空地不夠大，大斌說操場很空曠，我卻認為那裡人來人往，雪人容易被破壞。最後我說就在車棚後面的空地上吧，離我們幾個的家不遠，只要雪不融化，每天都能看到。大斌笑著說，我也想說去那裡呢。我們就朝那邊走，路上子峰說，程恭，我知道你怎麼想的，你是想讓李佳棲回來的時候能看到。我說你別胡說。大斌露出悲傷的表情，唉，你們說她們兩姊妹怎麼都不見了呢？我問，李沛萱也不見了？是呀，他說，她上午沒來上課，我幫她的班主任搬書去教室，發現她的座位空著。

我們堆了一個跟我們差不多高的雪人。大斌咬咬牙，把他那兩只藍色彈力球貢獻出來當眼睛。

「夜光的，晚上會發亮，」他說，「這樣她們姊妹倆晚上經過也能看到。」

「咱們把雪拍實一點吧，」子峰說，「不然風一吹就散架了，李佳棲要是晚幾天才回來就看不到了。」

星期一早上升旗的時候，大家驚訝地發現升旗手換了人——一個又矮又瘦的女孩，由於緊張或是太笨，旗繩被扭了好幾圈，把國旗纏在了裡面，所以不得不重新升一遍。國歌又一次奏響了，我機械地動著嘴巴。嗯，出事了，我告訴自己。奇怪的是，心裡忽然很靜，關在裡面的那隻瘋狂老鼠好像終於停了下來。

我再一次見到李沛萱，已經是第二年三月的事了。她其實只有一個星期沒來學校，之後就照常上課了，照常擔任升旗手，照常在期末考試中拿了全校第一。只不過這期間除了升旗時遠遠看見，我沒有碰到過她。這大概是我們共同努力的結果，我不想遇到她，她恐怕也不想再看到我，兩人都在努力避開對方。事實上，我們再次碰到，正是在一條有意繞遠的去學校的路上。那天有寒流，我發現毛衣脫得太早了，想到下午還有體育課，決定回家去穿。剛掉頭不久，就看到她迎面走來。

狹路相逢，無處可躲。

我還記得李沛萱回到學校的那天，大斌跑到她的教室門口去看。此前關於她的臉受傷的消息已經傳開了。大斌很快就回來了，說她戴著一個大口罩，只露著兩隻眼睛，什麼也看不到。到了下午她上體育課，大斌以拉肚子為名，跑出去看了一次，她還是戴著口罩，問了她班裡的同學，據說一整天沒有摘過。子峰問，她打算一直不摘嗎，星期一升旗的時候戴著口罩多奇怪。大斌搖搖頭，她肯定不會再當升旗手了。

可是到了星期一升旗的時候，她出現在了原來的位置上，並且沒有戴口罩。像以往一樣，她舉著國旗從容地走到旗竿底下，以挺拔的姿勢仰視著它升到旗竿的頂端。大家都踮起腳尖去看她的臉，可是離得太遠了，根本看不清。於是我產生了一種僥倖心理，覺得她根本沒事。解散後大斌又跑去她的教室，據說門口圍了好多別的班的同學，都想知道她好不好，有人還帶了水果軟糖和玩具小熊送給她。

後來李沛萱大大方方地走了出來，感謝了大家的關心，並且收下了那些禮物。大斌說，當時看著她的臉，他們每個人都呆住了。他比畫著告訴我們那道疤有多長，而且又紅又腫，就像一隻吸了血的壁虎。她將他們每個人來不及掩飾的驚恐都看在眼裡，卻依然笑盈盈的，就像什麼都沒有發生。大斌說，她為什麼要那麼快摘掉口罩呢，難道就是為了能繼續當升旗手嗎，升旗手有那麼重要嗎，就不能等血痂掉光，傷口不那麼嚇人了嗎？你們知道嗎，有那麼長一條……他說著說著哭了起來。子峰歎了口氣，說原來你真的喜歡她。大斌說我是喜歡她，怎麼了？她那麼堅強，多讓人佩服啊。子峰說，可她是個優等生。大斌說，那又怎麼樣，我從今天開始就好好學習。子峰說，沒事，現在她臉上有疤了，想和她結婚的人少了，你的名次往前提了。大斌說，我也不想和她結婚了，每天看著那道疤我會很難過。

「她是怎麼受傷的？」我問。

「說是從牆上摔下來，臉劃在了玻璃上。」大斌說，「可誰信啊，李沛萱怎麼會爬牆呢？」他沉默了一會兒，「肯定是一個人走在路上遇到壞人了，給那人劃傷了臉，要是讓我知道是誰，一定把他的臉劃個稀巴爛！」

在過去的一個星期裡，我的心一直懸著，時刻準備迎接一場惡戰。我不確定來找我的會是老師還是員警，大概是員警吧，因為事情看起來很嚴重。最初幾天，由於全然沒有李沛萱的消息，我甚至懷疑她是不是死了。所以當我聽說她只是摔傷了臉時，甚至鬆了一口氣。但事情還是嚴重到我一定會再被帶到派出所審問的地步──「說，你為什麼要那麼做？」你爺爺也會再次出現在那裡，為了他的另外一個孫女。難道這一次他還會那麼有涵養地問我，你就是弄傷沛萱的那個男同學嗎？他還會有耐心繼續假裝不認識我嗎？我盼望著看到他氣急敗壞的樣子，好像只要那樣，他就會亂了分寸，露出邪惡的真面目。我在等他幫我說出我這麼做的原因，說出我們之間的仇怨。這樣的想法是不是很可笑？可是我好像必須等到他那張尊貴的面具撕開一個小角之後才能出擊。

當然，我也作好了和大斌反目成仇的準備。我們的友誼將經受一次巨大的考驗。我幾乎可以肯定，他會站在他的女神那一邊。對於我們之間的感情，我倒也談不上珍惜，只是這些年已經習慣了他傻呵呵的存在。不過我還真有點期待全世界都與我為敵的局面，那種悲壯，正符合我對英雄的幻想。

老師和員警一直沒有出現，我的心懸得越來越高。也許你們家的人正在醞釀一場報復行動。想到你爺爺對我爺爺做下的事，頭皮就一陣陣發緊。我在口袋裡裝上了一把削鉛筆的小刀，以備不時之需。可是一天天過去了，沒有任何人來找我。之後李沛萱回到了學校，一切都照舊。就像什麼也沒有發生，我簡直不敢相信，那件事竟然就這樣過去了。我還以為自己把這個世界捅了一個大洞，可實際上卻如同將一顆小石子投入大海，一點聲響也沒有。

我永遠都不知道為什麼李沛萱選擇隱瞞那天晚上的事。我究竟應該把她的沉默當作是贖罪還是寬容？關於我們兩家的恩怨，她到底知不知道，又究竟知道多少？這些都是謎。李沛萱就是一個謎，沒有人知道她怎麼想。那具黑匣子一般的身體裡似乎蘊藏著巨大的能量，足以粉碎所有施與她的痛苦。沒有什麼可以摧毀她，在三月的那個下午，看著她迎面走來的時候，我強烈意識到這一點。

那是一個很冷的下午，天陰著。草還沒有變綠，空氣裡也沒有花香，一切都好像那個冬天仍在繼續。除了她身上那件淺黃色的毛衣外套，洋溢著迎春花般甜媚的氣息。起初我沒看出來那是李沛萱，因為她從未穿過這樣亮的顏色。而且她好像長高了，身體也發育了，看起來已經完全是個少女了。隨後，我認出了她，因為她那升旗手所特有的端莊步伐，身姿跟從前一樣挺拔，如同一株春天裡的小樹。她也看到了我，但沒有躲閃，甚至連一絲遲疑都沒有。她逕直向前走，目光坦然地望著我。

因為離得太遠，看不清她的臉，我又開始產生什麼都沒發生的幻覺。可是隨著一點點走近，她的臉急遽變形。我盯著那道疤——我的傑作。無論從什麼角度去看，它都顯得太大了，那小小的下巴幾乎無法容納下。而且因為它的凸起，感覺臉的下半部都塌陷了，像被隕石砸了一個大坑。我承認在看到傷疤的一瞬間，心裡確實想過無論有多麼大的仇恨都可以抵消了。可是那種內疚感隨即就消失了，因為我發現即便到了這個時候，自己仍舊無法可憐她。她的神情安和，被傷疤撐得滿滿當當的小下巴微微翹著，高高在上的目光一如從前，那副模樣既令人悲傷又覺得可惡。

和我擦身而過的時候，她似笑非笑地看著我。然後，那條疤動了起來。有那麼一兩秒鐘的滯後，聲音才從她的嘴巴裡傳出來，彷彿她需要花一點氣力才能拉動那條疤，把聲音放出來。

你瞧，沒有什麼能打敗我。我以為她會這樣說，以此來總結整件事。可是我卻聽到她用很輕卻堅定無比的聲音說：

「我爺爺沒殺過人，請你以後不要再亂說了。」

《仁心仁術——走近李冀生院士》

畫面中出現一個中年男人。謝頂。戴著小圓眼鏡。左邊字幕顯示：顧鎮海。字幕顯示：

「我給李院士當過六年助手，每台手術我都在旁邊。有一回，我記得是冬天，下著大雪，他早上不到七點就來了，一個人在那兒準備手術。我看他眼睛裡都是紅血絲，就問是不是沒休息好。他說不要緊，還叮囑我這台手術難度很大，可能超時，讓我跟後面那台手術的麻醉師和病人家屬打個招呼。八點鐘，手術開始了。他動作敏捷，每個步驟銜接得特別流暢，一點停頓也沒有，到最後做完，還比預期早了幾分鐘。我說，恭喜您，又破紀錄了。他摘下手套，轉身走了。

「休息的時間，我去找他商量第二天手術的安排，看到他站在辦公室的窗前，看著外面的雪發呆。他說要去一趟北京，讓我把後天急著要做的手術提到明天。我問，是去開會嗎？他說，不是，私事。我笑著說，您也有私事啊。然後我看了看第二天的手術紀錄，說不然還是等您回來吧，要是把後天的提上來，恐怕得做到晚上九、十點鐘。他說，沒事，就明天吧。後來我們才知道，前一天他的兒子車禍去世了。他去北京是參加追悼會。我們都很震驚。他實在太了不起了，一般人真的沒有這個心理素質……」

53'18"

李佳棲

爸爸出車禍的第二天，到了下午，我真的發起燒來。浸沒在回憶裡的意識像燒斷的燈絲，一根根熄滅。我昏沉地睡著，不停地出汗，一個接一個地作夢。薄薄的夢，像破棉襖裡吐出的棉絮。身體越來越燙，終於燙醒了。恍惚地爬起來，看到亮晶晶的窗戶，以為是冰，就光腳跑過去，把臉貼在上面。不知道這樣過了多久，臉不再那麼灼燙了，神智也清醒了一些。外面已經是夜晚，天空又開始飄雪了。

黑漆漆的小屋裡，地上堆滿塑膠編織袋，如同連綿的墳塚。從裡面伸出的衣服袖子，像一隻隻從土裡爬出來的手。我嚇壞了，拉開門跑了出去，外面也是漆黑一片。摸著牆走到客廳，打開燈。紅沙發上有幾條淺淺的縐褶。茶几上的玻璃菸缸裡，立滿了菸蒂，像一群穿白袍的小人，祕密舉行著一個儀式。我又跑到爸爸和汪露寒的臥室。也黑著燈，一條慘白的被子，蜷縮在雙人床的一邊。我退回到走道上，看到秦婆婆那間屋子的門底下，有一條亮光，想也沒想就推門跑進去。

秦婆婆正一個人坐在床邊，絮絮不止地說話。我走進去她也沒有察覺，仍舊專心地說著，忽然偏過頭，狠狠地朝地上啐了一口唾沫。然後身子一縮，驚恐地瞪大眼睛，好像唾沫是別人啐的，反倒把她嚇到了。

「老汪看著老實，出手夠狠的……」

「再胡說八道小心我撕爛你的嘴！」

「做了還怕別人說呀？事先你就知道吧？」

「出去，都給我滾出去！」她起身邁開腿，做出抄起掃把打人的動作。

她一人分飾兩角，自己和自己吵架。要是先前，我肯定已經掉頭跑了。可是那會兒我卻站在那裡，定定地望著她。她臉上的表情迅速地變化，一會兒怒，一會兒怨，一會兒得意，一會兒失落，非常生動。她好像是在用那些失常、誇張的舉動來證明自己活著。我感覺到一種旺盛的生命意志，慢慢走過去，坐在她的腳邊。

她又坐下，嘴裡還在嘟噥，嘴巴裡呼出的熱氣噴在我的臉上，讓我覺得很暖和。我把頭靠在了她的腿上。她的身體也是熱烘烘的。

「我真的很害怕……」我哭了起來。

「別怕，沒事的。」秦婆婆把手放在我的頭上，不太專心地摸了摸我的頭髮。

「我很難受，可是不敢睡覺，」我說，「一閉上眼都是那些嚇人的事，死人的手從土裡伸出來……」

「員警要是問你，你就說什麼都不知道……」她說。

「我還夢見媽媽的婚禮，有人塞給我一個金紙包的巧克力球，我拆開金紙，看到裡面是個死麻雀的頭……」

「就算你去過那裡，又能說明什麼！」她抓住我的手，「你什麼都沒做，怕什麼啊？」

「我還夢見了鬼，沒有腳的鬼……」

「讓他們查去吧，」她說，「釘子是你的又怎樣？你什麼都沒做！」

「世界上到底有沒有靈魂這回事？」我問，「你知道嗎，我爸爸死了……他死了……」

秦婆婆身體一震，「你爸爸死了，你爸爸死了……」她緊捏著這句話，好像正在頭腦中搜索它的含義。

「不會的，不會的……你爸爸不會死……」她一把推開我，指著前面的天花板，「快，快！剪刀呢，快找剪刀來，剪斷他脖子上的管子！」她仰著頭大喊，「凳子！凳子呢，快去搬個凳子來，沒事的，你爸爸不會有事的……」

她向後退了兩步，抓住我，「小寒，別怕，好孩子，別怕，咱們把你爸爸抱下來，他不會死，不會死……」

我一連聽到那麼多個「死」字，哭得更傷心了。

「別哭，你爸爸沒事……」她俯下身，粗暴地抹去我臉上的淚，然後怔怔地看著我。那張布滿皺紋的臉像一只元宵節燈會上被人踩爛的紙燈籠。然後她身體一歪坐到地上，攬住我也哭起來。

我們兩個人，就這樣在屋子當中抱著彼此痛哭。我聞到她毛衣網眼裡陳年的樟腦味道，還有她身上散發出的一股朽壞的氣息。像個被燒毀的廢墟，剩下的殘垣斷壁尚未冷卻，星微的火星仍在躍跳。

有那麼一刻，循著她痛切的哭聲，我似乎觸到了她的心底。明鏡一般的心底。好像什麼都記得，什麼都明白。我幾乎覺得她其實沒有瘋。「瘋」是外人加諸於她的。她頭上別的那些黑髮夾，仍舊一絲不苟地箍著頭髮，像一副鎖著她的枷。

我漸漸忘記了我們在哭的是不同的人，不同的「爸爸」。他們的「死」，好像橫跨過相隔的時間，匯集到同一片哭聲裡。

一九九三年十二月的那個傍晚，當我和秦婆婆抱在一起痛哭的時候，我爸爸的死和汪露寒父親的死奇妙地重疊在了一起。我在哀悼剛死去的爸爸的現場，也在哀悼更久遠的、一九六七年那場死亡的現場。

一九六七年那個審訊的前夜，外面下著大雨，閃電擦著窗戶劃過。汪良成睡不著，在屋子裡走來走去。妻子一直陪著，不停地安慰他。天快亮的時候，雨變小了，他終於聽妻子的話，到床上去睡一會兒。沒過多久，他騰地坐了起來。妻子迷迷糊糊地問怎麼了，他說想起抽屜裡還有兩顆釘子，怕員警來家裡搜，得找個地方藏起來。他走到外屋，把所有的抽屜都翻遍了，沒有找到那兩顆釘子。他將抽屜裡的東西全部倒出來，趴在地上仔細地找。汗水沿著臉頰往下淌。他焦躁地撥拉著那些東西，呼吸越來越急促，直到一隻手在雜物堆裡觸到那一捆橡皮管。褐色的橡皮管，像富有彈性的肉皮，帶著人身上的體溫，突突地敲打著掌心。窗外的雨聲消失了，他心裡變得很靜。

廁所裡有扇小窗戶，與天花板齊高，他把橡皮管綁在當中的窗框上，套住脖子，踢掉了腳下的凳子。

是他的女兒先發現了他。她起來上廁所，推開門看到他吊在窗戶上，青灰色的臉上蒙著一層雨水。她尖叫著跑了出去。

這些是謝天成告訴我的，在許多年以後。他說得很簡陋，畢竟是聽來的故事，幾經轉手，加上時間的推移，只剩下一具骨骼。可是我聽他講著，歷歷在眼前，故事的每一點血肉都被還原。一切都如同是親眼目睹。

謝天成是那天深夜趕來的。很多年以後他仍舊記得打開燈，看到我們的那一刻有多麼驚訝。他以為這房子裡已經亂作一團，秦婆婆在發瘋、叫罵、砸東西，而我則因為害怕和飢餓哇哇大哭……可他看到的卻是我們躺在秦婆婆的床上，緊緊地抱在一起，秦婆婆蜷曲著腿，讓我的腳抵在她的腳背上。

他站在門口望著我們，一時忘了要做什麼。

我沒有睡著，可是我不敢動。秦婆婆隔一會兒會冷不丁喚一聲，小寒。我連忙應她，生怕她發現我不是汪露寒，會把我趕回房間。我懷疑所有人都把我們忘了。房門反鎖，我和她被困在這冰冷的房子裡，最終悄無聲息地死掉。一點一點，死掉眼睛，死掉牙齒，死掉腳趾……我漸漸感覺不到她那隻硌在我身下的胳膊，我只能感覺到她身上最柔軟的部分，那只垂癟的乳房，隔著一層薄薄的衣服，貼在我的臉上，像墓穴裡蓬鬆的泥土。

燈「啪」的一下被打開了，房間豁然大亮。一個高大的男人站在門口。

「別怕，我是你爸爸的朋友。」他對我說。

「你來啦。」秦婆婆坐了起來，好像和他很熟，「外面冷吧？」

「我去給你們弄點吃的，」他說，「露寒等下就回來了。」

我走到廚房，靠在門邊，看著他把白菜切成條。他扭過頭來對我說，「咱們吃熗鍋麵，好嗎？」

一捧蔥花倒進鍋裡，熱油淬起一團白煙。他身上的大衣沒脫，額頭上冒出汗珠。

他把一碗麵放在桌上，拉我過去坐下，又端著一碗進了秦婆婆的屋子。我隱約聽到他說正月十五帶她去看燈會。吃完麵，又哄她吃藥，秦婆婆似乎很聽他的話，沒有抗拒。我聽到藥片從瓶子裡倒出來的聲音——他知道藥放在哪裡，也知道服用的劑量。

他走出來的時候，我正對著空碗發呆。

「再吃一點兒？鍋裡還有。」他說。

我矜持地搖了搖頭。他把碗拿走了。過了一會兒，他端著兩碗麵從廚房走出來，把少一些的那碗遞給我，「我自己也來一碗。」

他挑起一綹麵，呼嚕呼嚕吸進嘴裡。響亮而暢快的聲音，這時聽來令人感動。平庸的麵條似乎也變得更好吃了，我很快吃光了剩下的麵條。
「汪露寒呢？」我問。
他把筷子橫在碗上，坐直身體看著我，「來，你聽我跟你說……」
「我爸爸死了。」我說。
他怔了一下，艱難地點了點頭。
沉默了一會兒，他開口說，「露寒暈倒了，好幾天沒吃東西，有個朋友在醫院陪她，我就先趕過來了。」他把我拉到身前，撩起我前額上的頭髮，「你叫什麼名字？」
「李佳棲。」
「佳棲，聽我說，都會過去的，相信我，這世上沒有過不去的事……」他的手停在我的額頭上，「你發燒了？」他走到五斗櫃前，拉開第二個抽屜拿出溫度計。他看著我把它塞進腋窩，然後走到廚房去燒水。我從來沒有一個時刻，這樣盼著自己發燒。好像必須生一點病來表達哀痛，那樣才算和汪露寒的暈倒扯平。比她更痛苦，似乎就意味著比她更愛爸爸。可惜我並不發燒，三十六度八，他說，給我倒了一杯水，讓我喝完去睡覺。
「你要走了？」我問。
「不走，放心去睡吧。」他說。
「我能睡這兒嗎？」我在沙發上坐下。
他從小屋子裡拿出被褥和枕頭，示意我站起來。剛把褥子展開，他的手停住了。
「你來例假了？」他的聲音很輕。
順著他的目光看過去，沙發上有一塊棕色的印跡。

他觀察著我的表情，「第一回？」

我抿著嘴唇不說話。

他沉吟了一下，「沒準樓下小賣部還開著，我去看看。」

我一把抓住了他，「別讓我一個人待著……」

「好……你要不要換件衣服？」

想到要一個人去廁所或者小屋子，我搖了搖頭。他拿我沒辦法，去臥室找了一條浴巾，疊成雙層鋪在褥子上。等我躺下，他把被子向下翻摺了一下，蓋住我的肚子。

他關掉了燈，只留走廊裡的一盞，然後搬了把椅子，在沙發旁邊坐下，「睡吧，我就在這兒。」

他見我還睜著眼睛，「這麼大的人了，總不會還要人講故事才睡吧？」

「人真的有靈魂嗎？」我問，「我能見到我爸爸的靈魂嗎？」

他點起一支菸，吸了一口，「我記得我小時候，每年到了我爺爺忌日那一天，奶奶就會站到凳子上，把牆上的釘子都拔掉。」

「釘子？」

「對，不拔也用紅紙包起來。她說等我們睡了以後，小鬼會牽著爺爺回來，讓爺爺在家裡待一會兒，看到釘子，就把鐵鍊子拴在上面了，要是沒釘子，爺爺就不會給勒著脖子，能在屋子裡到處走走。桌上還得擺些吃的犒勞一下小鬼，奶奶會煮一盤小魚，那玩意兒刺多，吃得慢，爺爺能多待一會兒。」

他夾著菸，白霧在我們之間升起，「有一年半夜我偷偷爬起來，藏在了門後面。」

「那你看到你爺爺了嗎？」

「我沒待一會兒，就坐在地上睡著了。」

「我不會睡著的。」

「沒事，睡著了也能見著，他們可以到夢裡來。不用非得那天，隨時都能來。你快點睡，沒準等會兒就見到了。」

我閉上了眼睛。但是沒有作夢。在黑暗中，我能清晰地聽到旁邊這個男人的呼吸，一起一伏震動著空氣。那微熱的氣浪包圍著我，讓我覺得自己很安全。一直以來，我都希望有一個晚上，爸爸能像這樣陪我入睡。可他只是一個陌生的男人，連名字都不知道，想到這個，我感到一陣羞愧，覺得自己背叛了爸爸。小腹有一陣熱流湧動，身下的褲子已經黏濕。我當然不可能不知道月經是怎麼一回事，但總覺得還很遙遠。應該等我再長大一些，開始和一個男孩談戀愛。可是現在它來了，在這樣一個夜晚。好像從一開始，它就和恐懼、悲傷連在一起。血正從一個很深的地方流出來，帶著一種忽遠忽近的疼痛，讓我想到爸爸，以及那團肉。我想像它不斷地往外流，無休無止，直到流光，也就可以和他相見了。所以在這個夜晚，流血也是一種接近他的方式。

門鎖響了。男人立即從椅子上彈起來。我也坐了起來。汪露寒從外面走進來，還穿著那件紅綠格的呢子外套。沒有繫扣子，胸前的毛衣上掛著一層亮晶晶的雪花。她站在那裡，環視著整個房間，酒櫃、窗戶、沙發、沙發上的我，她看我的目光好像我是這屋子裡的一件家具。

「惠玲沒有陪你回來？」男人迎過去。

汪露寒搖搖頭，脫掉外套搭在椅背上。他扶她坐下，給她倒了一杯熱水。

「幫我個忙。」汪露寒說，她將手伸到外套口袋裡去掏什麼，外套滑下去了卻毫無察覺，手還懸在半空中摸索。男人把外套撿起來，遞給她。她找到口袋，從裡面摸出兩張小紙片：

「惠玲找人弄到了兩張票，明早你幫我把這孩子送回濟南。」

「可是你……」

「我能行。」她說。

男人蹲下，把手放在她的膝蓋上，「我明天晚上就往回趕，後面的事我都陪著你。」

在能見度很低的光裡，看不清他的臉，卻能感覺到他眼底漾著的溫柔。我心裡一凜，想到先前爸爸和汪露寒爭吵時說的話：有個人在等著她。這個男人來照顧我和秦婆婆，並不是為了爸爸。而是為了取代爸爸，成為這裡的男主人。我怒氣衝衝地盯著他放在汪露寒腿上的手，很想衝過去把它打掉。

「不早了，你回去吧。」汪露寒自己把那隻手推開了。

男人穿起外套，卻還立在那裡不動。我站起來，赤腳跑過去，不由分說地把他推出客廳，推到門口。他默默走了出去。我「砰」的一下闔上了門。

再回到客廳，所有的燈都打開了，讓人暈眩的強光照著房間裡的每個角落。汪露寒站在酒櫃邊，正拿著伏特加的瓶子往玻璃杯裡倒酒。誰都不會忘記那瓶酒，瓶頸上還留著爸爸最後的體溫。她雙手捧著玻璃杯，酒櫃上方的射燈吐出的那一簇刺亮的光，蛇芯子似的舔著杯子裡的酒。酒在發抖，映在牆上的影子也在抖，像隻受驚的大鳥撲騰著翅膀。她喝了一大口，把我叫到跟前，然後對我說了車禍的事，以最簡略的方式，就好像在播報一條當日新聞。你爸爸走了，她蹙著眉頭，語氣嚴肅，好像和我約定好了誰都不能哭。她又跟我說，明天你就回濟南，追悼會不要參加。這樣對你好，以後你會明白。

我沒抗爭，她的語氣裡有一種真誠的東西，使我願意相信她的話。也沒哭，只是靜靜地望著她。我還沒有那麼近地看過她。凸起的顴骨和鼻峰，使她看起來有點陌生。也許和角度無關，她是真的變得陌生了。先前她是爸爸的妻子。現在我們已經沒關係了，如同兩顆太陽系的行星，沒有了太陽，就脫離了原來的軌道。我打量著她，這個不幸的女人，很小的時候父親就自殺了，母親瘋了，現在她的丈夫也死了。那些傷痛把她的心鑿穿了，成了一口深不見底的井。

「你會自殺嗎？」我問。

汪露寒看著我，「為什麼這麼問？」

「電視裡都是這麼演的，」我說，「兩個相愛的人，一個死了，另一個就會自殺。」

她笑了一下，搖晃著手中的杯子。

「你希望我死嗎？」

「我希望你活著。」

「我會活著。」她說。

我猶豫了一下，「這是因為你沒有那麼愛我爸爸嗎？」

「我愛他。」她說。

「可你們總吵架。」

「我們不該在一起。」

「為什麼？」我問。

沒有回答。

「因為他和我媽媽結婚了？」我問。

「不是。」

「因為我爺爺奶奶不同意？」

她搖頭。

「那是因為什麼？」

「不要再問了！」她仰頭喝光了裡面的酒，又拿起酒瓶，把剩下的都倒在杯子裡。也不過只有小半杯，她用力搖著空瓶子，「死鬼，不給我多留一點。」她咕噥著，忽然變得很溫柔，好像回想著什麼，眼睛一點點變亮。然後那明亮的東西離開眼眶，沿著臉頰滑下去。

「可能就是明知道走不通，才會那麼愛吧。」她被酒嗆到，咳了起來，臉通紅，用力按住胸口，好不容易才平息下來，聲音變得很啞，如同在洩露一個巨大的祕密，「我和你爸爸是同一種人。扭曲了的人，只能有扭曲的愛。」她微微兜起嘴角，好像在為自己擁有常人無法體會的感情而驕傲。

「你會跟剛才那個人在一塊嗎？」我問。

「誰？謝天成？」

「他喜歡你，我知道。」我說。

「我不會和他在一塊，你放心了嗎？」她把手放在我的肩膀上，「小姑娘，你擔心的可真多。怕我死，又怕我跟別的男人。那你告訴我，往後我該怎麼過呢？」

「一個人，孤零零地活著，是吧？」她笑了一下，一行眼淚淌下來，「那有多難啊。」

她的身體慢慢滑下去，坐在地上，頭靠著酒櫃。旁邊就是昨天她用菸灰缸砸的那個凹洞，她用手指輕輕掠過它的邊緣。

天快亮的時候，我支撐不住了，從沙發上躺下，側過身來，臉朝向她。眼皮變得越來越重，我拚命驅趕睡意，一次次睜開眼睛看著她。我只是想知道她還在那裡，也讓她知道我在這裡。或許這對她並不重要。但是我一廂情願地相信，我們在一起的時候會有一股強大的力量，能讓爸爸來到我們中間。

但他沒來，而我還是睡著了。迷濛中聽到秦婆婆的歌聲才猛然驚醒。

「天上布滿星……」歌聲還是那麼甜媚動人。秦婆婆的世界裡，什麼也沒有發生。

她從房間裡走出來，看見我愣了一下，然後好像記起了我是誰，就對著我笑。她又把我拉到窗前的椅子上給我梳頭。這次我沒有掙扎。這一頭辮子大概是我唯一從北京帶回去的東西。她編得比昨天還認真。別夾子的時候，很當心不扯到頭皮，這一次一點都沒把我弄疼。

汪露寒關掉亮了一整夜的燈，走進了臥室。再出來的時候，她換了一身黑色。黑色高領毛衣，外面套著黑色大衣。

「你穿黑色好看。」秦婆婆走過去，撣了撣她的大衣領子。

汪露寒穿上靴子，走出門去。沒多久就回來了，拎了一袋小籠包，往桌上一放，讓我和秦婆婆過來吃。我打開塑膠袋，一包熱水氣升起來，帶著肉糜的香味。可是嘴巴裡沒有味道，只感覺到喉嚨裡都是肥膩的豬油，差點沒吐出來。我吃了一個就沒再吃。汪露寒也沒吃，倒了杯熱水捧在手裡。昨晚的悲傷已經在她的臉上凝固，變成了一種永久的神態。就像秦婆婆一樣，高興的時候也帶著那種神態。這對長得不像的母女，開始變得有些像了。外面陰著天，灰色光線像一層黑紗，罩在兩個寡婦的臉上。

我想著我走了之後她們的生活。每天秦婆婆會在後半夜醒來，一邊給自己梳頭一邊唱歌。到了早晨，汪露寒努力振作起來，下樓去買早點。下午她坐在沙發上一支接一支地抽菸。直到菸灰缸裡擠滿了紅心，天光開始變暗。然後是漫長的夜晚。對於哀痛中的人來說，度過長夜如同穿過一條長長的地下隧道。等天空發白，才終於爬上地面。然後是另一個清晨，歌聲會再次響起。周而復始，毫無希望的日子，這昏暗的、充斥著漚爛的雞毛和油漆氣味的房子不過是一座有人走動的墳墓。雖然我知道回去之後，自己仍舊會一直待在悲傷裡，但想到馬上要離開這房子了，心裡還是掠過一絲欣慰。我當然會很懷念這裡。我環視著四周，讓自己記住這屋子裡的所有細節。牆上每顆釘子的位置，門框上剝落的油漆。一切都和爸爸有關。以後想起爸爸，就會想起這裡，那些想念好像有了一個容器。

「我真的想不起來了，」秦婆婆放下手裡的包子，盯著我，「你很像一個人。」

謝天成來了。秦婆婆讓他坐下吃包子。他說吃過了，還揚了揚手上的塑膠袋，說買了豆沙包給我路上吃。

「小孩都愛吃甜的。」他說。

「對，」秦婆婆說，「小寒也愛吃。」

我站起來穿外套。秦婆婆走過來，又幫我別了別兩邊的髮夾。她忽然停住手，好像想起一件很重要的事，

「你叫什麼名字？」

「李佳棲。」

「佳棲，早點兒回來，」她說，「晚上咱們吃餃子。」她轉過頭去問汪露寒，

「咱們晚上吃餃子行嗎？」

汪露寒沒有回答。她跟著我們走到門口，把一個黑色塑膠袋塞到我懷裡。裡面是一包衛生棉。走出大門以後，我又折回來，跑進小屋，從角落裡那一摞書中拿了最上面的一本，揣進大衣。離開前我匆匆瞥了一眼睡過的鋼絲床，那隻叫塔塔的熊貓，臉朝下趴在牆邊。

回程的火車上，謝天成察覺了我的冷漠，好幾次問我要不要吃豆沙包，還幫我沖了一碗黑芝麻糊。我不懂他為什麼要那麼殷勤，送我回去不過是完成一項任務，下了這趟火車，我們就再也不會見到彼此了。他還指著窗外的風景，告訴我火車現在開到哪裡了，這一帶有什麼特產。他說如果我想吃，他就下去買。我一直搖頭，但他仍是在中途停靠的幾分鐘裡，跑下去買了一盒天津麻花，還有兩塊冒著熱氣的烤紅薯。

我拗不過他的熱情，接過一塊烤紅薯，原本只打算捧著暖暖手，後來還是忍不住吃了兩口。但是從頭至尾，整個旅途中，我都沒有跟他講過一句話。他送我到爺爺家樓下，目送我走進門洞。

再見，佳棲，他在背後說，但我沒有回頭。我想我們不會再見了。

程恭

一九九三年的那個冬天確實發生了很多事。除了你不辭而別之外，還有一個人也在謀劃著出走。

那天晚上，姑姑破天荒做了四個菜，都是我愛吃的，還專門買了一箱啤酒，和我奶奶一起喝。我也想倒一杯，被她用筷子打了手。她不斷給我奶奶倒酒，勸她多喝一點。我奶奶酒量好得很，沒幾個人能喝得過她，可她喝了酒愛犯睏，屋子裡的暖氣又特別熱，所以幾瓶下去以後，她就開始打瞌睡了。我奶奶睡下以後，我姑姑收拾好桌子，對我說，咱們也早點睡吧。我爬到上鋪，剛躺下，就聽到她的聲音從床和牆壁之間的縫隙裡鑽上來，程恭，我有事要跟你說。

她說，小唐要走了，讓我跟他一塊兒。我問誰是小唐。她說，我不是跟你說過嗎，那個實習大夫。哦，我花了點時間才想起來。夏天那會兒，有一天下很大的雨，特別晚了，我姑姑一個人在藥房值班，看到有個年輕男人在外面的屋簷下避雨。她其實有一把傘，但不想借給他。從前發過幾回善心，每次都得買把新傘。可是那個男人不知不覺踱到藥房門口，跟我姑姑講起話來。我姑姑的臉頓時紅了，彷彿包裡有一把傘的事已經被他發現了。他沒話找話地問她值夜班嗎，是不是早上才下班，又說自己還有個實驗報告沒交，看樣子也要通宵了。我姑姑抿著嘴不說話，忽然拿起旁邊的拎包，從裡面掏出了傘。目送那個男人撐著傘走進雨中，她心裡很懊惱，覺得他大概就是來騙傘的。可是第二天一早，她剛要下班，那個男人來了，還了傘，還把被傘骨戳穿了的一個角用膠布固定了。他們一起去食堂吃了早飯，那個男人請的。回來以後姑姑跟我說，這個小唐挺不容易，家是農村的，小時候有隻耳朵打慶大黴素打聾了，上課只能聽懂三成，但立志要當醫生，複讀了三年才考上大學。為了不讓功課落下，每天都在圖書館待到十二點，好不容易快畢業了，但是找工作很難，附屬醫院不會留他。後來她又提起過一回，說小唐人真挺好，還把湖南老家寄來的白辣椒帶給她。打那以後，我姑姑做什麼菜都愛放一把白辣椒，但再沒提過小唐。我也沒在意，最多覺得姑姑對小唐有點好感。這些年我姑姑有過好感的人也不少，從男醫生到傳達室看門的，但凡人家對她有一點好，哪怕只是對她笑了笑，說了一句謝謝，她都會念叨很久。

所以我真是不敢相信，覺得她是不是一廂情願，把別人的客氣當真了。我說，你到了南方幹嗎呢？她說，小唐說開個診所，讓我管著。我說，挺好，什麼時候走啊。她說，下個星期，票都買好了。這下我不說話了。她說，我一直沒跟你說，是怕讓你奶奶知道了，她還不得打斷我的腿嗎。我說，你現在告訴我，就不怕我告訴奶奶嗎？她說，本來是想走的那天給你留一封信的，可是我寫不出來……我說，哦，要是能寫出來，你就不說了是吧？她沒說話，隔了一會兒，我聽到她在哭。我真的不知道怎麼辦，她說。什麼怎麼辦，我說，你不都決定了嗎？她又哭了一會兒，才說，我真是想帶你一塊走，可是你奶奶年紀大了，身邊總得有個人。我說，嗯，所以我得留下。她說，到了那邊，我們每個月都會寄錢來的。家裡活多，你就辛苦一點。等過一段我們就把你接過去。我真是不喜歡這個「我們」，連我姑姑都有她的「我們」了。我用指頭掐著牆壁上的一條圓珠筆印，思忖著她所說的這個以後，到底指什麼時候，是等奶奶死了以後嗎。她停了一會兒，又哭起來，說我真的不知道該怎麼辦。我說，睡吧，我睏了。她又哭了很久，直到我快要睡著的時候，聽到她說，別怨我，小恭。迷濛之中，我還以為是我媽媽回來了。因為除了我媽媽，從來沒人管我叫小恭。

第二天天沒亮我就醒了，躺在床上想著自己的處境。姑姑也要走了，真是有點不敢相信。我一直以為誰都會走，但她不會走，因為她和我一樣沒地方可去。可是現在連她也要離開我了。她一直像影子，像空氣，我很少能感覺到她的存在，現在想想以後沒有她的生活，我要一個人應對奶奶，才意識到有多麼可怕。可我又能做什麼呢？告訴奶奶嗎？那種事我做不來。事實上，我在思考另一種可能，就是說服姑姑帶我一起走。因為奶奶完全可以照顧她自己。但我又想到爺爺，立即打消了這個念頭。大仇未報，事情還沒有個了結，我哪兒都不能去。

接下來的幾天，晚飯都很豐盛。炸藕盒、韭菜炒烏賊、糖醋排骨，還有西葫蘆餡的包子，姑姑把我愛吃的東西都做了一遍。我吃糖醋排骨的時候，姑姑沒忍住，眼淚掉了下來。她立刻跑進衛生間。那時我奶奶正忙著啃排骨，她吮了一下指頭上的糖汁說，肉不夠爛。臨睡前，我看到姑姑悄悄地從床底下拖出一只皮箱，把一疊衣服放了進去。我們沒講過話，她也一直都不敢看我。隔天下午，路過食堂旁邊的公告欄，看到晚上社會禮堂放《小花》，還想要不要告訴她，那是她最喜歡的電影，一直想再看一遍。但我想了一下還是算了，反正她馬上要走了，也沒有時間看。

到了第五天晚上，臨睡前她和我說，我明天早晨就走了，到了那邊我就給你寫信，寄到學校，你看完就撕了，別讓奶奶看到，知不知道？我不說話。她說，你下來，讓我看看你。不要，我說。下來，她踮起腳，伸手去構我。我蜷起腿向後縮。她跳起來構，抓住被子的一角，還以為是我的衣服，扯著拽了下去，蓋在自己的頭上。我們兩個都笑了。從前每次吵了架，我都會爬到上鋪去，她也是這樣跳起來抓我，抓到了就撓我的腳心，鬧著鬧著就和好了。她一邊笑，一邊爬到上鋪，在我旁邊坐下來。屋子裡忽然變得很靜。她歎了口氣，嘴角耷下來，說從小到大我都沒有自己作過什麼決定，所以我很想作一回。她歎息了一聲，雙手抱住膝蓋，我真是挺害怕。伸手撩了一下我額前的頭髮說，該鉸頭髮了，以後我不在，你就去門口理髮店剃吧。她眼淚湧了出來，說，暫時的，程恭，你奶奶沒法子，只能接受現實，到時候就可以把你們接過去了。我問，那爺爺呢？爺爺？她愣了一下。她顯然把爺爺給忘了。我不走，我說，有些事還沒有完。她問我什麼事，我就不說話了。她拉過我的手，拍了兩下，爺爺有護士照顧呢，我們不可能把他搬走，況且那麼做也沒用……我抿著嘴，搖了搖頭。屋子裡很黑，窗櫺的影子在牆上晃動。白牆看久了就發藍，那些篝火邊跳舞的透明人又出現了，正無聲地朝我聚攏過來。

既然你要走了，我看著姑姑，有件事我得告訴你。我知道另一個害爺爺的人是誰了。我姑姑嚇了一跳，張大嘴巴望著我。我問，你想知道是誰嗎？誰？她瞪著我。李冀生。我說出這個名字的同時，感覺到她放在我手背上的手抖了一下。你可不要亂說……她看了我一眼，立刻垂下眼睛問，你怎麼知道就是他呢？你別管，我說，我就是知道。她說，不是，肯定不是，這種事不能亂講……你沒跟什麼人說吧？我說，這事不能就那麼算了，我要為爺爺報仇。她說，報什麼仇啊，別嚇我，你想幹什麼，快告訴我。我看著她問，你是不是早就知道是他？我怎麼會知道啊，她說，我什麼也不知道，你快別亂猜了，這事早都過去了，可別胡來，聽到沒有，我明天就走了，你還讓我安心走嗎？她哭起來。你走你的，別管我的事，我說。別胡來，答應我，她想攬住我，但我把她推開了。去睡覺吧，我冷冷地說。

那天晚上，我很久都睡不著。她也是，在下鋪窸窸窣窣地翻身。我反覆回憶著她當時的反應，顫抖的手指，躲閃的眼神。她一定早就知道那個同夥是誰。我忽然覺得你們可能都知道，你、李沛萱、我姑姑……所有的人，我是唯一蒙在鼓裡的那個人，一直被一個巨大的謊言籠罩著。

清晨姑姑走的時候我醒著，但沒有起來。我聽到她穿上靴子，拉著皮箱走了出去。兩個動作相隔一會兒，那時候房間裡靜悄悄的。她在做什麼？環顧這間屋子嗎，悄無聲息地流淚嗎，不管她在做什麼，我都當作她在向我道別。我也在向她道別，雖然心裡還是有些怨恨她。但是我想，也許再也見不到她了，因為我是不會走的，而她再也不會回來了。她用最輕的聲音把門帶上，但我的心還是被撞了一下。等我爬起來去上學的時候，發現桌上還有她做好的早餐，一切彷彿還像從前一樣。

那天我沒去上課。現在完全沒有蹺課的障礙了，無非是請家長，而我已經沒有家長可請了。我奶奶是絕對不會樂意專程去學校聽老師教訓的，要是老師到家裡來，沒準還會被她用掃帚打出去。如果學校要開除我，她會說不讀就不讀吧。所以這麼一想，我大概離退學回家也不是很遠了。反正你走了以後，學校已經沒有什麼可留戀的了。

我出了南院，漫無目的地沿著馬路往東走。不知不覺走到了文匯中學。那一帶我們很少去，以菜市場為界，另外一邊就是文匯中學的地盤了。文匯中學的大名，我搬到奶奶家沒幾天就聽說了。勒索敲詐，墮胎自殺，應有盡有。從學校門口經過心都得提到嗓子口，附近的電影院和撞球廳更不是一般人敢去的。我在學校門口站了一會兒，看到操場上有個班在上體育課，隊伍站得稀稀拉拉的，旁邊的台階上坐著幾個女生，指著佇列裡的某個男生咘咘地笑，她們當中還有一個在吃香蕉。看到他們過得那麼自由，我對文匯中學頓時生出幾分好感。有個很漂亮的女生看到我站在外面，還朝我揮手，吹了兩聲口哨。其他的女生也衝著這邊喊，小孩，過來。我嚇得趕快走了。

電影院門口的喇叭播報著二樓錄影廳即將放映的影片。那個錄影廳一直很神祕，據說經常放三級片。可是我不知道到底哪部才是三級片，名字裡帶個「女」字的嫌疑都很大，讓人想入非非，所以我掏錢買了票，爬上幽暗的樓梯，在錄影廳看了一部叫《倩女幽魂》的電影。裡面的人都好好地穿著衣服，只不過有的已經成了鬼。我倒是挺喜歡裡面那個女鬼的，鼻子底下有一層薄薄的茸毛。看完電影出來，我還沒有適應外面明亮的光線，一個戴著黑色棒球帽的男孩攔住了我。他滿臉青春痘，眼睛有點斜視，雖然和我差不多高，但是肯定已經上中學了。他摟住我帶到角落裡，讓我把身上的錢都拿出來。我什麼廢話都沒說，直接把口袋裡的錢給了他。他走出去幾米，折回來看著我問，會打撞球嗎？我搖頭，但他還是叫我跟他一起走。

我們在撞球室泡了一個下午，他教會了我怎麼玩。但多數時候都是他在打，我在旁邊看著。我有點可憐他，他肯定沒什麼朋友，劫了錢連個一塊分享的人都沒有。他似乎沒什麼惡意，就是想讓我陪著他。臨走之前，他問了我的學校和班級，說有空來找我玩。

往回走的時候天已經快黑了。這一天過得很充實，讓我看到了另一種生活的可能。菜市場那一邊的世界被打開了，而且好像很歡迎我。我在猶豫明天要不要再去那邊玩，看看別的電影。快到家的時候，我變得不安起來。奶奶很快就會發現姑姑不見了，開始暴怒和發瘋，還會審問我。可是我身上沒錢了，不能買吃的，也只好回家了。我硬著頭皮推開家門，一股炸醬麵的香味撲面而來。我愣了一下，就看到姑姑從廚房裡跑出來。我還在想自己是不是在作夢，她已經走上來，飛快地抱了我一下，然後給了我一個大大的微笑。回來得正好，她說，開飯了。

姑姑說幸虧他們到得早，上了火車她又改變主意，來得及跑下來，還在視窗和小唐道了別。也沒講什麼，就只顧著哭，費好大勁才說了一句完整的話，我……我真的不能跟你走……小唐倒是淡定，慘然一笑說，我早知道你是走不掉的，可就是不死心，還想試一試。他也哭了，從窗戶裡探出身來抱了抱她。她沒想到他這麼平靜，還以為他會破口大罵，一時有點無措，不知道該說什麼。日後回憶起來，她總是說，世界上再也不會有比小唐更好的人了，可我連句道歉的話都沒跟他說。她後悔的僅僅是這個嗎？我沒有問過。

晚上，我們又擠在那間小屋子裡了。兩個人坐在下鋪的床上，像好久沒見似的，一時說不出話來。我問她，你為什麼沒走？她說，我放心不下你啊，要是你真做出什麼嚇人的事來怎麼辦，我不能就這麼把你丟下不管。她伸過手來，摸了摸我的耳朵。以前每次發燒她也總是這樣安撫我。我眼睛一酸，眼淚掉了下來。在可以走的時候選擇了留下來，她是第一個那麼做的人，為了我。我說，還記得嗎，你以前跟我說有個算命的告訴過你，你這輩子走不遠的，哪裡都去不了。她點點頭，今天從火車站回來的路上，我也想起這件事來了，大概是真的，不然為什麼一看到火車就心慌，腿也發軟，像是要上刑場似的。決定不走了之後，難過是難過，可是心裡輕鬆了好多。坐公共汽車回來的路上，從車窗裡看到南院的大門，我就大哭起來，把車上的人都嚇著了。眼淚嘩嘩的，止都止不住，去市場的時候還在擦呢，賣菜的陳伯很驚奇，問我這是怎麼了。他們怎麼會知道我這個早晨的經歷呢？我好像已經去了一趟南方又回來了。她感傷地笑了笑，我真沒用，怎麼也該等火車到徐州再回來，好歹也算出了一回濟南啊。

等到她的情緒平復，我說，你要是不想讓我做可怕的事，就把你知道的都告訴我。她不說話了，低頭搓著手。我說，你不告訴我，我遲早也會知道。她歎了口氣，不是不告訴你，我真的不知道⋯⋯我說，你早就知道另一個人是李冀生對嗎？她搖搖頭，我真的不知道。我只是猜有可能是吧。我問她怎麼猜到的。她又猶豫了一會兒，才終於開口。

汪良成剛自殺那陣子，李牧原總是出現在汪露寒家樓下，一般都是天黑以後，在窗戶底下站一會兒就離開了。有一回我姑姑假裝從那裡路過，他一看到她就很慌張，轉頭走掉了。後來，我姑姑還發現汪露寒出門的時候，李牧原會跟在後面。不是那種偷偷摸摸的跟蹤，汪露寒顯然是知道的。他們就那麼一前一後地走著，去菜場，去副食品商店，去藥房，整個過程中兩個人沒有任何交流。只有一次去煤球站，汪露寒用底盤車拉了一車煤回來。路上車子翻了，煤球撒了一地，李牧原就跑過去一起撿，她用力把他推開了。他摔了個趔趄，爬起來又去撿，她再把他推開。這樣好多次，最後她終於不再推了，站在一旁看著他撿，還讓他幫她推車，把煤拉回了家。

我姑姑說，後來你爸爸開始不斷找汪露寒的麻煩，李牧原衝出來幫她解圍，還被你爸爸打傷了。人們就開始傳李牧原喜歡汪露寒，我姑姑搖了搖頭，可是我知道沒有那麼簡單。我問她怎麼不簡單。那是一種見不得光的感情，她一字一頓地說，目光很嚴厲，像個發現學生作弊的女教師。這顯然超出了我的理解能力，我不太明白他們之間微妙的感情，也想不通為什麼僅憑這個，就能猜出和李冀生有關。我想了想又問，你是不是早就懷疑什麼了，所以才跟蹤他們？我姑姑臉色驟變，說誰跟蹤他們了，我只不過碰巧看到了……我沒說話，根據以往的經驗，姑姑這種緊張的表現意味著她在說謊。可她為什麼要說謊呢？我一時想不出，只能先擱在那裡了。然後我問了最重要的一個問題：既然你猜出是他，為什麼不告訴奶奶和我爸爸呢？姑姑說，我嚇都嚇死了，能拿釘子捅腦仁的人，什麼事做不出來？我把他揪出來，誰知道他怎麼對付我們，萬一他被抓進牢裡，供出來更多人怎麼辦？我說什麼怎麼辦，都抓起來啊。她搖搖頭，事情就越鬧越大，到最後就不可收拾了。我問，什麼叫不可收拾？她說，你沒見過當時是什麼樣，動不動遊街批鬥，今天鬥這個，明天鬥那個，不知道什麼時候就把矛頭指向你。你爺爺不也是因為挨鬥，才變成那樣嗎？誰都不知道事情會發展成什麼樣，沒人能控制，你懂嗎？別看你有理，最後倒楣的還是你。最好就是什麼都不說，什麼都別管。我問，你就不恨他們嗎，他們把爺爺弄成這樣，奶奶說爺爺本來能當院長的。姑姑歎了口氣，當不了的。我問為什麼。她說你爺爺命裡就沒有這個，他就是個普通人，打日本鬼子的時候沒送了命，已經是萬幸。我問誰不是普通人？李冀生，她說，他的面相看著就不一般，是個人物。我問，是算命的說的嗎？她說，不是，我自己的感覺。我的感覺很準的，剛鬧「文化大革命」的時候，我就覺得我們家要倒楣了，果然吧。你媽剛嫁過來的時候，我就覺得長不了的……她停住了，看了我一眼。她一直都很小心翼翼，從來不提我媽媽，好像這個話題是一隻被關進籠子的獅子，一旦放出來就會把我們咬傷。然後她突然抱住了我，說反正現在我回來了，再也不走了，你要記住你答應我了，別再想什麼報仇的事。相信我，我們根本是鬥不過他的。你要是真想報仇，就好好學習，將來混出一點樣子來給他們看看。我迷惘地看著她問，姑姑，我是普通人嗎？不是，她斬釘截鐵地說，我以後可就全都指望你了。快去睡吧，她拍拍我，謝天謝地，我又回到這張床上，能睡個好覺了。

我爬上上鋪，鑽進涼森森的被窩。明天要回學校上課了。想到我那菜市場以東的美好生活才剛剛開始，就這樣落幕了，心裡不免有一點難過。可是又想到姑姑說我不是普通人，就生出一股要混出點樣子的鬥志。

過了一會兒，我才想起來問姑姑，那個汪露寒後來怎麼了？隔了很久姑姑才回答，好像睡了一覺醒過來了，又或者是在回憶汪露寒到底去了哪裡。她被她哥哥帶走了，姑姑說，再也沒有回過南院。

臨睡前，我還在想姑姑為什麼要說謊，明明是在跟蹤李牧原和汪露寒卻不承認。沒過幾天，這個問題的答案就浮出了水面。那天下午我回到家，看到奶奶正在吃泡麵。姑姑說自己胃疼，飯也沒做就去躺著了。我回到小屋，她倏的一下從床上坐起來，對我說李牧原死了，撞上了一輛大卡車。我問她怎麼知道的，她說教會給他母親組織了一個禱告會，有一個去了的人告訴她的。她搓著手背，看起來很焦慮，好像她應該去做點什麼。等到我睡下之後，她悄悄起身，走出屋子。過了一會兒，我聽到鎖的響聲，她出門了。我爬下床，光腳跑到窗台邊。外面很冷，路上一個人都沒有。她蹲在路燈底下，劃了一根火柴點起火來。

風很大，把火苗吹滅了，她又劃了一根，攏起手來護著。她從懷裡拿出一個紅色的日記本，一頁一頁地撕下來，投進那團火裡。其間她停下來好幾次，像是在讀紙上的字。最後，她把紅色外殼也扔了進去，火苗忽然躥得很高。她一直蹲在那裡，看著它平息下去，漸漸變小，完全熄滅。然後她站起身，抹了一下臉，抱著雙肩走進了樓洞。

我忽然意識到，她對你爸爸也懷有一種「見不得光」的感情。那時候是因為喜歡他，才會偷偷跟蹤吧。大家都忙著找出凶手，她卻沉浸在自己的心事裡。本以為抓住這分感情，就可以躲開外界的紛擾，隨後卻發現了你爸爸和汪露寒的隱祕交往。那些紛擾就像天羅地網，根本無處可躲。她是因為喜歡你爸爸，才沒有告密的嗎？有可能。那樣做會拆散他的家庭，也會毀了他的前途。但肯定也還因為恐懼，怕事情越鬧越大。所以是恐懼和愛，使她保持了沉默。你爸爸可能既不知道她的愛，也不知道她的恐懼，他什麼都不知道。而他死了，也再不可能知道了。不，也許她不這麼想——既然他死了，終於可以讓他知道了。所以她才急著去燒那個本子。我好像見過那只紅色本子，在某個箱子裡。可是為什麼沒有打開它呢？也許我根本不相信姑姑會有什麼祕密吧。

我還有很多問題想問姑姑。她發現真相以後是如何面對李牧原的呢？她還能繼續喜歡他嗎？當看到他仍舊過著和從前一樣的日子，自己的生活卻完全被毀了的時候，她真的沒有怨恨過他嗎？她沒有告訴他真相的衝動嗎？我意識到自己的處境和當年的她何其相似。我們被困在同一個故事裡，就像倉鼠在輪形的籠子裡一圈一圈地奔跑。如果倉鼠知道自己一直都在原地，她會怎麼樣？

沒過幾天，你回來了。那是一個星期一，早晨就開始下雪了。下午語文課之前，大斌急匆匆跑到我面前，說李佳棲回來了，她要轉學了，她媽媽帶她來辦手續。我的心震了一下，但並不吃驚。你終歸是要以某種方式離開，就好像你和這裡發生的所有事都沒有關係一樣。是的，你就是擁有這樣的自由。大斌揉了揉發紅的眼睛說，她先回去收拾東西了，讓你放學後去她爺爺家找她。

那天下午雪越下越大。大風把教室最後面的窗戶颳開了，玻璃被震碎了。老師取消了班會，宣布提前放學。同學們背起書包，三三兩兩離開教室。我仍舊坐在自己的位子上。上星期剛換過座位，現在是在最裡面一排，挨著暖氣。風從背後那扇沒有玻璃的窗戶颳進來，冷熱兩股空氣在身體裡拔河。我打開作業本，撕下最後一頁紙，寫了一封信。只有一句話，但我把它叫做信：

李佳棲，你爺爺是害我爺爺的另外一個凶手。但我不會恨你的，我們還是朋友。

我把信摺成小方塊攥在手裡，穿上外套走出了教室。小操場被雪填滿，顯得無比空曠。雪花在空中翻卷，大片大片地撞在臉上，讓人無法呼吸。我拉上帽子，捏住外套敞開的領子，邁著大步向前走。也許這是最後一次見你，我有很多話想跟你說，但可能沒有機會了。你媽媽會催促你快點走，你奶奶在旁邊冷冷地盯著我們。我們能有多少時間呢？十分鐘，還是半個小時？我該如何分配它們，用多少時間安慰你，用多少時間來告別？我想抱你一下，在離開的時候，這個願望是否很奢侈？然後把那封信塞在你的手裡，飛快地轉身跑掉。沒有多少時間了，耳邊有個聲音在說，快點，快點，可是我走得越來越慢。到了康康小賣部門口，我停了下來。

我聽到一陣嗚嗚的哀叫聲。好像是一條狗，但不知道在什麼地方。小賣店黑著燈，門上掛著鎖，天氣不好，店主提早關門了。我走到門前的棚子底下，那裡有張木頭桌子，以前有隻流浪狗喜歡待在底下，特別瘦小，一條腿是瘸的，你還餵過牠好幾次。我拉開桌子下面放優酪乳罐和汽水瓶的塑膠筐，牠不在那裡。哀叫聲又響了起來。我仔細辨別著方向，在棚子的右邊，那裡是一條排水溝。我走過去，看到裡面有一團黑乎乎的東西，在輕輕地顫抖。

「你在這兒啊。」我輕輕地說。

那條流浪狗哀叫了幾聲，仰起頭。

那張臉我永遠也無法忘記。眼睛和上半截鼻子都被裹在一層硬邦邦的殼子裡，如同戴著一個鐵皮面具。那是眼睛裡流出來的膿，混著泥巴，結成了一層很厚的痂，已經凍住了，糊住了半個臉。是因為完全看不見路，才會跌進排水溝的吧，腿又是瘸的，跳不上來。

我蹲下來看著牠。牠感覺到我的靠近，變得很激動，發出一串叫聲，努力想支撐起身體，試了一次又一次，還是站不起來。牠只好拚命向上伸長脖子，看著我。牠看不到我，牠只是想讓我知道牠在看著我，那張硬殼面具後面，有一雙充滿期待的眼睛。

「別害怕。」我撫摸著牠，拂去落在毛上的碎雪。牠的身體比想像的暖和。牠乖乖地伏在那裡，喉嚨裡發出嗚嗚的聲音。

我猛然抽回了手。牠好像感覺到了什麼，驚恐地抬起頭，支著脖子尋找我。我把雙手插進排水溝旁邊的積雪裡，然後把牠們推進溝裡。雪嘩啦嘩啦地砸在狗背上，狗慌亂地搖晃著身體。我跨到排水溝的另一邊，把邊沿的雪全都推下去。雪沒到了狗的脖子，只剩下竭力仰著的臉。牠在看著我，牠讓我知道牠在看著我，喉嚨深處斷斷續續地發出幾絲叫聲，已經被寒冷勒得很細的聲音。我盯著那張漆黑的面具，想像著在牠後面的充滿恐懼的眼睛。多麼微不足道的生命啊。我走到康康小賣部的棚子底下，拿出那只臉盆，用牠鏟起積雪倒在排水溝裡。鬆雪裡混著沉沉的泥土砸下去，狗奮力甩著頭，撥開雪，把牠的臉露出來。我又鏟來雪，蓋住牠。那個膿漿結成的硬殼在白雪中不斷縮小，抖顫，縮小，抖顫，消失，靜止。我把攥在手裡的那封信也丟了下去，然後倒了幾盆雪，用臉盆底把牠們壓實。

時間究竟過去了多久？我站起身來的時候，腳已經麻了，雙手凍得又紅又腫。天完全黑了，雪還在下，雪片從空中迅疾地落下來，像落在沙漏底部的一粒粒時間。那些已經失去了的、不再屬於我的時間。路燈忽然亮了起來，光線照在地上，讓積雪顯得很髒。我把臉盆放回去，手揣進口袋，朝著回家的方向走去。

推開家門，奶奶和姑姑正要吃飯。

「外面冷吧？」姑姑問。

「嗯。」我應了一聲，沒有洗手就坐下來。姑姑掰開一個饅頭，把一半遞給我。我緊緊地抓住牠，把指甲嵌到暄白的麵裡，像是捧著一團熱騰騰的雪。我彷彿感覺到手指漸漸融化，那些很深的掌紋都消失了。我深深地吐出一口氣。

那麼多年以來，我幾乎沒想起過這件事。我只是記得那天走到康康小賣部門口就掉頭回家了。不知道因為什麼，是天氣原因，還是不想去你爺爺家。當中的一小段記憶被抹掉了，我沒有遇到那隻狗，不，牠根本沒有在這個世界上存在過。現在我想起來了，二十多年來第一次，如此清晰，那張戴著面具的狗臉。牠那麼卑微，那麼悄無聲息地活著。這樣的生命毫無意義，不是嗎，我覺得自己有責任幫牠作個了結。這個過程給了我滿足感嗎，還是令我更加空虛？我忽然不想去見你了，說不清為什麼，就像有一個離心的力，把我甩了出去。我衝出了原來的軌道，擺脫了寫好的故事腳本。

倉鼠如果知道牠一直在原地轉圈，牠還會繼續跑嗎？當我把信投進排水溝的時候，就像那隻不停奔跑的倉鼠，忽然停住了腳步。

李佳棲

再次見到謝天成，是去年的事，在火車站旁邊的一個咖啡館。從角落裡的窗戶望出去，外面是下過雪湮著黑色泥水的過街天橋。戴著鴨舌帽的男人在那裡賣一些廉價的玩具，眼珠子會亮的憤怒小鳥，撲棱著翅膀在空中飛了一陣子，一頭栽到地上。過街天橋的另一邊，能看到車站尖樓上的鐘，還有「北京站」那三個紅色大字。在等他來的時間裡，我一直望著對面的車站，依稀看見黑壓壓的人群中，他帶著十二歲的我，快步走向候車大廳。進門的地方人多，他本能拉住了我的手，但被我立即甩開了。他回過頭來對我笑了一下。一個有點尷尬的笑容，像是在說沒關係的，不要緊。不知道為什麼，我一直記得那個笑容，也許因為它所流露出的寬容的善意。我所憑藉的不過是陌生人的那一點善意，可憐的白蘭琪說。

他出現了。我看著他朝這邊走過來，很欣慰他和我從十二歲眼睛裡看出去的一樣高大。不過如果不是憑靠一種直覺，我其實沒辦法認出那個人就是他。他看上去很老，眼眶深深地凹陷下去，鬢角的旁邊是大塊的暗斑，手背上也有很多，他坐下來掏出菸的時候我就注意到了。

「有二十年沒見了嗎，我們？」他問。

「十八年。」我說。

「我女兒都十六了，」他說，「已經交男朋友了。」

他那件寬大的褐色線衣，在身上晃晃蕩蕩的，裡面沒穿襯衫，露出一截黝黑的脖子。他遞給我一支雲菸，我說抽不慣，從包裡拿出自己的菸。

「你也抽這個菸？」他拿起「五二〇」的菸盒看了看，「真是好多年沒見著過了。」

我吸了一口，低頭看了一眼菸蒂上潮濕的紅心。有時候我會在剛塗上口紅之後，立即抽一支菸，只是為了看唇膏暈在紅心邊緣的樣子。

他盯著我看了一會兒，回過神來，笑了笑。

謝天成當年也是在莫斯科做生意的。和玲姨一樣，後來沒做過別的工作，總想幹筆大買賣，試了很多回都失敗了，最近這幾年終於死了心。好在早年用當時在俄羅斯賺的錢買了幾套房子，每個月都能收些房租。以前還買了好幾台車，現在車牌值錢了，也租掉，這些錢加起來，養活一家人不成問題。日子過得很清閒，有大把的時間，平日裡炒炒股票，打打麻將，晚上跟當年一起去俄羅斯的幾個老朋友喝喝酒，主要是不想早回家，老婆到了更年期，很囉嗦。

天很快就黑了，窗外的車站已經看不見。但「北京站」三個字依然清晰，空落落地掛在夜色中間。從那裡離開後，我們去了一家生意很好的火鍋店。他問起我的情況，對時尚編輯這個職業很感興趣，覺得那挺光鮮的，得知我已經辭職，覺得有些惋惜。我說仍然會幫那些雜誌作些採訪。他問會採訪誰，我就隨便列舉了幾個。

「我喜歡舒淇！」他說，「大厚嘴，她本人也那麼性感嗎？」

面前的火鍋煮沸了，九宮格裡放著不同的食材，咕嘟咕嘟翻滾著，就像不同的人活在不同的人生裡，卻有一種殊途同歸的意味。他夾著菸，撈起很燙的羊肉放進嘴裡，再就一口冰啤酒。很奇怪，這個對面的男人，雖然已經完全不是當年的樣子，身上卻充斥著九十年代的氣息。火車、莫斯科、迷人的淘金夢。那是他的黃金時代。和玲姨一樣，他會不斷說，好時候已經過去了，現在一切都亂糟糟的，越來越看不懂了。當那個時代的氣息彌漫開來的時候，我覺得爸爸好像就在附近的什麼地方。但我始終沒有提起他。

火鍋店在商場裡面，打烊很早，我們又去了一間酒吧。地方是他選的，在河邊，那種有檯球桌能看足球賽的愛爾蘭酒吧。

「我以前常來。」他喝了一口啤酒，「你們年輕人現在都玩什麼，還泡吧嗎？」

「有時候吧，」我說，「我也不知道年輕人都玩什麼。」

他哈哈笑起來，「你們就愛把自己弄得一副滄桑的樣子。」

「你結婚了嗎？」他問。

「沒有。」

「還是得找個人一起過啊，別逞能，覺得自己什麼都幹得了。」他說。

那個時候，我和唐暉又住在了一起。分手後他一直很牽掛我，經常會給我打電話，說說他的近況。寫了篇滿意的論文，見了個有趣的人，吃了道沒吃過的菜，他都會跟我講一講。離開許亞琛一年的時候，他說，你種的花開了，要不要回來看看。我們站在窗前，他看著外面，說我可能有點固執，也有點自自大，但我還是覺得只有我能讓你過得幸福。他攥住我的手，把它拉向他心口的位置。兩個星期後，我搬回了那套房子。我們養了一隻泰迪犬。牠有時睡在客廳，有時睡在儲藏室，就是不肯睡給牠準備的那個窩。

「前兩天碰上一個以前一塊兒去莫斯科的朋友，還說起你爸爸。」謝天成說。

「說他什麼？」

「說你爸爸還欠他好多錢。」

「多少錢？」

「挺多的吧，從一九九三年到現在，算上利息。這些年他到處找汪露寒，想讓她還錢。要是讓他找到你，肯定纏著不放。」

「沒找到汪露寒？」

「找不到。」他看了我一眼，「怎麼了，不相信？我都十幾年沒見過這個人了。」

「後來我還經常想，你們到底有沒有在一起。」

「沒有——如你所願。」他笑起來。

謝天成說，他喜歡的也許只是有一段時間裡，在某種狀態中的汪露寒。搽著漫到唇線之外的鮮豔口紅，瞇著眼睛一支接一支地抽菸，扭過頭來看你的時候，把滿口的煙噴到你的臉上，然後忽然大笑起來。他愛她身上那一點點的瘋癲和恰到好處的神經質。可是後來，她是真的瘋了。

我爸爸剛去世那兩年，謝天成和汪露寒還有一些來往。他承認他確實對她抱有幻想。她搬了家，剪了短髮，在王府井百貨大樓找了份賣化妝品的工作。沒客人的時候，她就把香水噴到紙片上，用力在空中抖動。他有兩回去看她，她問他，你能聞到我身上的香味嗎？能，他說。什麼香味？她問。他說，甜甜的，還有點檀木的味。她說，嗯，我自己什麼都聞不到。上班的時候，她就把秦婆婆反鎖在家裡。他每個週末都去家裡看她，希望能從她的態度中找到一絲變化。但她總是那副冷冷的樣子，毫無起色，也沒有糟到讓他徹底放棄。到了一九九五年，秦婆婆得了嚴重的肺炎——大冬天她一個人在家裡，打開了所有的窗戶。沒過半年，她就去世了。他又陪汪露寒辦了一場喪事。秦婆婆走了也許是好事，他當時想，汪露寒可以徹底拋開從前的陰影，開始新生活。她確實開始了她的新生活，不知道從哪裡結識了一幫信教的人，跟著他們信上了耶穌。不是那種睡前讀讀《聖經》、禮拜天去去教堂的信徒，而是要有行動，每時每刻都想著如何贖罪，如何取悅上帝。她參加他們組織的各種活動，去醫院、福利院、殘疾人協會，風雨無阻，一次都不落下。謝天成說他從來沒有見過那麼偏執的教徒，像記工分似的做好事。後來她就失蹤了，他去家裡找過幾回，都不在，一個鄰居說，看見她拖著箱子和一個中年女人一起走了。他把所有認識她的人都問了一遍，誰也不知道她去了哪裡。有那麼一段時間，他很消沉，每天晚上到酒吧喝酒，看身上都是亮晶晶鱗片的女人在台上扭著屁股唱歌。喝醉了倒頭睡過去，清晨四五點才離開，推開酒吧的門，外面的天空已經發白，街上一個人也沒有。他慢慢向回走，心裡很幻滅，覺得再也不會好起來了。可事實上，這樣的日子只持續了不到一個月。有一天晚上又去酒吧喝酒，台上唱歌的女孩換了一個，這次他沒喝醉，一直聽她唱完最後一首歌，等她下台後還請她喝了一杯。從那以後他每天都等她唱完給她買一杯酒，兩個星期後的一個晚上，他把她從那裡帶走了。隨後，他密集地談了一些戀愛。後來認識了現在的太太，很快就結婚了。

「我可能哪方面都比不上你爸爸，但汪露寒要是跟了我，現在應該過得不差。」他說，「她自己其實也很清楚。人吧，真是很奇怪，越是走不通，越是硬要往那邊走。撞得頭破血流，還跟自己說，這都是命。」謝天成搖搖頭，把酒瓶放在桌上。

那天深夜我才回家。臥室亮著燈，唐暉正坐在床上看書。他抬起頭看了我一眼：

「一身酒氣。」

狗站起來，四下望了望，從床邊走到浴室門口，趴下了。

一個星期以後，我和謝天成又見面了。他帶我到一家老字號的餐廳吃北京菜。

「我陪汪露寒來過幾回，每次她都點糟溜魚片。」

糟溜魚片上來了，很快變冷了。上面的芡粉像一層厚厚的膠水。

謝天成告訴我，他後來又見過一次汪露寒。那時他太太懷孕兩個月，她從別的朋友那裡打聽到他現在的住處，來找他的時候已經是晚上。恰好他太太嫌家裡熱，住到娘家去了。汪露寒沒吃晚飯，他就帶她去了附近的一個小飯館。大熱天，她穿著長袖高領的線衣，袖肘上結滿了小球。面容很憔悴，眼皮浮腫，蒼白的嘴唇上掀起一塊塊皮，讓人想伸手去把它們撕下來。她說她跟那些教徒鬧翻了，他們都很壞，對她好不過是想拉攏她、利用她，她已經把他們都看透了。汗水從她的鼻尖滴下來，他從桌上拿起紙巾遞給她，說你想通了就好。她說，那些人太可笑了，想要霸占上帝，好像非得通過他們才能得救一樣。他把菜夾到她的碟子裡，提醒她吃點東西。她吃得很快，好像根本不知道自己在吃什麼。你借我一點錢，她說，我原先跟一個女教徒一塊住，現在她扣住行李不讓走，非要我付給她房租。這種人不能得罪，他們會在上帝面前講你的壞話……他問她打算去哪裡。她說不知道，但我很快就能知道了，上帝在沿途都會留下記號，讓我走到我應該去的地方，他不會丟下我不管，他一定會幫我贖掉我的罪。她拿起手裡的菸深吸了一下，吐出一口白煙，噴到他的臉上。他看著她，那曾是最讓他著迷的動作，可是她並不知道，這對她不重要。隨著時間的推移，這對他也將不再重要，他有些悲哀地想。聽我說，露寒，他說，你並沒有罪……我當然有，她打斷他，顯得有點激動，上帝把我留下來，就是為了讓我去贖罪的。他沒有再說什麼。吃完飯，她跟著他走回他家。他們坐在涼席上，他拿出兩罐啤酒喝。她脫掉線衣，支棱著手臂躺下來。他對她的渴望已經消失了，但他還是和她做了愛，好像非得如此，才有一個了結。一個男人和女人之間最庸俗的了結。他意識到一直以來，他都高估了自己對她的感情。他把她當作是女神，可是最後他發現，他的女神失魂落魄地到處尋找著她的神。她比他，比任何一個人都更需要一個神。

她的身體僵硬，眼睛一直盯著天花板上旋轉的吊扇。就和之前吃東西的時候她不知道自己在吃什麼一樣，她也根本不知道自己在做什麼。他起先還有點愧疚，覺得好像是在強迫她，隨後就釋然了。因為他知道，自己根本不會傷害到她。誰也無法傷害到她了，除了她的上帝。結束後她摸過菸盒，坐在床上抽起來，菸灰落得枕頭上都是。她說，你喜歡我，這我知道，但我們不可能，剛才的事不代表什麼，你知道吧？她好像很擔心他以為她愛上了自己。但她不知道，她已經沒有讓人那樣以為的能力了。當然，那什麼也代表不了，他回答。快天亮的時候，他帶她去附近的銀行取錢。他給的錢遠遠不夠她支付房租，沒辦法，他還要養家。再過幾個月，他的孩子就要出生了。那個女教徒又不是黑社會，總歸可以通融吧。從那之後，汪露寒再也沒有找過他。

「我夢見過她一回，」謝天成說，「在一個醫院門口，她說她生了個男孩。好像趕著辦什麼事，匆匆忙忙走了。醒來以後我想，要是真的就好了，她能有個伴兒。我希望她別一個人過……」

那時我們已經又坐在那家愛爾蘭酒吧。電視裡在播放球賽，顯示幕是綠的，上面有好多彩色小球，像豎過來的撞球桌。我意識到自己醉了，好像來到一個很空曠的地方。記憶像呼嘯的大風從面前颳過。

離開北京的前一晚，汪露寒答應我，她會一個人活下去。也許從那一刻起，她已經作好了準備，從此關閉人生，不讓任何人再走進來。除了她的上帝。這些年，我時常會想起她，作為思念我爸爸的一部分。我想找到她，因為想弄清楚她跟我爸爸的故事。但我從未認真想過，她後來過著怎樣的生活。在我的頭腦中，她的一生在爸爸去世的那一刻就停止了。要是那樣就好了，但是人生很長，萬念俱灰了也要繼續往下活。那該有多難啊，她靠在酒櫃上，幽幽地說。一行眼淚在我的臉頰上滑落。「要是現在，我會希望你們能在一起。」我對謝天成說。

那是當晚我記得的最後一句話。醒來的時候，我躺在一張沙發上，酒吧裡很昏暗，全部椅子反扣，有個服務生趴在吧台上睡覺。聽到聲響抬起頭來，說你總算醒了，你朋友也不知道你住哪裡，讓你醒了給他打個電話。我拿出手機，發現沒電了。外面天已經亮了。路邊有個早集，賣各種鮮花。我蹲下來，挑了一捧石竹梅。太陽照著花瓣上的露水，閃著緋色的光。我抱著那捧花在河邊坐了很久，才坐上早班地鐵。我在逃避，不想那麼快回家。我害怕的不是唐暉的憤怒，而是他的失望。那種痛心疾首的眼神。

我沒有作很多解釋，唐暉也沒有追問。他只是說，能不能不要再跟你爸爸的那些老朋友見面了，答應我好嗎？我沒有說話。我該怎麼回答呢，告訴他我又開始做那個俄羅斯套娃的夢嗎，告訴他我感覺自己正在靠近祕密的核心嗎？他一定會問，那個祕密到底有什麼意義？他永遠都不可能理解它對我有多麼重要。

他很快發現，我還在和那個叫謝天成的男人見面。即便是白天，即便沒有喝醉，他仍舊感到無法接受。我只是告訴他，再給我一點時間。他不再跟我爭吵，我們陷入了冷戰。他或許在考慮分手，但仍舊一天天地忍耐著，好像在等那個漫長的冬天過完。他的寬容令人感激，同時也是一種折磨。每天我都覺得虧欠他更多一點，而這種感覺不斷把我推得更遠。

與此同時，我抵達了祕密的核心。從謝天成那裡，我知道了汪露寒和我爸爸的故事，還有在那個故事背後的更大的故事。俄羅斯套娃的夢停止了。我開始失眠。在黑暗中等著窗外變白，聽著狗在屋子裡走來走去，站起來又趴下。那些時候，我很想馬上回南院，把這個祕密告訴你。但是你真的需要它嗎？也許你根本不在意。事情已經過去那麼久了，沒有人還會在意。

這些故事都是汪露寒講給謝天成的。在我爸爸剛去世的時候，大概就是我離開北京之後不久。那幾天她的感情很脆弱，說了不少從前的事。她說，我知道你可能不想聽，但我還是想講一下。我應該可以講了，是嗎，人都已經死了。謝天成確實不想聽，他已經預感到這個故事不會令他覺得舒服。聽完就忘掉吧，好嗎，汪露寒說，但也許她心裡知道，他是個很好的聽眾，記得她說的每個字，並且會把這個故事帶到它應該去的地方。

世界上一半以上的故事的發生都和天氣有關。而這個故事始於一場暴雨。那天的雨下得太大，我爺爺和汪良成雖然帶了雨具，但還是寸步難行。那條路上沒有能躲雨的地方，所以他們跑到了死人塔。當時，批鬥的人已經散了，你爺爺被他們打昏了，躺在塔樓裡的地上。沒有人知道後來發生了什麼。你爺爺腦中被揳入一枚釘子，很快變成植物人。汪良成自殺了。到底是因為恐懼，還是畏罪自殺，誰也無法弄清楚。但是汪露寒願意相信父親跟母親說的話，他什麼也沒有做。

她後來時常會想，要是那天沒下雨，她和我爸爸也許一輩子都只是鄰居。在樓下碰到時點點頭，打一聲招呼。而後各自下鄉，返城之後分配到不同的工作，結婚生子，偶爾回來過年在南院碰到，問問彼此的愛人，逗逗對方的孩子，然後匆匆告別。就是那種一生中多得數不清的不值一提的交情。

但那件事發生了。他們被那枚釘子牢牢地釘在了一起。

在短短幾個月裡，汪露寒經歷了一連串的家庭變故。父親用橡皮管勒死了自己，母親躲進了衣櫃裡，哥哥遠在北京回不來，她一個人撐起破碎的家，照顧精神失常的母親，洗菜燒飯，做所有的家務。有一天弄丟了糧票，在街上一直找到天黑，第二天只好厚著臉皮去問親戚借。還有一天下著大雪，她借了一輛底盤車，到煤站拉一車煤球回家。半路上經過一個大下坡，被兩個少年攔住了去路。其中一個是你爸爸。你爸爸一直以報仇為名糾纏她。他們衝上去把底盤車掀翻了。煤球沿著坡道滾下去，埋進積雪裡。他們在上面踩踩了一番，才滿意地離開。汪露寒把碎掉的煤球從雪裡揀出來，放回車裡。我爸爸走過來，蹲下幫她一起揀。他一直遠遠地跟著她，像一個影子，忠誠而無用。在她被欺負的時候，他也只能遠遠地看著，什麼都不能做。汪露寒低著頭說，走吧，不用你管，你不是得跟我劃清界限嗎？

劃清界限，他確實應該這麼做，可是界限究竟在哪裡？表面上看，他們的處境如此不同：她的父親畏罪自殺，母親瘋了，整個家都毀了，他家卻一切如常，過著平靜的生活。可是事實上，她是罪犯的子女，他也是。他父親什麼也不肯說，但是他知道他也脫不了干係。不同的是，他必須假裝自己是正常人。他告訴她，那種滋味並不好受，和其他同學在一起的時候，他總是覺得很沉重，他們狂熱的情緒讓他不安，他害怕他們有一天會把他揪出來。他總是作同一個噩夢：他們在他的胸前掛上牌子，押著他在南院走，然後讓他站到操場上的高檯子上去。他也不想回家，家裡壓抑得讓他喘不過氣。父親蹙著眉頭，一言不發。而母親只是偷偷地哭，然後把手放在《聖經》上禱告，主耶穌啊，請求您的寬恕。他覺得她對上帝似乎也不是很有信心，才非要講那麼大聲，說那麼多遍。而弟弟卻好像什麼都聽不到，專心地坐在燈下讀書。他不過比他小兩歲，卻好像完全懵懂無知，當然這也可能是一種成熟的表現。全家人坐在方桌邊吃晚飯的時候，各自低頭扒飯，誰都不說一句話，屋子裡靜得可怕，只能聽到一片響亮的咀嚼聲，彷彿每個人都在啃噬著其他人的骨頭。

他對汪露寒說，我知道我幫不上什麼忙。但是跟你在一塊，我就能安心一點。

汪露寒每次從樓洞裡走出來，都會朝二樓的那扇窗戶望一眼。她知道我爸爸很可能正坐在窗前看著樓下，等著她出現在這條路上。她繼續慢慢向前走，用不了多久，他就會出現在她的身後，陪著她一起去菜場、糧油站、舊貨調劑商店，在路上，他們總是相隔一段距離，看起來不相干地各自走路。她有時會故意加快腳步，猛然轉彎躲起來，把他甩掉。他一開始很著急，後來習慣了，就抄一條近路跑到前面去等她。她見到他也不驚訝，像沒有看到一樣逕直走過去。於是又恢復了老樣子，他遠遠地跟在後面，直到她走進樓洞，消失在視線裡。

他們一直保持著這種隱密的友誼。直到有一天，她去護城河旁邊的自由市場，你爸爸和兩個男孩迎面而來。他們揪住她，用繩子把她的手綁在背後，給她頭上套了一頂破舊的毛線帽。她的整個臉被蒙住，什麼也看不見。然後他們拽著她的辮子讓她原地轉圈。不知道轉了多久，辮子被鬆開了，周圍靜悄悄的，他們好像都消失了。她頭暈得厲害，踉踉蹌蹌往前走，想找棵樹靠一靠，可是一腳踩下去是空的，身體失重，迅速下滑。頭頂沒入水中的時候，她聽到我爸爸在喊她的名字。

那條河不深，但汪露寒不會游泳。她的手被綁著，只能靠腳用力蹬踏。十二月的河水寒冷刺骨。身體裡的熱量很快耗盡，她開始往下沉。觸到河底的那一刻，她看到了她父親，他用那雙淺褐色的眼睛靜靜望著她。她停止了掙扎，也不再覺得寒冷。她等著他過來，把自己領走。但是父親轉過身去，然後消失了。隨即有一雙手托起了她的身體。再睜開眼睛的時候，她發覺自己正被拖著朝岸邊游去。明明是傍晚，天光就要散盡，她卻覺得是黎明，好像有輪太陽，正掙脫了雲層衝出來。

很多年以後，汪露寒和我爸爸在使館的派對上再次遇到，旁邊有人說起去北戴河冬泳的事。我爸爸轉過頭來問她：

「你學會游泳了嗎？」

她搖了搖頭：

「可是我的腿很有力氣，能一直蹬水。」

他們都笑了。隔了一會兒，汪露寒說：

「其實我知道前面是河。」

「我就是想讓你跑出來，讓他們都看到你。」她說。

他苦澀地笑了一下：

「嗯，我也知道。」

「沾上你就別想脫身了。」

「你知道什麼？」

那個很像黎明的黃昏，他渾身濕淋淋地跟在她後面，來到她家。她給他拿了一件她哥哥的衣服，脫下自己的棉衣，搭在爐子旁邊的椅背上。她母親從大衣櫃裡探出頭來喚她，問是誰來了。沒誰，她說，解開濕答答的辮子，拿起窗台上斷了齒的梳子梳起來。頭髮枯得厲害，打了結，扯得頭皮生疼。她有點享受那種疼，一下下梳得很用力，斷掉的頭髮簌簌落了一地。屋子裡很暗，窗戶上遮著深藍的布，用圖釘釘得嚴嚴實實。他想幫她換掉不亮的燈泡，但她說不用，她母親怕光。去廁所的時候，他看到了那扇窗戶，也用布遮擋上了，但有稀落的光從右上角漏進來。那塊布釘得一邊低一邊高。他好像看到當她爬上凳子，靠近這扇窗戶的時候有多麼害怕。可能是插銷壞了，窗戶關不緊，風不斷鑽進來，把那塊布吹得鼓鼓的，又忽然塌癟下去，露出一道道窗欞，黑淋淋的影子在布上顫動，彷彿那後面是一隻五指張開的骷髏的大手。他跑了出去。

他回到爐子邊，端起布滿茶鹼的缸子咕咚咕咚喝水。她又給他倒了一些，在旁邊坐下，抱起自己的缸子，但沒有喝，只是捧著暖手。外面天也許已經完全黑了，但是沒有人知道。屋子裡只是開著一盞檯燈，擰到極暗，幾縷光線耷拉在他們的腳上。她母親從衣櫃裡探出頭來，鬼鬼祟祟地看著他們。過了一會兒，裡面傳來細細的流水聲。水流順著衣櫃邊沿淌下來。她母親尿了。她從晾條上摘了條毛巾跑進去。

「我知道你是故意的。」她說。

「我憋不住啦。」她母親說。

「我知道你是故意的。」她衝著母親大聲說，把毛巾丟到盆裡。

她走進廁所，用力搓洗毛巾。她不願意對母親發火，可是總會忍不住。她覺得母親分明可以好起來，只是她自己不想那麼做。所以不管過去多久，她們的生活都不會有起色。她扶著水池邊沿，眼淚不斷往外湧。他在門邊站了很久，才走過去，拉起她那隻濕漉漉的手。一陣風湧入，小窗戶鼓起來，像一輪寒冷的太陽，在頭頂照耀著他們。

那天以後，你爸爸也開始找我爸爸的麻煩，逼問他為什麼總是跟著汪露寒，讓他承認他父親參與了汪良成的陰謀。我爸爸任憑他們辱罵，什麼話都不說。你爸爸就帶著人到我爺爺家去。家裡只有我奶奶，他們就讓她說和罪犯汪良成到底是什麼關係。後來我爺爺回來，把他們趕走了。我奶奶嚇壞了，好幾天沒下床。她把我爸爸叫到身邊，求他以後不要再和汪露寒來往。離她遠一點吧，她說，別把我們這個家給毀了。

這個家早就毀了，我爸爸說。

為了擺脫你爸爸的糾纏和我奶奶的干涉，在外面的時候，他不再跟著她了。但是每天他都會去她家看她。他擔心她一個人上街被你爸爸欺負，就讓她待在家裡，自己替她去買東西、拉煤和運糧食。每次去看她，他都想辦法從家裡偷出來一點東西。有時候是一個饅頭，有時候是兩個包子，運氣特別好的話，能有一窄條五花肉或者一小包煉好的油渣，她會高興地拍手。後來他開始偷家裡的糧票和錢，摺成細卷，塞進棉襖的邊縫裡。有一次他從裡屋櫃子裡拿錢，我奶奶剛好走進來，看到他連忙轉開頭，從屋子裡退了出去。原來她早就發現了，只是假裝不知道。後來他就固定到那裡去拿錢。他和母親之間似乎達成了某種默契：她給他錢，替他瞞著父親，他則不要讓別人看到自己和汪露寒來往。

他在汪露寒家裡待的時間越來越長，常常帶去一些書，跟她在外屋那盞幽暗的檯燈底下讀。有個同學的哥哥是「紅衛兵」頭子，從別人家裡抄回來好多外國小說，他就偷偷借出來。她很喜歡看，雖然有很多都讀不懂，但書裡總有另外一個世界能讓她躲一會兒，暫時逃離眼前這個破敗的家。《安娜．卡列尼娜》是她最鍾情的一本。火車和莫斯科都很令人嚮往，她還無端喜歡「渥倫斯基」那個名字，念起來朗朗上口，有一種冬天的韻律。這本書他還了又借好幾回，最終以一把口琴作為交換，被永遠地留下來，並在一個黃昏交到她的手上。此後她一直把它帶在身邊，還去了法國和非洲，直到多年以後他們再次遇見。她背著丈夫跟他一起去了莫斯科。在搖搖晃晃的火車車廂裡，他看到那本書靜靜地躺在她的皮箱裡。她淒涼地笑著說，安娜也許就是我的宿命。那本書最終毀於他們之間一次很平常的吵架。她把它撕得粉碎，從窗口扔了出去。

我爸爸通常會在汪露寒家逗留到吃晚飯的時候。她父親菜燒得很好，把她母親的嘴養得很刁。他很快掌握了那種江南作法，每次都多放一勺糖，再倒一點酒。後來他開始自創一些作法，重新搭配那幾種菜，大多數時候都很成功，有幾回她母親吃得很高興，讓他明天再做一樣的。很奇怪，她母親好像完全不記得他是誰，對他表現出很信賴的樣子。後來就總是他做飯，她負責擇菜和洗碗。他們穿著她爸媽的圍裙，像模像樣地在狹小的廚房裡忙活著，如同這個家裡的男主人和女主人。她母親反倒像他們的小孩，挑食任性，喜怒無常。

一旦她母親犯起病來，這種短暫的安寧立即會被打破。他必須留到傍晚，更重要的原因是，她母親總是在這個時間發作。傍晚一到，樓下變得很熱鬧，人們陸續從外面回來，叮叮咣咣的自行車鈴鐺、小孩們的奔跑叫嚷、廚房裡淬起的油煙……那些聲音招引著她母親，使她忍不住扒開釘住的窗簾往下張望。看著天光漸暗，一盞盞窗戶點起燈來，她坐在黑暗裡，開始發抖，對著牆壁和空氣呼喊丈夫的名字，哀求他不要丟下她。

「不要怕，又不是你幹的，你怕什麼，是你的釘子又怎麼樣，你什麼都沒做啊……」她不斷重複著，好像再多說幾遍就能讓丈夫改變心意。她一次又一次回到那個夜晚，回到命懸一線的時刻，試圖用徒勞的勸解把丈夫從死神那裡奪回來。

這些話對我爸爸來說，充滿了控訴的意味。雖然她母親目光渙散，眼睛裡完全沒有他，他卻覺得她正逼視著自己。他們必須把她按住，儘快餵她吃藥，讓她平息下來，否則就會愈演愈烈，她很快開始撕扯自己的頭髮，用頭去撞門，或是衝到廁所裡要爬上那扇窗戶。每次等到她吃了藥，慢慢停歇下來，他們已經累得精疲力盡。這時他才能放心回家。離開的時候，汪露寒垂著眼皮也不看他。

「好了，媽，沒事了。」她輕輕拍著母親的背。

他知道她心裡又在怨他。每次母親犯病，都會提醒她一遍，是誰把她家弄成現在這樣的，讓她重新認清他們的「關係」。她母親的病一直離間著他們的感情。如果她幾天沒有犯病，他們就會親密很多，第二天一場大鬧，又立即疏遠起來。她心裡剛剛融化的地方又結起了冰。

後來，汪露寒盡量不讓母親午睡，下午晚些時候給她吃一片安定，讓她一覺睡過黃昏。這樣她晚上會變得很精神，折騰到清晨才入睡。汪露寒情願一夜不眠，也想過一個安寧的下午。那是她和我爸爸兩個人的下午。她一邊洗衣服一邊聽他念小說，聽到優美的段落，她會讓他再讀一遍，慢一點。有時候故事很滑稽，他乾脆表演起來，逗得她哈哈笑。他們分吃一個蘋果，比誰削下來的果皮更長。後來她練得削完整個蘋果，果皮一次也不斷。陽光好的時候，她忍不住撬掉圖釘，打開窗簾，一邊擦地抹窗台，一邊哼起歌來。雀躍的光斑在她臉上跳來跳去，好像在和她作遊戲。在短暫忘記了她母親存在的時刻，她恢復了活潑的天性，變得很愛笑。很多年以後，他告訴她那時候她的每個笑容都像夜空中劃過的流星，他很想找個罐子把它們都收集起來。

有一天，他送給她一只毽子。她想在屋子裡試幾下，卻停不下來了。正踢得忘情，忽然發現她母親不知什麼時候醒了，正站在門邊看著她。她慌忙抓住空中的毽子，把手背在身後。

「看把你高興成什麼樣。」她母親說。

「媽，沒有。」她說。

「嗯，一個毽子就能讓你那麼高興。」她母親說。

她咬著嘴唇，抬起手擦掉額頭上的幾滴汗，把那一點快樂的痕跡抹去了。

天黑了嗎？她母親喃喃地說，走到窗邊，拉開一道縫看出去。就要黑了，就要黑了，她自己回答。

她正在醞釀情緒，要好好發一次病。

她母親不想從痛苦裡走出來，那好像就意味著背叛。她也不允許汪露寒走出來。所有的快樂都是不敬的，應該被禁止。她母親是一隻從往事裡伸出來的手，非要把她拉入那個記憶的黑洞。那時候，她就意識到一個殘忍的事實，只有離開她母親，她才有可能快樂。成年後她遠走他鄉，除了因為機緣，或許也是一種求生的本能。很多年後，在得知哥哥查出癌症晚期的那一刻，她立即想到，這是一種召喚，它終於來了，她要回到母親身邊了。

那幾年，她哥哥汪光毅一直在北京。大學畢業後，他被分配到外交部。父親剛出事那兩年，他沒怎麼回家，有一次跟同事去泰安，經過濟南也沒下車。他不想讓別人知道家裡的事，害怕自己受牽連。因為這個，他一直很愧疚。到了一九七二年，部裡分給他一套房子，雖然條件簡陋，但他決定把母親和妹妹接過去。先前他回濟南探親，正好你爸爸剛帶著人到家裡鬧過一場，爐子被踢翻了，點著了窗簾，把一面牆都熏黑了。母親受了驚，又躲進大衣櫃。他看得觸目驚心，汪露寒卻早就習以為常。令汪光毅更吃驚的是，他撞見了我爸爸，正踩在凳子上換窗簾。他站在屋子當中，顯得礙手礙腳，倒像是個外人。他當然記得我爸爸是誰，這更堅定了他要把妹妹帶走的決心。

汪露寒自然不肯去。但是她哥哥說，這是為了母親，換個新環境，她的病也許能好。你可以先辦借讀，過幾年再回來，到那時程家也不鬧了。汪露寒找了很多藉口，想說服她哥哥先帶母親過去，自己隨後再走。但是汪光毅不答應，還立刻給她們買好了票。幾天之後就動身。你到底有什麼捨不得的呢，汪光毅盯著她的眼睛問。她把目光躲開，搖了搖頭。

之後的幾天都在收拾行李，她哥哥守在旁邊，她連通知我爸爸的時間也沒有。直到臨走的前一天，她才藉著去圖書館還書的理由逃出來，跑去敲我爺爺家的門。開門的是我奶奶，看到汪露寒嚇了一跳，還沒等她反應過來，我爸爸已經緊隨汪露寒的腳步跑下樓去。他們像從前一樣，一前一後相隔一段距離地走著，來到了圖書館的後面。那裡有一片荒地，草長得很高，能沒住人的腿。她說完這幾天發生的事，我爸爸沉默了好一會兒，說其實你早就想走了，對吧，待在這裡要受那麼多的罪。她很生氣，爭辯了幾句，但我爸爸好像根本沒在聽，臉上露出一種苦澀的、好像什麼都知曉的微笑。我知道會有這一天的，他說，背過身去，彎腰撿起一塊小石頭，在樓後的牆上胡亂塗畫。她站在他身後，想告訴他自己對他的感情，這些年她從來沒有說過，然而這時好像也無法再說了。他說早知道會有這一天，意味著他並沒有想過以後要和她在一起。那當然不可能，她是罪犯的女兒。她總是忘了他們是不一樣的。

她忍住眼淚，問你會去看我嗎？不知道，他說，繼續悶頭寫字。好，她點點頭，我走了。她走得很慢，等著他追上來。一直到快走到家樓下，她都覺得他肯定會抄近路到前面截住她。上樓梯的時候，她仍抱著一絲希望身後會有個聲音叫住她。就算是回到家，她也覺得他會來找她，整個晚上都沒睡，每隔一會兒就走到窗前，撥開簾子往下看。第二天一早出發前，在樓下站了好一會兒，到了火車站，放好行李又跑下來，在「濟南站」的牌子底下站著，直到火車鳴笛，乘務員喊她。火車開動的那一刻，她終於死了心，伏在前座的靠背上哭起來。「你是個絕情的人，臨走連一句話都不跟我說。」很多年以後講起這件事的時候，她還在怨他。

「說了，在圖書館後邊的牆上。」

「你說什麼了？」

「不告訴你。」

謝天成說，汪露寒講到這裡的時候停了一下，抬起眼睛問他，你說那些字還在嗎，我是不是應該回去看看？然後她說，李牧原不是絕情。他是太悲觀，不相信美好的事物能長久，當他要失去一件東西的時候，已經被沮喪和自尊打敗了，根本不知道應該伸手去挽留。

但她還在挽留。離開濟南的第三個月，她給他寄了一封信。信應該是被他母親扣住了。後來又寫了一封，也沒有到他手裡。第三封信寄出去的時候，他已經下鄉了。一九七九年，她回過一次濟南，聽說他考上了大學，也結了婚。她並沒有感到意外，只是覺得等到了一個一直在等的消息。離開濟南的前一天，她去了他的學校。那天下著雨，到他寢室的時候，她的衣服都淋濕了。室友告訴她，週末他回家了，聽說她是他的老朋友，還拿出一本詩社的雜誌送給她。臨走時，她帶走了一把他的傘。她撐著傘穿過校園裡的草坪和林蔭道，經過食堂和操場。在公教樓的屋簷下站了一會兒，翻開雜誌，讀了幾首他寫的詩。雨停了，她收攏傘，朝著學校大門的方向走去。

第二年，她嫁給了她哥哥的一個同學。學法語的，也在外交部工作，比她大八歲。一年以後，她跟著丈夫去了非洲。先是在阿爾及利亞，後來去了塞內加爾。在那些外國人眼裡，她是使館工作人員的妻子，一個矜持的中國女人。沒有人知道她是罪犯的女兒。在使館後面的花園裡，她看著黑皮膚的女人爬到樹上摘芒果，陽光透過葉片的縫隙漏下來，她仰起臉，對著太陽。想到那段黑暗又甜蜜的日子，覺得它們如此遙遠，像一隻駛出了地平線的小船。她知道自己已經走出了往事的陰影。

雖然一直沒能有個孩子，汪露寒覺得有些遺憾，但是兩個人的生活也挺自在。有時候，她覺得丈夫更像是自己的一個旅伴。他們不斷遷徙，在陌生的國家住下來，等到把那幢異鄉的房子住出一點自己的氣味來，也就該跟它說再見了。他們拉起行李箱，和那些照顧過他們的人揮手作別。每年耶誕節寄明信片的時候，那些老朋友的臉會再次浮現在他們的面前。一年一度，他們談論起那些人，想像著他們現在的生活會有什麼改變。總是在旅途中的人，經歷了太多的離別，會漸漸變得無情。他們很清楚感情就是一段一段的，所以更懂得好聚好散，善始善終。這種冷酷的理智是丈夫身上的一種可貴品質。汪露寒一直很希望把自己變成和他一樣的人。

在靜謐的生活中，時間失去刻度，就這樣，無知無覺地過去了十二年。那些年留下了很多照片，要是沒有右下角的日期，她根本沒辦法把它們排列起來。在那些四季炎熱的國度裡，她穿著連衣裙，戴著珍珠項鍊，微笑著坐在或者站在丈夫旁邊。

如果沒有再見到我爸爸，汪露寒說，她想像不出有什麼理由會和丈夫分開。但是重逢的那個夜晚，她隔著酒會上晃動的人影，一眼認出這位二十年沒見的故人，腦袋一陣暈眩，有股電流經過身體，把她從一個很長的夢裡驚醒了。當她朝著他走過去的時候，先前十幾年的靜謐生活，在身後轟然坍塌。那種過去令她信賴的幸福，忽然變得很虛假。她再也回不去了。

第二個星期，她沒有跟隨丈夫出訪，而是和我爸爸一起去了莫斯科。在那輛火車上，他們緊緊地靠著彼此。窗外是蕭索的山坡和落滿雪的大湖。他看著她說，是你讓我的生活又有了意義。她的心緊了一下。面前這個男人比起少年時落拓了不少，從前明亮的眼睛裡落滿了灰。她攥緊他的手，說我會一直陪著你，往後的每天都會很開心。他點點頭，當然，我們一定會很快樂。

從莫斯科回來，汪露寒就提出了離婚。面對這個突如其來的消息，她丈夫依然表現得很有風度。他透過金絲邊的小圓眼鏡靜靜地看著她，然後問，你覺得你還需要多一點時間再好好想想嗎？不用，她回答。好，他說，我月底要去法國，最好能在那之前把手續都辦完。後來，她只是在電視上看到過他。那時他已經是某個非洲國家的大使，身旁站著一個戴珍珠項鍊的女人，矜持地微笑著。

幾乎是同時，我爸爸也提出了離婚。雖然我媽媽沒有答應，但那不過是個時間的問題。隨後，我爸爸就和汪露寒搬到了一起住。他們有過一段很愉快的時光。生活在一起的感覺如此熟悉和親切，就像回到了從前，在她家那兩間幽暗的屋子裡。他們甚至有意模仿少年時的情景，從早到晚待在窗簾緊閉的房間裡。他給她讀小說，他們一起做飯，站在窗前分吃一只蘋果。這些事隨時會被突然湧起的情欲打斷。做愛取代了言語，成為最重要的交流方式。但是在那種瘋狂的歡樂裡，她總是能感覺到一絲難以驅逐的恐懼。好像有什麼東西會忽然把他們分開。她從來沒有跟我爸爸講起過，很多話說出來會變成石頭，永遠橫亙在那裡。而且她情願相信，那種感覺不過是時間沒有代謝乾淨的一點殘餘陰影，漸漸就會消失。

所以當哥哥得了癌症，她必須把母親接過來的時候，心裡不可能沒想過，這會對他們的關係構成危險。雖然時間帶走了不少痛苦，但她還記得面對發病的母親時的那種無助。坦白說，這些年在國外，她對母親的牽掛並不是很多。她知道母親有人照顧，過得挺好，這就足夠了，有時候一個月也不會通一次電話。每次聽到母親的聲音，她都會很緊張，覺得下一刻那個聲音就會撕裂，爆發。她逃避了十幾年，現在沒辦法繼續逃避下去了。

不過我爸爸的反應倒是挺淡然，很支持她把母親接來。他說，多年前的那個臨時家庭，是由他們三個人組成的，她母親也是其中的一員。他常常會想起她，感到很親切。那時他們還是孩子，才會那麼無助。而現在他是一個有能力的成年男人，能帶給她母親很好的生活。但他講這些話的時候，已經喝得半醉了。酒鬼總是比較樂觀。他沒有像之前所說的那樣，把酒戒掉，在她母親住過來以後，喝得越來越凶了。他們開始爭吵，互相怨恨。

謝天成問她，如果你母親沒有跟你們一起住，你覺得你和李牧原能過得好嗎？

沒有如果。汪露寒說，李牧原說得對，我們從一開始就是三個人。我母親一直在我們中間。她熄滅了最後一支菸，把菸蒂插入布滿紅心的菸缸。一個黃昏又開始了，歌聲從緊閉的房門裡傳來：

「天上布滿星，天上布滿星……」

另外一次見面的時候，我們談起釘子的事。我問謝天成，汪露寒有沒有說我爺爺和她爸爸為什麼要害程守義。他說，沒說，程守義是領導，平時總壓著他們，他們都挺恨他。但是按照汪露寒的說法，她爸爸很寬厚，不會這樣去報復一個人，所以應該主要是李冀生的意思。誰知道呢，那個年代壞人作惡，好人也作惡，根本說不清。只是汪良成死了，所有的罪責就轉移到了他的身上。我說，也許他以為自殺了就能一個人扛下所有罪責。謝天成笑起來，佳棲，你把人想得太好了。我說，我聽了很多事，也看到過很多事，汪良成的形象一點點清晰起來，我覺得他就是那樣一個人。謝天成說，那你爺爺呢，在你心裡他是什麼樣的？我沉默了，說我不知道，他變得越來越模糊了。

謝天成說，我見過他，在你爸爸的追悼會上。他表情很嚴肅，一直皺著眉頭，自始至終沒掉淚。告別儀式結束之後，很多人過來跟汪露寒說話，他一個人走到門外。我過去給他遞了一支菸。不抽，謝謝，他說。我點上菸，問他還會在北京待兩天嗎。他說，我今晚就走了。我安慰了幾句，他很客氣地道謝，眼睛一直注視著前方。不知道為什麼，我感覺他身上有一股正氣，讓人不自覺地產生敬意，和汪露寒口中那個陰險、奸詐的人有極大反差。等所有人都離開了，他走過去跟汪露寒說，牧原的母親腿骨折，下不了床，她讓我跟你說，你有什麼需要可以告訴我們。汪露寒一直低著頭，什麼話也不說。他把一個很鼓的信封交給她，然後戴起鴨舌帽走了。

我問，你覺得汪露寒原諒我爺爺了嗎？謝天成說，這不重要了。重要的是，她覺得自己也有罪。好像總得有一個人擔著那些罪。你爸爸死了，她就承擔起來了。

我跟謝天成坐在露天咖啡館的遮陽傘底下。已經是春天，下著小雨，空氣中有青草的氣味。我說，謝謝你告訴我這麼多。他說，我挺喜歡見你的，總想把故事講得再長一點，但是我知道的只有這些了。我說，你講的故事我都記得。每年我爸爸的忌日，我都會把牆上的釘子用紅紙包起來，坐在屋子裡等他回來。他說，喝點咖啡，別打瞌睡。嗯，我不會睡的，我說。

《仁心仁術——走近李冀生院士》

40'17"

一個五十歲左右的男人，脫下手術服走出手術室，攝像機跟隨他穿過走廊，坐上電梯，來到他的辦公室。靠窗的桌子，窗台上擺著一盆綠蘿。字幕顯示：在所有學生中，吳天宇或許是李冀生最得意的弟子之一，目前他已經是北京一座醫院的心臟科主任。他繼承了李冀生嚴謹的學術態度，在掌握了豐富的臨床經驗的基礎上，勇於創新，不斷改進手術方案，提高成功率。在生活中，他也像他的老師一樣，過著簡單樸素的日子，對物質生活幾乎沒有追求。吳天宇在寫字台前坐下，拿出一摞稿紙，逐頁翻看。字幕顯示：「這是我博士論文的初稿，上面全都是老師的批注，他把他認為有問題的地方都標出來了，甚至包括語法上不準確的地方。論文成書之後，我給他送過去。沒過兩天，他又把那本書還給我，說又發現了幾處問題，都標出來了，再版的時候可以改一下。」

鏡頭切換。吳天宇面對鏡頭。字幕顯示：「李老師跟我們再三強調，手術的時候一定不能大意，要把最壞的可能都想到。他自己親身經歷過一起醫療事故。大概是『文革』開始的那一年吧，他受到打壓，被剝奪了手術的資格，給一個不懂手術的醫生做助手。那個醫生在沒有充分估計到手術難度的情況下，貿然給病人動手術，造成病人失血過多。雖然李冀生接管了手術，奮力搶救，但是已經太晚了，病人還是停止了呼吸。這場悲劇的發生，對李老師觸動很大，他痛恨那些不作為，甚至起反作用的庸醫，但是也不肯原諒自己。他總覺得自己有責任，好幾回跟我說，天宇啊，這恐怕是我一生中最懊悔的事……」

第四章

程恭

如果我說後來我見過汪露寒，你會覺得很意外嗎？你肯定猜不到，我是在哪裡見到她的。是在三一七病房裡。那間病房就像一個小小的劇場，每隔一段時間就會有一齣戲上演。我和你的，姑姑和小唐的……我爺爺身上好像有一種磁力，總有辦法把我們招引過去，讓故事在他的眼皮底下發生。

你轉學後不久，我去過一次三一七病房。站在床邊看了一會兒爺爺，然後把那台永遠都無法完成的靈魂對講機放進一個紙箱裡，封上膠條，塞在了床底下。我走出去，關上了房門。

我把與你有關的記憶，都關在了那扇門裡。此後的一年，我再也沒有去過那裡。有一次在醫院門口等姑姑下班，仰起頭看著最東邊的窗戶。窗台上站著兩隻灰色的鴿子，騰地飛了起來。我依稀看到窗戶裡面站著一個人，正隔著灰濛濛的玻璃向外看。是幻覺吧，除了餵飯的護士每天能在那裡逗留十分鐘，再不會有別的什麼人了。

姑姑走出來，我就指著窗戶問她能不能看到那裡站著一個人。她看了一眼說沒有，就拉著我走了。走出半條馬路，我發現她滿臉眼淚。追問之下才知道，三一七病房曾是她和小唐約會的地方。當時已經是秋天，天氣很冷，他們兩個每天還往小樹林裡鑽，忽然有一天，在去小樹林的路上，我姑姑靈光一閃——她自己真是這麼說的，想到了三一七房間，就帶著小唐朝那邊奔過去。從那以後，他們每天都去三一七病房。我真的無法想像他們兩個在我爺爺眼前親熱的情景。爺爺用那雙骨碌亂轉的小圓眼睛，見證了他們之間真摯的愛情。

你離開後的第二年，附屬醫院建起一座新的住院樓。就在原來北面的空地上，還記得嗎，當年挖地基的時候，傳說挖出過一窩小白蛇，我們都跑去看，雖然什麼也沒見到，但我們還是繼續散播這則謠言。新的住院樓八層高，裡面有充足的床位，從那以後，三一七病房所在的老住院樓就用來安置長年住院的病人——癱瘓的，半身不遂的，老年癡呆的，交了錢託了關係住進來、賴住一個床位不走的……那些病人大多已經不用治療，需要的只是維持生命。醫院養著他們，是為了養著那些閒雜無用的員工。院長沒辦法把他們遣退，就都發配到舊樓，做些簡單的看護工作。當時我姑姑很害怕自己會遭發配，整天在家裡哭，沒想到他們讓她留在了西藥房。

發配到舊樓工作的都是五十歲左右的女人，處在躁狂的更年期，個個凶悍不講理。餵飯吃藥不及時，床單被褥拖好久才換，態度非常惡劣，經常大聲呵斥大小便失禁的病人。也有家屬向醫院投訴，結果不過是象徵性的整頓，收效甚微。院長更願意把心思花在建造分院以及申報醫學成果獎上面，他知道就算把這個破住院樓管得再好，對他的升遷也沒有幫助，倒不如睜一隻眼閉一隻眼，別鬧出什麼人命來就行了。

大家都管那裡叫「魔鬼住院樓」。我和姑姑知道她們肯定會把爺爺「照顧」得很糟。反正無論多麼糟，他都不會告狀。她們不會有耐心定時給他翻身、擦身換尿片。他可能會因此生褥瘡，然後渾身潰爛，肌肉萎縮，直至心臟衰竭……但是我們誰都沒有去病房看，也不敢跟我奶奶說，生怕她會跑去和那些凶悍的護士鬧。不過我奶奶也在南院住，身邊還有幾個喜歡嚼舌頭的老婆子，她真的會不知道嗎？她大概也和我們一樣，只是假裝不知道。一旦「知道」了，就非得去大鬧一場，才能捍衛她那絕不受人欺負的高大形象。可她已經老了，鬧起來有些吃力了，何況是為了這種不值得的事。爺爺多活幾年還是少活幾年，對她沒有任何分別。全家人似乎達成了默契，誰也沒有提起過爺爺和三一七病房。我們好像都在等著有一天，醫院來通知他死亡的消息。

可是這個消息一直沒有來。一九九五年的秋天，我又一次來到三一七病房。當時我和奶奶大吵了一架。我已經快十四歲了，還和姑姑睡一個房間，實在很煩惱，就想讓姑姑搬到客廳跟她一起住。把她那些破箱子挪開騰出一點地方，再買張大床就行了。可是她不想動箱子，也心疼買床的錢。姑姑夾在中間，態度曖昧，好像在生悶氣。她把我的正當要求當成對她的嫌棄。

一怒之下，我決定離家出走。第二天是星期六，一大早我就拎著背包出門了。在長途汽車站，我望著站牌上的陌生地名發呆，那些大巴車一輛輛消失在揚起的塵土中。一直待到中午，還是沒能喚起一點對遠方的嚮往，心裡反倒越來越恐懼。有個混在飢餓和疲倦裡的聲音召喚著我，讓我回家。可是就這樣回去未免太沒有面子，至少要在外面過一夜，才算離家出走。去哪裡呢？我爺爺的臉在腦海中浮現，像一個顯形的菩薩。

傍晚時分，我爬上三樓，走向盡頭的那個房間。三一七病房的門虛掩著，投在走廊地板上的光影像一張沒有畫完的女人像。我踩著它的邊緣，向屋子裡張望。真有一個女人，坐在床邊，正在給我爺爺擦身。她把他的線衣撩起來，用濕毛巾擦著他的胸脯、肚子，又撐起他的身體，給他擦後背。她把線衣放下來，拽平整。然後抬起他的腰，將鬆垮的白色秋褲脫去，從雙腿上褪下去，堆到腳踝上。她取下搭在床尾欄杆上的毛巾，沿著小腿向上擦。她的手，隔著毛巾，在他的腿上滑動。那條死了很多年的腿，我幾乎看到它在顫動。她停住了，走過去把窗台上的熱水瓶拿過來，蹲下身，白色的蒸氣騰起。她應該是把熱水倒進了一個臉盆裡，淘洗著毛巾。我看不見，床把她擋住了。撩撥著的嘩嘩水聲，以及她從視野裡短暫的消失，令我感到很焦躁。她終於站了起來，把熱騰騰的毛巾打開。暮晚的光從她背後的窗戶裡漫進來，越過她的肩膀，照在那條白毛巾上，篡改了它的顏色。它是緋紅的，氳在一團毛茸茸的水氣裡。她把它摺疊成長方塊，從左手掂到右手，又從右手掂到左手，如此交替，直到溫度降到令她滿意。然後她繼續。俯下身，推著毛巾，掠過他的腹股溝、大腿內側。她扶起他的垂耷的生殖器，輕柔地擦拭，濕潤的手指觸碰著紫褐色皮膚，在那些飢餓的皺褶上滑過。她慢慢把它放下，讓它重新躺在那叢蒼白的毛髮裡。我快要淹沒在自己激烈的呼吸裡，心卻好像在身體之外的什麼地方跳著。在她的手上。她從枕頭底下拿出一管藥膏，搽在他的屁股上。她一直托著他的身體，直到藥膏晾乾，才放下。

我並不是第一次看到女人給爺爺擦身。從前照看他的幾個護士都做過。可是完全不同。她們倉促、潦草，只想快點完成這項任務。眼前這個女人卻無比耐心，好像希望更慢一些，讓自己在這件事裡多待一會兒。她一直面對著門，卻始終沒有發現我。她太專注了，完全沉浸其中，彷彿為我爺爺擦身，是這個世界上最重要的事。

做完所有的事，她抱著暖水瓶走到窗邊，放回原來的位置，順手推開半扇窗戶。我這才注意到，大概是擔心擦身的時候著涼，她把窗戶關了。她倚在窗台上，從褲子口袋裡摸出菸盒，點起一支菸。有鴿子撲棱著翅膀飛起來，她扭過頭去看著窗外。

直到她抽菸的時候，我才讓自己平靜下來，開始仔細打量她。她也許和我姑姑差不多年紀，不是個年輕女人了，但長著那種適合年輕女人的娃娃臉。在那樣一張臉上，她渙散的目光、鬆垂的腮頰以及耷拉的嘴角都顯得不合時宜，讓人看著難過，很想見見她年輕的時候。她的頭髮胡亂在腦後束了一下，耳邊還留著幾綹很長的頭髮，髮梢燙到了肩膀上。身上套著一件藏藍色嗶嘰布的襯衫，又長又大，袖子挽得一個高一個低。

她沒穿白大褂，不像是醫院裡的護士。我也不相信那幢樓裡有這麼溫柔的護士。所以她是誰呢？義務幫忙的好心人？附近那座教堂裡的善良修女？我猜測著，卻並不是很想知道答案。我好像還留在先前她為爺爺擦身的場景裡面，回想著每一個動作，以及那些動作所帶來的觸覺。

在她熄滅那支菸的時候，我轉身走了。因為她可能要離開病房了，我不想讓她撞見我，那樣我就不得不解釋，床上躺著的人是我爺爺。她看到這個病人的家屬還來看他，會覺得他有人照顧，沒準以後就不來了。我必須離開，是為了能再見到她。但我沒有走遠，就躲在醫院門口的水果攤旁，看著她走出來，一個人，慢慢地穿過馬路，走到對面的公車站牌底下。一輛11路汽車開過來，把她帶走了。站牌底下又來了很多人，有人站在了她先前的位置上。我又看了一會兒，才朝著家的方向走去。到底還能再見到她嗎？那種不確定的感覺折磨著我。走到家的樓下，我才忽然想起去三一七病房的目的，想起自己正在離家出走，想起我需要一個屬於自己的房間。可是這些都不重要了。一種高尚的情感充滿了身體，使那些煩惱都變得很渺小。

她每天都來。下午四點。大概會逗留一個半小時。除了為爺爺擦身，還給他鼻飼，更換衣服和尿片，她做護士做的所有事。我躲在門口看一會兒就離開，去樓下的水果攤等著，直到那輛11路公車從眼前開走。差不多兩個星期之後，有一天我去得有些早，她正提著暖壺往外走，碰巧迎面撞上。我很慌張，連忙說床上躺著的那個人是我爺爺。她說，程守義挺好的，你回去吧。我說，我再待一會兒，好長時間沒見他了。她說，你不是昨天才來嗎？我不吭聲了。幫個忙，小孩，她說，去打壺水來。我接過暖壺，說我叫程恭。她點點頭說知道了，可是等我打了熱水回來，她說，擱臉盆旁邊吧，小孩。我搶著倒熱水又拿毛巾，生怕她轟我走。她給我爺爺擦身的時候，我就在一旁看著。這次離得特別近，視野裡只有她那雙手，看得心裡一熱一熱的。我說，我爺爺是被壞人害成這樣的，他以前是解放軍，神槍手，要是明槍明刀地打，他不可能輸。我還夢見過他教我打槍呢，天上飛的鳥都能打下來。我又講了一些爺爺以前的英雄事蹟，如何單槍匹馬打鬼子之類的，有些是沒影兒的事，但說得還挺像真的。我總覺得把爺爺說得偉大一點，她會更願意一直來照顧他。不過她沒什麼反應，一直低頭幹活，也不知道在不在聽。臨走的時候，她說，別跟別人說我在這裡。我點點頭，知道，做好事不留名。

從那之後，我每天下午都到三一七來找她。後來發展到連最後兩節自習課也不上了，把作業拿到病房裡來寫。做完所有的工作之後，她會再多待一小會兒，站在窗台邊往下看。我挺珍惜那一小會兒，總是悄悄走過去，站在她的旁邊。其實挺想跟她多說點話的，但是不說也行，就那麼待著也覺得很好。有時候她會拿出一個蘋果削起來。她握著小刀，拇指推著刀背向前，果皮寬窄均勻，薄得透明，一圈一圈垂下去，削完也沒有斷。她一直看著自己的手，好像很享受這個過程。然後她從中間切開，分給我一半。甜嗎，她每次都問，好像自己不知道嘴巴裡的東西是什麼滋味。甜，我說。從那個時候開始，我喜歡上了吃蘋果。

有一天傍晚我陪她走到公車站，忍不住問，你住在哪裡。她說很遠。我說你家裡的人在等你回去吃飯吧，她搖了搖頭。我還想再問點什麼，車開來了。那天她穿了一件紅綠格子的呢大衣，挺美的，可是她的背影看起來很孤寂，我心裡一陣難受。

第二年剛進春天，我爺爺生了一場病，不知道什麼原因，就是一直發高燒，用了好幾種退燒藥都沒用。他陷入了昏迷，身體一陣陣抽搐，臉是紫的，還吐白沫子。她說，我晚上留下來，這是個坎兒，過了就好了，你別跟家裡人說。我說好。就算她不說，我也沒打算告訴奶奶和姑姑。我不想讓她們到病房裡來。而且她們可能會去找院長，把爺爺轉到新樓治療。那裡護士很多，就不會讓這個女人插手了。而且不知道為什麼，我很信任她，覺得她能把爺爺救過來。雖然她所做的，不過是一遍遍用冰塊冷敷，拿蘸著酒精的棉球給他擦身。夜裡溫度升高很快，她每隔半小時擦一次，一連好幾晚都沒睡。我都是待到很晚才回家，下午的課也不上了，除了打熱水，我還去給她送飯，經過水果攤的時候，也沒忘捎上一個蘋果。過了一個星期，燒徹底退了，我爺爺神奇地好了。她自己病倒了，有兩天沒有來。那真是兩個漫長的下午，我在病房裡走來走去，發現自己連她的電話號碼都不知道。要是她從此消失，我都沒有地方可以去找。第三天下午，她出現在病房門口的時候，我眼睛一熱，差點跑上去抱住她。但我也只是握了握她的手。她把那隻冰涼的手抽開了，說快去打熱水，不然一會兒又要排長隊了。

到了三月末，醫科大學宣布了一則重大喜訊，你爺爺榮獲了醫學院士的稱號。校園的剪報欄裡貼滿了喜報。你爺爺在照片上嚴肅地抿著嘴，目光堅定地看著前方。我把一塊口香糖按在了他的額頭上。學校為他舉行了一個隆重的慶祝典禮。附屬小學放假半天，組織同學們一起去觀摩典禮。所有的人都去了，除了我。我很早就去了三一七，等著她來。她一到病房就說，今天這幢樓好像特別安靜，剛才我去找她們要根新的橡皮管，值班室的門是鎖著的。我說她們都去科學會堂了。她問什麼活動那麼隆重。有個教授……我不願意念出他的名字，當了院士，學校給他舉行一個慶祝典禮。哦，她應了一聲，繼續幫爺爺掖被子。掖著掖著，她停下來，那個教授，叫什麼名字？李冀生，我說。她站在那裡，沒有動，過了一會兒說，院士，真好。

那天下午餘下的時間裡，她一句話也沒有說，照舊做著每天做的事，但不像往常那樣專注。我打了熱水回來，鼻飼已經結束，但是管子還插在上面沒取。她看著我爺爺發呆，好像忘了接下來該做什麼。往臉盆裡倒熱水的時候，一下倒了太多，也沒聽到我提醒，把手伸進去試溫度，結果把自己燙到了。我想幫忙，她用手臂把我擋開了。

做完所有的事，她走過去，疲倦地靠在窗台上，但沒有像往常那樣點起一支菸。她看著窗外，眺望著遠處的某個地方。我問她在看什麼。她說，典禮是不是結束了？我看到好多人往外走。我朝校園的方向望，根本看不到科學會堂，遠處只有一片被夜色黏連在一起的灰色樓群。天已經黑了，往常的這個時候，她已經在馬路對面的站牌底下等車了。她始終盯著那個地方，肩膀好像在發抖。我幾乎以為她要哭了。

直到天完全黑了，外面什麼也看不見，她才離開那個窗台，穿起外套。走到門口，她停住腳，小孩，幫我個忙好嗎？我連忙點頭。但她又沉默了，等了一會兒才說，你去找李冀生，說汪露寒想見他，讓他到這裡來一趟。明天，或者後天，下午我都在。

把她送走以後，我到小樹林坐了一會兒。連成片的樹影像朵黑色的雲，被風咬碎了，掛在遼闊的夜幕中。好像有一塊一直蒙在眼睛上的布，正輕輕滑落下來。她究竟是誰，為什麼會在這裡？這些從見到她那一刻就產生的問題，我其實一直在逃避。號稱對祕密嗅覺靈敏的我，怎麼可能沒有在這個女人身上聞到可疑的氣味呢。但我立即關掉了嗅覺，不讓自己去探究。那個答案可能會毀掉很多東西。我小心地保護著自己對她的感情，不讓它受到傷害。這些是在你那裡學到的。你的離開，使我長大了很多。

祕密之所以成為祕密，被人們封藏起來，是因為它們對世界具有破壞性。而我們這兩個孩子那麼熱愛挖掘祕密，正是因為喜歡它的破壞性吧。說不清楚究竟是什麼壓制著我們童年裡的創造力。既然無法創造，那麼就去破壞吧。或者說在這個國度，破壞總是被視作一種至高的創造。對我們來說，點燃祕密的導火索，將世界炸開一個窟窿，是多麼令人興奮的事。看著它轟鳴爆破的那一刻，會有一種奇妙的快感。那種快感令我著迷，所以就算它離我們這麼近，是埋在我們兩個人之間的，我還是不管不顧地引爆了它。瞬間的快意，好像在報復著誰。然後發現自己站在一片轟炸後的廢墟上。你被從我的生活裡帶走了，看似是一場意外，可是只有我知道，一切都與我有關。是我沒有看護好我們的感情。

在圖書館後面的毛莨花叢裡，你曾問我，祕密聞起來是什麼味的。我說是甜的，像熟透裂開的甜瓜。

在這個春天的晚上，我好像真的聞到了祕密的氣味。危險而古老，令我聯想到岩漿和隕石之類的東西。反正不是甜的。我很想馬上跑去告訴你，隨即意識到永遠都不可能了。

第二天，我去了你爺爺的辦公室。他有了一間新辦公室，在剛蓋好不久的高層辦公樓上，同一層的都是校長。我去的時候他恰好在，但很多人圍在門口，幾台攝像機正架在那裡拍攝。兩家電視台，一家正在作採訪，另外一家要拍攝名為「院士的一天」的短片。我捏著那張「明天下午到老住院樓三一七病房來，汪露寒想見你」的紙條離開了。

最終，還是只能去他家裡找他。我很擔心開門的是你的奶奶。雖然汪露寒並沒有強調這一點，但我領會到的意思是應該對其他人保密。那天晚上，我去敲你爺爺家的門的時候，附近的一扇窗戶裡正傳出新聞聯播開始的音樂。此前我坐在對面的樓洞裡一輛自行車後車架上，玩車把上的鈴鐺。他回來了，還騎著從前那輛破車子。我跟著他上了樓，把那張紙條往他手裡一塞，轉身跑掉了。我估計他連我是誰都沒看清，而我也沒看到他臉上的表情。

第二天是個陰天。早晨的大霧到了下午才散，天已經開始黑了。天空和鴿子的翅膀一樣灰，就好像被漆成了它們的保護色。從三樓的窗戶望出去，鐵色的樓群又大又扁，好像一張畫壞了的素描畫。我和汪露寒原本曬被子的計畫只能擱淺。屋子裡的暖氣還沒停，熱氣烘著臉，讓人昏昏欲睡。我把門窗都打開一條縫，讓熱空氣跑掉一些。汪露寒無聲無息地忙碌著。她穿了一件我沒有看到過的苔綠色毛衣，幹活的時候手臂蹭到身上，冒出嗶嗶啵啵的火星。

一陣風鑽進窗戶，穿過房間。門吱呀地響了兩聲。我倏然站起來，汪露寒猛地扭過身去。我們盯著那扇門。彷彿下一秒它就會被推開，那個人從外面走進來。

但他沒有來。第二天也沒有。第三天，第四天……

接連一個星期的陰霾過去以後，終於迎來了一個晴好的天。我和汪露寒爬上平台，撐開晾衣架，把被子搭上去。忘了拿木夾子，趁她回去取的時候，我鑽到摺疊的被子中間，伸直胳膊，只有兩隻手露在被子的外面，聽到她走近了，就上下揮動起來，像是一個笨拙的機器人。外面似乎傳來她的笑聲，我蒙在暖烘烘的被子裡，想像著她嘴邊那些被笑容揪起的細小皺紋。她踩了一下我的腳，好像在說別鬧了。我仍舊在裡面揮擺著手。然後我感覺到，有個東西觸到了右手。木頭夾子。它夾住了食指，但不是真的夾，她捏著另一端沒有鬆手。她小心翼翼地施著力，一張一翕，指頭上小小而溫柔的壓迫感，一下一下箍緊我的心。在黑暗中，我想像著太陽底下我們被曬得蓬鬆的影子連在一起，交疊的那一小部分，輕微地震顫著。我出汗了嗎，木頭夾子在變軟，像兩片濕漉漉的嘴唇含住了我。

夾子縮了回去。

好啦，遊戲時間結束了，她說，把我從裡面拉出來，將手裡的一半木夾子分給我，快點幹活吧。明晃晃的陽光讓人暈眩。我瞇縫起眼睛咧開嘴對她笑，悄悄地把那隻纏著暖意的手，塞進了口袋。

我們用夾子夾住被子，這樣風就不會把它們吹走了。這個春天的風有點嚇人。多出來一個夾子，汪露寒隨手把它夾在鬢角上，別住了那幾綹幹活時總是在臉前盪來盪去的碎頭髮。她的一隻耳朵露出來。那隻瘦小的耳朵，一直埋在頭髮裡，看起來有些蒼白。細窄的耳垂微微發青，中間有個耳洞。我見過奶奶的耳洞，更長更深一些，有點發黑。雖然她們同樣沒有戴耳環，但是奶奶的看起來很正常，她的卻讓人覺得心裡空落落的，像一口乾涸的井。

走吧，汪露寒拍拍被子，今天要做的事情還多著呢，趕快去換床單，趁著天氣好都洗掉。一切好像回到了一個星期以前，她流露出那種專注的、有些神經質的樣子，眼下這些瑣碎的活計又變成了最重要的事。我跟著她走過去，翻上窗台，心裡湧動著一種幸福的情緒。那些關於她的疑惑像一朵被趕跑的烏雲，但願它們再也不要回來。我忽然很害怕爺爺死掉。是他連接著我和汪露寒，維繫著我們的朝夕相處，如果他不在了，我們將變成兩個毫無關係的人，再也沒有見面的理由。我站在床邊，抬起爺爺的屁股，讓汪露寒把下面的床單抽掉。爺爺的腫眼泡裡包著一雙晶亮的眼仁，嘴角掛著一絲不易察覺的微笑。我很久沒有仔細看過他了，但他總能再次引起我的注意，讓我重新發現他的存在。我忽然覺得在這具上了鎖的身體裡，關著神祕莫測的能量。這能量穿透沉厚的皮肉，發揮出它的威力。仔細回想，在不同的時期，我們家總有一個成員希望爺爺不要死。我爸爸為了不斷勒索醫院的賠償，曾希望我爺爺不要死。我奶奶為了換個大房子，希望爺爺不要死。我姑姑為了留在醫院工作，希望爺爺不要死。而我是為了見到汪露寒。他好像總能吸引來我們想要的東西，讓我們為了得到它們，虔誠地祈禱他繼續活下去。我們的祈禱有用嗎，我也不知道，可是他看起來比我們都健康，好像會永遠活下去，變成一塊活化石。

那一年過得特別快。轉眼到了耶誕節，這個舶來的節日在那一兩年裡，以聖誕卡、綴著白球的紅帽子以及搖一搖會下雪的水晶球的形式向孩子們大舉進攻。班裡有些人會買三十多張聖誕卡，寫上一模一樣的祝福語，像撲克牌似的發給同學。大斌就是其中的一個，那三十多個人裡，有二十多個從來沒有和他說過話。他喜歡送禮物，以此取悅別人，不管效果如何，他都會感到很滿足。耶誕節前的一個星期六，他拉我去東門市場買禮物。市場擠滿了人，大家十張或一打地搶購著賀卡，原來這個世界上有那麼多像大斌一樣善良的小孩。在喧鬧的人聲中，大斌打開立體卡片，放在耳邊聆聽裡面傳出的聖誕樂。我站在他身後，被旁邊一個攤位上亮晶晶的東西吸引。我走過去，拿起一個狹長樹葉形狀的淺紫色髮夾，葉脈上鑲著很多細小的寶石，現在我當然知道那不過是塑膠貼片，可是在童年，所有亮晶晶的東西都是寶石。我想像了一下汪露寒戴上的樣子，又開始打量掛在架子上的耳環。掠過那些明晃晃的大圓環和綴下來的珠片，我的目光落在最邊上那一對上：兩顆小拇指甲蓋大小的珍珠，飽滿的圓形，淌著乳白色的光。

我在樹葉髮夾和珍珠耳環之間拿不定主意。汪露寒也許更需要一個髮夾。她可能不想戴耳環。可是，我想到她耳朵上那兩個乾涸的小洞，彷彿透露著她心如死灰的心境。或許戴上這對耳環她能快樂一點吧，我對此毫無把握，卻無法抗拒想要看到她戴上它們的強烈渴望。我付了錢，賣主把那對耳環取下來，裝進一個粉紅色玻璃紙小袋子裡。我走回大斌身旁，他還在擺弄聖誕卡。一張一張打開，關上，耐心地測試著紐扣電池是否有電。我忽然替他感到悲哀，那麼仔細地挑選禮物，心裡卻沒有裝著一個真心想送的人。

我把小袋子放在了褲子口袋裡。第二天早上，褲子不見了。

「哦，我洗了。」姑姑聳聳眉毛。難得她那麼勤快。我不得不開口向她要耳環，她有翻口袋的習慣。

「耳環？什麼耳環？」她眨眨眼睛，忽然想起來似的，「噢，在窗台上。」

我走過去，打開那個粉紅袋子，珍珠耳環完好地躺在裡面。

姑姑走到我的身後，「送給誰的呀？」

「班裡一個女生過生日。」我緊緊捏住袋子。

「誰啊，我認識嗎？」她戳戳我的胳肢窩。

「你不認識，新轉來的。」

「哦，你猜怎麼著，讓我想起你媽媽來了。我跟你說過嗎，當時她拿自己的一點私房錢去買國庫券，正好有個抽獎活動，得了個三等獎。獎品就是這麼一對耳環。她那個不用打耳朵眼，是夾在耳垂上的。她老怕掉了，不捨得戴。」

我把小袋子放進書包裡面的暗層，拉上了拉鎖。

「那個女生有耳洞了？才多大啊，她家裡人也不管嗎？」她微笑著看著我。我抓起書包轉身走了。

送耳環顯然是個錯誤。錯在它是一份顯而易見的送給成年女人的禮物，更錯在讓姑姑想到了我媽媽。那麼多年過去了，縱使我媽媽早已從我們的生活中消失，我姑姑卻未曾更換過這個假想敵，可見她對感情多麼忠誠。後來她告訴我，當天晚上她一夜沒睡著。那對耳環太像我媽媽的東西了，如果不是送給她的，又是送給誰的呢？她實在無法想像我的生活裡還有另外一個她不認識的成年女人。於是她得出結論，我和我媽媽仍舊保持著聯繫。這個結論在輾轉反側的長夜裡不斷修正，天快亮的時候，我姑姑已經堅定地相信：我媽媽回來了，她常常和我見面，很可能會把我帶走。

平安夜那天傍晚，當我和汪露寒在車站呼著哈氣說完「明天見」之後，我掏出那個粉紅袋子塞到她的手裡，轉身就逃，和一個迎面而來的中年男人撞了個滿懷，他還沒有回過神，我已經跑遠了。

第二天下午再見到汪露寒，她兩側的頭髮照舊密實地遮擋著耳朵。我真想撩開看一看耳環有沒有戴上。我開始後悔沒有把髮夾也買下來，至少能讓她露出一隻耳朵。幫我爺爺擦身的時候，她拿著濕毛巾站起來，右側那片頭髮晃動了幾下，終於分開了，露出半隻耳朵。耳垂上光禿禿的，什麼也沒有。她一定看出我的失望，但好像沒打算作什麼解釋。快去打熱水吧，她說，回來的時候再到值班室去一趟，告訴護士插銷壞了。我說，她們才不管呢，那上面不是別了電線嗎？她點點頭，又走到窗邊，扭了兩下插銷上的電線，說今晚要倒北風了，可能會颳開。她反覆搓著自己的手背，那副曾經讓我著迷的神經質的樣子，簡直要把我激怒了。她眼裡除了這些，難道就看不到別的東西了嗎？我氣呼呼地拎起熱水瓶走了。

站在打熱水的佇列裡，我還在生氣。這不是一對耳環的問題，而是她眼睛裡根本沒有我。我做什麼她都看不見。這麼想著就很灰心，甚至不打算再去病房了。反正有沒有我都一樣。我想像著她一個人在那間屋子裡勞作，每個下午，像一台機器似的無聲地運轉。我想著她從肥大的袖管裡伸出一隻枯瘦的手，拂去床頭櫃上的塵土，拎起暖瓶慢慢下樓；想著她靠在窗台上，拿起皺巴巴的蘋果，削下長長的蛇形果皮。如果我不在，就沒人告訴她蘋果是甜的了。不過那不重要，就算告訴了，她也不會感覺到甜。我想著她每次開窗戶的時候扭開插銷上的電線，關窗戶的時候，再把它別上去扭緊，一圈一圈，好像那是她身上的發條。電線上的白色塑膠皮磨損，一塊塊掉落，直到金屬絲裸露。然後再換一截新的。黃昏時分，她把手抄進外套口袋走出醫院，穿過馬路，來到對面的車站，跳上11路公車。她好像活在這個世界的縫隙裡，沒有任何人注意到她的存在，除了我。我有一種強烈的直覺，她是孤零零的一個人。沒有家，沒有朋友。我可能是這個世界上唯一與她有些關連的人。唯一，你不會明白，這個詞對於我有致命的誘惑。當我把我媽媽當作唯一的時候，在很多夜晚她是屬於我爸爸的，後來，在那些陽光明媚的下午，她是屬於蜜糖叔叔的。再後來她離開了我，完全變成了他一個人的。當我把你當作唯一的時候，你卻總在喋喋不休地講著你爸爸，那該死的莫斯科和西伯利亞。最後你終於追隨他去了北京。就連我姑姑，她也差一點因為小唐離開我。除了我，你們在這個世界上還有別的寄託。它們最終打敗了我，把你們帶走了。我討厭競爭，討厭處在失去的恐慌裡。可是汪露寒不同。她心裡沒有我，但也沒有別的人。沒有人會把她帶走。我覺得把心放在她那裡很安全。

拎著熱水瓶往回走的時候，我已經不再生氣了，心裡暗暗決定，明天想辦法把插銷修好。

第二天上學的時候，我帶上了家裡的工具箱。一放學就跑到最近的五金店。那些插銷長得都很像，忘了把舊的拆下來比照，只好買了兩只，一大一小，揣在口袋裡，跑起來哐啷啷地響。

走上三樓，我看到病房的門敞著，一攤影子在門口的地上晃。裡面傳來尖聲叫嚷。混雜在當中的是熟悉的鷓鴣嗓子。我打了個寒噤，穩了穩神，又向前走。

來到門前，就看到我姑姑和奶奶站在屋子當中。她們背對著我，面朝窗戶。汪露寒就站在窗前。

「你別再裝了，汪露寒，我早把你認出來了！」我奶奶說。

「你在這裡鬼鬼祟祟的，到底想幹什麼！」我姑姑的聲音很亢奮，好像換了一個人。

汪露寒緊繃著嘴唇不說話。

「你到底有什麼陰謀？」我姑姑走上前推了她一下。

「怎麼著，我家老頭兒還活著，你看著不樂意了？覺得你爸那條命抵得冤是吧？非要把他也弄死才滿意嗎？我告訴你，做下那麼大的孽，把你們一家的命都抵上也不夠……」我奶奶嘶號起來。

我姑姑又推了汪露寒兩下，「說，是誰指使你來的！」

汪露寒趔趄了一下，雙手撐住窗台。

「是神讓我來的。」她越過她們，目光堅定地看著前方。

「誰，你說誰？」我奶奶追問。

「上帝。」她說。

我姑姑和我奶奶對望了一眼。

「是上帝指引我來到這裡，給了我一個贖罪的機會。」

「贖罪？為什麼不學你爹，找根繩子把自己吊死？」我奶奶嚷道。

汪露寒搖搖頭，「你們搞錯了，自殺並不能贖罪，只會加深我們的罪孽。」

「呸，死上一百次都不夠。」我奶奶一口吐沫啐到她的臉上，「我看你腦子有問題，八成是遺傳你媽，病得還不輕！快給我滾出去！」

「你們不能趕我走，上帝把他交託給我，讓我看顧好他。」汪露寒說。

「別廢話，現在就給我滾。」

「聽到沒有，別讓我們再看見你！」我姑姑跑上去扭住汪露寒的手，把她向外拖。她看上去就像童話裡凶狠的矮人。汪露寒掙開我姑姑，抓住床欄不鬆手。

「你們沒權利這麼做，是上帝讓我留下來的……」

「狗屁上帝，我看你是為了讓自己心裡舒坦點，」我奶奶冷笑了一聲，「你想舒坦是吧，我就偏不讓你舒坦，只要我活著一天，絕不讓你再進這間屋！」

「你們為什麼不問問他的意願，」汪露寒指了指我爺爺，「他什麼都知道，他的靈魂還在裡面，跟我說讓我留在這裡……」

「別給我在這裡裝神弄鬼！」我奶奶撲上去扯她的頭髮。我姑姑也擰住她的胳膊把她向門口拖。汪露寒死死地抓著床欄不放。那張鐵床被猛烈地搖動著，吱嘎作響，好像就要散架了。而躺在上面的爺爺卻仍舊安詳。他插著管子，如同水族缸裡的金魚一樣，活在一個隱形的玻璃瓶罩裡。他真的在看著眼前發生的一切，並且心裡什麼都清楚嗎？我疑惑地望著他，他的眼珠還在轉來轉去，嘴角掛著一絲深奧的笑意。

他的靈魂還在裡面。汪露寒的話讓我想起了你。在這間病房裡，你幾乎就站在汪露寒現在所站的位置，說出了同樣的話。於是才有了後來的靈魂對講機。多麼荒唐的發明啊。我想起那時候拯救家族的宏偉壯志，心中一凜。

我意識到汪露寒和你很像。你們都是我仇人的後裔，身上散發著神祕而危險的氣息。你們接近我，令我著迷，讓我交出我自己。然後你們把夢敲碎了，讓我看清自己的處境。卑微，無能為力。

看著三個女人在屋子當中撕扯，我忽然感到一陣厭惡，轉過身，頭也不回地跑下樓去。金屬插銷在口袋裡碰撞，發出叮叮咣咣的聲響。經過大門口的時候，我把它們掏出來，扔進垃圾桶。

第二天一早，我奶奶就跑去找那幢老樓的護士長，質問她是誰同意汪露寒照顧我爺爺的。護士長是個四十多歲的女人，大家都管她叫芸姨。我看到過她在走廊裡訓斥那些比她年紀還大的護士，嗓門很大。她的臉很長，鼻子底下的人中更長，看起來至少要活一百年。面對我奶奶的斥責，她絲毫沒有表示出歉意。她說伺候我爺爺的活沒人愛幹，既然汪露寒願意幹，而且幹得很好，那讓她留下有什麼問題，醫院沒說不能用義工。你們有什麼恩怨我管不著，反正你家老頭在這裡，一根頭髮也沒少。我奶奶提出要給三一七病房換一把鎖，也被她拒絕了。她說，你不如把他接回家，多裝上幾道防盜門，連隻蒼蠅都飛不進去。我奶奶氣得跳腳，但也沒辦法。下午她一直守在病房裡，汪露寒來了，她就抄起準備好的掃帚打。回來扒拉了幾口晚飯，她立刻返回病房，這次帶了一根破木條，上面還有釘子。果然不出所料，汪露寒又來了。然後又是一番廝打。據說汪露寒的額頭破了，流了不少血。

那天我沒去病房。我姑姑在家裡守著我。她說，你奶奶說了，要是你再敢偷偷去見汪露寒，就把你的腿打斷。她歎了口氣，把我拉到身前，說知道你這叫什麼嗎，叫認賊作父。看著她伺候你爺爺，就把她當好人，小孩還是太單純了，這世界上哪有白做好人的事？你還對她那麼好……我姑姑低下頭，咬了咬嘴唇，你都沒給我買過耳環……我甩開她的手，跑回房間，爬到上鋪的床上。

第二天，我奶奶帶了鎖匠去，在三一七的門上加了一道鎖，鑰匙只有她和我姑姑有。她又去找醫院的院長，說汪露寒這個所謂的義工其實有陰謀，要害死我爺爺，讓醫院把她趕走，派別的護士照顧我爺爺。院長被她弄得很煩，就讓芸姨換個護士。新換的護士黑著臉，從我奶奶手裡接過鑰匙。我奶奶再三叮囑，絕對不能把鑰匙給別人。但她還是不放心，每天都要跑去病房看，又看到過一回汪露寒，在住院樓底下徘徊，遠遠看見我奶奶，立刻轉身走了。

那幾天我放學就回家，吃完飯早早上床睡覺。睡不著就躺在床上聽音樂，把隨聲聽裡的磁帶都聽得變調了。什麼事也不讓自己想，只要一開始想，立刻調大隨聲聽的聲音，震得耳膜刺痛，頭皮發麻，真的挺管用，很多年後大斌失戀，我還向他推薦了這個辦法。他險些把自己的耳朵震聾。這樣過了一個多星期，有天早晨我從床上坐起來，腦袋裡一片空白，只有一個光禿禿的念頭：我大概永遠也見不到汪露寒了。這時候再塞耳機已經來不及了。一年多朝夕相處的畫面不斷湧上來，日復一日，在單調的情景裡做著相同的事，如同反覆疊加的成像，所有微不足道的細節都被捕捉下來。她那些遲鈍的、沒有溫度的目光，那些機械的、毫無彈性的動作，像冬天湖面上厚厚的冰層。也許是幻覺，但我覺得自己曾離她很近，就要鑿開那個厚實的冰層，觸碰到底下溫暖的水流。也許她還在住院樓底下走來走去。我得去找她，不能任由她走入人群，從此消失。

第二天下午我沒去上學，一直在住院樓底下轉悠。但她沒有出現。接下來正好是星期六，我打算上午就去等她。可是星期六的早上，我還沒出發，姑姑就接到電話，說爺爺不見了，讓她馬上去一趟。

我跟著奶奶和姑姑趕到病房。負責照顧爺爺的護士說，早上她一來就發現鎖被撬了，床上的人沒了。奶奶氣得渾身發抖，抓住床欄定了定神，就衝了出去。姑姑也跟著出去了。我一直站在那裡沒有動。這屋子看起來相當怪異。從我剛記事，第一次來到這個病房的時候，床上就是躺著一個人的。春夏秋冬，早晨晚上，他都在那裡躺著，像一件鑲嵌在牆裡的家具，是這個房間的一部分。這是和我連接的一部分，讓我感到親切，讓我覺得這裡像另外一個家。而現在這部分沒有了。三一七病房變成了一個尋常的病房，普通得我已經不認識它了。熟悉的東西變得陌生，我又一次體會到那種毛骨悚然的恐怖。

我看著那張床。床單很多天沒洗了，有些黏嘰嘰的，某些地方還有一點殘餘的身體形狀。我試圖想像汪露寒是如何把那具龐大的身軀從這裡運出去的，但眼前浮現出來的卻只是她臉上堅定的神情。這是一次被引導、被召喚、得到應許的行動。她不僅擁有強大的信仰，還擁有與之匹配的勇氣。沒有什麼能夠阻擋住她。

在這個世界上的另外一個房間裡，每個下午，她會倒半盆熱水，淘洗毛巾，撩開我爺爺的衣服給他擦身。那隻專注的手，在熱騰騰的白氣裡穿行。我心裡一熱，眼淚掉下來。我知道，我永遠也見不到她了。

醫院後來花了很長時間調查，員警也來了。主要的疑點在於我爺爺是如何被運出大門的。醫院總共只有前後兩個門，九點以後就關了，門衛都說沒看見什麼可疑的人。倒是有另外一條路，經過停屍房，但是那裡也有鎖。有鑰匙的人都審了，沒什麼發現。還有一種推測是說翻牆出去的，醫院朝北的院牆比較矮，就算有內應，也得搭個梯子，可是牆根底下的土地上，沒有任何痕跡。當然，作為重要嫌疑人，汪露寒一直都是員警重點尋找的對象。但這個人留下的最後印記，是一九九三年在她丈夫李牧原死亡證明上的家屬簽名。始終找不到汪露寒，案子毫無進展，最後只能不了了之。

身背兩起破不了的奇案，我爺爺確實成了一個傳奇。他破的另一項紀錄是，這座城市的失蹤人口裡還從來沒有一個是植物人，恐怕再過一百年也不會有。很早之前我奶奶就給我爺爺買好了墓地，但是她死了好多年以後，我爺爺的那塊還空著。因為沒有在任何地方發現他的屍體，人們只好假定他還活著。要是他真的活著，活到今天，將會是這個世界上最長壽的植物人。

我奶奶又得到了一筆撫恤金，後來她總抱怨要得還是太少了。從前她總是說爺爺怎麼還不死，反正他在和不在也沒什麼區別。後來她意識到還是有區別的。他在的時候，看得見摸得著，醫院就得對他們一家負責，想賴也賴不掉。現在人不在了，她再也沒法像從前一樣理直氣壯了。沒多久醫院的領導也換了，都是從外地調來的，連我爺爺是誰都不知道。關於他的一頁就這樣翻過去了。我奶奶想起這些也會罵幾句，但是更多的時間，還是都用來詛咒她的新敵人汪露寒。很多年沒那麼心無旁騖地恨一個人了，她又變得充滿鬥志。她說，就算把濟南翻一個個兒，也要找到那個賤人，把我爺爺要回來。員警說，汪露寒離開濟南的可能性很小，他們在公路出境的地方也安排了檢查。我奶奶就買了張濟南地圖，劃分了片區，一條街一條街地去找。她到每個街道居委會打聽，附近哪些房子出租了，有沒有新搬來的住戶，不斷縮小範圍，最後鎖定幾套房子，然後在樓下等著，或者讓郵遞員幫她去敲門。這樣找了幾個月，沒有任何收穫。而且剛找完的那幾條街，舊房子都扒掉了，蓋起了一片新樓，好多都租了出去。那一年，濟南到處在蓋新樓。她搜尋的速度，永遠也趕不上蓋樓的速度。到了七月，濟南下了一場暴雨，在北邊地勢低窪的一帶積成洪水，淹死不少人。原本那天她就要去那一帶的，可是早上腿有些疼，偷了一天的懶，結果撿回一條命。她想起來就害怕，十幾天都沒有出門。後來天氣好了，她也沒有再去。但是每次提起來，還是會咬牙切齒地說，那個賤人，我早晚有一天要找到她。

汪露寒走了之後，我沒有再去三一七病房，也沒有去過醫院。我哪裡都沒去，除了上學就是在家裡。我不想見人，只想自己待著。那陣子奶奶和姑姑都對我挺好，估計是我的樣子看起來很嚇人，讓她們有點害怕。我姑姑好幾次提議帶我出去玩玩，但都被我拒絕了。後來為了讓我高興，姑姑做通了奶奶的工作，主動從小屋搬了出去。但我還是更習慣睡上鋪那張床，一伸手就能構到天花板的距離讓我覺得安全。在那張床上，我第一次開始手淫。那時已經是夏天，氣壓很低，熱氣包裹在周圍，我擦掉手上的精液，沉沉地睡過去。醒來夢還有點殘留的影子，我好像站在天台上，一長排床單被風吹起，像要起航的帆。也不知道是不是因為陽光的原因，它們看起來白得晃眼。我坐在床邊，眼睛刺痛，幾滴淚水沿著眼角淌下來。

我第一次意識到一個人可以毫無希望、心如死灰地活著，並且活下去，這樣度過一輩子。

放暑假那天，我去學校收拾了一下東西，沒到中午就回家了。結果發現忘了帶鑰匙，也不想找姑拿，在樓梯上坐著等了一會兒，決定還是出去走一走。那天其實不適合出門，因為太熱了。那種熱像是有把斧頭劈下來，插在頭中央，人還在走動，但腦已經停止運轉。我就那麼一直走，不知不覺到了醫科大學的校園，繞過圖書館，背後是白色迴廊，周圍覆蓋著爬山虎，密密匝匝的，走到裡面一下暗了許多，好像進了山洞。頭頂的太陽沒有了，腦袋裡稍微有了點意識，覺得很渴，想去買瓶汽水，但又不願意回到陽光底下，就繼續那麼坐著。汗慢慢退下去，更多的意識湧上來。想起過去在這裡捉迷藏，我和你躲在圖書館背後的竹子裡。你的雨後蘑菇一般潮濕的手心，還有忽然發出的尖叫。感覺已經很遙遠了，中間隔著很多事。那些事使我長大了。我低下頭看著手指間的縫隙。想抓的東西抓不住，想留住的東西都漏走了，兩手空空，像個廢物。我意識到必須快點回到太陽底下，才能止住自己的思緒。迴廊盡頭傳來腳步聲。那邊有個拱形的門，有人走過很正常。但是腳步停住了。那人好像在看我。我不情願地抬起頭。陳莎莎站在那裡，穿著一條肥大的白裙子，看起來像個風箏。小學畢業以後，我好像就沒見過她。雖然都在附屬中學，但我連她在哪個班也搞不清。

「有什麼可看的？」我說。

「你怎麼了？」她小心地移著步子，朝這邊走過來。

「關你什麼事，快走！」

她在離我兩三米的地方停下來。好久不見，她長高了不少，頭髮也長了，稀稀拉拉搭在肩膀上，像是拿膠水黏到頭皮上去的。裙子像個麵口袋，袖口挖得太深，幾乎能看到肋骨。她身上所有的東西都不像是自己的，她一無所有，卻心安理得地活著。那種無知的表情使我感到氣憤。我俯下身不再理她。渴的感覺再次襲來，熱氣颳著乾燥的皮膚，好像就要燒起來了。

「想喝汽水嗎？」我抬起頭問。

她沒回答。

我站起來，走向拱門。她跟在我身後。我們穿過圖書館後面的小花園。我繞過一棵巨大的無花果樹，走到牆根邊，用手劃著那排竹子。竹葉發出嘩啦嘩啦的響聲，像水。

「過來。」我說。她還是站在離我三米遠的地方，沒有動。我過去拉住她走到竹林邊。我推了她一下，她坐在了地上。她想叫，但我掐住了她的脖子。那麼細的脖子，好像用力一扭就會斷。這個念頭讓我有點分心。我鬆開手，掀起她的裙子。她僵住了，也沒有叫。我蹬掉短褲，將自己撞進去。她窄小而乾澀的陰道，像一件刑具。我被鉗住，渾身的血都朝那裡湧過去，雙手緊緊地握住她的腳踝。一陣強烈的快感沖瀉而出。我跪坐在那裡，感覺身體一點點癟下去。

不過如此。我心裡想。連這種快樂也沒什麼可快樂的。她睜著那雙無知的眼睛看著我。我感到羞恥，拉起裙子蓋住了她的臉，從她身上翻下來。

天空中大團髒雲翻滾，一道閃電掠過，劈開樹叢，照亮了黑暗的角落。女孩岔開的雙腿白得耀眼，一隻腳踝上掛著淡粉色的內褲。

我用腳踢了踢她的腿，

「起來。」

她仍舊坐著，一動不動。

我又踢了一下，她還是沒有動。我繫緊短褲的腰繩，轉身走了。快到家的時候，暴雨傾瀉下來。

那場雨下了三天三夜。地勢低窪的城市發起洪水，街道被淹沒，房屋倒塌，高壓電線斷落在水中。

新聞裡說，洪水湧進一家地下商場，很多人還沒有來得及逃出來，積水已經灌滿。救援人員趕到的時候，一名男員工正坐著商場售賣的充氣床，用手臂當槳，奮力地朝出口划過來。多名失蹤人員尚無音信，目前疏導積水的工作仍在緊張進行。

電視畫面上，商場外的下沉廣場儲滿了渾濁的水，水上漂浮著一個塑膠模特。螢幕上晃動著白亮的裸體，顯得格外刺眼。

我和姑姑坐在餐桌旁邊，一人捧著半個西瓜吃。幸好前幾天買了很多西瓜，家裡的冰箱已經完全空了，姑姑被大水嚇得不敢出門買菜，也不讓我去。

新聞播完了，姑姑放下手中的西瓜，歎了一口氣，

「我一下子想起一九七六年來了，也是七月，沒差幾天，地震剛完，就開始下暴雨了。沒過多久，毛主席就死了。幸虧今年不是閏八月。」

「閏八月怎麼了？」

「閏七不閏八，閏八用刀殺啊。」

姑姑歎了一口氣，拿起桌上的西瓜皮走過去扔掉。她又睏了，決定去睡一會兒。我關掉電視，坐在那裡。不開燈的屋子，牆壁散發著潮黴的氣味，窗外響亮的雨聲在耳畔迴盪。我看著外面漫漲的泥水河，夏日瘋長的蒿草被淹沒，像水藻一樣無助地搖擺。我覺得好像是在船上，一條正在沉沒的船。

三天裡我一直都在等著，等著陳莎莎的爸爸或是員警來敲門。他們把那條粉色內褲拎到我面前，

說你的心裡有髒東西。

可是門外靜悄悄的。世界上的人好像都被洪水沖走了。

雨在第三天的深夜停止。第二天早晨醒過來，就看到太陽當空，陽光密密麻麻地灑下來，還是那麼熱烈，沒有半點要和人間疏遠的意思。七月就這樣過去了。

李佳棲

這輩子我虧欠最多的人，肯定是我媽媽。我的出走毀了她的婚事。而那場婚事對她意味著找回尊嚴、愛情和富足的生活。是的，我讓她又失去了失而復得的一切。

我一直覺得媽媽是個很虛榮的女人，急於和林叔叔結婚是為了證明給爺爺他們看，她能找到更好的歸宿。可是我錯了。至少那一點點虛榮和她對我的愛相比，完全不值得一提。我的失蹤令她方寸大亂，發了瘋似的到處尋找，早就沒了結婚的心思。她提出將婚禮延期。林叔叔一家當然很不滿，取消在酒店訂的二十桌酒席不說，關鍵不知道該如何跟親戚朋友們解釋，說新娘的女兒失蹤了？他們都是很要面子的人，這個理由未免太丟人了。況且結婚這等大事，改日子是很不吉利的。

後來我被謝天成送回了濟南，可是那副失魂落魄的樣子非常嚇人。我不肯說話，也不吃東西，每天關在屋子裡，一動不動地看著某個地方發呆。我媽媽一直守著我，不敢離開半步。當時我們住的不是林叔叔和媽媽結婚的房子，而是住在姨媽家，大概是因為我媽媽知道我不喜歡林叔叔那裡吧。起初林叔叔常來看我，迫於家裡的壓力，他好幾次提起婚禮的事。但每次都被我媽媽拒絕。她認定我離家出走正是因為反對他們結婚，這時候不能再給我新的刺激了。所以她說等我好了再說。林叔叔大概意識到，就算我好了，也永遠是一個大麻煩。他們一定爭吵過，但沒在我的面前，反正有幾天我媽媽哭得很傷心，而林叔叔從那以後再也沒來過。

我媽媽守了我三個月，我終於漸漸好起來。雖然仍舊不怎麼說話，但是已經開始自己吃東西了，不挑食，什麼都往嘴裡塞。精神也好了一些，每天下午會去樓下的花園走一走。又過了一陣子，我恢復得差不多了，媽媽才帶著我去新學校報了到。

關於這段時間，我的記憶是空白的。後來媽媽說起當時的情形，我一點兒印象也沒有。根本不記得那幾個月是怎麼過來的。我開始有記憶，已經是五月，媽媽帶我去了林叔叔家。

那年春天來得特別晚，總是在下雨，到了五月才轉暖，人們終於脫下了毛衣。媽媽穿了一條新做的裙子。灰湖綠的底子上布滿褐色的水玉點，細柔的喬其紗質地，式樣是從書上找的，海螺寬袖，到手腕處收緊，領口垂下兩根飄帶，繫成一個很大的蝴蝶結。出門前，我媽媽花了很多時間綰那個蝴蝶結，嫌它總是耷拉下來，胸前像是掛了一朵蔫了的花，整個人也就跟著頹喪下去。她用兩根別針將它固定，這下倒是挺括了，卻不飄逸。她又拿掉別針重新繫，繫了又解，終於歎了一口氣，算了，就這樣吧。頭髮也不夠理想，剛燙好總是有些僵，一個個卷硬邦邦地豎在頭皮上，威風凜凜的，一點也不溫柔。可是即便如此，媽媽竟然還是很美。

我也穿了新裙子，舊的都小了。從前他們都說，來了月經個子就不再長了，可是過了一個冬天，我長高了一大截。新裙子是紅黑格子的，硬挺的呢料撐起一個大蓬的裙襬，假模假式的小禮服，必然是穿給別人看的，一點也不舒服，混紡的料子隔著絲襪也還覺得扎人。頭髮披散開，戴了一只深紅色的髮箍，看起來很乖巧。我們就像是要去演出似的，太隆重了，有點孤注一擲的味道。

我們拎著果籃和營養品禮盒去了林叔叔父母家。開門的是林叔叔的母親，因為事先打過電話，她明知道我們會來，卻露出一副很驚訝的樣子，「都說叫你不要跑了，你還非要來一趟……」

「沒吵著您午睡吧？」媽媽笑著說，「我們吃完午飯就出門了，害怕您還沒有睡醒，就在附近轉了轉。」

林叔叔的母親也沒有再客套，猶豫了一下才讓開身子，引我們進去。

林叔叔從裡面的屋子走出來，點點頭招呼我們，隨即臉上才補了一點笑。他父親在陽台上餵鳥，回身看了一眼，又轉過頭繼續了。媽媽把手裡的禮盒交給林叔叔的母親，她也沒有推讓，隨手放在地上，「我們家什麼都有，幹嗎花這份冤枉錢呢？」

林叔叔給我們倒了兩杯水，搬來一把椅子，隔著很遠坐下。他母親坐得比他靠前，像是要代他發言。我和媽媽陷在一只低矮長條沙發上，覺得對面的人高高在上。

媽媽仰起頭，笑著說：「我是帶佳棲來道歉的……這孩子從小被我慣壞了，太任性了，一個人就這麼跑出去連句話也不留，害得大人滿世界找，闖了那麼大的禍，真是不懂事……」媽媽停頓了一下，看到對面的人無動於衷地坐著，又說，「當時我太著急了，就亂了分寸，拋下那麼一攤子事情都不管了，害得你們受累……」

林叔叔的母親蹙著眉頭，好像沉浸在那些不愉快的經歷裡，想要開口斥責，但又忍住了。到底是有教養的人，換成市井小民，早就扯開喉嚨罵起來了。可惜教養不會令心腸變軟。她那張冰冷的臉孔在一副好的教養之下，顯得愈加殘酷。

媽媽鼓起勇氣說，「婚禮的事弄成那樣，我實在是過意不去，現在佳棲也好了……」

林叔叔的母親擺擺手，淡淡地說，「算了吧，都過去那麼久了，還提它幹什麼？」

媽媽驚恐地看向林叔叔。他愣愣地看著腳上的拖鞋，或是地板上的某一處，似乎比先前坐得更遠了，彷彿她們的談話與自己並不相干。

「對不起！」我聽到自己大聲說，「是我錯了！」這一聲太突兀，把所有人都嚇了一跳。連林叔叔的父親也轉過身來。

林叔叔的母親幽幽歎了一口氣，「這事啊，也沒有誰對誰錯，主要是沒有那個緣分，誰也都別再勉強了。」她講出這句話，屋子裡頓時靜了很多。

媽媽知道大勢已去，仰起身子，癱軟地靠在沙發背上。我低著頭，看到媽媽裙子上的水玉點子劇烈地抖顫起來，好像就要劈劈啪啪滾落到地上。

不多時我們就起身告辭了。林叔叔送了出來。我走到前面去等媽媽。她和林叔叔站在樓簷底下，小聲說著道別的話。只是幾句話的工夫，天色就暗了下來，像是不耐煩地落下大幕，急著結束一場已成定局的戲。待我回頭看去，媽媽正朝這邊走過來，那件湖綠的裙子浸著沉沉的暮色，沒有了輪廓，分明是在走近的，身影卻越來越小，像是就要融化在天光裡。因此也變得有些苦澀。

更遠處的林叔叔卻能看得清楚。他站在原地，向我揮揮手。我也對他揮揮手，雖然對這個人沒有多少感情，但想到以後恐怕再也見不到他了，也有一點感傷。林叔叔目送媽媽走到我身邊，就轉身進入門洞。

「我們走吧。」媽媽說，眼淚唰的一下掉下來。

我們默默地走向公車站。起風了，媽媽裙子上的那團蝴蝶結忽然振作起來，飄帶像火苗一樣亂竄，揚到她的臉上。走到站牌底下，等車的人們奇怪地打量著我們，這個季節穿裙子，的確是太早了。我凍得一直在發抖。媽媽身上那條裙子還要薄，她應該更冷，自己卻全然不知道。我悄悄拉起她垂落的手。那隻手裡空空的，什麼也沒有，什麼也抓不住了。

我的心咯噔沉了一下，忽然意識到，媽媽一生的愛情就這樣結束了。

我害怕起來，丟開媽媽的手，像一個肇事者急於逃離現場那樣，只想轉身就跑，離她越遠越好。

那隻什麼也抓不住的手卻倏地伸過來，使出最後一點力氣，扣住我的手腕。我險些尖叫起來，倉皇地抬起頭。

「車來了。」媽媽木然地看著前方，喃喃地對自己說，然後拉著我鑽進了人群。

我果然再也沒有見過林叔叔，有關他的消息倒是聽到一些：沒過多久就結婚了，對方是小學裡的音樂老師，第二年生了一個男孩。正如大家所預料的那樣，林叔叔的仕途越走越順，後來做了教育廳廳長。傳遞消息的人每次都不免要感慨：假如當初你和他結了婚……媽媽就會說，唉，我和他沒有緣分。林叔叔母親的說法深深地植入她的頭腦，成了最合理的解釋。

後來我媽媽又見過林叔叔一次，是特意登門拜訪，為了外甥上大學的事。那些年我和媽媽一直寄住在姨媽家。姨媽是我媽媽的二姊，嫁給了一個軍人，比我媽媽晚兩年來到濟南。全家人只有她們兩姊妹待在城裡，她家就成了我和媽媽唯一的落腳之地。姨媽的女兒大我兩歲，滿臉青春痘，一無所長，把所有的心思都用在學習上，可是還是學不好。姨媽萬般無奈才懇求媽媽動用這筆交情。媽媽答應了。

姨媽和她一起去的，帶了一卷挺有名的書法家寫的字，還有兩瓶波爾多紅酒。媽媽沒有特意打扮，就穿著平日上班的衣服，出門前攏了幾下蓬亂的頭髮。如今的她，已經不願意為了見林叔叔而穿上一條不合時宜的裙子了。她和姨媽回來之後，好幾天裡都在議論林叔叔。姨媽嫌他擺官架，媽媽倒覺得還好，只是沒料到他胖得那麼厲害，腆出一個彌勒的肚腩，和從前完全是兩個人了。媽媽說得興致勃勃，好像因為找到了林叔叔的缺陷而感到有些欣慰。

媽媽很快地老了下去。她自己慌起來，有天跑去紋了眉毛和眼線。回來就知道是失敗了，反反覆覆地照鏡子，想要找出一點可取的地方，還安慰自己說，

「我又不是年輕小姑娘，早就不在乎什麼好看不好看啦，只不過是想顯得精神一點。」她必須化妝才能與濃黑的眉眼匹配。晚上卸去一臉的顏色，面龐暈著乏暗的黃氣，像一面汙糟的銅鏡，只有那幾道用鋼針刺上去的線條粗悍可見，看起來很驚悚。

媽媽難過了幾天，可是漸漸地，繡上的顏色脫去浮表的一層，吃進了皮膚，好像變成了自己的，她看習慣了，不再化妝。後來還勸說姨媽和幾個同事也去紋一下，很誠心誠意的，並沒有將別人拖下水的意思。姨媽真的去了，自然也很失敗，卻沒有責怪過母親，再過些日子也變得習慣起來。

那幾年，紋眉繡眼線是一股可怕的風潮，在注定失敗的嘗試中，那些中年女人獲得一種踩準了時代的節拍的幻覺。卻不知一腳踩空，掉到溝壑裡，被時代永遠地拋在了後面。那些線是舊的時代蓋在臉上的印戳，她們像過期的票據，無法再在這個世界上流通。

但我媽媽仍舊津津有味地生活著，在公車上爭搶一個舒適的座位，在菜場挑揀一棵完美的青菜，在電視機前評點電視劇裡一個角色的得失……她和姨媽最喜歡收看選秀節目，並以此展開熱烈的討論。

「你看給我說準了吧，我就知道五號肯定被淘汰，她跟其他人根本不是一個水準的。」母親靈活地剝著小核桃，她吃小核桃的本事無人能及，連最小凹嵌裡的核桃仁也能掏乾淨，剩下的殼子還很完整。

「這種水準的人也能上去比賽，也真是奇怪了。」姨媽的牙不好，沒辦法嗑核桃，只能吃蜜餞，也知道吃多了要胖，但媽媽總是不停嗑核桃和瓜子，她的嘴也不好意思閑著。

「肯定有後台呀。」

「後台有什麼用，又不能上去替她唱。聲音都是顫的，還老眨眼睛。我頭一回看到她，就知道肯定不行。」

「下一輪肯定淘汰九號。」

「要麼九號，要麼十三號，跑不出這兩個。」

「哎，佳棲，你也坐下看一會兒吧。」

上高中的時候，我選擇了寄宿。十六歲，第一次與人做愛，應當是班裡女生中最早的一個，但對我而言，已經很晚了。

那個男孩年長我兩歲，是複讀生，為了節省時間，在學校附近租了一間屋子住。面北朝向，總是拉著厚實的窗簾，他不要陽光，陽光使他犯睏。狹小的房間像一口缸，他被黑暗醃漬著，情欲從身體裡泌出來，在皮膚表面結起一層蒼白的霜。

我推開掩著的門，將鞋子脫在門口，悄悄地走進去。踮起腳尖跨過散落滿地的輔導書和換下來的T恤衫，當心不要踩翻吃完的泡麵盒和插著勺子的一半西瓜，還有他僅有的兩件玩具：在做不出題的時候隨手擺弄的九連環益智玩具，以及一本翻得很舊的日本漫畫，摺角的幾頁上是乳房很大的女孩的裸體，可以幫他消耗掉多餘的體力。

我輕輕走到他身後，蒙住他的眼睛，抽掉他手中握著的筆。

「你難道不知道嗎？我已經來不及了，沒有時間了！」男孩大吼，一把將我推倒在床上，拉下短褲撲過去。床其實不過是一塊鋪著薄褥的席夢思床墊。上面的塑膠薄膜還沒來得及剝掉，床單從中間滑落，我的背就貼在那層薄膜上，它們被汗液黏到一起。

我的確很快樂，那種快樂好像更多的是意念上的。就是說，我覺得我應該感到快樂，因為做愛是一件很有意義的事。比逛街、看小說和上學有意義得多。只有做這件事的時候，我不會感到是在浪費時間。青春沒有虛擲。每次從那個幽悶的房間裡出來，走到大街上，微風吹動著皺巴巴的裙子，那雙變形的腿正在一點點收攏，我心裡覺得很充實。

我開始討厭過週末，不想回家，害怕看到媽媽。媽媽臉上浮出一些褐色的斑，小腹也開始凸露，拎著一只胸罩問我，

「你還要嗎？我看你一共也沒穿兩次，一直擱在櫃子裡。」

「買小了。」我說。

「沒事，我把掛鉤往外挪一挪就行了，」媽媽說，「你就說你還穿不穿了？」

「你為什麼不去買個合適的呢，又沒有多少錢。」

「這個放在那裡多浪費啊，再說我穿在裡面誰能看見。」媽媽只有出門才穿胸罩，在家裡不穿。一對垂垮的乳房就那麼蕩著，在劣質的布料上蹭來蹭去，竟也不覺得難受。

「隨便你。」我說。

我媽媽高興地拿著它走了。隔日穿著出門，貼身的毛衣上兩道明顯的凹痕，背上的肉被勒成好幾段。

我的身體才剛剛打開，以後還有數不清的愛可以做，媽媽的愛卻早就做完了，身體已經完全關閉，成了一座廢棄的園子。有時候我想到媽媽從三十六歲開始，再也沒有男人，再也沒有做過愛，就感到非常可怕。我甚至覺得是自己占據了她作為女人的位置，享有了原本屬於她的歡樂。於是我記起我最初的性幻想是關於爸爸的，那個時候，我強烈地渴望自己能取代媽媽。

我委婉地勸媽媽找個男人，告訴她我不介意。但她每次聽到就很緊張，問我是不是害怕她老了要我照顧。她不會明白我的心思。我只是希望能還給她一個男人。有時候我甚至很罪惡地希望她和姨夫之間發生一點什麼。可是姨夫對她毫無興趣，也許因為她和姨媽太像。她們真的越來越像。夏天最熱

的中午，兩個人並排坐在桌邊吃麵條，穿著一模一樣的無袖棉背心，抬起鬆垂的手肘，露出一團破棉絮般的腋毛。她們吃得一樣快，鼻尖上溢出細細的一層汗珠。一個人拎起湯鍋，撈了麵條給自己加完再給對方添，默契到根本不用問對方想要多少。吃完麵條，她們一起午睡，如果一個人去洗碗，另一個人就在床上等她。因為害怕開空調吹痛了關節，就只用扇子，點上蚊香，說著話在涼席上睡了過去。她們兩個人，就快要成了連體嬰，買菜一起去，交電費一起去。當然也會吵架，但一覺醒來，就忘了昨天的事。

姨夫倒是很喜歡有我媽媽陪著姨媽，這樣他就自由了，從外面應酬到很晚也沒有人管。他在一個國企做廠長，管著上百號的人，脾氣很暴躁，心情不好的時候也會對我媽媽發火。喝點酒話就講得很難聽，說沒有他我們都會餓死在大街上。那幾年企業效益好，他膨脹得很厲害，性格變得越發張狂。在外面養了個女人，後來被姨媽知道，他就徹底不回家了。姨媽氣得跳腳，但也拿他沒辦法，畢竟這一大家子人都要靠他來養。

就是我姨夫剛搬出去那會兒，我媽媽認識了老齊。老齊並不是姨夫的司機，他給另外一個公司開車，主要是運貨，多數時候挺清閒，就從姨夫那裡攬點私活。姨夫搬走之後，不想讓公司的人知道他的事，派老齊來家裡幫他取一些東西。姨媽窩著一肚子火沒地方發，衝著老齊大吼大叫，將姨夫的東西扔出去砸他，幸好我媽媽攔著，他才得以脫身。媽媽還幫他把姨夫的東西一件件搬下去，累得滿頭大汗。為了表示感謝，老齊就請她在附近的小餐館吃了頓飯。他告訴媽媽他老婆五年前得癌死了，兒子讀書也不用功，中學一畢業就出來找事做，現在在電器城做導購，賺的不如花的多，每次回家都是問他要錢。回來後媽媽把這些講給姨媽聽，感慨他一個人也不容易。姨媽卻說，從前聽姨夫講過，老齊原來是開長途汽車的，後來給辭退了，聽說是手腳不乾淨，拿了公家的錢。她告誡媽媽，最好少和那人來往。

媽媽一向很聽姨媽的話。這次卻是例外。姨媽向來自恃嫁得好，喜歡挑剔別人的婚姻，除了自己的丈夫沒有哪個男人看著順眼。可現在情況不一樣了，媽媽私底下抱怨，說她自己看男人都不准，還有底氣來教導別人。我發現媽媽身上有一種勢利的奴性，對於成功和幸福的人，她表現得很馴服，一旦那人倒楣起來，她也立刻變了一副樣子。不過，媽媽確實也有現實的擔憂。要是姨媽真的離婚了，就算能分到一些財產，也失去了穩定的經濟來源，還能不能顧得上我們，就很難說了。

媽媽瞞著姨媽和老齊又見了兩次。但此後好幾個星期，我週末回家，媽媽既沒有出門，也沒有提及他。我問起來，她只說不再來往了。

「你太小了，不會明白的。」她說。

媽媽又過起了死水一般的日子，並且悄悄恢復了對姨媽的忠誠。

又到星期六的時候，我一個人去找了老齊。我只知道他住在那個大院裡，不知道具體是哪幢樓。好在他的白色麵包車就停在院子裡，我在旁邊的台階上坐下來等。陽光太好，我伏在膝蓋上睡著了。醒來時看到有個男人正揮著抹布擦那輛麵包車，我走過去，站在他身後。他一轉身嚇了一跳。我也嚇了一跳。他身上那股強旺的男人的氣味令我感到莫名恐慌。

我們之前只打過一次照面，那次他給我留下的印象更好一點，可能是因為離得遠，沒有看清楚。他臉上散落著很多顆黑痣，讓人感到不安。浮腫的眼皮幾乎包住了眼睛，只露一道不安分的目光。他穿著淡黃色的 Polo 汗衫，束在鬆垮的西裝褲裡，腰帶上的火柴盒大小的別扣閃著油膩的金光。

「我和你媽不合適。」老齊從塑膠桶裡拎起濕抹布，將水淋在玻璃上，擰了兩把繼續擦。

「為什麼？」

「她想找個牢靠的人結婚。」

「你不想？」

「總得先處處看吧，處都還沒處呢，誰知道合不合適，」他笑了一下，「別以為我不知道她打什麼如意算盤，不就是想趁著那張臉還能看，趕緊找個男人，下半輩子就有人養她了嗎？」

「我會養她的，等我以後賺了錢。」我說，「你不用擔心。」

「我有什麼可擔心的？擔心的人是你媽。」老齊把抹布丟進桶裡，雙手在褲子上蹭了蹭，從口袋裡掏出菸點上，「你媽讓你來的？」

「她不知道我來。」

老齊吐出煙圈，瞇起眼睛看著我，

「你很想讓我和你媽好？」

我咬著嘴唇不說話。

「你就這麼想要一個後爹啊？」老齊笑嘻嘻地湊過來，摸了摸我的頭。他笑的時候，臉上的痣移動起來，像顯微鏡下活躍的細菌。他倒掉水，將塑膠桶放回後車門，「我趕著去送貨，有什麼話車上說吧。」我猶豫了一下，跳上車。

他開得飛快，我坐在副駕駛座上，感覺外面的世界好像就要衝進來。

「你和你媽一點兒都不像。」他轉過臉來看了看我，「長得也不像，性格也不像。」

「你知道我是什麼性格？」

「我一看就知道，你性格比她好，是個明白人，她性格太拗，一點兒也不討喜。」

「你們吵架了嗎？」我問。

他在紅燈前停住，向後仰了仰身體，掏出一根菸點上，

「那天我們吃完飯都很晚了，我特別累，吃飯的地方又離我家很近，我就說，乾脆別回了，住我那裡得了，她說什麼也不願意，又哭又鬧的，就跟我要占她多大便宜似的。」他用力拉了一下換擋器，一綹頭髮垂到前額上，「這麼一弄就沒勁了，你說是吧？」

「她還真當自己是二十多歲的小姑娘嗎，拿這種事降著別人，降得著嗎？男女之間不就那麼點兒事嗎，一大把年紀都想不明白，真是白活了。」他氣呼呼地將抽了幾口的菸扔到窗戶外面。

過了一會兒他問，

「你談朋友了嗎？」

「沒有。」

「沒有？我看你挺早熟的啊，」他嘿嘿一笑，「那事沒做過？」

「沒有。」

「你沒問題，肯定能把男人整個半死。」他嘿嘿一笑，「我看女人最準了，打眼一看，就知道她在床上什麼樣。」

我猜我的臉肯定紅了，連忙把頭轉向一側看著窗外。

他下去搬貨，讓我在車裡等他。我打開車上的答錄機，裡面是楊鈺瑩的歌，磁帶是盜版的，一首歌卡住好幾回。過一會兒他回來了，問我要不要去吃冷飲。他說我們可以去廣場那邊，有個冷飲店對著滑冰場，能看到好多人在裡面滑冰，你們小孩會喜歡的。可是我說我得去補課，讓他把我送到學校。

「我不認識你的學校。」他有點不高興。

「我給你指路。」我說。

路上經過泉城廣場的時候，他又提了一遍冷飲店，我裝作沒有聽見，告訴他前面向左拐。

「到了，就停在這裡吧。」我說。

老齊停下車，偏過頭來向窗外看了看，「學校大門還關著，連個人影都沒有，你補的什麼課啊？」

「來早了，我在這裡等一下就好了，」我拉開車門，又回過頭來，「我會跟我媽媽說，讓她再去找你。」

他擺擺手，「無所謂，我不想勉強。」

等車子走遠，我穿過馬路，朝學校對面的居民樓走去。

我爬上幽仄的樓梯，推開門，踩著地上的書本走過去，從背後貼住正在做習題的男孩。我緊緊地環住他的脖子。男孩用力推開我，大聲咆哮，

「你怎麼又來了？」

他一腳把我踹倒在床墊上，撲到我的身上埋頭吸吮，口中發出野獸般的哀叫，

「我會被你毀了的，你知不知道？」

我在黑暗中笑了。那支銳利的東西闖進來，探向深處。它是如此渺小，我感覺到身體裡深不見底的巨大黑洞。

和媽媽談起老齊，是兩個星期之後的事。那時候已經是七月，複讀的男孩正坐在考場上，再度與他的命運較量。那天下午，我忽然說想出去逛街，問媽媽可不可以陪我。她有點受寵若驚，這麼多年我們從來沒有一起去商場。

我一直記得那天的天氣。天陰得厲害，空氣裡充斥著下雨前悶熱的水氣。蜻蜓擦著頭髮飛來飛去。在一家新開的商場裡，我們各自買了一件不太滿意的衣服。媽媽嫌她買的那件式樣太年輕，我卻執意

要讓她買，還讓她立即換上。我的那件有點老氣，但媽媽卻誇好看，說萬一我不想要了，她還可以穿。那天媽媽很高興，穿著新衣服，路過鏡子就要朝裡面看一看。在我的提議下，我們去了附近的餐館吃飯。菜上來以後，我假裝漫不經心地再次提起老齊。

「你和他到底怎麼了？」

「沒怎麼。」媽媽倉皇地低下頭。

「是不是有什麼誤會？」

「沒什麼誤會。」

「他可能不是你想的那樣呢。我覺得你們應該好好談談。」

「嗯，我知道了。」媽媽點點頭，立刻恢復了平時和我講話的語氣，「你啊，把你自己的事情管好就行了，我一個人過挺好的，等過兩年你上了大學，我就徹底解放了，想幹什麼就幹什麼。要是找個人，還得替他操一分心，多累啊。」

我起身去洗手間。女服務員告訴我出門了右拐。外面下雨了，雨水很髒，落在身上都是泥點。濕漉漉的塵土裡，有一股情欲的味道。

我回到座位上，媽媽看著我淋濕的頭髮，「外面下雨了嗎？」

「下得很大，我給老齊打了一個電話，讓他來接我們，你正好也可以和他談一談。」

「你怎麼知道他電話的？」媽媽吃驚地看著我。

「有一天在樓下碰到，他給我的。」我說，「你出去看看就知道了，外面都是等公共汽車的人，兩個小時都坐不上。」

媽媽有點生氣，怪我沒和她商量。我們買單走出餐館。雨下得很大，我們站在屋簷底下等。媽媽顯得有點不安，抿著嘴唇，不停地朝馬路邊張望。

老齊的車在路邊停下了。我拽著媽媽的手衝進雨裡。

「先把我送回家，你們兩個找個地方好好聊一聊。」我在後視鏡中看了一眼老齊。

「下那麼大雨，能去哪裡啊？」老齊咕噥道，「不然去我那兒？」

「也行，」我搶著回答，「聊完你再把我媽送回來。」

「這還用說嘛？」老齊在反光鏡裡衝我眨了眨眼。

我快要下車的時候，媽媽忽然緊張起來，攥住我的手說，「改天再談吧，我還是和你一塊兒下車……」

「你怎麼了，我們不是說好了嗎？」我說。

媽媽的身體在發抖，像個無助的小孩，緊緊地抓著我。

車子還沒停穩，我就站了起來，媽媽也跟著站了起來。

「我走了，你們好好談。」我甩開媽媽的手跳下車。隔著水淋淋的玻璃，她看起來像一隻被飼養員抓走的動物。我揮了揮手衝入雨中。汽車在身後疾馳而去，揚起一地水花。

媽媽最後望著我的眼神，如同驚慌的處女那麼令人心碎。我卻還是像冷酷的老鴇一樣把她推了出去：跨過這道坎就好了，這是必須的……這是必須的嗎？我反問自己，嚇了一跳。我忽然不知道為什麼非要這麼做。也許根本不是想還給她什麼，而是想把她拉向我的這一邊——墮落的這一邊。那好像是一項魔鬼派給我的使命。

第二天早晨我醒來，走到客廳，看到媽媽坐在沙發上，剛洗過澡，穿著一件我不要了的睡裙，被牛仔褲染了色，胸前的加菲貓臉上帶著紫色淤痕，濕漉漉的頭髮滴著水珠，打在貓的眼睛上。她的目光像灰塵一樣輕飄飄地浮在半空中。

在我的印象裡，我媽媽很少會在早晨洗澡。

我拉開窗簾，陽光湧進來，照在她的身上。她似乎無法承受那樣濃盛的陽光，探身向前，手肘支著膝蓋，把臉埋進雙手裡。

「我昨天一直等著你，後來睏得不行了……」我故作輕鬆地說，「你們談得還好嗎？」

沒有回答。眼淚從她的手指之間流下來，啪嗒啪嗒砸到地板上，在這清晨靜謐的房間裡，如同寺廟裡的木魚聲。

我手足無措地站在那裡，知道自己或許闖禍了。她的痛苦令我感到迷惑不解。他們只是做了愛，不是嗎？我不明白為什麼做愛會給她造成傷害，好像身體被摧殘了似的。可是身體還好端端在那裡不是嗎？我以為做愛能帶給她歡愉。無邊無盡的歡愉。我只是想把那種快樂還給她。然而她的身體已經關閉，失去了感知的能力。或許從來就沒有打開過，也不曾有過感知的能力。做愛對她來說，始終是一種冒犯，一種受辱。

她病了一場，萎靡不振了很久，像是被人取走了要命的東西，但自始至終都沒有對姨媽講起過。這件事成了我們兩個人之間的祕密。她也沒有怪過我，以為我只是好意。我的確是好意。出於毀了她終生幸福的愧疚，總想做點什麼補償。可是我發現我越做越錯，只能帶給她更多痛苦。也許我唯一能做的，就是不去管她，讓她一個人待著。

從那以後，媽媽對男人充滿了恐懼。上門修管道的人多逗留了一會兒，討一杯水喝，她就覺得人家是壞人。社區門口的男保安態度熱情一點，她就認為別有居心。有一回姨媽去廣州看她女兒，那一個星期我媽媽獨自在家，怕得連有人敲門都不應聲，晚上也不敢去公園散步了。最要命的是，她總有一種幻覺，就是老齊還在糾纏自己。事實上自從那次以後，老齊就再也沒有找過她。但她只要看到白色麵包車，就覺得是老齊的，一口咬定他在跟蹤自己，有一次在超市門口看到，就躲在裡面不敢出來，直到超市關門。她也不走老齊家門口那條路，生怕他會忽然跳出來，把自己拖走。

「你不懂，像他這種壞人，是不會善罷甘休的。」她對我說。

她還會不斷教導我，將來一定要找個品行好的男人。什麼樣的男人算是品行好，我沒有問，是不是那種在新婚之夜以前絕對不會剝掉我衣服的男人？

暑假快過完的時候，我和複讀的男孩在一座商場門口碰面。那是我們第一次在太陽底下見到彼此，都覺得很不自在。他考上了一所二流大學，雖然跟期望相比有不小的落差，但他還是感到滿意，於是胖了很多。我們在滑冰場旁邊的冷飲店吃了霜淇淋，然後他拉著我的手奔向小旅館。這一次，他態度好極了，懷著十足的耐心和誠意，從容不迫地與我做愛。在漫長的愛撫中，我覺得自己就快要睡著了。眼前的男孩完全失去了吸引力。先前那個幽暗的房間裡，危險而強烈的情欲已經消失了。一切都太安全，太正常了。

但他很高興，做完愛後久久地抱著我，有一種好日子總算來了的百感交集。他說他要補償我，好好愛我。但那根本不是我想要的東西。他身上已經沒有我想要的東西。

告別的時候他跟我約好過兩天再見。可是轉過身向前走，心裡有個聲音向我宣布，這將是最後一次見他了。我決定再仔細看看他，畢竟從某種意義上說，他是最初的那個人。僅僅因為這個，就應該抓住一點他獨有的特徵，如同拍一張留念的照片，收存到檔案裡那樣。可是當我再回過頭去，已經找不到他了。我四下望去，目光掠過一張張臉孔，卻再也無法將他從人群中分辨出來。

終於到了該談戀愛的年紀，可是我對所有同齡男孩都喪失了興趣。他們只懂得約你去看電影，滑旱冰，等到天黑以後，在小公園的長椅上用顫抖的雙臂抱住你，怯生生地咬住你的嘴唇。也沒什麼不對，可能就是因為太對了，所以才令我感到失望。我中止了兩場類似的交往，不想再把時間浪費在他們的身上。到了高二，我成了班上少數幾個沒有談戀愛的女生，每天獨來獨往，一副什麼都不在乎的樣子。抽菸、聽哥特音樂、看殘酷青春的電影、在耳朵上打了一排耳洞……這些就是我表達頹廢的方式，多麼膚淺，沒有哪一樣是真正帶勁的。我對什麼事都提不起興致，腦袋裡好像有個洞，我能聽到汩汩的水聲，走到陽光底下，眼底的綠色光斑不斷擴大，視野會忽然黑幾秒鐘，又亮了起來，像重新啟動的電腦。

直到我對詩歌產生興趣，這種症狀才有所好轉。在市圖書館的舊雜誌上，我找到了幾首爸爸寫的詩，重新和他取得了聯繫。我試著寫詩，試著以這樣的方式靠近他。每一首詩都是寫給他的一封信，我寫得很孤獨，永遠都不可能收到回信。但我確實收到了一封回信，來自一本詩歌雜誌的編輯。我原本沒想投稿，但那天是十七歲生日，因為想做點不一樣的事，就在回家路上把剛寫的詩投進了郵筒。沒多久我收到一封回信，確切地說，不是那個詩歌雜誌的編輯，而是他們邀請來主持一個欄目的詩人，叫殷正。好像很有名，我聽過他的名字。他寫道，你很有天賦，詩寫得很自由，有些段落非常打動我。這次雖然不能採用，但是希望你能繼續投稿。千禧年之夜我們會舉辦一個詩歌朗誦會，你要是有空就來玩，我們見面再聊。那是一封手寫的信，他在末尾附上了時間和地點。我猜大概所有退稿信都是這樣寫的，把信摺起來，放進了抽屜。

朗誦會的事倒是一直沒忘。隨著時間的臨近，對它的期待似乎越來越強烈。一九九九年的最後一天下午，我從抽屜裡拿出信，把地址抄在日記本上。吃過晚飯就出門，坐上了公車。那個地方在城市的西邊，有十幾站。天已經黑了，但是所有人都在街上，年輕的學生手上拿著螢光棒，戴著發亮的兔耳朵，結伴朝市中心走去。我旁邊座位上的老人捧著一個收音機，廣播裡一個深情的女聲說，我們每個人可能都有一個千禧年之約，和愛人、朋友或者家人，總之應該是生命裡最重要的人，一起度過這個難忘的夜晚……公車開過泉城廣場，那裡已經全是黑壓壓的人頭。人們正往廣場最東邊的大螢幕湧去，螢幕上有倒計時鐘，巨大的數位看起來激動人心。過了廣場那一站，車上幾乎空了，只剩下我和那個老人。老人好像睡著了，手中的收音機就快要從手中滑下去。公車在一個沒有人的車站停了一下，又開動起來的時候，我站起來跑向車門。要下車不早說，司機抱怨道。我跳下車，拉起外套後面的帽子，快步向前走。天真冷，猛烈的風聲灌滿了耳朵，但我還是聽到了一點別的聲音。

「你相信嗎？」

「相信什麼？」

「世界末日啊，一九九九年十二月三十一日。」

「不知道……要真是世界末日也挺好的，就不用考大學了。」

「有個事我想不明白，地球上那麼多人，一下都到另外一個世界去了，能裝得下嗎？」

「也許只帶走一部分，那天我們一定得在一塊兒，不管留下還是被帶走，都在一起。」

「我得去找我爸爸，我要跟他在一起……」

「我可以跟你一起去北京。不過沒準他會回來，都世界末日了，還做什麼生意啊？」

「嗯，那我先去找他，帶上他跟你會合。去哪裡呢？」

「到時候看看什麼地方人最多。」

「為什麼？」

「那麼多人都去一個地方，肯定有原因，那裡應該比較安全吧。」

我走到了廣場。人群已經漫溢到西邊的馬路上。看不見的遠處，迸發出一陣陣尖叫聲。染著黃頭髮的女孩被高高地舉起，揮動著手臂。我被身後的人推著，朝東邊挪著步子，來到了廣場中央。有個男人爬到了藍色「泉」字形狀的雕塑上，正拿著啤酒往自己頭上澆。很多好事的人圍在底下看，導致人群停滯不前，過了很久，才又動起來。再回頭，雕塑上的男人已經不見了，可能是自己下來了。但是周圍比先前更擠了，我的前胸貼著前面的人的後背，必須吸著肚子才能呼吸。要去什麼地方也不知道，就這樣被擁著往前走，一抬頭，大螢幕就在上方了。不斷跳動的數字，是新世紀走近的腳步。有人在唱歌，有人在尖叫，廣場淹沒在一片狂歡的氣氛中。

五，四，三，二，一……人們相擁，很多氣球飛起來，我仰起臉往上看。黑沉的天空，像一道鑄鐵屏風。隔在後面的另外一個世界此刻也這樣熱鬧嗎？或許很安靜。因為那裡根本不存在時間這回事。

沒有人被帶走。什麼也沒有發生。誰還記得今天是什麼末日呢。可我直到最後一刻，都懷有某種期待，轟然一聲，眼前黑下來。兩個世界在這一天合攏。要是你也這麼想，或許你會到這裡來，會像我一樣，在倒計時的時候飛快地掠過那些陌生的臉，慌張地尋找著。

我們一定得在一塊兒，不管留下還是被帶走。

「嗯。」最後一秒，我聽到有個聲音在心裡說。

程恭

酒快要沒有了，我倒完全醒了。要是不用走的話，真希望能繼續喝，醉了又醒，醒了又醉，就那麼一直喝下去。

泉形雕塑上的那個澆啤酒的男人，不是自己下來的，是一個員警把他拽下來的。我應該就算你所說的好事者之一吧。是子峰和大斌非得湊過去，覺得這人沒準能做出點嚇人的事來，能有好戲看。可惜什麼都沒有，就是個高興的醉漢，員警抱住他的腳就把他拉下來了。然後他往地上一躺不起來了，好像打算這麼睡過去。大斌怕他被踩著，還蹲在一旁勸。直到子峰嚷了一聲，快十二點了！我們才朝大螢幕的方向趕去。

那天去廣場是我的提議。本來計畫打完保齡球去酒吧看演出，那個女歌手還挺有名的，在那麼重要的日子來到這座破城市實在是難為她了。大斌很早就訂好了離舞台最近的位子，還給女歌手買了一束花。那天保齡球我玩得很好，每次都是全中。後來就覺得沒意思，坐到旁邊喝啤酒去了。啤酒罐的易拉環拉斷了，只有一個小孔出酒，剩下不多了得仰起脖子。天花板的燈太亮，我閉起了眼睛，感覺著酒滴答滴答砸在舌頭上。越來越慢，直至停止。我待在黑暗裡，保齡球滾過軌道的聲音也消失了，周圍特別安靜，有一種來到了盡頭的感覺。末日，那時候我想到了這個。然後想到了你。我時常會想起你，但都是裹在一些事裡，家族的恩怨、背叛和隱瞞。而這一次，是純粹地想到你。那個一副好像什麼都知道，總是跑到我前面去的小女孩。耳邊傳來一聲尖叫，好像在圖書館背後的竹林裡，我急著去捂住你的嘴巴。睜開眼睛，是旁邊軌道的女孩，正在給她男朋友鼓掌。我又閉上了眼睛。

大斌不同意去廣場。花怎麼辦，他問。在廣場上遇到你覺得最漂亮的一個女孩，就送給她，我說。這麼多年了，總是你說去哪兒我們就去哪兒，他不高興地嘟囔。我說，你們可以去看演出，然後我們再找地方會合。大斌和子峰互相看了一眼，歎了口氣。

保齡球室離廣場不遠，走過去十五分鐘。大斌抱著花，悶悶不樂地跟在後面。過了一會兒，他氣呼呼地說，我打算隨便把花給什麼人了，這樣拿著太傻了。但是又走了很遠，那捧花還在他手裡。他一直抱著它，直到新的世紀到來。

十二點的時候，我們勉強擠到了大螢幕前面，但是也被人流沖散了，大斌不知去向。子峰和我踮起腳四下環顧。我的目光茫然地掃過一張張臉，越來越快，開始有些暈眩。我到底在找誰？人們開始大聲念著數位，不斷縮小的數位。

五，四，三，二，一……氣球飛了起來。我仰起臉。頭頂是沉靜、不為所動的天空。連這一天也過去了，什麼都沒發生。

人群開始疏散。大斌不知道從哪裡冒了出來。你們猜我剛才看到誰了？他揉了揉凍紅的鼻子。我看到李沛萱了，他說。子峰撇撇嘴，怎麼可能，她不是在美國嘛。大斌說，我也覺得不可能，但是長得真像……子峰問，臉上也有那麼長一條疤？大斌愣了一下，不吭聲了。我們離開了廣場，因為誰都不想回家，就還是去了那個酒吧。演出已經結束了，女歌手早就走了，屋裡沒幾個客人。女服務員正在擺椅子，大斌說，我們是靠舞台最近的那個桌子，服務員看了他一眼，你們愛坐哪兒就坐哪兒。啤酒上來以後，我們碰杯，慶祝新世紀的到來。大斌忽然說，我作了個決定，就在剛才。什麼決定，子峰問。等我到了美國那邊，一定去找李沛萱，大斌說。那時候，他家裡人已經在給他辦出國手續了，要是順利，高三上學期就可以動身。他總說不願意去，會想辦法留下。這還是他第一次承認要去美國了。子峰說，她肯定早就不記得你是誰了。大斌說，沒事，我們可以重新認識。誰規定人跟人只能認識一次？然後他看著我，程恭，你主意多，幫我想想，見了她我應該說什麼呢？怎麼能讓她知道，我一點也不在意她那條疤，就算當時她是真的遇到壞人，給欺負了，我也不在意……他的眼神明澈，泛著水光。我煩躁地推倒了面前的空酒瓶，得了，丁文斌，你他媽的以為你是誰，救世主嗎？他看著我，眼睛一點點暗了下去，你說得對，我就是個草包，根本配不上人家……他緊握拳頭，用力捶了兩下桌子，我不能再這樣下去了。隨後大斌藉著酒勁，振作起來，開始重新規劃人生。他打算從他爸那裡弄一筆錢，去美國以後就開始做生意。但具體做什麼，也沒有想好，外國人不是都挺信中醫嗎，他說，開個診所，賣中藥，做針灸。子峰覺得這主意很棒，當即表示自己想加入。兩人越談越起勁，大斌簡直打算明天就啟程去美國了。他們還不斷詢問我的意見，好像那真的有什麼重要似的。我只是偶爾點頭，基本沒說話。一來是覺得確實和自己沒關係，二來是真的感到很累。其實什麼也沒有做，卻感到深深的疲倦，好像對什麼都提不起興致。雖然我知道，我比他們兩個當中的任何一個都更需要成功。但我知道，那只是我一個人的事。那種願望如此沉重，以至於我想暫時把它卸掉一會兒。

大斌晃了晃我，來，為了新的一年，新的開始，乾了吧。

我拿起酒瓶，一飲而盡。嗯，新的開始。剛剛過去的那一天，是最後一個可能和你產生關聯的日子。新的世紀裡再也沒有你留下的記號。這應該是好事，能夠徹底擺脫你的陰影了。可是我卻很難過。這是最後一次告別。我到廣場去，也許就是為了再說一聲再見。

再見了，李佳棲。

我忘了你也許還不知道大斌家裡發跡的事。你一定仍記得，當時我們常去大斌家玩，在食堂旁邊的那個小院裡，除了一窩小狗，還有一個總是坐在樹下搖著蒲扇乘涼的老頭。他喜歡把各種東西磨成粉末，拿到院子裡曬。有一回我們看到一個臉上長著瘤子的人來找他，他給了那個人一瓶紅色的藥水。大斌告訴我們，他爺爺是三代祖傳的老中醫，什麼奇怪的病都能治好。我問，那能治好我爺爺嗎？他為難地說，你爺爺……是個特例，除了他，都能治好。你搖了搖頭說，我奶奶說中醫都是騙子。的確，在這座醫科大學的家屬院裡，沒有幾個人相信中醫。更何況大斌的爺爺是個赤腳醫生，字都不認識幾個。就是這個爺爺，在我們上初中的時候，再加上大斌父親和叔叔兩兄弟，創立了赫赫大名的「五福藥業」。他們用八分錢的成本，將三種細菌放在培養皿裡發酵，製造出神奇的「五福口服液」，號稱有人喝了連癌症都治好了，沒病也能增強免疫力。它很快就風靡全國，成了家喻戶曉的保健品。你應該還記得那個流行喝口服液的年代，醫院對面的商店裡都不賣水果了，專賣口服液，來探病的人不拎上兩盒都不好意思進病房。

醫科大學東門外的空地被圍起來，蓋起一座座灰色的高樓。工廠、食堂、宿舍、游泳館和網球場……那裡面什麼都有，和醫大校園裡一樣，像一座微縮的城市。可是醫大校園已經破敗不堪，而「五福藥業」是嶄新的。大斌帶著我們參觀了明亮的車間，在三層樓高的大食堂裡吃了飯，那些穿著天藍色工作服的工人臉上洋溢著幸福的神采。臨走的時候，大斌還給我們分發了很多游泳票。游泳池裡的水太藍了，陽光從玻璃房頂照下來，就像是在明信片上看到的夏威夷。一個月以後，我家樓上的李伯伯辭掉了醫大教授的工作，「五福藥業」高薪聘請他去做部門經理。隨後，很多醫大的教授和醫生紛紛辭職，都去了對面的大灰樓。「五福藥業」不斷地擴大地盤，占據了城市的整個東部，它的廣告開始在新聞聯播之前播出。我記得那是一九九五年，這一年，大斌的爺爺以五福藥業集團董事長的身分出現在春節晚會的現場，你爺爺被授予中科院院士的稱號，搬進了醫科大學贈予他的院士樓。你和大斌是我童年最親密的朋友，所以這些成功看起來離我特別近，好像一伸手就能碰到。當這些轟動性的新聞炸開平靜的校園，每個人都在興奮地議論的時候，我真的很想完全沉浸在其中，讓自己忘了我的爺爺早已下落不明，可是不管他在哪裡，此刻一定仍以二十年多年未曾改變過的姿勢，躺在一張床上。

高三那年，大斌沒去成美國。剛辦完手續，「九．一一」就來了，幾乎所有申請的人都被拒簽。這使他要去美國的願望變得更強烈，「誰都別想阻止我和李沛萱見面」。他在家晃蕩了一年，幾乎每天下午都到我讀的那所破爛大學來，跟我打打籃球，喝喝啤酒。他經常提起李沛萱，也會提到你。儘管我一再否認，但他仍舊認定我還在喜歡你，總是鼓勵我去找你。他覺得主要是我放不下自尊，不願意開口向你表白。這點困難，跟他和李沛萱之間的根本沒法比。有幾回喝多了，他開始胡說八道，幻想著李沛萱接受了他的求愛，而我也找到了你。我們四個人，他眼睛放光，拿一根筷子敲敲桌子，一塊結婚，在美國找個教堂，她姊倆穿著白婚紗，然後一起度蜜月，開著敞篷車，從東邊到西邊……

第二年冬天，大斌的簽證批了下來。他剛走的時候，我還真有點不適應，但也不打算交什麼新朋友。學校在南山腳下，很偏僻，有時兩三個星期才回家一趟，拿點換洗的衣服，跟奶奶和姑姑吃頓飯。有幾回經過附屬醫院，從遠處看到爺爺住過的那幢樓，想起裡面發生過的事，感覺好像已經是上輩子。

二〇〇三年春天，SARS 四處蔓延，子峰從北京逃了回來，當時還不是那麼嚴重，他沒有被隔離。我在南院門口的小飯館給他接風，他把陳莎莎也叫來了。他一直掛惦記她，還勸她要找個男朋友。我們喝了不少啤酒，凌晨才散。當晚子峰開始發高燒，回醫院一查，真是 SARS。我和陳莎莎都得隔離起來。我們被帶到了那座老住院樓。醫院清空了原來的病人，把它專門用來隔離疑似患者。已經關了不少人，一層和二層都滿了，護士領我們去了三樓。時隔多年，重新走上那道幽暗的樓梯，有種說不出的感覺。看來和這座樓真是有緣，每隔幾年就會回到這裡的魔咒，始終沒有被打破。

我和陳莎莎被關在一個房間裡，每隔兩小時，護士會送來溫度計。本來還能樓上樓下逛逛，到了中午，二樓有個人確診，送去急救了，整幢樓變得人心惶惶，再也沒有人敢離開自己的房間。我們那個病房比三一七大一些，有四張床位。我打開了電視，拿著遙控器靠在最裡面的床上。陳莎莎一開始坐在門口的那張床上，後來挪到第二張。她坐在那裡，看一會兒電視，就轉過頭來看看我，好像想開口說點什麼。我的眼睛始終盯著電視，螢幕上播放著礦泉水廣告，一個男人在跑步，然後拿起瓶子，咕咚咕咚喝水。明晃晃的陽光照著乾燥的地面，一股夏天的熱浪湧上來。

圖書館背後樹叢裡的事已經過去六年了。從那以後，我一直努力避免和陳莎莎見面。可她還是不時會出現。我在食堂買饅頭的時候，她站到我身後不遠的地方排隊；去南院門口拿報紙的時候，她正在旁邊的水果攤挑西瓜；甚至我從市中心坐公車回來，看到她就站在站牌底下。她悄無聲息地從我的眼前走過去，幽靈一般，出現一下，就又消失了。似乎只想提醒我世界上還有她這麼個人存在。

初中畢業之後，她上了職專，學的是護理專業。學校很遠，要住校，那之後她很少回南院了。有幾次和大斌、子峰一起吃飯，他們說好久沒看到她了，就打電話喊她來。不管在哪裡，她總是會以最快的速度出現，看到我也顯得很自然，好像什麼都沒發生。她變漂亮了，愛打扮了，可是渾身上下沒一樣對勁。緊繃繃的牛仔背心，鮮豔的百褶短裙，手上的紅色指甲油，被啃得參差不齊。她自己沒有審美，只是模仿周圍的同學。她交了幾個朋友，那種很瘋的女生，我能想像她們對她呼來喝去的樣子，但她並不介意，想要傷害到她是件挺難的事。她總是跟著她們，她們抽菸，她也學著抽，她們打撞球，她也學著打。子峰說，她們都有男朋友，你怎麼不也找一個？她哧哧地笑，低下頭繼續吃東西。她還像小時候那麼熱愛食物，可以一直吃到離開餐館的那一刻。之後我們各自回家，子峰和大斌先到，後面一段路只剩下我和陳莎莎。我越走越快，希望快點到她家。可是到了她家樓下，她沒進去，還跟著我往前走。我只好走得更快，幾乎就要跑起來。她也跟著跑，嗤嗤地呼氣，到了我家樓前，她停住了，站在那裡看著我鑽進門洞。每回都是如此，她都會陪我走到我家，然後一個人再走回去。那一段路很短，我們也從來不說話，但我還是感到很壓抑。後來有幾回聚會，聽說有她，我都找藉口沒參加。再後來，她職專畢業，她爸爸託人給她在精神病院找到一份工作，就是小時候我們總說，某某某腦子有病，應該坐上18路公共汽車到終點站去的那個醫院。據說陳莎莎和那裡的病人相處得不錯，她的遲鈍在那種情境下也許是一種美德。唯一的麻煩是，醫院規定不能在病人面前吃東西，她只能趁著中午休息躲起來吃。後來一個病人喜歡拆枕頭，把鴨絨抖得到處都是，害得她犯了哮喘，送去醫院急救。之後她辭了職，又搬回家裡住。好在我已經上了大學，而大斌和子峰都離開了濟南，也沒什麼聚會了。我還以為再也不會遇到她了。

我看了一個下午電視，連姿勢都沒換。維持那副專注的模樣，加之精神一直處在緊繃的狀態，到了傍晚，我已經疲憊不堪，就打了個電話給姑姑，讓她來看我的時候帶些啤酒。沒多久，一個護士長模樣的人來巡房。白口罩上方吊著兩隻眼，又細又冷。那兩隻細眼盯著我看了一會兒，摘下了口罩。

「芸姨？」我喊了出來。

她一點也沒老，只是最後一點女性特徵也消失了，那張長臉看起來更加冷峻了。我問她子峰沒事吧，她說不清楚，今天醫院死了兩個，應該沒他。我懇求她把我放走。她說本來觀察兩天沒事就能走，可是前天有個人剛出去就發現感染了，現在上面沒命令，誰都不敢隨便放人了。你以為我們願意留你們嗎，加上我一共三個護士，根本忙不過來。我跟著她走出房間。走廊裡很昏暗，地上泛著消毒水的味道。我看著她說，你要想放我們走，總歸會有辦法。她疑惑地看著我。不是嗎，我笑了一下，你連植物人都能運出去。她搖搖頭，我不懂你在說什麼。她正要離開，我姑姑迎面走過來。

「你沒休假？」我姑姑問。

「你不也沒有嗎？昨天路過藥房還看到你。」芸姨說。

「我是沒辦法。那些黃毛丫頭動作太慢，連頭孢拉定放在哪兒都不知道。」

「我這裡還不一樣，年輕護士能指望嗎，有個突發狀況就慌了，早都忘了要做什麼。」

兩個女人看著對方，無可奈何地笑了。昔日的恩怨好像都放下了。我發覺她們很像。多年來孑然一身，不知道是因為孤獨而變得古怪，還是因為古怪而選擇了孤獨。最後，她們都變得很熱愛自己的工作，把無處可施的熱情全部投入進去。

「程恭就交給你了。」姑姑說，「你把我們家老頭子弄丟了，不能再把他弄丟了。」

「別交給我，交給老天爺。所有人都在他眼皮底下，哪個也丟不了。」芸姨戴上口罩，轉身走了。

姑姑把啤酒擺在桌上，又將一只很大的編織袋交給陳莎莎，「你爸爸進不來，讓我帶給你。」陳莎莎敏捷地從裡面掏出巧克力，撕開包裝袋吃起來。姑姑帶來的飯盒裡裝著藕盒和紅燒排骨。我看了一眼，說真不錯，有點像上刑場的前一晚。姑姑的眼圈紅了，程恭，你可別嚇唬我。我拍拍她的肩膀，你再去跟芸姨說說，讓她快點把我放出去行嗎，再關下去沒得 SARS，我也會發瘋。姑姑答應了。臨走的時候，她竟然對陳莎莎說，你和程恭要互相照應啊。

我開了一罐啤酒，回到床上。新聞裡，一個女人在播報各省 SARS 新增的例數，語速緩慢，像是在一邊點人頭一邊報。我拿著遙控器，很想按快進。要是能把這個晚上都快進過去就好了。我決定早點睡，關掉電視和燈，躺了下來。剛閉上眼睛，的紙袋的聲響就停了，咀嚼聲也停了。周圍一片寂靜，連喘氣的聲音都聽不見。我感覺到陳莎莎坐在黑暗中，像隻貓似的正用發綠的眼睛看著我。我翻了個身，臉朝著牆。屋子裡的寂靜不斷膨脹，像個越來越大的氣球，我等著陳莎莎稍微動一下，或者咳嗽一聲，發出任何聲音都行，好把那個氣球戳破。這時候，電話鈴響了。我一躍而起。

「猜猜我在哪裡？」大斌在那邊問。

「還是你猜猜我在哪裡吧。」我說。

「我在芝加哥，等下要跟李沛萱一起吃午飯。我真沒想到她能答應……我現在緊張死了，不知道該說什麼。你覺得我能直接問她有沒有男朋友嗎？」

我走過去，開了一罐啤酒。

「我給她準備了一個小禮物，也不知道她會不會喜歡……你說是應該一見面就送，還是走的時候再給？」

「說話啊，我現在心跳得厲害……」

「那總比心不跳了的好。」

「什麼意思？」

「子峰現在正在隔離室搶救。」

「怎麼回事？」

「他感染了 SARS，我們也被隔離了。」我不想提陳莎莎的名字。

「怎麼會這樣……」

「我知道不該現在說，影響你的好心情。可是……誰知道呢，生命真的很脆弱，對吧？」我掛了電話，喝光了手裡的啤酒。

陳莎莎端坐在那張床上，臉上沒有任何表情。忽然開口說，

「我們要死了是嗎？」

我沒回答，又開了一罐啤酒。外面起風了，窗戶吱嘎吱嘎響起來。不是這裡，而是別的房間。不知道三一七病房的窗閂修好了沒有。那個陳列著無數往事的房間，這些年我花了很大力氣想擺脫，可是現在我卻被困在它的隔壁，能聽到那扇熟悉的窗戶在響。而且，還是和陳莎莎關在一起。人生還能再有趣一點嗎？陳莎莎一直坐在那裡看著我，薯片還放在膝蓋上，但她沒有吃。她為什麼不能再吃點呢？除了這個，她還能做什麼呢。她可能根本不懂得什麼叫悲傷，也不明白什麼是絕望。她就一直在一種混沌的狀態裡，津津有味地活著。

我灌下最後一點酒，把頭蒙進被子裡。身上很燙，嘴唇發乾，好像發燒了。也許真的感染了吧。挺好，現在發生什麼我都不會覺得意外。

我悲壯地睡了過去，還作了夢，夢裡有很多人，好像是來看我。而我感覺被什麼東西壓住了，迷迷糊糊地想，也許是鬼上身了。然後，一個濕漉漉的東西伸進了嘴裡，攪動著我的口腔。我一下子清醒過來，睜開眼睛。陳莎莎的臉懸在上方，目光炯炯地看著我。然後她俯下了身，把頭埋在我的雙腿間。腦袋一起一伏，頭後面的馬尾像一隻瘋狂的兔子。我奮力支起手肘，呼吸越來越急促。她一躍跨坐在我的身上，雙手卡住我的腰。她一下下蹦跳，皮筋掉了，頭髮披散下來，嘴裡不停地嘟囔著什麼，像是在念咒語。我難以自抑，潰瀉而出。射精的那一刻我忽然聽清了，她說的是，快死了，快死了，我們快要死了。她在我的身邊躺下，嘴巴呼出一叢一叢的熱氣。快回你的床上去，我衝著她低吼。她緊緊地依偎著我。我把她推開，她立刻又靠過來。

快死了，快死了，我們快要死了。她夢囈般重複著，緊緊貼住我。那副著了魔的樣子如同洪水和

地震來臨之前動物所表現出的災難感應。我一時驚駭，覺得也許真的是大難臨頭了。病菌可能已經在整幢樓裡蔓延開來。誰也出不去了。不然怎麼過了那麼久，護士都沒有再來查房呢？她們一定是放棄這裡了，任憑我們自生自滅。病菌可能已經侵入了身體，正在吞噬細胞。我似乎感覺到有什麼東西箍住了嗓子口，呼吸變得越來越細。如同奄奄一息的燭火，隨時可能熄滅。死亡很快就要降臨了吧，不用等到一個新的早晨。我用力喘息著，伸出手臂抱住了陳莎莎。她怔了一下，立刻摟住我，雙腿盤我的腿上，然後閉上了眼睛，一動也不動了，好像打算就以這個樣子死去。黑暗中，她的心跳撞擊著我，一下，一下，好像是這個世界留給我的最後一點聲音。

我也閉上了眼睛。好多事都不再重要了。也許很難理解，那一刻我雖然感到恐懼，又有一種前所未有的輕鬆。一切都結束了。

我每隔一會兒醒過來一次。但陳莎莎始終保持著同樣的姿勢。天快亮的時候，我掰開她的手，從床上坐起來。清晨灰藍色光線籠罩著她，她的臉上有一種類似幸福的表情。我走到外面，站在過道裡抽菸。牆上的爬山虎蔓延到窗戶上，玻璃的一角是綠色的。兩隻鴿子在天空中飛過。嗯，我都忘了這裡還有鴿子。灰色的，忽然騰起翅膀的鴿子。

消失了很久的護士，從那邊走過來，衝我翻了個白眼，誰讓你跑出來的？還抽菸，快掐了。看著她很凶的臉龐，我有點感動，世界好像又正常運行了。我轉過身想回病房，看到陳莎莎正靠在門邊望著我，溫柔得好像新婚之夜的妻子。整個上午，她的目光一直像蝸牛似的吸在我身上。當我不經意看她一眼的時候，她感覺到我的目光，僵木的臉立刻有了神采，像一個提線木偶自己動了起來。她對食物失去了興趣，薯片沒有再碰，午飯也剩了一半，就只是癡癡地看著我。

中午過後，護士又來了，我一把拉住她說，我想換間病房，我習慣一個人住，而且打呼嚕很響。

護士瞥了我一眼，換什麼換，你們能回家了。我問，你是說真的嗎？她遞給我一支體溫計，只要你現在不發燒。我接過體溫計。她說下午要從別的醫院轉過來一批人，得把病房騰出來。反正你倆住南院，就回去隔離吧。盡量別出門，和家裡人也少接觸，知道嗎？

我跟姑姑通了電話。她告訴我子峰已經脫離了危險，再觀察幾天就能回家。我很高興，又給當時的女朋友打了電話，說我現在就能回家了。女朋友挺開心，但是聽說我下午要去找她，就有點支吾，說不著急，你在家多休息兩天。掛了電話，我看到陳莎莎在慢吞吞地收拾東西，旁邊的手機響了很多聲才接起來。是她爸爸，嗓門很大，問她怎麼還不下來，自己在醫院門口等半天了。她不情願地背起書包，走到門口又停下來，扭過頭來看著我，好像等著我說什麼。我連忙背過身去。

她終於走了。我長舒了一口氣，開始收拾自己的東西，想快點離開這裡。走到走廊裡，我看到了芸姨，她站在窗台邊。窗戶花了，我意識到外面在下雨。她轉過身，

「你有傘嗎？」

我搖了搖頭。

「我辦公室裡有。」她說。我跟著她朝靠近樓梯口的那個房間走去。

「我記得你是在這棟樓裡出生的。」她說。

「是嗎？」

「當時我在婦產科當護士，那天是我給你洗了澡。我記得你媽媽的長相，她很漂亮。」

「她高興嗎，我是說你把我抱回來的時候。」

「她開心壞了。」芸姨說。

「嗯。」我點點頭。

「我還有別的東西要給你。」她說。

她打開門，從被窗簾遮蓋的角落裡，拖出一只小紙箱。「打掃三一七的時候從床底下找到的，差點給扔了。一直想把你叫來。這樓可能快拆了，我也要退休了，再不給你恐怕真得扔了。」

我打開紙箱，盯著裡面的東西。它和記憶裡的樣子完全不同，看起來非常簡陋，像糊弄三歲小孩的劣質玩具。

「當時護士們都在猜，這個奇怪的玩意兒到底是幹什麼用的。」

「靈魂對講機。」我用手指擦拭著聽診器上的金屬片，「這是它的名字。」

「哦？」她聳了聳眉毛，「我在醫院幹了三十多年，它是我見過的最先進的儀器了。」

「肯定，我還指望靠它得諾貝爾獎呢。」我沖著她笑一下。

「對了，還有這個，」她從紙箱的邊角拽出一只粉紅色的絲絨小袋子，「在三一七的床頭櫃裡，我猜應該是汪露寒的……」

我接過那個小袋子，解開束繩，把那兩顆珍珠耳環倒在手心裡。

「不，是我的。」我說。

她略微有點驚訝，「那最好了，物歸原主。」

我舉起托著耳環的手，打量著它們。珍珠是假的。可它們那麼圓，那麼亮，如同某種永恆之物。永恆的東西可能都是假的。它們是無法被時間分解的異物。

「汪露寒，」我艱難地說，「她還好嗎？」

「我們沒有任何聯繫。」她看看我，「怎麼，你不相信嗎？」

「不，沒有。」我收起耳環，「但你們小時候是好朋友，對嗎？」

「我小時候沒什麼朋友。她恐怕也沒有。那時候交朋友很危險，搞不好就會被連累。我們只能算是鄰居。」她說。

「她那時候什麼樣？」

「她喜歡唱歌和畫畫，有點不切實際。有幾回我爸媽在外面被批鬥，我一個人躲在家裡，她來敲門，帶我去她家吃飯。她家的書架都清空了，小提琴也賣掉了，可是不知道為什麼，還是有一股小資產階級的氣氛。後來我弄明白了，是因為她爸媽太恩愛了。他們倆喜歡一起在廚房做飯，有說有笑，她媽媽還拿出手帕給她爸爸擦汗。她爸爸管她媽媽叫小兔子，因為她愛吃胡蘿蔔，吃飯的時候，他給她夾菜，幫她剝蝦。按理說，一個外人會有點不自在，可是我沒覺得，他們很照顧我，好像我是親戚家的孩子。可是沒多久，她爸爸就上吊自殺了。那麼好的一個人，怎麼會把釘子摁進你爺爺的頭裡呢？我到現在也不相信。後來家裡只剩她和她媽，你爸爸還總是帶著人來抄家，嚇得她媽媽大哭，躲在壁櫥裡不敢出來，很快精神就不正常了。那時候我很想去幫她，可是我爸不讓，他說沾上他們家的人會很麻煩。別的人可能也這麼想，都躲得遠遠的。那段日子她可真是夠難熬的，後來總算被她哥哥接走了。她走的那天，我也沒去送她……」

「你一直很內疚，就同意她來照顧我爺爺，最後又讓她把他帶走，」我問，「是這樣嗎？」

她把臉轉向一邊，「沒有。」

「別擔心，我沒有為難你的意思，我知道你不會承認，這事現在也不重要了。」

「我們真的沒有什麼聯繫。她變得很怪，精神也不大正常了。」

「你說，我爺爺有可能現在還活著嗎？」

「不可能。那時候他的身體機能已經開始衰退了。」

「嗯。」

「你很希望他還活著嗎？」

「他是汪露寒的精神支柱，我不知道要是他死了汪露寒會怎麼樣。」

芸姨沉默了一會兒，

「也沒準。在醫院幹久了，就不太相信奇蹟了。但是仔細想想，人這一輩子總歸會碰到一兩回奇蹟的，你說是吧？」

我們走出辦公室。

「忘記給你拿傘了，我記得有一把，放哪兒了？」芸姨讓我等一下，又返回屋子裡。

我抱著箱子站在走廊裡。廊道幽暗，空氣裡湮著雨的氣味。雨聲從走廊的另一端傳來，敲打著我的肋骨。綿濕的痛楚在身體裡擴散。我慢慢朝那邊走過去。閃閃發亮的雨水從盡頭的窗戶裡漫進來，濺在窗台上。窗戶沒有關嗎？也許。不，不是，它被砸碎了。玻璃上有一個巨大的洞，望出去就是天台。我記得那些天氣極好的日子，天台的晾繩上搭著被陽光烤得暖烘烘的被子，白床單在乾燥的風裡飄蕩。那扇門緊閉。三一七。瘦瘦地立在窗台的一側。雨水淋濕了門前的地板，就是同一塊地板，從前總是盈滿陽光，下午的橘色陽光，你說它們像跳跳糖。

我走到門前，站在那片水裡。雨聲敲擊著骨頭，可是我能聽到屋子裡面的動靜。睡覺的聲音，作夢的聲音，孩子咯咯咯的笑聲。還有靈魂，在肉體的帳篷裡走來走去。

雨滴打在我的鞋上。我聽著裡面的動靜。我在等著什麼。等著那扇門霍的一下被拉開，那個小男孩從裡面跑出來。像每一個黃昏那樣，他背著書包急匆匆離開。

嗨，等一等，我會喊住他。然後把手中的紙箱交給他。

李佳棲

酒喝完了，我卻一絲睏意也沒有。雪還在下嗎？也許已經停了。外面天亮了，但光線與以往的早晨不同。也許早晨還沒有來，是雪在照明。這淺灰色的光線不是來自太陽，而是來自那些微小的結晶體。

二〇〇〇年的春天，我認識了殷正，就是那個邀請我去朗誦會的詩人。後來我買了一本他的詩集，還在幾首詩上摺了角。看到報紙上的簽售會消息，我就翹了晚自習趕過去。那天下雨，書店裡坐著稀稀落落的人。殷正作了個簡短的演講，談了一些他對詩歌的理解，也講到對現在文學環境的憂慮。他回憶起讀大學時的詩社和詩歌雜誌，感慨那真是一個文學的黃金年代。我根本沒想到他會是我爸爸的大學同學。他比他小五歲，看起來很年輕。我忘記了恢復高考那年的大學生年齡是參差不齊的。他當然沒有提起我爸爸的名字，但說的每個字好像都是圍繞著他的。我緊張地扣住十指，彷彿下一秒他的名字就會被喊出來。結束之後，我拿著詩集過去讓他簽名，他抬起頭看了看我，問我在哪個大學念書。我說我是高中生。他說，功課一定很忙吧，謝謝你能來。然後他問我等會兒要不要和他們一起去旁邊的酒吧喝酒。他見我沒有說話，又說，你可以喝果汁。

我們七八個人撐著傘，朝附近的酒吧走去。另外幾個都是他的學生。大家點了啤酒。我也要了一杯。有個學生提議每個人朗誦一首詩。我選了殷正那本詩集裡的一首。殷正說，很少有人注意到這一首，但我自己很喜歡。他說這首詩是很多年前他在美國大學當訪問學者的時候，寫給班上一個女學生的。大家都起鬨讓他講那段往事。他說那個女孩是美國人，畫著煙熏的黑眼圈，手臂上有很多紋身。高中時吸食海洛因在戒毒中心待過一段時間，到了二十四歲又重新回到校園，但仍舊是一副頹廢的模樣，在課堂上始終很疏離，彷彿身在另外一個地方。殷正說，不知道為什麼，講課的時候他總是不自覺會把目光落在她的身上，那讓他覺得很安心。這首詩是在課堂上寫的，當時學生在作試卷，他有很多時間可以觀察她。他說，為什麼有時候危險的事物會讓人感到溫暖呢，那種感覺真的奇妙。他說完笑了起來。一個男學生問他當時有沒有想過向她表白，另一個女學生則問有沒有她的照片，說大家都很想看。這是我第一次聽到一個和爸爸差不多年齡的男人表達自己的感情。我爸爸那時候也會和學生說起這些嗎？我說，你應該把這首詩寄給她，每首詩都是一封信。這封信是屬於她的。他笑著說，早就過去了，要不是因為這首詩，我都想不起有她這麼一個人。他看我一臉沮喪，說我知道你們小孩特別不能接受時過境遷，可這是必然的，任何一種強烈的感情都沒辦法長久存在，就好像你們學的化學裡的有些物質，通過激烈的反應產生，但只能短暫存在，很快就會分解，轉換成別的物質。我望著他，很想告訴他，我對爸爸的感情就不是那樣。

學生們好幾次提出要走，殷正都說再坐一會兒。他喝了好多酒，眼睛看起來特別亮。我們一直待到了酒吧打烊。當時已經是凌晨三點，外面下著濛濛細雨。他住得離我學校不遠，就說先把我送回去。街上沒有計程車，我們只好步行。我手裡拎著一把傘，但沒有撐開。空氣冷冽，小雨落在臉上，像微弱的電流。殷正走在右邊，瘦高，步子很輕。到了學校，他發現大門緊閉，才知道我打算在外面等到天亮。他不同意把我一個人留下，決定陪我一起等。可是氣溫驟降，我們身上都只穿著單衣，凍得瑟瑟發抖。他坐下沒多久，就站了起來，說這樣不行，你去我家待一會兒吧。

我們去的不是他家，而是他工作的地方。在一個閣樓上，兩間很小的屋子，一間四面都是書櫃，另一間擺著書桌和單人床。他倒了杯熱水遞給我，說一晚上不回去沒事嗎，老師會給你家裡打電話？我說我也不知道。他說你好像一點也不擔心。你爸媽不太管你？我說沒事，今晚很值得。他說，我今晚也很高興，能出版這本詩集不容易，現在沒有什麼人讀詩了。他給我的杯子裡添了些熱水，說你要睡一會兒嗎，我經常熬夜沒關係，你不睡，早上哪有精力上課？我說我不睏，然後問他你可以教我寫詩嗎？他說，好啊，你寫了就拿給我看，我提點意見。我說，對我來說詩就是寫給一個人的信，能把說不出來的話都講出來。要是心裡不想著那麼一個「你」，我什麼都寫不出來。他問，你想給誰寫信。我說，我爸爸。爸爸？他笑了，我以為你會寫給要好的男同學。我說我對和我一樣大的男生不感興趣，覺得他們都很幼稚。他看著我說，早熟未必是件好事。我聳聳肩膀說我才不在意呢。

外面的天空忽然變亮了，陽光從那扇小圓窗戶照進來，能看見塵埃在空中緩緩上升和下降。屋子裡彌漫著濃郁的舊書的氣息，讓人想起小時候去過的圖書館，爸爸帶我去借合訂本的《兒童文學》。當我想起我爸爸的時候，他就在記憶裡不斷擴大，占據了全部空間。當時屋子裡的光線和氣味都使我覺得應該讓他來到我們中間。於是我說，我爸爸叫李牧原，你可能認識他。殷正驚訝地看著我，當然，當然，他喃喃地重複著。你們很熟是嗎，我問。是啊，他說，大學是同班同學，研究生的時候是同門，畢業以後又都留校，在一個教研室。他站起來去倒水，走到一半回過頭來說，他要是知道你現在也寫詩，一定很高興。

我問了他很多問題。比如我爸爸上大學的時候什麼樣，那時候你們常常在一起朗誦詩嗎。令我高興的是，他很敬重我爸爸的才華，覺得他是很好的詩人。然後他說，跟我說說你吧，你和媽媽過得怎麼樣。我只是說，我們住在姨媽那裡，家裡人多，我不怎麼回去。他說，現在我明白你為什麼這麼早熟了。

外面的天更亮了，我開始睏了。眼皮變得很重，不斷合下來。他說，你躺一會兒吧，到了該走的時間我會叫你。我還想硬撐，但是眼睛實在睜不開了。一躺下來，我很快就睡著了，作了一些亂七八糟的夢。醒來時身上蓋著被子，他坐在旁邊的椅子上看書。我惶惶地坐起來，太陽已經刺眼，逆光中他的臉像一口很深的井。去上學了，他溫柔地說。

臨走的時候，他遞給我一只塑膠袋。裡面是一袋切片麵包和兩本書。當早餐吧，他說，我這裡只有這個。我拿出那兩本書看，都是外國詩選，很舊，書脊上有圖書館的標籤。別弄丟了，他說，這些詩集以後不會再版了。

週末我把詩集影印了一遍，跑去閣樓還給他。他說通常下午他都在，我想這是歡迎我去找他的意思。他真的在，正給一個朋友寫信，寫字檯上有一摞稿紙。天冷，穿上了灰色毛坎肩，挽起襯衫袖子，露出汗毛濃密的手臂。他很高興，從桌子底下拿出一大包零食，好像知道我會來。我把之前寫的詩拿給他看，他竟然認出了投過稿的那兩首。他說，那次朗誦會你應該來，給大家讀一讀你的詩。他說新寫的有進步，問我為什麼沒有繼續投稿，然後叮囑我要多寫，不要停止。

坐到天光發暗，他接了一個電話，然後對我說，我要和我太太去吃晚飯，你也一起去吧，反正今天週末，你回學校也沒吃的。路上他告訴我，他太太孟婧以前是個舞蹈演員，後來摔傷了腿，不能再跳了。所以在她面前不要提跳舞。

孟婧已經到了。她顯然知道我也來，殷正大概在電話裡告訴她了。他可能什麼都跟她說，包括我在他那裡待到早晨的事。可她好像一點也不在意，也許他們都覺得那沒什麼。我走過來的時候，她一直看著我，等我坐下她就說，你有一點含胸，應該練習一下步態，那樣看起來會更自信。我說我沒有覺得自己不自信，但我其實想說，有什麼關係呢，反正我又不想當舞蹈演員。那是一家幽暗的西餐廳，燭台上燃燒著白色的蠟燭，銀色餐具閃閃發光。我點了凱撒沙拉和烤鱈魚。服務員給我們的杯子倒上葡萄酒，殷正提議碰一下杯，為了美好的週末。他說他們幾乎每個週末都出來吃飯，孟婧對於選餐廳很在行。那是我第一次喝葡萄酒，覺得很酸。

和他們坐在一起很奇怪，有一種似曾相識的感覺，好像是和我爸爸還有汪露寒坐在一起。太過渴望的事，就會變成一種從未發生過的回憶。在那一重回憶裡，一九九三年我去了北京，他們帶我到有名的馬克沁西餐廳吃飯，還去了什剎海和故宮，我們玩得很高興，拍了很多照片。等我回過神來，孟婧已經推開了盤子，她只吃了一丁點牛排，就說自己飽了。是不是像她一樣胃口小就能顯得比較高貴？可是我餓得想把她剩的牛排都吃掉。孟婧百無聊賴地看著我吃東西，忽然問，你爸爸去世的時候你幾歲？十一，我回答。車禍？她問。我說對，喝了酒，跟一輛卡車撞上了。她說，有人說是自殺，你覺得呢？我愣了一下，抬起頭來。孟婧，殷正喊了一聲。但她仍舊看著我，等著我回答。不是，我說。你是說不是自殺是嗎。她說，嗯，我也覺得不是。你爸爸那麼爭強好勝的一個人……孟婧！殷正說，別再說了好嗎？然後他喊來服務員，說我們要點甜品。

我站起來，說要去洗手間，然後走出了大門。一到外面，我就哭了。眼淚不停地往外湧，我走進旁邊的一家小賣店，說我要買菸。店主用一副打量失足少女的目光看著我。我叼著菸往回走，手裡不停地按著打火機，就是沒辦法把它點著。快到餐廳門口的時候，迎面和殷正撞了個正著。我怔怔地看著他，然後把頭埋進他的懷裡。我到處找你呢，他輕輕拍著我的背。那一刻因為孤獨或者別的什麼原因，我忽然很想贏得這個男人的愛。確切地說是奪走。幽暗餐廳裡三人對坐的關係，好像把我拉回到十一歲的戰局。我想從汪露寒那裡奪回爸爸的愛。但死亡將一切中止了。當年留下的半局棋，現在或許可以走下去。

殷正認識孟婧的時候，她是光鮮奪目的舞蹈演員，周圍有很多追求者。殷正成了其中一個，並在這個角色裡待了很多年，直到她終於答應嫁給他。結婚之後，殷正仍舊覺得自己像個追求者，需要不斷做些事情取悅她。買花，送禮物，帶她出去旅行。她喜歡浪漫、有情調的生活，對食物、服裝、家居環境樣樣都很挑剔，買起東西揮金如土。為了養她，殷正不得不去外地講學，還給他瞧不上的文化公司做顧問。有個下午他對我講起這些，表現得很苦悶。他說她總是要我陪她去各種派對，一大堆不認識的人喝得醉醺醺的，在擁擠的屋子裡跳舞，她以為這樣能帶給我靈感，真是可笑。然後殷正問我，你知道有一個叫費茲傑羅的美國作家嗎？我搖搖頭。他說，孟婧就像費茲傑羅的那個老婆，非得把丈夫毀了不可。

我問他費茲傑羅最後怎麼了，他說酗酒死了。我想到了爸爸，有些難過。他說，所以我問我妹妹借了這套小房子，我必須有一點自己的空間。我問，我在這裡會打擾你嗎？他說，不會，這裡隨時歡迎你。

我每個星期六下午都去找他，和他一起吃晚飯。沒有孟婧。我不知道他是怎麼和她講的，但她沒有再在那段時間打來電話。她倒是常常成為我們的話題。他沒有別的人可以傾訴，在外面他們一直在扮演模範夫妻。我問你沒有想過和她分開嗎，他說離開我她沒辦法生活。我這年紀也沒有力氣再去談戀愛了，應該說是沒有能力，人隨著年齡增長，會失去愛的能力。我說，我覺得我已經失去了。他笑了笑，傻姑娘，你才幾歲啊。我喜歡他管我叫傻姑娘，有一種疼惜的感情。在一首他那時候寫的詩裡，他把我稱作「我最別致的好朋友」。我沒有把那首詩抄下來，因為我當時能背誦，以為自己一輩子也忘不掉，可是現在竟然只記得開頭的幾句。那肯定不是他最好的詩，但重要的是，他又能寫了，在此之前他已經一年多一個字都沒寫了。他開玩笑說，我是他的繆斯。有些下午他坐在桌子前面寫東西，我就靠在床上看書，讀得累了，就躺下來睡一會兒。在輕淺的睡眠裡，我能聽到鋼筆沙沙畫過紙面的聲音，能聽到翻稿紙的聲音，能聽到杯子拿起又放回桌子上的聲音。那些聲音守護著我，令我覺得很安心。醒來的時候，房間籠罩在一種淺藍色的光線裡，無法分辨是傍晚還是清晨。我情願是清晨。那樣我就不用一個人回去，面對漫長的夜晚。

每個星期六都如同一個節日。而其他時間，我就像自己答應他的那樣認真學習，把時間都花在功課上。我說，我要考到你的大學去，讀中文系，做你的學生。他說，不，你應該去讀更好的大學。就這樣到了冬天，新世紀的第一年轉眼要過完了。十二月三十一號那天不是星期六，但學校沒上課，我不想參加晚上的聯歡會，就去閣樓找他。他正打算出門，晚上要到孟婧的朋友家一起慶祝新年。我站在門邊，看著他收拾起桌上的茶杯，穿起外套。你可以不去嗎，我低著頭問。他說，今晚早就約好了，我必須得去。他走到門邊，拍拍我的肩膀。但我還是站在那裡，一動也不動。聚會散了你能再回這裡來嗎，我問。他說，要看情況。我立刻說，我會在這裡等你，多晚都沒關係。他歎了口氣，要是學校快關門的時候我還沒來，你就不要等了，好嗎？

那天晚上我一直等他，學校關校門的時間過了，我也沒有走。我不確定他會來，但只是哪裡都不想去。他來的時候我在樓梯上睡著了，只覺得有一隻手放在我的頭上，暖意從頭頂降下來。他把我拉起來，親吻了一下我的額頭，輕聲說，傻姑娘。我哭了。他領我進屋，給我熱水，還拿出路上買的水果和一個奶油蛋糕。

快零點了，外面的煙火不斷衝上天空。我們站在小窗戶前面看著。我說，再吻我一下好嗎，這是我想要的新年禮物。他猶豫了一下，低下頭吻我。在玻璃映出的火光裡，那個吻是紅色的，又變成綠的，再變成白的，分成很多束，碎成小星星。閃爍，然後消失。他和我分開，轉過身看著窗外。我說，我想要你要我。他沒有說話，走到桌邊坐下來。可以嗎，我問。他說，你過來，坐下。我搖頭，固執地站在那裡。我想我看起來一定像個巨大的笑話。但此刻尊嚴和內心的渴望相比，根本不值一提。我問，是因為我是你同學的女兒嗎？他說，不是，因為你未成年，說的都是傻話。我說我已經滿十八歲了。他說，可你還是個孩子。他走過來牽著我的手到床邊，按著我的肩膀讓我坐下。

佳棲，他用沙啞的聲音說，你是那麼天真和純潔……令我感到羞愧。我當然喜歡你，當然，你那麼可愛，那麼早熟，可是我能給你什麼呢？我已經開始老了，變得越來越瑣碎和無趣，有時候和孟婧吵吵架鬥鬥嘴，也覺得樂在其中。早就沒什麼創造力可言了，寫的詩都帶著一股腐朽的氣味，我知道那些年輕詩人怎麼想，他們想，嘿，這老傢伙早就過時了，可是自己不知道，還在那裡孜孜不倦地寫，真是可笑。其實想一想，你爸爸雖然去世得早，但也沒什麼遺憾，至少他一生都是個鬥士……他看著自己的雙手，好像在檢查它們是否還能握住一點什麼。過了一會兒他回過神，抬起頭來說，佳棲，你和他像，你也是一個鬥士。但我希望你保護好自己，不要折損了你的兵器，讓自己受傷。雖然我知道，傷害會讓你成長，也許能變得更好。我問，就像現在這樣嗎？沒錯，他越過我的肩膀，看著背後的牆，沒錯，我傷害了你，我知道，是我傷害了你，他喃喃地說。

關於那個夜晚最後的記憶，是清晨時屋子裡的光線，一種蒼白而透明的光，像變冷的篝火堆上升起來的煙，散發著一股焚燒葉子的氣味。有一瞬間，我的頭腦中浮現出很多年後他死在這間屋子裡的畫面。躺在我背後的床上，深陷的青色眼眶，微微張開的嘴唇，一隻手放在胸口，好像還在摸著那個叫做心的地方。

我沒有再去找過他。夏天來了，下了很多雨。我醒得越來越早，發現即便是下著大雨，清晨時分依然有清脆的鳥叫聲。牠們好像不在雨裡，而是在別的什麼地方。我靠在床上，讀著費茲傑羅的書。最喜歡的一本是《夜未央》。

錄取通知書寄來的第二天，我和幾個同學結伴去了青島。在沙灘上，大家點起篝火燒烤。我把竹簽插進鴿子瘦小的身體，緊實的肉被刺穿的時候，發出噗的一聲響，那個聲音令我著迷。海風吹起來，他們用答錄機放酷玩樂隊的歌，然後甩著頭跳舞，假裝吸食了毒品一樣。那種模仿出來的痛苦和瘋狂，看起來有點好笑。他們並不迷惘，都很確定自己的方向，知道想要長成什麼樣的人。這恐怕是我和他們最大的區別。

有天傍晚我一個人到海邊游泳。天已經開始黑了，風很大。水裡只有寥寥幾個人，正往岸邊游來。我朝大海深處游去。深處並沒有什麼，我知道，但就是想去看看。就像幾年前，我和爸爸去公園，他想到達湖對岸一樣。海浪撲過來，我被推出去很遠，勉強找到方向，又繼續向前游。海水很冷，骨頭咯噔作響，雙腳開始有點發木，蹬得越來越慢。我試著閉上眼睛，沉入自己的呼吸裡，已經變得急促的呼吸。夜幕正消融在大海裡，星星全都熄滅了。我在等著更大的海浪打過來，等著鹹腥的海水灌入喉嚨。等著恐懼消失，意識消失。

一聲輪船起航的汽笛聲響起，在遠處，看不到的什麼地方，好似呢喃的耳語，低沉，如泣如訴，彷彿是一種召喚。它長久持續著，並且不斷迫近，像一根從高處伸下來的繩索。我掙扎著頂出水面，抓住了它。我開始調轉方向向回游。眼前是黑沉沉的一片，哪裡是岸早已看不清，我奮力划動手臂，一次次從水中衝出來。氣力很快就耗盡了，身體也沒了知覺，好像下一秒就要停下來了，但我仍在向前游。到達岸邊的時候已經虛脫，我躺在沙灘上，一動也不能動。

九月，我動身去了北京。它比我去的時候又擴大了很多，馬路更寬了。但所有的改變，都不會令我感到陌生。我和它所建立的連接，已經因為父親的離開而凝固了。我在心裡對自己說，我終於回到了北京。這座城市也許比我生活了十八年的濟南更像故鄉。

我的一個高中同學後來成了殷正的學生，時常會帶來一點關於他的消息。大三那年她告訴我，殷正和班裡的一個女生好了。女生的母親鬧到學校來，系裡所有人都知道了，隨後的一個學期，殷正沒有來學校，有傳言說他可能會調走。那個女生好看嗎？我還是問了這個最庸俗的問題。普通，我的高中同學說，就是一時意亂情迷吧。接下來的一個月，我幾乎沒去上課，總是一個人待在寢室裡，聽著音樂發呆，淚水慢慢從眼眶漾出來。我從來沒有這樣討厭自己，我覺得自己是不值得被愛的，沒有讓人意亂情迷的能力。有天晚上，我從旅行箱最底下拿出這兩年寫的詩，厚厚一疊稿紙，穿起衣服走下樓。在宿舍樓背後的一塊空地上，劃著了火柴。我一頁頁翻看，想把那些寫給爸爸的留下來，但我發現根本分不清哪些是寫給爸爸的。殷正和我爸爸好像合為了一人，所有的詩都是寫給那個人的。我把它們全部投進火裡，稿紙迅速蜷縮，字變得扭曲，在消失的前一刻，好像離開了紙面，浮在半空中。隔著躍跳的火苗，我看到對面有個人。他站在那裡，直到那團火熄滅才走過來，對我說，同學，這裡不能點火。我沒說話，轉身走了。

這個人就是唐暉。此前我們見過面，我室友在和他的室友談戀愛，有一回我們寢室洗手間的水管壞了，他的室友叫他送鉗子來。他在我們寢室待了一會兒，坐在我的位子上，還讀了幾頁我扣在桌上的小說。

燒稿紙那天之後，唐暉開始約我出去看電影，叫上我的室友和他的室友。每天晚上還喊我一起去跑步。我承認在那個當口，他的追求挽救了一點被摧毀的自尊，但是等到我稍稍振作，立刻意識到應該跟他說清楚。我講了我和殷正的故事，請他放棄我。他說，傻丫頭，那不是愛。他握著我的手放在他的心口，這才是，感覺到了嗎？你現在可能對我沒有這樣的感情，但是總有一天會有的。

直到唐暉離開我的時候，我好像才終於感覺到了。那個傍晚，我站在門邊看著他收拾行李，想起爸爸離開家時的情景，以及在他走後轟然坍塌的世界，我聽到了撕裂的聲響，意識到我是在和自己的一部分分別。

在我和謝天成中止往來的時候，唐暉對我說，現在你把你爸爸的事都弄清楚了，以後不要再和那些從前的人糾纏不清。這是我最後一遍說，希望你能尊重我，如果還有下一次，我一定會離開。或許在他那顆已經樂觀不起來的心裡，的確想過還有下一次。但他無論如何也沒有想到，這個人會是殷正。用他的話說，原來繞了一大圈，我們又回到了原點。

那場對話的名字叫「錯失與重逢」，是去年夏天詩歌週活動的最後一場。黑色海報上印著兩個嘉賓的照片。我站在書店門口，盯著右邊的那張臉。凸出的眼袋微微發青，嘴角帶著一絲有點自嘲的微笑。嗯，他老了。我到這裡來，也許只是為了確認這一點。可我忽然很難過。好像是我拋下了他，讓他獨自經受這個殘忍的過程。一瞬間，那些怨恨和委屈都消散了，只剩下疼惜。我走進了書店，在最後一排坐下來。我對自己說，我只是想見他一面。

整個談話過程中他顯得很亢奮，而且咄咄逼人，好幾次打斷另一位嘉賓的話。他有很多觀點急於表達，握著話筒說個不停。直到他的目光不經意地掠過觀眾，戛然停住了。他又繼續說下去，但很快結束了發言，把話筒遞給另一位嘉賓。此後他幾乎沒開口，一直神色凝重地看著地面，回答觀眾的提問，也只是寥寥幾句。主持人察覺了他的情緒變化，很快宣布活動結束了。一些觀眾圍上去簽名，我拿起包朝門口走。佳棲，有人在後面叫我。我又走了幾步，停住了，轉過身去。他望著我，然後笑了，佳棲，我們又見面了。他拿出一本新出版的詩集，上面寫著送給佳棲，還有他的名字和日期。

他帶我去參加晚上的「詩歌之夜」。我們站在最角落裡的高腳桌旁邊，透過玻璃窗看著外面的草坪。中午好像才舉行過一場婚禮，鮮花紮成的拱廊還沒有拆掉，暮色中兩個孩子正繞著它追跑。不斷有人過來和殷正說話，碰杯。在沒有人來的間隙，我們就沉默地站著，看著對方。殷正說，我說了你可能不信，我一直有種感覺，你會在北京。所以每次來出差，都盼著能碰到你。他笑了笑，看著我，還好嗎，佳棲，你還好嗎？時間過得真快啊，在我的記憶裡你還是個穿著校服的小姑娘呢。有個男人走過來，說想介紹兩個朋友給他認識。殷正跟著他走了，又折回來對我說，不要走，等我回來好嗎？他一直等到我點頭才離開。

大廳裡變得很擠，人們都在熱烈地交談著。有個大學生模樣的男孩盯著我看了很久，怯生生地走過來問，你也是詩人嗎？我搖了搖頭。他走後，我推開玻璃門，想出去透口氣。天幾乎完全黑了，草坪才噴過水，閃著幽暗的光。有人在拆花形拱廊，玫瑰花被摘掉了，光禿禿的鐵絲骨架矗立在夜色中。這個時候，唐暉應該正在家裡制訂下個月去京都的旅行計畫。但是那些美麗的寺廟和街道跟我有什麼關係呢？用不了多久，我就會忘記它們，可我會記得這個夜晚，即便我和殷正什麼話也沒有說，我也會記得，我站在這裡，聞到了青草上水珠的味道，聞到了玫瑰花的香氣，看到夏夜高闊的天空裡雲層在翻湧。我非常難過，幾乎跟十八歲的時候一樣難過。但這種悲傷再次降臨，如同一種恩賜。我意識到自己也許只在很少的時候，那些感情被觸動的時刻，才真正感覺到自己是在活著。對於無聊和空虛的長久忍耐，只是為了等待這樣的時刻再次降臨。像一束光從頭頂降落，把我從包裹著我的影子中剝離出來。

殷正走出來，站在我的旁邊。我們注視著面前的草坪。夏天的北京真好啊，他感慨道，我一直不喜歡這座城市，每次都是辦完事就走。為什麼，我問。他說，可能因為太大了，到處鬧哄哄的。十多年前我想換個大學，差一點就調到北京，最後還是沒來。他看了看手錶，佳棲，我們走吧，你急著回家嗎？如果不急，我們找個地方坐會兒好嗎？他提議去他住的酒店樓下的酒吧，那裡有露天的座位。離這裡也不遠。我們沿著使館區空蕩蕩的街道往前走。兩旁是高大的梧桐樹，樹蔭濃密，路燈的光線很柔和，和月光完全交融在一起。他問，你還寫詩嗎？不寫了，我說。他說，嗯，我也不寫了。我問，因為要寫那本回憶錄？你怎麼知道？他驚訝地看著我，然後點點頭，對，我剛才在活動上說過。年紀大了，體力真的不行了，寫一點就累。本來打算今年完成，看起來得到明年了。我問，都回憶了什麼？他說，小時候、「文革」、大學時代，一直到現在，寫得囉哩囉嗦的，可能沒人想看，不過對我自己很重要。他意味深長地看了看我，等它出版了，我送給你。我們走到一個空曠的十字路口，站在人行道前等紅燈。他轉過頭看著我，說我想起第一次見你的那個晚上，我們在你學校門口坐著。剛下過雨，特別冷，當時是秋天吧。是春天，但我沒有糾正。也許在他腦海中那個夜晚就是秋天的畫面，已經在記憶中凝固了。

酒吧的露天座位幾乎全滿，我們得到了最後一張桌子。殷正又看了一次手錶，站起來說，我去打個電話。他握著聽筒站在吧台邊，臉上帶著微笑。我喝了幾口白葡萄酒，給唐暉發了個短信，說遇到一個朋友，要晚些回去，讓他先睡。隔了幾分鐘，他回過來一個字，好。殷正回到座位上。我們碰了杯，各自喝著酒。他說，剛才是給我女兒打電話，她一定要聽到我的聲音才去睡覺。我有點吃驚。他說，前幾年，孟婧忽然改變主意，很想要個孩子。做了幾次試管，終於成功了。女孩？我問。女孩，他說，五歲了。真好，我說，孟婧可以教她跳舞。他點點頭，她竟然是個好媽媽，我沒想到。

夜風吹著牆邊的竹子，沙沙作響。他說，佳棲，你還怪我嗎？嗯？我看著他。他說，沒什麼。我又倒了一些酒。慢點喝，他說。發現勸不住我，自己也喝了起來。我希望沒有傷害到你，他說，你知道我有很多顧慮。我點點頭，繼續喝酒。他喊來服務生，又要了一瓶酒。服務生用開瓶器拔掉塞子，把酒倒進杯子裡，轉身走了。我盯著他的背影，搖了搖頭，喃喃地說，我不懂，和別的女孩就不會有顧慮是嗎？他看著我，臉上慢慢浮出怪異的微笑。我終於還是發出攻擊，問了這個耿耿於懷的問題。它的威力絲毫未減，在被說出來的那一刻，又一次把我震傷了。自尊再度瓦解，碎裂成片。我在等著他開口說話，隨便說什麼，都是一種解救。但他沒有說話，只是望著牆邊的竹子，拿起杯子喝酒。

過了很久，就在我以為這個夜晚將在沉默中結束的時候，他坐直身體，把雙手放在桌上，佳棲，有些事我沒有跟你講過。我跟你爸爸不是朋友，說是敵人也不為過。那時候辦詩社，我和他是社長候選人，兩人都是年輕氣盛，自命不凡，誰也不讓誰。有人支持他，有人支持我，兩派打得不可開交。到後來我實在厭倦了那種爭鬥，決定退出。你爸爸當上了社長，他的領導欲很強，有自己的一套思想，希望所有的人都去擁護。詩歌好像成了一種權力，一種宗教似的東西。他深吸了一口氣，我不該去講你爸爸的是非，他是你最尊敬的人。我也曾很尊敬他，所以才會感到失望。他後來不再寫詩了，我竟然有點難過。不僅僅因為失去了一個很好的對手，還因為我能想像像他這麼好勝的一個人，該有多痛苦。誰也不知道那到底是怎麼回事，天賦本來就是上帝賜予的，隨時可以被收回。當然，你爸爸不會承認這個，他說是他自己不想寫了，覺得沒有意義。留校工作之後，他把精力放在教書和做學問上，我得承認他確實是個天才，學問也做得好，我們的導師孫先生很偏愛他，把他當作是自己的接班人。可是孫老師後來很失望，因為他最得意的弟子又改走仕途了。當時你爸爸出版了一本學術著作，他認為沒有得到應有的重視，又失去了一個去美國做訪問學者的機會，就很沮喪，開始幫系主任處理一些事務性的工作，系主任有心提拔他做副主任。你爸爸似乎很容易產生挫敗感，然後就會放棄所追求的目標，從頭再來。他後來放棄仕途，是因為和系主任鬧翻了。那個時候他的態度很激進。後來系主任知道了，對你爸爸的作法很有意見，自然不會再重用了。沒過多久你爸爸辭職了。就這樣，他這麼一個性格鮮明、鋒芒畢露的人從我們的視野裡消失了。後來聽說是去北京做生意，發了大財。我一點也不意外，真的，我覺得他做什麼都會做得很好。再後來，就聽到了他車禍的消息……我非常震驚，很長時間我都不敢相信這件事。他離開濟南的時候，我總覺得我和他的恩怨不會就這麼結束了，不知道在什麼場合還會遇見，還會有瓜葛。所以當我碰到你的時候，心裡就想，哦，原來是這樣……我沒有要刻意隱瞞你的意思，我只是覺得不應該讓你看到這些陰暗的、不美好的東西，我有責任把你的眼睛蒙上。

我說，你是擔心告訴我你和我爸爸之間只有一個是好人，讓我必須作出選擇，這太殘忍了是嗎？他搖了搖頭，不，殘忍的是我們都不是好人，殘忍的是這個世界上沒有所謂的好人。他拿過我的菸，點起一支。

酒吧已經打烊，客人陸續起身離開，戶外的照明燈熄滅了。他盯著杯子裡的白色蠟燭，輕聲說，我寫過一封匿名信，列舉了你爸爸和學生交往的一些事。是一個學生告訴我的，我聽了以後還對他說，你別再跟任何人說了，否則恐怕對李老師不利。我自己也沒跟別人說，這事就這麼過去了。過了一個多月，有天下午，辦公室只有我一個人，備完下個週的課，我感到有些疲倦，就泡了一杯茶。窗外天陰得厲害，快要下雨了，天上烏雲翻滾。屋子裡很悶，讓人感到壓抑。我拉開抽屜，拿出一疊稿紙，拔掉鋼筆帽，一口氣寫完了那封信，看也沒看就塞進了信封，走下樓，把它投到系主任的信箱裡。迎面走過來一個同事，我還跟他打了招呼。回到辦公室以後，我撕掉最上面幾頁有字印的稿紙，揣進口袋，然後坐下來，把那杯還有餘溫的茶喝完。外面開始下雨了，雨點吧嗒吧嗒砸在窗台上。我頭上有點冒汗，但是心裡很平靜，好像不過是剛幹了一點平常的體力活。那種平靜後來一直伴隨著我，你爸爸辭職離開的時候，也沒有被打破。臨走前，你爸爸來辦公室收拾東西。我和他在門口打了個照面。他對我點了點頭。我也對他點了點頭，然後說，那套《現代小說大系》明年能出來，到時候寄給你？好，他說，帶上門轉身走了。在那之前，我們已經很多年沒說過話了，因為一起編撰那套叢書，有時不可避免地坐在一起開會，也像完全看不到對方一樣。一年以後，那套書出來了，我把樣書交給了一個和他還有聯繫的同事。後來，我就聽到了你爸爸出車禍的消息，有人說是自殺。那天晚上，我一個人在陽台上坐了很久，抽了不少菸。最終我說服了自己，一個人的命運主要是由他的性格決定的，和別人沒有多少關係。這個結論一直還算牢靠，直到你出現。從第一次看到你，我就覺得你身上那種悲傷的東西與我有關。對你的感情肯定是複雜的，有喜歡，有憐惜，也有歉疚。當你用那雙早熟的眼睛看著我的時候，我會心裡一緊，好像完全被看穿了。那種滋味不好受，可是我根本無法抗拒你。我只好對自己說，你需要我，我能帶給你一些積極的東西，把你從頹廢厭世的情緒中拖拽出來。可是有時我又會感到迷惑，覺得和你在一起，被拯救的那個人似乎是我。每當這樣想，我都會感到很可恥。最後那個晚上，你的純真和深情讓我很心痛。我不能那麼做，不僅因為我有家，你還是個孩子，還因為這個感情從一開始，就包含著欺騙和錯愛……原諒我沒把這些告訴你，說了大概能減少一點你的痛苦，但可能會讓你對整個世界都感到幻滅。他停住了，搖了搖頭，輕聲說，也許都是藉口，是我當時根本講不出口，我還沒準備好去面對當年的事。你能原諒我嗎，佳棲？我抹了一下臉上的淚水，說你現在準備好了嗎？他說，在那本回憶錄裡，我寫了和你爸爸的往事，也寫到了那封匿名信。那不是感情氾濫的懺悔書，我希望能跳脫出來，盡可能客觀地看待當年的自己，包括所犯過的錯誤。每個人的靈魂裡都有骯髒和醜惡的部分，跟善良和美好的品質混雜在一起，是沒法切除的，承認它們，指出它們，可能是唯一和它們分離的辦法。就像我告訴你的，這本書是為我自己寫的，但是如果說它有那麼一點價值，也許是提供了一種對待自身的罪的方式。這都要感謝你，佳棲，如果沒有你的出現，我也許永遠不會寫這本書。你從我的生活中消失之後，在那些苦悶的日子裡，我開始想要寫這樣一本書。但是很荒唐的是，在反省的同時，我還在犯新的錯誤，我是指和女學生的事，那當然是個錯誤，當然是……他低著頭，動了動手指，也許這就是人的複雜之處吧，並不是承認和指出錯誤，就徹底了結，只要活著，只要還在呼吸，就總會面臨考驗，總會有一些虛弱的時刻……

一陣風吹過，竹葉作響，燭火躥跳起來。我說，有時候我夢見我爸爸，出現的卻是你的樣子。他用你的語調說話，不說話的時候用你的表情沉默。我不知道是不是因為他離開太久了，我已經想不起他的模樣。還是說，在記憶裡你們慢慢長成了一個人。也許今天以後，我能把你們兩個分開了。他苦澀地笑了一下，說但願分開之後，你對我還能剩下一點感情。佳棲，他像是在夢裡喊我的名字，能讓我抱抱你嗎？我朝他走過去的時候，發覺身體在搖晃，酒精或是別的東西延遲了它的效用。他抱住了我，讓我的臉緊貼著他的胸口。咚咚的心跳擊打著我的耳膜。然後聲音漸漸變小了。周圍很靜，空氣潮濕而溫暖。一陣倦意襲來，像是走了很遠的路，終於可以停下來。有那麼一小會兒，我好像睡著了。看到煙火在漆黑的天空中綻開，一朵一朵熄滅了。我睜開眼睛，仰起臉望著他。我可以肯定，他哭過。我吻了一下他的嘴唇。他又吻了回來。然後我從他的懷裡坐起來。他的手臂向回縮，垂在身體兩側。酒精或是其他東西，現在我知道那延遲發作的不過是時光而已。過了一會兒，我們重新看著對方。天空開始發白，高處傳來鳥的叫聲。

空氣一點點變熱，散發出夏天乾燥的氣味。玻璃杯裡的蠟燭還在燃燒，那團光像一個不斷壓低的聲音，持續著它的訴說。我聽到自己的聲音，像是另一個我在跟另一個他訴說，像是時光中的聲音。這些年，我一直想弄清楚我爸爸到底是一個怎樣的人，我知道的越多，他就變得越模糊，每一次接近他，都是一次告別。

我們起身離開了酒吧。街上靜悄悄的，馬路好像變寬了，太陽照著灑過水的路面，泛起灰淺的光。分別前他對我說，「這個夜晚也許是我一生中最後一個有特別意義的夜晚。再見了，佳棲。」

我回到家的時候，唐暉睡得很熟。我在床邊坐了很久，想等他醒來，後來太睏，就躺下了。醒來時聽到隆隆的雷聲，窗外在下雨。唐暉背著身，正從衣櫃裡往外取衣服。我拿起床頭櫃的鬧鐘，下午一點鐘。鬧鐘旁邊放著我的包，再旁邊是殷正的詩集。

我走到唐暉身後，「對不起。不過什麼也沒發生。」

「我沒翻你的東西，」唐暉說，「你的包倒了，東西撒了一地。不過看沒看到，也不會有什麼區別。我說過的話必須得兌現。」他拉開抽屜，從裡面拿出毛衣。一包樟腦丸掉在他的腳邊。它那股濃郁的氣味已經消失殆盡，散落在過去那些平常的日子裡。但我們卻一直沒有扔掉。他把它拾起來，丟進了垃圾桶。

「你還說過永遠不會離開。現在你反悔了。」我低聲說。

「是啊。我反悔了。趁著還來得及。」他說，「還來得及嗎？我也不知道。」

「我早就知道你會反悔的。」

「是啊，你早就知道了。我相信昨晚什麼也沒發生，但是同時也發生了很多事情。不過你總能看到事物黑暗的一面，這有點好處，就是到了今天這個地步你不會太意外。」

他把箱子闔上，豎起來立在牆邊，「關於你爸爸的歷史，是不是找不到什麼新線索了，所以決定把從前的故人重新拜會一遍？」

「不是這樣。昨晚之後，都結束了。」

「只有在他們身上才能找到激情，對嗎？否則就會活得如同行屍走肉。」

「別說了，求你。過去了，都過去了，唐暉。」

「李佳棲，想聽聽我對你這樣一種生活的見解嗎？你非要擠進一段不屬於你的歷史裡去，這只是為了逃避，為了掩飾你面對現實生活的怯懦和無能。你找不到自己的存在價值，就躲進你爸爸的時代，寄生在他們那代人潰爛的瘡疤上，像啄食腐肉的禿鷲。你不斷拜訪所謂的見證人，跟幽靈似的在那些廢墟上遊蕩，把和你爸爸有關的碎片拾撿起來，拼湊出他和汪露寒的愛情故事，呵，多麼盪氣迴腸啊，可惜都是你虛構和幻想出來的，為了滋養你自己匱乏的感情。你口口聲聲說著愛，一切都是因為愛的緣故。李佳棲，你懂什麼是愛嗎？」

我一動不動地站在那裡，感覺腳底有一股冷氣往上鑽湧。

「你真的不懂。」他搖了搖頭，拿起雨傘，拎上箱子走了出去。窗戶被震得哐當一聲響，屋子裡恢復了寂靜。

「什麼是愛啊？你來告訴我，什麼是愛！」我嘶吼著，拉開門衝到外面，對著已經合攏的電梯門大喊，「什麼是愛，你告訴我！」

我回到房間，關上了門。狗看到我，向後退了幾步，走到牠的窩裡。我站在屋子當中，滴答滴答的雨聲不斷湧進來。空氣長出很多尖刺，劃傷了我的肺。

什麼是愛啊？什麼是愛啊？什麼是愛啊？回聲像繁衍的細菌，填滿了整個房間。我一分鐘也沒法再待下去，飛快地收拾東西，想馬上逃出去。可是究竟哪些東西應該帶走？和他一起買的杯子和碗，一起養大的植物，還是生日時他送給我的抱枕？夾在日記本裡的寶麗來相片掉了一地，好像在逼迫我去注視那些被忽視的瞬間。唐暉是唯一一個願意教我去愛的人，但他放棄了，把一直抓著我的那隻手撤走了。我感覺到身體在失去重量。在下墜，不斷下墜，墜入深淵。我跪坐在地板上，把手放在心口。也許那是我一生之中最接近懂得愛是什麼的時刻。

我很快從那套房子裡搬走了，狗送人了，家具暫時存放在一個朋友郊區的倉庫裡。為了節省開支，我寄住在朋友家，仍舊給雜誌寫稿。雜誌不景氣，陸續停刊了。我開始四處找工作。那期間也交往過幾個短暫的男朋友。在他們眼裡，我一定是個很奇怪的人。他們總是迷惑地看著我問，你到底想要什麼呢？

然後沛萱來了，我搬到她那裡住。在那段時間裡，爺爺開始出現在我們的談話間，也出現在那些沉默裡。沛萱走了，我又在那套公寓裡住了兩個月。媽媽不時打來電話，提起小白樓，希望我能回來。那些聲音匯集成一種召喚，越來越清晰。我意識到追隨父親的旅程已經接近尾聲。我應該回到這裡，和爺爺見面。

是否的確如殷正所說，承認和指出所犯下的罪，靈魂就會得到潔淨呢？我不知道。但是哪怕有一線希望，爺爺也不應該放棄這種努力。但那是他一個人的事，沒有人能逼迫，或者代替他幹什麼。所以我回來到這裡，只是作為一個見證者。除了等待，我什麼也不能做。

昨天去找你的時候，我忽然明白，這次旅程的終點不是來見爺爺，而是和你的重逢。很多事也許會因此而終結。但它同時也是一個開始。我們之間的連接，不會因為我爺爺的離開而割斷。它永遠都在，永遠那麼緊密。今天以後，它被完全交到了我們自己的手上。

程恭

天快要亮了，我應該動身了。今晚喝了很多酒，卻好像是這些年來最清醒的一天。我要謝謝你，謝謝你請我到這裡來，讓我可以輕鬆一些離開。我不知道會去哪裡，可能去南方吧，一個很熱的地方，沒有那麼多的霧，陽光每天都很強烈，因為太熱，什麼事也沒法去想。在那裡開始一種新生活，是不是還不算太晚？我知道你一定很想問我為什麼非要離開。是啊，為什麼呢？我應該試著回答一下，在這樣一個夜晚，沒有什麼是應該隱瞞的。

也許要追溯到二〇〇八年，那年秋天對我來說，是一段相當難熬的時間。小可離開後不久，姑姑就退休了。其實早就到了年齡，但她一直賴著不走。那份工作意義非同一般，或許因為是從爺爺那裡繼承來的唯一一件東西，她一直把它當作是祖傳家產似的悉心守護著。談過幾次話，醫院的領導失去了耐心，強行辦了離職手續，把她趕回家。每天早上八點，她會穿戴整齊地坐在沙發上發呆。這些年她從來沒有遲到過，像鐘樓敲鐘的人一樣準時。她記得每一種藥放在架子上的什麼位置，閉著眼睛也能拿過來。因為害怕丟失這項技能，她在家不斷複習。阿莫西林放在哪裡？它的左邊是什麼？我忘了，我真的忘了，她恐慌地哭起來，在屋子裡走來走去，然後拿起拖把不停地拖地。當時我已經好幾個月沒有工作。離開廣告公司之後，因為受夠了愚蠢透頂又自以為是的老闆，我決定自己創業，也有些不錯的點子，寫了很長的計畫書寄出去，但沒有回音。眼看積蓄快要花完，我告訴自己必須出去找工作了，可是仍舊從早到晚和姑姑面面相覷地待著。每天傍晚，天快黑的那一個小時，是一天裡最難受的時候，我都會以找朋友喝酒為名出門。事實上我連樓洞都沒有出，只是爬上了三樓。在小可住過的那個房子裡，陳莎莎正在等我。

現在必須講一講我跟陳莎莎的事了。SARS那年，我們離開那幢住院樓之後，她又開始不斷出現在我的眼前。每個星期六我從學校回來，都能看到她站在南院的大門口。和過去不同的是，她不再假裝偶遇，而是大大方方地走上來對我說，你回來了啊，你吃飯了沒有。她手裡拎著一只花花綠綠的塑膠袋，一直跟著我走到我家樓下，才把它交給我，然後轉身跑掉。袋子裡是一些奇形怪狀的餅乾，應該是她自己做的，有的烤糊了，邊緣被切掉了。我把它們扔進了垃圾桶。這樣的事大概發生過七八回。後來，我接連好幾個星期都沒有回去，那陣子我剛和女朋友分手，情緒很低落，從早到晚窩在寢室裡打遊戲。有天晚上我下樓買吃的，走出宿舍樓就看到了陳莎莎站在路燈底下。你一天都沒下樓啊，吃東西了嗎？她揮了揮手裡的塑膠袋。這次是紙杯蛋糕，我確實很餓，就拿了一個。蛋糕中間好像有塊濕麵團，但我吃得太快，沒吐出來。我問她怎麼找來的，她說知道我讀的是新聞學院，去院辦公室打聽的。我說你辦法還挺多。她說，我給了那人兩個蛋糕，本來有八個。我打算跟她談談，但是宿舍樓下面人來人往的，被同學看到了還以為是新女友。我帶著她去了學校外面的小餐館，點了些啤酒和烤串。我說，你以後不要再來找我了，我們是不可能的，懂嗎？她垂下眼睛，過了一會兒才說，我懂，我也覺得李佳棲會回來的。我吸了一口氣，這跟李佳棲有什麼關係。她說，你喜歡她。我說，人一輩子會喜歡很多人，這個道理你明白嗎？她不吭聲。過了一個星期，她又出現了。還是站在那個地方，把塑膠袋交到我手上就走了。我看也沒看就扔了。她幾乎每個星期都來，塑膠袋裡有時候也有別的，比如一條圍巾，或是一頂很難看的帽子。但餅乾和蛋糕總是有的，水準依然不穩定，有時候我看看沒烤糊，就送給一個愛吃甜食的室友。後來我交了新的女朋友，那天新女友碰巧也在樓下等我，她親眼看著我拉起新女友的手走了。她把塑膠袋留給了宿管阿姨，我好幾天都沒去取，等拿回來的時候，裡面的奶油蛋糕都長毛了。不過新的一個很快又送來了。她仍舊每個星期來。有一次來的時候，手打了石膏，掛在脖子上。說是擺高處貨架的時候，腳踩空了。我才知道她找了份超市的工作，已經幹了一年多。

畢業之後，我搬回家住。她又開始在南院大門口等我下班。隔幾天就會出現一次，帶著她的塑膠袋，還是默默陪我走回家。其間她看到過我的好幾任女朋友。我們似乎達成了一種默契，只要我旁邊有人，她就不會走過來，即便那個人是我姑姑。後來我辭了職，出門的時間不規律，有陣子沒碰到她。當時小可住在三樓，有天我從她那裡出來，就看到陳莎莎坐在二樓的樓梯上。她看到我從上面走下來有點吃驚，問你搬家了？我說沒有，也沒再解釋。她說，你出差了嗎？我說，我辭職了。噢，她點點頭，拿出塑膠袋。我怕小可撞見她，就說咱們定個時間，星期六中午十二點吧，在南院那個小賣部門口見，以後別再到這裡來了。她果然沒再來，但是我經常忘了這回事，有時就是犯懶不想去。後來奶奶死了，小可離開了，我好幾個星期都沒有去。有一天傍晚我下樓扔垃圾，一出門她從樓上探出頭來。看到我慌忙說，我本來是在路邊等的，可是外面下雨，就跑進來了。她的衣服全濕了，頭髮在滴水，把袋子遞過來，笑了笑，你去忙吧，我再坐會兒，雨小一點就走。我點了支菸，腦袋有些暈，可能因為剛醒，那段時間總是天快亮了才上床。抽完了菸，我還站在那裡，濕漉漉的空氣很舒服，想再多吸幾口。此刻屋子裡，我姑姑剛哭過一場，正在不停抹桌子。這一天是星期一，我本來打算去面試的，但是睡醒天快黑了，一天又過去了。你吃飯了嗎？她問。在門口說話姑姑能聽到，我示意她往樓上走。我們到了三樓。我靠在門上，又點了一支菸。小可從前就住在裡面，門口還鋪著她買的地墊。我用腳驅弄著那塊地墊，聽到微弱的金屬的聲音。是一把鑰匙，從灰塵裡露出來，銀晃晃的，我彷彿感覺到小可離開時要把這屋子裡發生的一切都拋開的決心。我想把鑰匙踩住，卻彎腰撿了起來。而且我聽見自己說，你想進去坐一會兒嗎？

我打開門，她跟著我走進去。那個沙發床墊並沒有那麼大，在記憶裡它占據了整個房間。床單鋪得很平整，雖然落滿了灰，但還是很白。我坐下來，把頭向後仰，慢慢躺了下去。陳莎莎也躺下來。外面的雨聲很大，好像又回到了夏天。我看著天花板，伸過手去摸她，撥開那堆濕衣服，握住了她的一隻乳房，上面沾著雨水，乳頭像顆冰涼的棋子。我把手指放進她的體內，感受著湧出的熱流。她在發抖，房間裡很冷，天花板上有一道裂縫。熱流越來越黏稠，裹住了手指。我感覺到欲望正一點點回到身體裡。脹的感覺，發燙的感覺，毫無意義但是真實強烈的生命力。我翻過她，從後面進入，完成了射精。

她開始每天傍晚坐在二樓樓梯上等我。後來天太冷了，我把小可那把鑰匙給了她。除了塑膠袋，她還會帶來酒。她記下我說的牌子，每次都買那一種，要是附近的超市缺貨，就去更遠的地方買。偶爾她也喝一點，但只是一點，因為擔心哮喘發作。幾乎每天都做愛。喝了酒，關了燈，像是躺在木筏上，然後進入她的身體。起初我認為那只是對小可時代的一種追憶，直到有一天，我發現已經翻越過山峰，被帶到一個新的地方。說不清是從什麼時候開始，她產生了一些變化，更敏感，更潮濕。在她混沌無明的心智底下，蘊藏著某種天賦和可怕的爆發力。也許正是因為混沌無明，什麼都不用去想，才能夠那麼專注地沉入身體，體驗到最細微的感受。她貪婪地捕捉著每一絲快樂，設法讓它們在身體上停留更久。我意識到她完全掌控了我，瞭解身體的節律，知道它的需要。那種感覺讓人害怕。所以有時候，作為懲罰，或者對她能力的約束，我會使用一點暴力。但她可能視為獎賞，並且在其中找到了新的快樂。她沒有羞恥心，也不在乎自尊，無畏的天性帶領著我們不斷突破極限。

伴隨那種巔峰式的快樂而來的，是強烈的失落感。一種極大的落差，在每次做完愛之後顯現出來。我躺在床墊上環視空蕩蕩的房間，看著這個和我沒關係的女人爬起身，在周圍活動起來，總是會感到很恍惚，然後我意識到自己還待在原來的生活裡，沒有出口。那種絕望總是使我想立刻返回到先前的巔峰快樂中去。有些時候我真的這樣做了，精疲力竭，接著要面對的是更大的失落感。為了避免這種情況發生，我認為她應該在做完愛後馬上消失。有些時候我也真的這樣做了，把她趕走。然後一個人待在空屋子裡喝酒。直到一層層降下來的孤獨感將我壓垮，跌跌撞撞從地上爬起來，跑回家去，和我姑姑面對面坐在桌邊，強迫自己跟她說話，回答她提出的問題。她在漫長而平淡的人生中，找到兩個可以反覆思考、把所有時間都填滿的問題。一個是小唐後來過得幸不幸福，這個問題還有一個衍生問題，就是她當時應不應該跟小唐一起走。隨即會引發對我的怨恨，要是我說是誰說自己不後悔的，她就會說，看看你現在是什麼鬼樣子，繼而爆發激烈的爭吵。另外一個問題是，我爺爺現在在什麼地方，是不是還活著。這個問題會導致她坐立不安，甚至打算像我奶奶當年那樣，拿著地圖挨家挨戶去找。她說，這事還沒有完，就是死了也得把骨灰拿回來。

後來，我還是等姑姑睡了再回家。至於陳莎莎，我沒有再趕她走，喝酒的時候就讓她待在一邊。她從背包裡拿出很多零食，一個人慢慢吃。冬天來了，一年就要過完了。有一天外面在下雪，我喝得醉醺醺地坐在窗戶底下，背靠著暖氣片。熱空氣讓人昏昏欲睡，所以我打開了一點窗戶。雪花飄進來，絲絲點點地落進我的頭髮裡。屋子裡很安靜，只有咬碎薯片的聲音，咔嚓，咔嚓。我的眼淚順著臉頰淌下來。你怎麼了？陳莎莎放下手中的錫紙袋，走過來跪在我旁邊，好好的，你怎麼哭了呢？我的眼淚止不住地往外湧。她抱住我的頭，不是都挺好的嗎，別不高興。她懷裡有一股哈喇的膨化食品的氣味。但是我沒有推開，我一直待在那裡，直到雪落滿了肩膀。

大斌是元旦之後來找我的。我們已經很久沒有聯繫了。他剛去美國的時候，時常給我打電話，告訴我他那裡發生的新鮮事。他喜歡上了橄欖球，他學會了潛水，他在好萊塢撞見了布拉德．皮特。每回我都說，挺好。也許是我的回應不夠熱烈，電話漸漸變少，後來幾乎沒有了。最後一次通話是一年多以前，他告訴我他快要回國了。挺好，我說。他說，我們很快就能一起喝酒了，你高興嗎？當然，我說。

大斌約我在索菲特酒店頂層的旋轉餐廳見面。他梳著油光光的背頭，戴著一副小圓眼鏡，襯衫上的袖扣和盤子邊沿碰撞，發出叮叮的聲響。你一點都沒變，他說。獲得這個評價不容易，幸虧下午理了髮，我心想。吃完主菜他放下餐巾，看著我問，你想不想來我爸爸的公司上班。他說他已經念完碩士，這次回來要接管公司的一些業務。我說，嗯，你是想幫我。不是，他說，我想跟兄弟一起打天下，你忘了我們的約定了嗎？我說，不管因為什麼，都謝謝你。他舉起酒杯和我碰了一下，我等這一天等了很久了。

我等這一天等了很久了。也許我是更應該說這句話的那個人？大斌永遠不會知道，高一那年暑假，我曾去「五福藥業」報名，得到一份發放傳單的工作。每個人負責幾座居民樓，把傳單插到每家每戶的門上。那是夏天最熱的時候，午後的太陽明晃晃，我騎自行車載著大疊宣傳單前往遙遠的住宅區。從一樓到六樓，上上下下，劣質的紅色油墨弄得滿手都是。很多人都只跑到三樓，把發不完的偷偷扔掉，但我沒有。累了就坐在樓梯上歇一會兒，讀傳單上的字。傳單上印著大斌爺爺的肖像，穿著白色長袍，像金庸小說裡的張真人。天黑的時候發完了，就回去找負責人領錢，一百份能賺八塊。但我並不是為了錢，我只是想以自己的方式接近它，成為它的一員，好像這樣做，就邁出了通向成功的第一步。

一月中，我以大斌助理的身分進入「五福藥業」。去上班的前一天，我對陳莎莎說，你別再來了，我要去工作了。她低下頭，那以後餅乾怎麼給你？我說，你自己留著吃吧。那天我們沒有做愛，我也沒有喝酒。把她送出門以後，我收拾了房間，把她沒吃完的食物和空酒瓶都扔掉。還有一盒沒有用完的避孕套。

我把所有的精力都投入了工作。大斌很尊重我，大事小事都會徵詢我的意見。我很快意識到，現在的「五福藥業」已經不是記憶裡那個神奇的工業帝國了。自從口服液失去市場以後，集團盲目擴張，除了房地產賺錢之外，其他領域都失敗了。最要命的是，它是一個毫無章法的家族企業，到處都是安插進來的親戚熟人，真正能做事的人根本沒有幾個。用不了五年這隻苟延殘喘的巨獸就會倒下，但是我有一種強烈的直覺，我或許可以挽救它。

我問大斌，你聽過《出埃及記》的故事嗎？你要做摩西，劈開紅海走出去。他問我什麼意思。我提議他創立一個新公司，專門拓展養生領域。他正苦於每天活在爸爸和叔叔的眼皮底下，一點自由也沒有，於是拍手稱好。我早就知道，他激動地說，你是有商業天賦的。新公司很快成立了，一切進展得很順利。但是沒過多久，大斌迷上了一個叫杜涵的女主播，對工作完全失去了興趣。據說是因為女主播長得有點像李沛萱。在美國的那幾年，他每隔幾個月都會去看一次李沛萱，跟她在學校附近的餐廳吃一頓午飯。但他始終沒有問她有沒有男朋友。她那種居高臨下的禮貌像一面結實的盾牌，使他無法靠近。女主播不一樣，雖然看起來很矜持，其實是有回應的。他開始每天帶著一束花去電視台樓下等她，開車載她去兜風，吃夜宵。後來發展到她錄影的時候，他會一直陪在旁邊，有時整整一天。公司的事全部交給了我。我每天加班到很晚，週末也不休息。研發的產品陸續上市，大獲好評，年終業績非常出色，總公司很滿意，升我做了副總裁。

又一年元旦的時候，大斌和女主播結婚了。我是伴郎。婚禮上他喝醉了，抱著我哭，說你是我最好的朋友，我很幸運，有你這樣的朋友。他在洗手間吐了一地，踩在自己的嘔吐物上滑倒了，眉弓血流不止，送到醫院縫了五針。此外，還有一個新娘從前的追求者來鬧事，後來被兩個保安架走了。那真是一場混亂的婚禮。等我把客人都送走，疲憊不堪地走出酒店大門，就看到陳莎莎在台階上。大斌也請了她，但現場人太多，我沒注意她坐哪兒。她走過來問，你不住南院了？對，我說，攔下了一輛剛送下客人的計程車，拉開車門坐進去。她把一個巨大的塑膠袋塞進來。車子開動了，她站在原地衝我揮手。我打開袋子看了一眼，裡面有七八個密封罐，裝滿了餅乾，好像我要出遠門，這是路上的乾糧。

自從我開始上班以後，她又恢復了在南院門口等我的習慣。但我總是加班，有時還出差，她常常等不到。後來我在公司旁邊租了一套公寓，從家裡搬了出去。姑姑不肯搬，我就隔兩天回來看她一次。大多是晚上，很少跟陳莎莎碰到。要不是在婚禮上又見面，我幾乎以為已經徹底擺脫掉她了。

大斌度完蜜月回來，我迫不及待地向他講述了我的下一步計畫。我認為我們應該吞併另一間分公司。那間公司的總裁是大斌的堂哥，已經虧損很多年。類似的公司還有四個，在未來幾年裡逐步把它們都吞併，擴大自己的實力，到最後再跟總公司合併。大斌聽了很高興，說到時候「五福藥業」就是我們兄弟的天下了。

我花了兩個月的時間，準備好一份完備的資料，能展示那個公司的真實運營情況，同時表明我們新開發的產品線和他們重疊，所以吞併顯得順理成章。但是在董事會上，大斌臨陣退縮，把資料原封不動拿了回來。他說他不忍心看堂哥被撤職，畢竟他們是一起長大的。我說這樣會拖垮集團，五福藥業是你們家三代人的心血，孰重孰輕你分不清嗎？他掙扎了一會兒，搖了搖頭，說我真的不想傷害任何人。

過了兩個星期，有一天早晨我來到公司，發現陳莎莎坐在靠牆的一張辦公桌前面。看到我她立即站了起來，差點被腳邊的塑膠袋絆倒。祕書告訴我，這是大斌新招進來的人。我衝進辦公室，給大斌打了個電話。他還在睡覺，迷迷糊糊地問怎麼了。我說你讓陳莎莎進公司，問過我的意見嗎？他說，哦，她來找我說想來上班，我就答應了。我說她能幹得了什麼工作，你告訴我。他說，就讓她跑跑腿，列印一下文件什麼的吧，工資也沒多少。我說，公司絕對不能養閒人，這是原則問題，然後按掉了電話。整整一天，我幾乎沒出辦公室。但是透過玻璃門，總是能看到陳莎莎的身影，走進走出好多回，不停朝裡面張望。

她看起來和從前不一樣了，動作好像敏捷了許多，似乎也懂一些人情世故。我忽然意識到她並不像看起來那麼笨，那麼單純，她也有她的算計。

傍晚的時候大斌到公司來了，讓司機載我們去從前我和他還有子峰、陳莎莎常去的小飯館。我們多久沒有一起喝酒了？他說，跟我碰了一下杯子，看著我一口把它喝完。沒跟你說一聲是我不對，他說，不過我真的沒想到你會有那麼大反應。他又給我把酒倒上，你說得都很對，這確實破壞公司的規矩。可是陳莎莎跟我們一起長大，能幫還是應該幫一下，你說對吧？我說，嗯，你當時讓我來也是這麼想的。你看這樣好嗎，他想了想說，我不是還可以招一個助理嗎，就讓她算是我的助理，她的那份工資我自己出。我說，這是你的公司，你說了算。他說，不，這是我們的公司。他攬了一下我的肩膀，好啦，別生氣了，喝酒！

那天晚上我們都喝多了，後來說了什麼也記不清了。回家的路上，涼風吹著額頭，我睜開眼睛，發覺自己在大斌的車裡，司機已經把他送回家了。我把臉貼在車窗上，酒精的灼燒感退去，變得很清醒。一年來我付出很大的努力，建立了一些東西。但它們並不牢固，隨時可能被大斌的一個決定摧毀。我意識到自己的手中並不真的掌控著什麼。第二天走進辦公室，不出意料，熟悉的塑膠袋出現在了我的桌子上。一抬頭，陳莎莎正站在外面，隔著百葉窗對我笑。

星期天，我去見了蔣飛。還記得蔣飛嗎，前面講起過他，很多年前我蹺課的時候，在撞球室遇到的那個男孩。後來他來學校找過我，想問我借點兒錢。我沒借給他，他好像也並不介意，站在學校門口跟我說了一會兒話就走了。他每隔一段時間就會來找我，沒再借錢，就是說一會兒話，或是一起打撞球。我上高中以後，他消失了三四年。好像是因為敲詐進了少管所。放出來以後，他又開始來找我，我們成了酒友。他的酒量一般，喝多了也會講點自己的事，說他在幫人放高利貸，問我要不要跟他一起幹，我沒有接話。我失業在家的那段時間，他打來過幾次電話，我都沒接。我有點怕見他，怕自己喝了酒意志薄弱，被他拽著滑下去，最後變得像我爸爸一樣。可是既然知道危險，我為什麼還要一直跟他保持聯繫呢？這個問題我從來沒有想過，直到和蔣飛談完回來的路上，它才第一次浮現出來。那天我也喝了酒，所以沒辦法想清楚，到底是有一股黑暗的力量在拉著我下墜，還是我抱住這股力量不放。我只是記得我感到了恐懼。所以我不停地跟蔣飛強調，你要聽我的，都按我說的辦，懂嗎？

我跟蔣飛註冊了一間新公司。表面上所有的事都由他出面。我讓他以新公司的名義去和一家原料供應商合作，幫他們拿到五福藥業的大訂單，返給我們十個點。五福藥業這邊我來接應，反正所有的合同都是我簽字。但我的目的並不僅僅是賺一點錢，在這一點上和蔣飛有分歧，他的目光很短淺。我是打算把五福藥業產品的保密配方拿出來，加以改良，在我和蔣飛的公司生產，並冠以新的名字。再加上我所掌握的銷售管道聯絡人名單，用不了多久，我們的產品就能打敗五福藥業，占領市場。但是指望蔣飛是不行的，我開始陸續從別的公司挖來出色的管理人才。蔣飛對此很警惕，總覺得有一天他們會取代自己。我指定其中一個做了副總經理之後，他就處處和那個人做對。在某件事的決策上，那個人沒有按照他的意思來做，他很生氣，打來電話說要把那個人開掉，我沒有同意。下午，他就跑到五福藥業來找我。此前我們有過約定，絕對不在外面碰頭。會開到一半，我只好下樓去見他，把他領到一個隱祕的花壇邊。他的情緒很激動，威脅說要是把他踢出局，他就去告發我。我花了很大力氣才讓他平靜下來。我說，你先回去，回頭我再找你，什麼事都可以商量，但是你這麼衝動，早晚要壞事。他有點理虧，但還是嘴硬，說別嚇唬我，最晚明天，你必須來找我。他氣呼呼地走了。已經是秋天，風追著落葉到處跑，可是我卻出了汗，於是脫掉西裝，從口袋裡摸出打火機，點了一支菸。眼睛的餘光瞥見一個紅色的影子。我扭過頭去，看到陳莎莎一動不動地站在那裡。我把臉轉回來，繼續抽完那支菸，感覺身上的汗漸漸涼了下去。

又過了兩天我才去找蔣飛，作了適當的讓步。那個人仍舊留下，但是以後重要決策必須徵得蔣飛的同意。我告訴蔣飛，我不喜歡別人威脅我，以後不要再這麼做。知道了，他說。我並不相信他的話，不過也只能先穩住再說。我至少要等到新公司足夠強大，不需要再利用「五福藥業」任何資源的時候才能辭職，再以跳槽的形式名正言順地加入新公司。

沒過多久到了中秋節。前一天公司組織了聚餐，但我還有些工作要做，就沒有去。陳莎莎也沒有去，我從百葉窗裡看到了她。等所有人都離開以後，我從辦公室裡走出來。她跑上來，又拿出一個塑膠袋。我打開看了一下，是她自己做的月餅。我捏了捏，裡面是金條嗎，這麼沉。她不好意思地說，怕不熟，多烤了幾遍。我收起來問，我今天回南院，你回嗎？我開著車往南院走，她坐在副駕駛座上，不時轉過頭來看看我。到了她家樓下，她的背一下直起來，緊緊捏住自己的包。到了，我說。你能等我一會兒嗎？她說，出門前我烤上了一鍋新的月餅，應該能軟一點兒。我解開安全帶，走下車。她說，你上來坐會兒嗎？我是說，外面有點冷，你想上來也行。我跟著她走上樓梯。她家住的這幢樓沒有我爺爺家那幢舊，但是樓梯很像，也有生鏽的鐵欄杆和沒了玻璃的窗戶，還有一股蜘蛛網的氣味。一些記憶泛上來，很多個冬天的傍晚，我和她像這樣一前一後走上樓梯。

那種身處一片黑暗之中，攏住唯一一絲火光的絕望。我驚訝於它如此迫近，好像至今還籠罩在我的身上。可是我竟然對它有一絲期待，因為那片絕望之中，裹挾著最磅礴的歡樂。也許那是只有拿最徹底的絕望才能兌換到，所以它應該跟絕望一起永久埋藏。

臥室的格局和三樓那個空房間很像。只有一張床在屋子中央，床單是白的，燈是關著的。她弓著身，臀部朝我張開。她瘋狂地搖晃著，披散下來的頭髮一下下抽打著床單。雖然看不見她的臉，我卻還是閉上了眼睛。可是我意識到無法把她想像成任何別的女人，那種不可替代的巔峰體驗。結束的時候，她忽然翻過身來，緊緊地抱住了我，好像想讓我看清楚那是她，只可能是她。我把她推開，坐了起來。月光下，四面都不靠的床在輕微地擺盪。我好像又回到了那只木筏上。

她披起衣服，跑進廚房給我拿月餅。新的一鍋並沒有更軟，她戴著棉手套把烤盤取出來，用牙籤戳了戳。廚房的水槽裡堆著七八個烤盤。裝滿餅乾的密封罐大大小小擺滿了操作檯。我說，你做這麼多幹什麼？她說，以前老失敗，就多買了些烤盤和罐子，看到它們空著就難受，總想填滿。她笑了，我喜歡屋裡飄著那股烤東西的香味。除了廚房擁擠，屋子裡別的地方都很空。她爸找了個女人，搬出去的時候，把一些家具也帶走了。客廳裡只有兩把摺疊椅子。一個反扣過來的木頭箱子上，放著熱水袋和幾瓶藥。

當時我有個剛開始交往的女朋友。家世很好，有點驕傲，遲遲不肯上床，好像總想用這事拿著對方。去過陳莎莎家之後，我加強了攻勢，軟磨硬泡終於把她騙上了床。結果當然有些失望，我也並不在意，只想快點投入一場戀愛。但是陳莎莎又開始每天在辦公室等我下班，要是我旁邊沒有人，還會默默跟隨我下樓，看著我鑽進汽車。有一回我沒忍住，又讓她上了車。然後開始有第二次、第三次。每次走上她家樓梯的時候，我都會感到那種絕望又回來了。它像一束強光，照得我蜷縮起手腳。在那種時刻，我總會意識到，有些宿命的東西，可能一輩子也無法逃脫。

去年冬天，我跟那個家世很好的女朋友分手了。其實早就發現不合適，但是我一直拖著，總覺得她是一道屏風，能幫我擋一下。和她分手以後，去陳莎莎家的頻率開始增多。有一回她上我的車，還被一個員工看見了。我懷疑公司的人都在背地裡議論這件事，沒準連大斌也知道了。

有一天下大雪，離開公司的時候，發現車凍住了，怎麼也發動不了。我試了很多次，最後放棄了。陳莎莎一直站在後面看著我。我沒想去她那裡，可是雪太大，很難叫到計程車，好不容易來了一輛，我就讓她上來了。本想把她送到南院繼續走，但是司機說要收車了。我跟著她走上樓，又冷又餓，就吃了一碗她做的麵條。味道差強人意，但還是吃完了，然後開了一罐啤酒。原先那個牌子的啤酒她買了很多，在窗台上排成一排。她收走盤子，在廚房裡鼓搗了一陣子，回來的時候宣布，她烤了個戚風蛋糕，又說她從窗戶裡看了，外面雪特別大，好像在暗示我沒法馬上走。她在旁邊的椅子上坐下，很高興地把杯子遞過來，我能喝一點酒嗎？我也想喝一點。

她一口氣喝完了，眼睛有點發光，說我報了個輔導班，明年想參加自學考試。她想了想，又說晚上聽課，不耽誤上班。我沒說話。屋子裡很熱，酒精從胃裡升起來。身體開始發燙，有點想馬上把她推倒。但是意識裡又有一股力量，很想打敗這種念頭，哪怕一次，戰勝它。她一邊喝酒，一邊笑嘻嘻地看著我，好像在觀察我的變化。過了一會兒，她終於站起來，說我去看看蛋糕，然後跑進了廚房。

我打開電視，她家沒有裝有線，總共只有十來個台，都是新聞聯播。「在黎巴嫩的貝卡谷地，敘利亞難民婦女拿著小刀在地裡挖草，一起挖的還有她們不足十歲的孩子們。聯合國由於援助資金短缺的問題，在十天前切斷了對敘利亞難民的糧食供給。難民們為了生存下去，想盡一切辦法。」

廚房傳來撲通一聲。我放下了啤酒罐。屋子裡又恢復了安靜。電視裡是天氣預報的音樂，一個女人在講解全國的降雪分布。我盯著螢幕看了一會兒，站起身走進廚房。陳莎莎躺在地上，蜷縮成一團，正張大嘴巴拚命呼吸。臉已經變成醬紫色，血管好像就要爆裂開。她痛苦地翻滾著，雙手扣住脖子，喉嚨裡發出嘶嘶乾號的聲音。我蹲下，又站起來，四周看了看，然後想起客廳的木頭箱子上有藥瓶，可能是治哮喘的。但是我沒有動，還待在門口。我站在那裡，看著她用盡全身的力氣舉起手臂，想要搆到我。漸漸地，她在視線裡模糊起來。我心裡變得很靜，像是被帶到一個很高的地方俯瞰著人間，她只是那麼小小的一團，在地上蠕動。她的生命如此渺小，如此沒有意義，就像一隻蟲，手指一碾就被抹掉了，不會留下痕跡。既然她帶來麻煩，就應該被抹掉。我只是在行使自己的權力，讓她消失的權力。你爺爺的臉浮現出來。那張印在宣傳欄喜報上的他的照片。當時是誰手中拿著釘子，看著腳邊的那個人？那個叫程守義的人對世界沒有什麼價值，還擋著別人的路，讓那些有價值的人無法實現自己的價值，既然如此，為什麼不能把他移走？他被移走了這個世界不是會更好嗎？一些生命高於另外一些生命，一些人掌握著另外一些人的命運，這難道不就是世界的邏輯嗎？這些念頭像白色閃電，在頭腦中劃過，照亮了所有黑暗的角落。我感到暈眩，又覺得亢奮。

當我眼前再次變得清楚起來的時候，陳莎莎已經不再翻滾，只是一下下抽搐著，眼睛盯著前面的某個地方，瞳孔似乎已經放大。烤箱在滴答作響，像顆定時炸彈。蛋糕的香味溢出來，一股甜蜜的瓦斯氣體。我透過廚房盡頭的窗戶看著外面，思考著接下來的步驟。帶走菸蒂和啤酒罐，抹掉地上的腳印。遙控器也應該擦一下。

陳莎莎忽然動了，朝著我腳邊挪了一點。我以為是自己的幻覺，向後退了兩步。隔了一會兒，她又動了。臉朝下，匍匐著向前移動了半米。停了一會兒，她又繼續，越過了我向前爬去，身體不斷抽搐，像一條被衝上岸的魚。彷彿有一股神奇的力量推著她，滑過客廳的地面，來到木頭箱子跟前。她支撐起身體，搆到了上面的藥瓶。哆嗦著擰開了蓋子，把藥灌進嘴裡。然後她躺下去，仰臉向上。抽搐漸漸變緩，她喘息著，一點點側過身來，仰起臉望著我。那雙從凹陷下去的眼眶中凸出來的眼睛，目光炯炯，像廣場上的長明燈。我怔在那裡，過了一會兒才回過神來，拿起外套衝出了門。

雪還在下，風摑著耳光。我深一腳淺一腳地朝前走，張大嘴巴才能呼吸。雪灌進喉嚨裡，是滾燙的。她的目光像一把烙鐵，一遍遍碾過我的心。我回到姑姑家，走進屋子關上門，一頭扎在床上。我蒙著被子，不斷作噩夢。噩夢裡套著噩夢，一層一層。我只記得看到了死人塔。注滿福馬林溶液的水池裡，有個女人臉朝下躺著。我伸手去搆她，但她漂走了，像一片樹葉那樣，輕悠悠地漂遠了。有人在竊笑，聲音越來越大，震擊著耳膜。哈哈。哈哈哈。天花板在旋轉，遼闊無邊，也許是天空在旋轉，不對，怎麼會有一道裂縫？我從床上坐起來。天還沒亮，屋子裡有稀薄的光，白色，冰涼，好像是雪返照出來的。我盯著發出光亮的窗戶，花了好長時間才確定，陳莎莎沒有死。我爬起來去廁所，在鏡子裡看著自己的臉。一夜時間，鬍子長長了那麼多。我回到房間，點起一支菸。光線慢慢充盈起乾癟的房間。窗戶上的冰凌在滴水。我走到窗台前面，抬起頭，看到天空中的太陽，明亮，巨大，完整無缺。

中午過後我才到辦公室，一屋子的人等著我。我下意識地望了望那個角落，陳莎莎不在，桌子上空空的，什麼也沒有。

開會的時候，我一直盯著面前的文件。那些字在躥跳，並且各自讀出了自己的發音。但是我沒法抓住它們的意思。我用手中的筆戳著最上面那張紙，像是想用漁叉叉住活蹦亂跳的魚。但是魚越來越多，四面八方湧過來。我「啪」的一下把筆放在桌上，所有的人抬起頭。祕書跑過來扶起倒掉的杯子，將抹布按住桌上的那攤水。我說，剛才談論的事讓我再想想，散會吧。

我趴在了桌子上，想睡一會兒。不知過去多久，門吱嘎響了一聲，有道風進來了，掠過我的頭。屋子裡很靜。桌上的那攤水好像還在往下淌，滴答，滴答。我支起身體，扭過頭去，就看到陳莎莎站在門邊。大半個臉沉在陰影裡，像是戴著一副黑鐵面具。剎那之間我想到了那隻狗。從下水道裡仰起臉看著我。面具慢慢朝這邊走過來。我發誓就算後半輩子遇到再多的事，那都會是這一生中最難忘的畫面之一。面具頂著一團濃黑的光，逼近過來。不斷變大，黑光籠罩住我，使我一動也不能動。到了我面前，它停住了。我的心跳也停住了。但我聽到水還在流，滴答，滴答。一顆走向終點的定時炸彈。我在等著它爆炸。濃黑的光驟然散去。面具消失。一簇天花板上射燈的光照亮了她的臉。帶著微笑。別這麼睡，會著涼的，她揚了揚手裡的塑膠袋，昨天那個戚風蛋糕烤好了。

她拉開椅子坐下，從袋子裡拿出戚風蛋糕，用塑膠餐刀切下一塊。她遞給我，把碎屑拈起來放進嘴裡。還行嗎，她說，戚風蛋糕真難做啊。我大口吃下去，被那團甜軟的東西糊住了嗓子。她說，你的車能開了嗎？沒修，我說。她點點頭，說我明天就去夜校報到了，你說我會不會上課睡著了啊？我茫然地搖了搖頭。她睜大眼睛說，不會嗎？我真挺擔心的，都那麼久沒上課了。她吐了口氣，沉了沉肩膀，看著我問，喝點兒水嗎，我去給你倒。她站起來，我一把拉住了她，按在了座位上。她怔了一下，又露出微笑。我躲開她的目光，把剩下的半個蛋糕拖到面前。沒想到你這麼愛吃，她說，那我再做，這個蛋糕不能放，一放就乾了。我埋著頭，把蛋糕塞進嘴裡。她又用手指黏了幾下我袖口旁邊的碎屑，說再過幾年，我想開個蛋糕店，把我家那些烤盤都拿過去，換個大點的烤箱。你說行嗎？行嗎？一點水從我的眼角溢出來。我揉了揉眼球，想讓它回去。行，我說。她咧開嘴笑了，到時候你隨時來，都有剛烤出來的蛋糕。還有餅乾，我多買點模子，能做熊貓臉，不難的，眼睛用可可粉，挺像我們小時候吃的雪人臉，你記得嗎？戴帽子那種。我吸了一下鼻子，說你回家吧。嗯？她疑惑地看著我。我說，我太睏了，想回去睡一覺。她說，嗯，明天星期六，你能多睡會兒，但是晚飯還是得吃，吃完了再睡。

走出大門，天已經黑了，但路燈還沒有亮。大風如尖利的鳥喙，啄著眼角潮濕的痕跡。雪從地上吹起來，揚到半空中，好像想再降下來一次，蓋住眼前所有的東西。有人在背後喊我。我站住腳，陳莎莎追過來，手上拿著我的外套。你就沒覺得冷嗎？她說，然後像從前一樣站在那裡，看著我坐進計程車。車子開動，她跟著走了兩步，朝我揮了揮手。昨晚的事好像只是前夜那些噩夢中的一個。要是我相信，它就如同沒有發生。我可以讓自己這樣相信嗎？

我休了個假，在椰子樹下面躺了幾天。白色的沙子像糖，被太陽曬得蓬鬆，有股好聞的甜味。我把自己埋在裡面，像是發燒時蓋上厚厚的棉被。汗冒出來，把被子頂開了。我抬起胳膊擋住烤燙的臉，陽光從指縫裡照進來，把手照得很白，邊緣近乎透明。在露天咖啡館裡，服務員對著我微笑，告訴我現在播放的是她最喜歡的歌。自動飲料販賣機前，一個女人把她的硬幣借給了我。傍晚在沙灘上散步，有個小男孩追上來，嗨，你踩壞了我的城堡。不過沒關係，我可以重搭一個，你幫我一起搭嗎？我感覺這個世界好像和原來有點不一樣了。它似乎對我抱有極大的善意。

世事無常，但也許總有一些恆固的東西在。我應該相信並且保護它們。這個信念超越了一切，甚至野心和對於成功的執著。在異鄉旅館的露台上，我坐到天色發白，想了很多事。我決定從「五福藥業」辭職，結束這種「地下生活」，也結束對大斌的背叛。就在回程的前一天，我接到了大斌的電話。他說，我知道真相了，嗯。我的心一緊，什麼真相？杜涵和他們台長確實有一腿，讓我給抓住了。你打算怎麼辦，我問。再來一瓶，和剛才一樣的，他在那邊吩咐服務生，然後回到聽筒前，說我告訴你，這個世界上可能有很多人像李沛萱，但她們都不是她，李沛萱只有一個。他咳了幾聲，可能是喝嗆了，又說，是我的錯，是我沒有堅守承諾。我問，什麼承諾？他說，離開美國的時候，我在心裡對自己說，我一定要幹一番事業，再走到李沛萱面前。她喜歡有本事的人，我知道。是我太軟弱了，禁不起誘惑……但是我還有你，還有我們的公司。從明天起我會開始好好工作，跟你一起努力，爭取讓公司早點上市。我現在明白過來，還不算晚是吧？嗯……我應了一聲，問你跟杜涵呢，打算怎麼辦？離婚，他說。

他沒有離婚，並且花了很大的力氣來挽回這場婚姻。他帶著她又去巴黎度了一次蜜月，幾乎買空了一間香奈兒商店，還在藝術橋上掛了一把刻著他們名字的鎖。回來以後又為她舉行了一次盛大的慶生宴會。可是沒過多久，他就發現女主播和台長還有聯繫。他又一次接受了她的解釋，但從此變得很多疑，每天都在尋找新的證據。這幾乎牽扯了全部的精力，他堅持來公司沒多久，又不見人影了。起先，是他那副把工作當作寄託、要跟我大幹一場的架勢，使我沒法立刻開口說辭職。後來，每次見面他都要向我傾訴，羅列著新掌握的證據，精神幾近崩潰。我想只有等他度過這個難關再說。蔣飛那裡也有牽制，後面有好幾宗大訂單，能賺很多錢，他當然不肯罷手，動輒就說要去告發我，弄個魚死網破。就這樣一直拖了將近一年。

這一年，我重新搬回了南院。姑姑身體很不好，每天都失眠，對我變得非常依賴，但是又不肯離開原來的房子半步，我只好搬回來住。陳莎莎每天在下班後等我，所有人都走了以後，她就坐上我的車，跟我一起回南院。差不多每週一次，我會跟著她上樓，在她家待一會兒。那一天她就曠一節課，不去上夜校了。每次她總是像過節一樣開心，說我是她的救星。夜校斷斷續續上了一年，自學考試一門沒過，她決定再讀一年。我給她買了張寫字檯，讓她有個地方看書學習。寫字檯運來的那天，我們在上面做了愛。在那之前，我很久沒有跟她做愛。對她生出一種敬重的感覺，總覺得不應該再像從前那樣了。寫字檯散發著濃郁的油漆味，她張開雙臂，抓住桌子的邊沿。檯燈的光照在她的臉上，汗水閃閃發亮。有什麼東西變了。那種窮凶極惡的快感消失了，有些溫柔的情緒在湧動，像潮水退去後海灘上細膩的沙子。在那張寫字檯上，我第一次吻了她。她怔了一下，把舌頭伸進我的嘴裡。我閉上了眼睛，感受著危機四伏的生活中最寧靜的部分。

大斌終於和女主播離婚了。是女主播提出來的，她受夠了這種每天被審問、被監視的生活。剛離婚的那兩個星期，大斌每天喝醉，人瘦了一圈。就是在那個時候，他知道了我私下成立公司的事。是一個被蔣飛開除的人，為了報復他，跑到五福藥業來找大斌的爸爸，說我們公司抄襲五福藥業的配方，並且控制供應商索要回扣。大斌的父親要求大斌徹查，找出背後操控的人。幾天後大斌拿到那份調查資料，發現所有的證據都指向我。

上個星期的一個傍晚，他約我到南郊的山下見面。那裡好像一個月前才發生過碎屍案，來到山腳下，我感覺到一股殺氣。天氣特別冷，山上一個人也沒有。我跟著他往山頂爬，一路上誰也沒說話。到了山頂，已經渾身出汗，在一個亭子裡坐下來，兩個人咻咻地喘氣。面前是一片光禿禿的岩石，岩石的前面，就是陡峭的懸崖了。

他說，你還記得嗎，上小學的時候我們一起來這裡春遊，你和李佳棲掉隊了，不知道跑到哪裡去了，我和子峰到處找你們。我沒說話，摸出打火機點了一支菸。他說，你從小就挺怪的，你和李佳棲都有點怪，和別的小孩不一樣，你們身上有一種邪氣，很神祕。雖然你們喜歡標榜自己有多壞，但其實你們很善良。我知道我沒你們聰明，老是跟不上你們的步子，但和你們玩我不擔心，因為我知道你們不會害我。他深吸了一口氣，把臉埋在手心裡。隔了一會兒，他抬起頭來說，還記得我們那個差生小團體嗎？每天放學大家聚到一起，玩你和李佳棲發明的各種稀奇古怪的遊戲，那真是一段快樂的日子啊。後來李佳棲轉學了，再後來子峰當兵了，這裡就只剩下我們三個。你可能覺得陳莎莎不重要，但我永遠都把她當成我們當中的一員，這也是為什麼我非要讓她留在公司。我總覺得既然成為朋友，就是一輩子的朋友。也許是我的想法太幼稚，總是感情用事，說的事一件也沒做到。可是我真的把你當成最好的朋友……他哭起來，為什麼你要這麼對我？我嘿嘿笑了一聲，眼睛盯著岩石縫裡的一簇枯草。他說你為什麼不說話，我在等你辯解呢，說你是有苦衷的。我搖搖頭，沒什麼苦衷，我只是很清楚，五福藥業早晚會垮掉，再努力也沒有用。他問，那我呢，你心裡是不是很瞧不起我，覺得我只配給你當墊腳石，隨便利用，隨便傷害都沒關係？我按下打火機，火苗一躥起來就滅了，再按，又熄滅了。我說，我可能太自負了，總覺得自己能做成一點大事，為了這個不管不顧，走到了岔路上，不過不管你信不信，過去這一年，我確實很想走回來。我扭過頭看著他，現在說這個已經沒什麼意義了。你打算怎麼處置我？他沉默了一會兒說，你走吧，我會把調查你的那份文件多壓幾天再交上去。你趁這幾天快點走，找個什麼地方躲起來。我說，謝謝你。他仰起頭看著天空，說但我們不再是朋友了，我就當不認識你。我撚著那根點不著的菸，點了點頭，說要是以後，我是說很久以後，我再回到這裡，還是想找你一起喝酒，我們也許可以重新認識。你以前說過，誰規定人跟人只能認識一次？說完這話，天色忽然暗了下去。我們默然坐了一會兒，起身走出涼亭。

要離開的事，本來並沒打算瞞著姑姑。可是那天一回家，她就跟我說，她去北郊的一片住宅區找汪露寒，結果真的遇到一個很像她的人。戴著個口罩，但是那雙眼睛跟她一模一樣。可惜騎著自行車，一溜煙就沒影了。所以我姑姑打算明天再到附近去等著。我說，挺好，去吧。看到她臉上煥發著榮光，重新有了生活的寄託，我感到很欣慰。也許真的是汪露寒呢。也許她們見了面，能夠冰釋前嫌，心平氣和地聊聊當年的事呢。我由衷地期待能有那麼一天，因為那對姑姑來說，才意味著一切都結束了。

至於陳莎莎，我考慮了很久，還是決定跟她說一下，主要是怕她到處去找我。我說，我要出一趟遠門，過些時候才能回來，你好好上夜校，爭取明年考試考過了。她問，要很久嗎，明年春天我考試的時候能回來了嗎？我說，也許能。她點點頭，問我哪天走，說要多做些餅乾給我帶著。今天下午你來過之後，我收拾好行李，出門給姑姑買了些備用的藥，經過她家樓下，想再上去看看她。她正在烤餅乾。所有的密封罐又都塞滿了。她說，我覺得你可能快走了，就多做了一些預備著。我開了罐啤酒，坐下來。她問，這幾天你怎麼都沒去上班啊？出什麼事了嗎？沒有，我說。她說，你是不是今晚就要走了？我沒說話。她說，我想過了，夜校可以回來再上，反正考試每年都有，我還是跟你一起去吧，這樣你路上能有個伴兒。我不答應。她說，我保證不給你添麻煩，要是你覺得麻煩了，我就回來，行嗎？她摘下圍裙，拍了拍身上的麵粉，說我現在就去收拾東西。我沒攔著她，因為不想讓她難過，雖然遲早是要難過的，但我還是喜歡看到她高興的樣子。這十幾年來，我給她帶來的快樂實在少得可憐，能高興一刻是一刻。我打開給姑姑買的安眠藥，在她的茶杯裡放了幾顆。她背著一個很大的旅行包從裡面跑出來。說，好了，現在走嗎？不急，我說，坐一會兒。她說，那我去把烤盤洗出來，不然容易招蟑螂。我說，坐一會兒吧，坐一會兒好嗎？噢，她在椅子上坐下。我說，來，咱們碰一下，我用酒，你用水。你有哮喘，以後不要再喝酒了。她仰起脖子喝下去，然後說，我還沒問你，咱們是去南方還是北方？我說，南方吧。她拍拍手，給我猜中了，你看我厚衣服都沒帶幾件。她看了看我，說要真是北方也沒關係的，大不了到了那裡再買就是了。我說，你不覺得辛苦嗎？她問，什麼事辛苦？我說，給我烤了那麼多年餅乾。她說，噢，餅乾！忘了裝餅乾了。她跑進了廚房，回來的時候出了一頭汗，問我說，幾點了，我怎麼那麼睏呢？我說，去睡覺吧，睡醒了我們再走。她問，你也睡嗎？嗯，我也睡。我跟著她走進臥室，在床上躺下來。她轉過身來，抓住我的胳膊，說我睡覺很輕，要是該走了，你就搖我幾下。好，睡吧，我說。她仍舊笑嘻嘻地看著我，眼皮一張一合，過了一會兒完全閉上了。我關了燈，在黑暗裡坐了一會兒，起身走出房間。

現在她應該還在睡著吧。我希望她能多睡一會兒，醒來就當是作了一場夢，把所有的事都忘了。我真的很盼望她能開始新的生活，甚至比對我自己的新生活還要盼望。要是我真的能開始一種新生活，也都要感謝她。是她使我沒有徹底崩壞，完全毀滅。也許太遲了，但還是想試一試，這一次我會心平氣和地去生活，慢慢散掉胸中那股戾氣。

無論在哪裡，我會一直在心裡默默祝福陳莎莎。如果可以，我很想把自己所有的好運氣都送給她，不知道會不會讓她離幸福稍微近一點。

第五章

天已經亮了，風停住了，窗戶一動也不動。屋子裡籠罩著灰白色的光線。桌上並排放著兩只空酒瓶和兩個杯子。李佳棲走到窗前，看著外面。

「雪小了。」她說。

「我該走了。」程恭說，但他沒有動。

李佳棲看著遠處，說，「我好像看到死人塔了。」

「前兩年那裡著了一場大火，都燒沒了。」

「周圍一棵樹都沒有，怎麼會著火呢？」

「不知道，好像是一幫小孩，跑到那裡放煙火。」

程恭走到窗邊。

「孩子們都喜歡那裡。」李佳棲說。

「塔裡的骨骸都燒成了粉末，也許這是他們想要的，我是說那些死者，不想在世界上留下什麼痕跡。」

「嗯。」

他們看著窗外。大雪覆蓋了中心花園的假山，覆蓋了崎嶇的小徑，耐心地包裹起這個世界上每件有稜角的東西。

李佳棲轉過頭來，看著程恭：

「你的『靈魂對講機』呢，放在哪裡了？」

「忘了，好像在陽台上的一個箱子裡，怎麼了？」

「想看看。」她說，「不知道現在還好不好用。」

程恭聳聳肩膀，「從來沒有好用過。」

「我記得那時候我們玩過家家，我一唱歌，你爺爺就會眨眼睛。我想用靈魂對講機給他唱首歌……」

床上的人動了一下。李佳棲和程恭朝那邊走過去。床上的人睜開了眼睛。

「人都齊了……」他喃喃地說。

李佳棲看了一眼程恭，「也許應該把教堂裡的那個牧師叫來。」

「死了兩年了。」程恭抬起頭望著窗外。他皺著眉頭，用力想把什麼東西看清楚，然後沉了一下肩膀，把手抄進口袋，「我出去一下，」他說，「抽根菸。」

李佳棲目送他走出去，扭回頭看著李冀生。

「那根釘子，你記得那根釘子嗎？」她問。

床上的人看向她，似乎被一股力量拽回身後的世界。這個世界的大門即將關上。永遠關上。她伸出手，輕輕撫摸著他的額頭。

「你覺得自己有罪嗎？」她問。

李冀生盯著她，目光穿過她，落在一個曠闊的地方。

「把燈關了吧，太亮了。」他說。

李佳棲走到牆邊，手放在開關上，但沒有按下。燈是關著的。在黑暗中，她聽到床上的人歎了一口氣。她朝床邊走來，又停住了，站在屋子當中。她聽著。屋子裡很靜，窗外也很靜。牆壁消失了，房間空闊無邊。李佳棲在床邊蹲下來，把頭埋在他的身旁。隔著被子，她的額頭感覺到他的手的形狀。突出的骨骼，似乎還蘊藏著沒有散去的力量。

李佳棲站起來。電視機螢幕上出現鄉村的泥路，有一隻狗站在田埂邊。底下的字幕說，一九二一年，李冀生出生在這個村莊的一戶農民的家裡。那時，他的母親已經守寡三個月，這裡的人只知道她姓梁。狗扭過頭，看了一眼鏡頭，又向前跑了。黑白畫面，村莊零落的房屋，像是真的還停在一九二一年。這時應該有配音的嬰兒啼哭聲吧，李佳棲猜想。屋子裡靜極了，她好像又聽到誰在歎氣，然後發現僅僅是風吹動了窗簾。

她走出房間，看到程恭站在走廊裡，右手夾著一根沒有點燃的菸。

「一切都結束了。」李佳棲說。

程恭沒說話，給自己點著了菸。

「晚些我給沛萱打電話。她還是應該回來。」李佳棲說。

「嗯。葬禮一定會很體面。」程恭盯著手裡的火光。

「我去把窗戶關上。」李佳棲說。

她走出來的時候，帶上了門。他們走下樓梯。到了一樓，程恭停下腳步，看著空蕩蕩的大廳，「當時那些大人就是在這裡跳交誼舞的吧？」

「嗯。」

「音樂老師喜歡坐在東邊靠窗的位置上，射燈從她頭頂側上方照下來，像林布蘭的畫。她自己肯定也知道，每次都選那個座位。」

「你們男生都覺得她很美。」

「女生呢？」

「一般吧。」

「後來她得了食道癌。臨走的時候我想去看她，但是她不見任何人。」
「她不想在那種情況下告別。」
「不，我覺得當年在舞廳見到她，她坐在燈下的樣子，每一次都是在告別。」
「一切都結束了。」李佳棲說，「我剛才是不是已經說過這句話了？」
「是的。」
他們走到大門口。李佳棲拿起立在牆邊的傘。
「其實你不用送我。」程恭說。
「我想透口氣，在屋子裡待了太久。」
外面雪很深，埋到腳踝。往前看是一片茫茫的白色。
「我在想，你其實可以在小白樓躲一段時間，沒人會想到你在這兒。」李佳棲說。
「你呢，有什麼打算？一直待在這裡嗎？」
「不知道，也許等事情辦完了就走。」
「去哪裡？」
「南方，」她笑了，「很熱的地方，你不是說那樣就可以什麼都不用想嗎？」
「沒錯。」
「嗯。」
他們繼續往前走，走到十字路口。
「想不想賭一下？」李佳棲從口袋裡摸出一個五角錢的硬幣，交給程恭，「要是字，你就去火車站，要是花你就留下，待在小白樓裡，我每天給你送飯。我會做蛋炒飯。」

「能吃麵條嗎?」程恭問。

「不能。我不喜歡吃麵條。」

「炸醬麵，學一下，很簡單的。」

「答應了?那你扔吧。」

程恭摸了摸那枚硬幣，然後拋向空中。硬幣落在雪中，沒有聲響。兩人望著彼此。一個紅色的身影朝這邊跑來。越來越近，是陳莎莎。來到程恭面前，她站住了。

「你搖我了嗎?」她問，「是不是我睡得太死了?」她的目光移到李佳棲的身上，好像才發現她的存在。

「李佳棲?你是李佳棲嗎?」她怔怔地望著她，然後笑了，「我就知道你會回來的。」

他們三個人站在那裡。雪越下越大。

陳莎莎從包裡掏出兩罐餅乾塞給程恭，拍了拍他的肩膀上的雪，然後拉上拉鎖，把旅行袋背到肩上，朝來的方向走去。

程恭喊住了她，從口袋裡掏出那張藥方，「據說能治哮喘，你試試。」

「我覺得我已經好了。」陳莎莎笑著揮了揮手，繼續向前走了。

程恭回過身來，硬幣已經被新落的雪覆蓋，看不見了。他和李佳棲站在那裡，聽著遠處的聲音。汽車發動機的聲音，狗的叫聲，孩子們的嬉笑聲，一個早晨開始的聲音。程恭聞到了炒熟的肉末的香味，濃稠的甜麵醬在鍋裡冒著泡，等一下，再等一下，然後就可以盛出鍋，和細細的黃瓜絲一起，倒入潔白剔透的碗中。

後記

一九七七年男孩告別了他工作的糧食局車隊，走進大學的校門。報到那天，教會他開車的師傅堅持要送他，戴上白手套，穿上工作服，開了車隊最新的一輛解放牌卡車。路上師傅不說話，一支接一支地抽菸，快到學校的時候才忍不住問，你那個中文系具體是學什麼的？男孩說，不知道，我想學寫小說。師傅說，寫那玩意兒有什麼用？男孩說，我就是想寫。師傅歎了一口氣，放著那麼好的工作不幹了，我怕你遲早是要後悔的。

第二年秋天，男孩完成了他的第一篇小說，把它寄給了上海的一個文學雜誌。小說的題目叫〈釘子〉，源自一件少年時代目睹的真事。在他居住的醫院家屬院裡，隔壁樓洞的一個醫生在批鬥中，被人往腦袋裡摁了一枚釘子。那人漸漸失去言語和行動的能力，變成了植物人，後來一直躺在醫院裡。在那個動盪的年月，身邊發生過不少殘忍的事，可是不知道為什麼，這一件好像在他的頭腦中留下了難以磨滅的印象。一個月後，男孩收到了雜誌社的錄用通知。他很高興，把這件事告訴了他的女朋友，他們還慶祝了一下。又過了一個月，他收到編輯的信，說上面覺得那篇小說的調子太灰，恐怕還是沒法用。一場空歡喜。男孩把稿子丟進抽屜，再也沒看過。後來，他又寫了幾篇小說，調子都很灰，寄出去就沒有了消息。畢業之後，他留在了學校教書，和那個女朋友結了婚。教工宿舍是一幢擁擠的筒子樓，過道裡堆滿了書和白菜，傍晚的時候，大家在走廊裡做飯，整幢樓裡都是蔥蒜的氣味。孩子出生以後，他的寫字檯被搬走，換成了一張嬰兒床。從那之後，他再也沒有寫過小說。把日常生活對人的消磨當作停止寫作的原因，在任何情況下都很合理。只不過偶爾一些時候，他的頭腦中會冷不丁冒出他師傅的話：寫那玩意兒有什麼用？小說雖然沒有寫下去，但是隨著時間的推移，讀大學的決定顯得越來越英明，他心裡不免有點慶幸。世界上的事大抵如此，走著走著就忘了初衷，偏離了原來的道路，可是四下望望，好像也不算太糟，就繼續往前走了。

至於那篇小說，沒多久就在一次搬家中丟失，男孩漸漸也忘記了當時寫過什麼。從某種意義上說，它基本等同於沒有在這個世界上存在過。直到很多年後，他說起寫過這篇小說，連帶著回憶起釘子的事。那個沉入記憶谷底的故事，早已褪色、風乾，變得非常瘦小。他自己說著也覺得沒意思，幾句話就把它講完了。又過了一些年，有一天吃晚飯的時候，他的女兒漫不經心地向他宣布，我打算把釘子的事寫成一個小說。他花了點時間才記起釘子的事指的是什麼，隨即笑了笑，那有什麼可寫的？女兒沒理會，只是向他詢問更多的細節。他勉強回憶起幾處，其他都想不起來了。女兒顯得有些失望，沒有再談起這件事。後來他才知道，女兒自己跑到那座醫院去作調查，蒐集了一些關於植物人的資料。但此後就沒動靜了。她向來有點捉摸不定，今天這樣明天那樣，他早就習慣了。這個女兒，從世俗意義上說不算特別叛逆，但也絕對談不上乖巧。總之，肯定不是他理想中的那種女兒。就這樣又過去很多年。他退了休，有些時間會住在北京的女兒家裡。有一天，他發現女兒家有一摞白皮的書。那是她剛寫完的小說，在正式出版之前影印了一點，打算送給周圍的朋友讀。女兒填寫了寄書的單子，委託給他，然後就出門了。他把那些書一一塞進袋子，交給送快遞的人。有一本書，因為缺少收件人的手機號碼，滯留下來。他把它擱在了茶几上。吃完晚飯，他在電腦上下了一會兒圍棋，對方水準很糟糕，眼看快輸了，於是就臨陣脫逃。他有點不甘心地在螢幕前等了一會兒，才闔上筆記本。客廳裡很安靜，外面有一點春天末尾的風聲。他倒了杯茶，重新回到沙發上，發了一會兒呆，目光落在那本白皮書上。他朝前坐了坐，拿起那本書，翻開第一頁——

回到南院已經兩個星期，除了附近的超市，我哪裡都沒有去。哦，還去過一次藥店，因為總是失眠。我一直待在這幢大房子裡，守著這個將死的人。直到今天早晨，他陷入了昏迷，怎麼也叫不醒。天陰著，房間裡的氣壓很低。我站在床邊，感覺死亡的陰影像一群黑色翅膀的蝙蝠在屋子上空盤旋。這一天終於要來了。我離開了房間。

我從旅行箱裡拿出厚毛衣外套。這裡的暖氣總是不夠熱，也可能是房子太大的緣故。我一直試著和那種從牆皮裡滲出來的寒冷相處，終於到了無法忍受的地步。我走到洗手間，沒有開燈。細細的燈棍散發出青寒色的光，會讓人覺得更冷。我站在水池邊洗臉，想著明天以後的事。明天，等他死了，我要把這房子裡所有燈都換掉。洗手池的下水管漏了，熱水汩汩地逸出來，在黑暗中靜靜地流過我的腳面，像血一樣溫暖。我站在那裡，捨不得把水龍頭關掉。

我寫下這行字的時候，大約是二〇一一年初。這個當時還沒有名字的小說，在那之前已經換過好幾個開頭。有的開頭女主人公坐在高牆上，有的開頭女主人公坐在火車上。最離奇的一個開頭，竟然出現了一隻紅尾巴的狐狸。現在我已經想不起，為什麼需要那麼一隻狐狸了，但在當時好像覺得牠不出場，故事就沒法說下去。應該是個類似先知的角色，可惜總是幫倒忙。我記得狐狸當時還警告女主人公，你最好接受我的存在，我既然出現了，就不可能再消失了。結果沒過幾個星期，這隻挺威風的狐狸，就從word文檔裡徹底被刪除了。沒有了狐狸以後，主人公變得有些萎靡不振，好像在茫茫大海中失去了航標，就那麼漫無目的地漂著。我試了幾次，也沒找到方向，就撇下她不管，去寫別的東西了。那時候，我和她的交情沒那麼深，見不到也不至於太牽掛。

春節前，我回到了濟南的父母家。他們剛搬了家，又住到了我小時候生活的大學家屬院。我已經很多年沒有回去過。從前住的舊樓已經折了，原來的地方蓋起了高層公寓。乍然一看變化很大。但是除夕那天下午，我一個人在院子裡遊逛，很快發現到處都是從前的痕跡。樹木，平房，垃圾站。門口賣報的男人還在那裡，幫她爸爸守著水果攤的女孩，也仍舊坐在原來的地方，只是已經是個中年女人，眼睛變得渾濁了。看到這些，我並沒有覺得親切，反倒感到一絲恐怖。我離開之後，那些人還在原來的地方繼續生活著，事情本來不就是這樣嗎，可是看到他們的那一刻，好像發現了什麼巨大的祕密似的，自己嚇了一跳。隨即有些不安，彷彿是我拋棄了他們，把他們留在了原地。我停在那裡，看著由那些熟悉的人和景物組成的圖景，似乎在等待著什麼。等著下一秒，另一個我走進畫面。那個我和這個我具體有什麼不同，好像也說不太清楚，但總之那是另一個我，一個從未離開的我，在這裡長大，衰老，有快樂也有煩惱。也就是說，我們所離開的童年，不是一個閉合的、完結的時空，而是一個一直默默運轉著的平行的世界。那天下午，我在大院門口站了很久，當然並沒有等到另一個我現身。不過小說中一直面目模糊的另外一位主人公，倒是一點點在頭腦中顯影。他大概更像女主人公的「另一個我」，留在童年的平行世界裡。

接近零點的時候，一簇一簇的煙火躥上天空，照亮了黑漆漆的窗戶。我坐在那張書桌前，寫下了現在的小說開頭。稍後我發現，它不僅決定了小說的敘述視角，也確立了小說的結構。在此之前，我一直想不好該怎麼去講那個早就交到我手裡的故事。我作了一些調查和採訪，用各種方式接近那個故事，但總有一些隔膜的感覺。這個夜晚，我回到小時候生活的地方，驚訝地發現原來通往故事的路徑，就在我的童年裡。

釘子的故事發生在我爸爸的童年，我的童年裡卻有它的入口，這或許說明我和爸爸的童年，本來就是連接著的吧。那件事在他的童年烙下深刻的印記，也必將以某種方式在我的童年中顯露出痕跡。那些歷史，並不是在我們覺察它們、認出它們的一刻，才來到我們的生命裡的。它們一直都在我們的周圍。

那年春節，我一直沉浸在某種童年的氣氛裡，卻沒怎麼跟我爸爸說過話。我們本來就是一對交流很少的父女，到了那個時候，更是變得少得可憐。我在努力避免和他講話，似乎只有隔絕和他的聯繫，才能把他的故事完全變成我自己的。可是隨著時間推移，等到小說寫了一半，我發現我爸爸已經進入了這個小說。我好像沒法把他和他的故事剝離開，他們是長在一起的。他進入這個小說的方式，並不是化作了某個具體的人物，而是確定了一種基調。失望，拒絕，不再相信什麼。那是我爸爸身上的一種東西，長久以來，或許就是它，一直離間著我們之間的感情。特別是對於童年裡那個對世界充滿無限熱情的我來說，一定會覺得有些難以接受吧。但是直到現在，我才意識到那種性情並不是與生俱來的，它和時代、歷史之間存在著許多關連。幾乎是在開始寫小說的時候，我就在表達一種對愛的需索，也意識到在愛這件事上，自己是有困難的，不懂得去愛，或者是失去了一部分愛的能力。在隨後的寫作中，我不知不覺地寫到爸爸，似乎開始意識到很多關於愛的問題都和父輩相關。然而直到寫這個小說的時候，我才真切地明白根源或許是他們所經歷的事，是那些改變他們、塑造他們的歷史。

我出生的時候，那個植物人還活著。就躺在同一座醫院的同一幢住院樓裡。秋天的午後，他是否聽到隔壁病房傳來的嬰兒的哭聲，是否能夠知道，很多年以後，這個女孩將重新回到醫院，收集和他有關的點滴，把他的故事寫出來呢？他也許根本沒有興趣知道。對於一個已經身在世界之外的人來說，他的故事以何種形態存在，是消散在空氣裡，還是被書寫和記錄下來，又有什麼分別呢？這個故事對我爸爸來說，也不再重要。我的書寫並不會照亮他的記憶，喚起少年時的那種內心的震動。他也許會在百無聊賴的時候拿起這本小說翻幾下，但是幾乎不可能把它讀完。這當然也是因為我寫得不夠有趣，不過更重要的是，他不再相信虛構的魔法了吧。

並沒有什麼人需要這個故事。它只是對我很重要。七年前我帶著這個小說上路，對於它具體是什麼樣子，完全沒有想法，隨著一步步向前走，一點點撩開迷霧，它的輪廓開始清晰，血肉慢慢浮現。多少時日的晨昏相伴，它陪著我走過了青春的最後一些時間。說完全不在乎最終的結果，那是假的，可是我確實想說，這個探尋和發現的過程遠比結果更重要。因為說到底，文學的意義是使我們抵達更深的生命層次，獲得一種從未有過的體驗。

我的腦海中，總是無端地浮現出那個植物人臉上的微笑。就是在那個秋天的午後，聽到隔壁嬰兒啼哭的時候，他臉上慢慢露出的一絲微笑。我沒見過他，卻見到了那個微笑。於是我相信，在寫下這個故事的時候，我一定是在被什麼看不見的人祝福著的吧。

文學叢書 549

繭

作　　者　張悅然
總 編 輯　初安民
責任編輯　陳健瑜
美術編輯　陳淑美
校　　對　潘貞仁　陳健瑜

發 行 人　張書銘
出　　版　INK 印刻文學生活雜誌出版有限公司
新北市中和區建一路249號8樓
電話：02-22281626
傳真：02-22281598
e-mail:ink.book@msa.hinet.net
網　　址　舒讀網 http://www.sudu.cc

法律顧問　巨鼎博達法律事務所
施竣中律師
總 代 理　成陽出版股份有限公司
電話：03-3589000（代表號）
傳真：03-3556521
郵政劃撥　19785090 印刻文學生活雜誌出版有限公司
印　　刷　海王印刷事業股份有限公司

港澳總經銷　泛華發行代理有限公司
地　　址　香港新界將軍澳工業邨駿昌街7號2樓
電　　話　852-2798-2220
傳　　真　852-2796-5471
網　　址　www.gccd.com.hk

出版日期　2017年 11 月 初版
ISBN　978-986-387-194-1

定價　460元

國家圖書館出版品預行編目(CIP)資料

繭 / 張悅然作. --初版. --新北市：
INK印刻文學, 2017. 11
面； 14.8 × 21公分. --（文學叢書；549）
ISBN 978-986-387-194-1 (平裝)

857.7　106015296